U0153425

建構式新聞

何日生　著

五南圖書出版公司 印行

新聞媒體的報導宗旨應該是「要報眞，也要導正」。我們要引導眾生，自己要先做出典範，才能說給別人聽。[1]

證嚴上人

佛教慈濟功德會創辦人

我們常說典型在夙昔，今日的典範在哪裡？媒體就是要樹立當代的典範。[2]

王端正

慈濟傳播人文志業基金會執行長

電視媒體如果僅僅是成爲娛樂、魅惑、挑釁的工具，這無疑將是我們這個時代最巨大的損失……電視媒體可以教育、照亮、啓發人們！但也只有我們決心讓它發揮這樣的功能，它才可能達到這個目的。要不然電視媒體只不過是充滿「電線和光線的盒子」（Wires and Lights in a Box）；我深信，電視媒體絕對是讓人類免於「無知、偏狹、冷漠」最關鍵、最有效的媒介。[3]

愛德華・默若 美國知名電視新聞主播

甘迺迪政府之新聞局長

---

1 釋證嚴，《衲履足跡》2009年春之卷，靜思人文出版社，2009。

2 王端正，《大愛電視臺關渡園區落成典禮講詞》，2005年1月1日。

3 Edward R. Murrow, "Wires and Lights in a Box", Famous Speech before attendees of the RTDNA Convention, October, 15, 1958.

"To those who say people wouldn't look; they wouldn't be interested; they're too complacent, indifferent and insulated, I can only reply: There is, in one reporter's opinion, considerable evidence against that contention. But even if they are right, what have they got to lose? Because if they are right, and this instrument is good for nothing but to entertain, amuse and insulate, then the tube is flickering now and we will soon see that the whole struggle is lost."

"This instrument can teach, it can illuminate; yes, and even it can inspire. But it can do so only to the extent that humans are determined to use it to those ends. Otherwise, it's nothing but wires and lights in a box. There is a great and perhaps decisive battle to be fought against ignorance, intolerance andindifference. This weapon of television could be useful."

目　錄

建構式新聞理念的緣起
The Origin of Constructive Journalism

新聞媒體人總是會說，新聞只有兩種忠誠，一就是奉承，要不就是批判。我提出的是第三種忠誠：「建構」。「建構式新聞」是當今新聞媒體應該走的道路。

何謂「建構式新聞」（Constructive Journalism）[1]？

「建構式新聞」主張媒體的功能不是解構、批判，也不是呈現負面與例外的事件，它應該為社會的問題尋找出路，為負面事件建立正面典範；它不是置身於苦難之外，而是對社會或個人的苦難給予扶持的力量。

新聞不只是社會溝通的中性工具，而是呈現整體社會的面貌；它也不只是公共意見討論的歷程，它更應該為報導與討論的結果負責，並協助為建構一個更美好的社會而努力。

---

[1] 建構式新聞（Constructive Journalism）乃筆者於2005年〈媒體與公益社會〉一文中提出。該文收錄於慈濟大學陳國明教授與周典芳教授編輯的《媒介素養概論》一書中，2005年由五南出版社出版。筆者在2009年於「印順導師思想學術研討會：媒體與公益社會」討論會中，再次發表〈慈濟大愛電視臺與建構式新聞的理念與實踐〉一文，闡述建構式新聞的實踐方式。

2010年丹麥公共電視總監Ulrik Haagerup在歐洲出版"*Constructive Journalism*"一書，公共電視於2016年4月邀請Urik到臺灣演講。公共電視將Constructive Journalism翻譯為「建設性新聞」。

公共電視臺岩花館亦於2016年2月先行專訪筆者談「建構式新聞」。公共電視臺並邀請筆者參加Ulrik Haagerup在臺灣的演講，交流彼此對「建構式新聞」的看法與理想。

「建構式新聞」的發軔，必須追溯筆者28歲那一年，當時在中國電視公司任職新聞節目主持人，因而認識了生命的恩師談起。

1989年我在中國電視公司擔任晨間新聞主持人，經由我當時同為《今晨》節目的同事、後來成為我太太的曾慶方引薦，拜見證嚴上人，並皈依證嚴上人座下。作為記者，我跑過國會新聞、報導過群眾運動、經歷解嚴，我以前的信念是遠離政黨與宗教。但是當慶方送給我一本《靜思語》，我被裡面的話語與證嚴上人莊嚴的法相深深地吸引。雖然作為記者多年，見過很多重要人物，但是當我見到證嚴上人，我只能用「敬攝」來形容自己的心情。因此，證嚴上人是我這一生第一個、也是唯一個因心儀而正式拜見的佛教法師。

同一年，記得有一回，我與慶方到了花蓮靜思精舍看望證嚴上人。當時有幾十位會眾在聆聽上人開示，我們也坐在裡面，證嚴上人在開示中突然告訴會眾說：「在座兩位電視人——何日生、曾慶方，是我的弟子，他們的新聞節目我每天都有看喔！但是我這個傻弟子，他每天黑也講、白也講，天天『黑白講』！」會眾們不由莞爾地笑了。當時，證嚴上人一開始提及我的名字，其實我很高興，以為上人要誇獎我了，沒想到話鋒一轉，說我每天黑白講。

我當時心裡以為證嚴上人只是開玩笑，新聞有黑、有白，當然都得要講。直到多年後，我從美國留學回來，繼續從事新聞工作多年，並於2002年在證嚴上人的啟發下，全心投入慈濟，我才逐漸明白，證嚴上人真正要新聞人不要報導黑暗面，媒體要「大愛、擴大善」，「報真導正」是他[2]一貫對傳播的期許，也是他奉行的生命理念。

因此，我提出的「建構式新聞」（Constructive Journalism）主要不是從傳統的新聞學理論得到啟發，而是因著一位宗教哲學家的情懷，發展出這項理念。而當我再回顧人類新聞傳播發展的歷史，進行反思，我更感受到「建構式新聞」的理念，正是契合當代社會所需要的傳播模式與新聞理想。

我原本的新聞訓練其實是很美國式的，我在美國加州州立大學（CSUF）廣電系完成學士學位，在南加大安南伯傳播管理學院（The Annenberg School for Communication of USC）完成傳播管理碩士學位。從廣電製作原理、新聞理論、傳播經濟學，到傳播政策、傳播管理等都有涉獵。當時我相信新聞對權威

2　佛教對於出家法師一律以「他」，非「她」稱謂。法師是為中性，不以女性稱謂。

的挑戰之必要性，我相信媒體批判的力量可以改變社會，在我從事的《調查報告》、《熱線新聞網》、《大社會》等節目中，都體現了對社會權威的某種反思、挑戰，對弱勢族群的關注、扶持。但我從來沒有思考過新聞報導著重「正向思維」的真正意涵，以及媒體在解構、批判之外，可以走上正向建構之路。

「媒體要樹立典範」，「人格成，文化才成」是證嚴上人給我的啟示，[3]激發我於2005年撰寫〈媒介與公益社會〉一文，提出建構式新聞（Constructive Journalism）的理念。主張新聞不只要挖掘問題，更要為問題找答案，要協助解決社會問題，[4]以同理心、非批判的角度，來從事新聞報導。我與慈濟人文團隊所培訓的數千位慈濟人文志工，又稱人文真善美，都是在報導人間的真善美，因此，「建構式新聞」的理念在大愛電視臺、在慈濟人文志工身上都具體的實踐著。

2005年1月1日，慈濟大愛電視臺在關渡正式建立自己的大樓，在啟用典禮上，慈濟傳播人文志業基金會執行長王端正先生說：「為什麼我們一直說典型在夙昔，今日的典範在哪裡？」這句話也啟發了我堅定新聞與傳播的思維是正向的建立典範，亦是激勵我提出「建構式新聞」理念的因緣之一。

建構式新聞的主旨，就是以同理心報導事件，在發掘問題之際，同時尋求解決之道；記者的職責不是批判，而是為建構一個更美好的社會而努力。

當時提出這個理念，其實多數人都覺得不可能，也不可行。曾有美國記者採訪我談慈濟，我提到建構式新聞的概念，他們不同意，跟我辯論說：批判是媒體應該做的，批判有什麼錯？如果記者都走建構式新聞，都走正面，新聞的價值還在嗎？

建構式新聞並不是對問題視而不見，而是要協助為每一個問題探求合理的出路；建構式新聞不是不報導負面，而是在每一項負面事件中，都提出讓公眾

---

3 證嚴上人，《中國時報》賀刊詞，2005年5月23日。

「一份報紙是一個時代最好的見證，也是人性美善的一種延續。要能做到這個理想，媒體的功能不應該只是記錄當下的人與事，而是應該選擇典範。新聞報導不只是記錄而應該是一種典範的選擇，選擇何種人與事最能夠反映當代的良窳。」

4 陳國明、周典芳主編，何日生撰，《媒體素養概論：媒介與公益社會》，慈濟大學，五南出版社，2005。

能依循的正面典範。

　　我試著從新聞歷史沿革的角度出發，論述建構式新聞發展的脈絡及其理念的產生，闡述為什麼我們這個時代需要「建構式新聞」。

新聞的解構與建構

　　今年父親節接到一個「天上掉下來的禮物」，何日生師兄突然來電囑央我為他的大作《建構式新聞》寫序，而且幾天內就要交卷；回頭想，當醫師的我們必須隨時接受「急診」召喚，所謂的「新聞」不也都是「突發」事件嗎？誰教我自己延請他擔任慈大教授，也就沒有推辭的立場了。而我確實也常擔心，傳播系的同學在完成媒體「教育」後，進入媒體「交易」的職場，是否會很快「變質」，從伸張「正義」的初發心，成為「爭議」的製造者？

　　何師兄早年因採訪醫學議題，與我相識於臺大醫院，感受到他的意氣風發。而後他受到證嚴上人的感召，全力投入慈濟人文志業，很感佩何師兄以具體行動落實上人「報真導正」，「傳大愛、播大善」的媒體理念。

　　誠如本書〈導論〉提起，當今新聞只有兩種忠誠，一是奉承，二是批判。臺灣媒體在不同的時代背景演化出兩種截然不同的品種。威權時代的媒體以「粉飾天下太平」為己任，扮演的是美容師、麻醉師與魔術師。民主開放後的媒體搖身一變，以「唯恐天下不亂」為職志，從事的是製造業、加工業、修理業。為了衝「收視率」、「閱報率」，可以無所不用其極。孔子說：「君子學道則愛人，小人學道則易使也」；現代不但政治控制媒體、挾持民意、操弄仇恨；商業也利用媒體、置入行銷，營造利基。

　　主流媒體根據現場採訪、理性邏輯及統計分析界定真相，但網路世界卻是一種具變化性、可操作性、感情性與信念性所建構的真相，兩種真相彼此競爭是為「後真相時代」。現代大量資訊透過電視與網路排山倒海，傾瀉而出，淹沒在訊息中的人們，根本無法反思價值，分辨真假。特別是社群媒體與網路皆勇於評論批判，卻拙於事實驗證，形成「觀點過多，事實不足」的情況。網民在「同溫層」裡相濡以沫，對異見者相煎太急，形成言論殺戮。而使用者自創

內容（user-generated content）的網路科技也改變了主流媒體的新聞產製。依賴網路快速取得資訊，使工作節奏加速，新聞內容問題導向。但網路素材不一定會增加新聞內容的多元性，反而會衍生新聞專業與倫理的爭議性。

　　媒體是現代文明的產物，也是公認行政、立法、司法三個政治權力以外的「第四權」，它不但是企業體，更是一個力量無遠弗屆、無堅不摧的社會公器，必須負起高標準的社會責任與媒體倫理。媒體傳播訊息、報導事實、分析時事、臧否人物、監督政治、捍衛價值、安定人心、催生文化、關懷弱勢、導正風俗，有許多社會功能與終極責任。媒體工作者必須要有高度自律、自制、自我提升的能力及維護社會正義的道德勇氣，要能抗拒誘惑、客觀中立、獨立自主。要成為媒體人，必先是知識人、文化人、有能力「解構」新聞，瞭解事件的來龍去脈，前因後果，才能在發掘問題的同時尋求解決之道，為「建構」一個更美好的社會而努力。很高興何師兄「十年磨一書」，完成這本兼具「理論」與「理念」、「同理」與「達理」的媒體著作，期待能有助於終結臺灣媒體的混沌（chaos）狀態，早日看到希望的曙光。

慈濟大學校長 王本榮

提升媒體正能量

　　前些日子，日生兄要我幫他的新書寫序，個人深感榮幸，更感羨慕。這位老友曾是臺灣媒體界知名的資深電視主播與製作人，製作過《大社會》、《調查報告》等深度社會關懷之節目，多次榮獲臺灣電視金鐘獎。但就在事業正邁向巔峰之際，他竟能捨下世俗名利，投身他所熱愛的慈濟，他在慈濟所製作之《清水之愛》（Great Love as a Running Water）世界骨髓移植紀錄片，更入選2014年國際艾美獎（Emmy Award, International）亞非地區最佳新聞紀錄片。

　　然而，除了實務經驗卓越且豐富之外，日生兄最讓我佩服之處，是他竟能在百忙之中仍持續不斷著述與研究，提出建構式新聞的理念，書寫出近二十五萬字，擲地有聲的媒體生態論述之巨作，這真是位研究多產的學者，尤其是他的名字很昂揚與巧遇，必定讓大家有諸多好奇和期待。

　　以整體新聞事業面對科技驟變，內容主導理念與閱聽人角度思考，媒體的生產環節，不論從社會情境的構思、文化的表達，自然與過往有大異其趣的表現。基此觀點，既然消費的櫥窗已成定型，對一位新聞工作者而言，似乎也無此必要茫然追求媒體內容的同質性。因為在其消費介面的背後，一般大眾甚少去探索其生產過程以及製播環境所給予的意義，亦即在日常生活的領域中，媒體的象徵只是一種客廳電視機的陳設或是現代人手上的平板。文字與影音的界線逐漸模糊，縱使訊息生產者的心態仍有其堅持，但是在多元化的消費結構以及資訊休閒導向之下，使新聞從業人員難以長久沉留於專業堅持或忽略商業運營取向。

　　雖然上述的論點仍見仁見智，在生產與消費的循環中，較少被人提出探討。必須在乎的是，新聞事業面對一種競賽的環境，必須以速度、廣度、深度與密度的姿態出現時，新聞工作者更會有專業與商業的壓力與感受，其被視

為工作與生活相依為命的新聞志業，竟然需要以另一種包裝以及另一種表現形式來加以詮釋。終歸如此，要能跳脫平日通俗與流俗枷鎖的感覺，其成就感自是難以形容。這就是日生兄「建構式新聞」（Constructive Journalism）主張媒體的功能不是解構、批判，也不是呈現負面與例外的事件，它應該為社會的問題尋找出路，為負面事件建立正面典範；它不是置身於苦難之外，而是對社會或個人的苦難給予扶持的力量；一言以蔽之，專業的堅持仍需維繫在社會的共識。

　　本書所引述之建構式新聞專業理念相關內容，主要係以專業新聞學之架構去梳理。個人曾經在慈濟大學與世新大學共同舉辦的學術研討會中，語重心長地指出：世界是美好的，但媒體因商業競爭和政治力干涉，衍生諸多亂象；人是臺灣最美麗的風景，但在人身上所看到的價值和報導卻是令人失望的。新聞人對新聞都有期待，對自己都有期許。因此，應該從學校基礎挺身而出，提升媒體正能量，可看見社會美好的一面，讓媒體人更有尊嚴和價值；而日生兄這本專書的出版，正是實質反應此一堅持。

世新大學副校長 陳清河

人文化成：
建構式新聞的本土思維與在地實踐

　　新聞存在目的為何？此乃新聞事業創建以來的重要命題，亦為新聞學亙古求解的根本課題。許多哲人與新聞實踐家都曾認真提出他們的答案，原因無它，就在於新聞對一般民眾的公共生活影響至大，乃國家社會能否良善運作之關鍵支柱。一個新聞品質低落、媒體生態失序的國家，能有健康、進步的公民社會，當屬天方夜譚。

　　基於對新聞宗旨不同的思辨答案與實踐結果，新聞業一直存在兩個互有起伏、甚至彼此拮抗的傳統：追求真實與改變社會。前者主張新聞應以反映真實、追求真實為最高目標，不應涉入主觀的價值判斷；後者則強調新聞任務在於啓蒙大眾、改造現狀，不應自限於所謂事實的傳遞，因此而有客觀新聞（Objective Journalism）與倡議新聞（Advocacy Journalism）兩種意理，各以不同方式與面目展現於新聞業的實際操作與社會影響。

　　許多客觀新聞的崇尚者批評倡議式新聞以己意代替民意，視批判為要務，致使新聞淪為攻擊式新聞，徒然製造社會紛亂而無助於問題解決。相對的，倡議新聞的信奉者指摘客觀式新聞既不可能存在，亦無助於社會進步，係假客觀之名行主觀之實，很容易變成維護既得利益的權勢者新聞。為了解決兩個傳統的理念爭議與實踐缺陷，歐美國家一直有人嘗試開闢第三條路，例如公共新聞（Public Journalism）、公民新聞（Civic Journalism）、和平新聞（Peace Journalism）、問題解決式新聞（Solutions Journalism）等，都是近二、三十年來的顯例。

　　相對於前述以美國為主要基地的新聞改革與努力，同樣意圖走出新聞業新路的建構式新聞（Constructive Journalism）則源自歐陸，特別是丹麥。例如目

前於大學任教的丹麥記者Cathrine Gyldensted，以及丹麥公共電視DR的新聞部負責人Ulrik Haagerup等都是重要倡議者。前者運用正向心理學（Positive Psychology）與衝突解決領域的阿賓格技巧（Arbinger Technique），在大學內外開設教學與訓練課程，傳授學生與記者建構式新聞的理念及技巧；後者則將建構式新聞應用於丹麥公視的實際新聞運作之中，並具體改變了該臺的新聞報導方式。

基於傳統新聞過於專注社會的負面性（Negativity），傳統新聞工作者過度扮演破壞性（Destructive）的角色，以致扭曲社會的真實樣態，誇大社會的黑暗面向，並使閱聽大眾失去社會參與的意願。歐美的建構式新聞主張，新聞在面對社會議題時應以激勵人心的故事，側重問題的解決方式，而不只是關注問題自身及其所帶來的傷害。因此，新聞工作者必須重新定位為建構性（Constructive）的角色，從事新聞報導時不應忽略報導題材的正面角度，必須提供閱聽人有關議題與事件的完整脈絡與視角，並鼓勵公眾以積極主動的態度提供意見、參與社會。建構式新聞的提倡者相信，唯有如此，新聞才可以帶給閱聽人邁向未來的能力與信心，而非沮喪與無助，淪為破壞公眾培力的腐蝕性的犬儒主義。

截至目前為止，已有許多建構式新聞的報導技巧被成熟的建立起來。例如有別於傳統新聞所採取的「受害者式訪談」（'Victim' Interview），總愛尋找議題的對立面、事件的衝突面或生活的挫折面，從而製造出許多受害者。建構式新聞提出「成長式訪談」（Growth Interview）的做法，希望新聞訪談聚焦於問題的解決方式，讓閱聽人可以從新聞報導中得到一些立即可用的方法（Takeaways），從而建立閱聽人的生活價值與未來信心。建構式新聞的倡議者認為，當前的新聞業確實迫切需要創新，但重點不在新聞平臺的創新，而是新聞內容的創新，一旦新聞能取得閱聽人的喜好與信賴，商業營收自然隨之而來。

熟悉公共新聞、公民新聞或問題解決式新聞者，對於建構式新聞的理念應當都不會感到陌生，雖然若干用語不盡相同，發展脈絡亦見差異，但許多思維似乎系出同源，諸多想法亦可謂殊途同歸。基本上，上述新聞改革理念都是從傳統新聞的問題面出發，並希望有效應對當前新聞失去民眾認同，無助社會爭議的困境。此外，各理念之間雖然側重的方法或策略不盡相同，但倡議者們也都強調激勵公眾參與、尋求問題解決的重要性。無怪乎建構式新聞的倡議者會

自承，他們的理念與其他改革主張之間擁有相同的DNA。

現階段的臺灣，社會陷入兩極分化，無論是政治、經濟或社會議題，不同主張與立場之間往往高度對立，而且鮮少積極性的對話。至於主流商業新聞則是強調即時性、感官性，以點閱率、收視率、分享數為追求指標，置公共利益於末位。媒體原可助社會向上提升，無奈社會與媒體相互作用、彼此拉扯的結果，卻是共同下墜，形成負向循環。相信許多臺灣人午夜夢迴時都會自問，陷入「眼球戰爭」的媒體與兩極對立的社會，真是我們所欲追求的目標嗎？因此，倡議建構式新聞對於此時此刻的臺灣而言，著實有其重要且急迫的意義。

但橘逾淮為枳，任何理論的出現都有其社會脈絡與文化背景，如果只想就地移植，來個生吞活剝，其結果往往是水土不服、難以扎根。本書作者何日生君早自2004年開始即在學校授課或寫作當中提出「建構式新聞」的概念，並受證嚴法師的啟示，於慈濟大愛電視臺中落實推廣，不僅是臺灣建構式新聞的首倡者，亦是建構式新聞身體力行的實踐者。因此，本書不只是何君對建構式新聞的本土理念建構，亦為作者親身體證後的實踐結晶，具有理論與實踐的雙重意義。

筆者與日生兄昔日於媒體有共事之緣，目前也都位於大學服務之列，彼此間擁有多年切磋之情誼。日前有機會先行拜讀日生兄的大作，除對本書融通理論與實踐感到佩服，更對他能不以移植西方理論為已足，不以效法鸚鵡學舌而自得，懷有深深的敬意。本書的精采處正在於日生兄以「同理心」為軸心，走出了臺灣建構式新聞的精神與特色，而同理心之所以成為日生兄建構式新聞理念的阿基米德支點，自與證嚴法師「報真導善、報真導正」的傳播觀點，以及「人格成，文化才成」的修行精神息息相關。

建構式新聞作為矯正臺灣新聞感官化、極端化病症的藥方，自有其重要的時代意義。但如果將建構式新聞理解成褊狹的正面或陽光新聞，進而忽略建構式新聞面對問題、解決問題的根本意涵，此則不僅是對建構式新聞的誤解，亦可能使建構式新聞走入死胡同。事實上，建構式新聞推動迄今，亦在歐美遭到不同方面的質疑，包括其對公民能動性的負面影響，以及使社會陷入遲鈍沉悶、自我陶醉的可能性等。因此，在對建構式新聞的價值予以推介之際，仍願藉此做出以下幾點釐清與提醒：

1. 建構式新聞不是也不應該是「鴕鳥取向」：它雖然強調要為社會帶來

正面影響，但並非中文通俗意義下的正面新聞。建構式新聞主張報導應增加議題脈絡的分析，尋求問題的解決，顯然不會也不應反對結構性問題的關注，或直面社會的重大爭議。

2. 建構式新聞不是也不應該是「終局取向」：它雖然聚焦於解決問題，但不是要武斷的提出解決問題的藥方，而是要指出問題解決的一些可能性。所以，建構式新聞要避免讓自己變成專斷的社會指導者或真理代言人。

3. 建構式新聞不是也不應該是「菁英取向」：它雖然強調新聞工作者的社會功能，但同樣致力尋求公民的參與，希望透過公眾意見的表達與公眾行動的介入，一起找出解決問題的方法。所以，建構式新聞要避免讓自己成為主流思維或既得利益的維護者。

最後，吾人仍應有所認知，建構式新聞並非新聞業生存問題的特效解藥，以為只要服下這帖藥，自然財源滾滾、事業興隆。新聞事業當前所面臨的營運困境，牽涉多方，不只涉及科技變遷的衝擊，更受到閱聽文化轉型、經濟景氣起伏、政策法規變遷等因素的影響，絕非單一藥方可解。不過，建構式新聞雖然不是生存解藥，卻有助於媒體信賴問題的改善，因為媒體是一種信賴商品，一旦信賴問題得到解決，同樣有助於商業利益的獲取。

新聞品質的良窳深深影響人民的公共生活與國家的民主運作，既然如此，我們就沒有理由棄新聞敗壞於不顧，視新聞墮落而不救。毫無疑問，建構式新聞是一條改革新聞事業的新路，也是一條重建社會人心的心路，值得正視與思辨。願此書成為建構式新聞堅實而有力的實踐憑藉。

中正大學傳播系教授 胡元輝

導　論

　　當今的媒體應該思考超越傳統新聞的兩個侷限：一是奉承，二是批判。我們既不必奉承權力與金錢，也不必永遠站在批判的角色，如同兩、三百年前的政黨報爲了革命或維護其政權所做的一般；新聞作爲一個社會的主要的意見領袖之一，我們的職責應該是「建構」。

　　媒體應該爲建構一個更美好的社會而努力。媒體花太多的時間在批判、解構，卻花很少的時間探討問題，並循求合理的方式解決問題。

媒體中立與批判的矛盾組合

　　15世紀初，新聞媒體作爲政黨與王室的喉舌，經過將近四百年的發展，逐漸演變成爲政府的監督者、社會議題的探討者與公眾輿論（Public Opinions）的重要平臺。媒體在一方面將自身定義爲批判者與監督者，至少從19世紀普立茲創立報紙以來即是如此定位。另一方面，媒體也將自己定位爲平臺提供者，在這期間，他們保持中立，甚或冷漠。這兩種角色在歷史的進展中，非常微妙的交織在一起。

　　中立、批判，成爲媒體的兩種矛盾性格。

　　1644年，約翰·彌爾頓（John Milton），一個很不愉快的傳道人，想要寫一篇關於離婚的評論，但是被教會所禁止。因此，他寫了一篇〈論出版自由〉（Areopagitica），**闡述言論市場會產生一種自然的機制**（Marketplace of Ideas），亦即當允許社會中各種意見同時並陳，最後對的意見一定能夠勝出。[1] 這是新聞中立的始祖。新聞保持中立，讓正、反、對、錯並陳，最後眞

---

[1]　Wm. David Sloan, James G. Stovall, James D. Startt, The Media in Amercia, Publishing Horizons, 1989, p.93.

理必定會出現。

　　但是新聞媒體的角色難道僅僅止於提供平臺供大家辯論？記者也是論述者、影響者、參與者，他不可能中立，也沒必要中立。約翰・彌爾頓寫這一篇稿子的同時，他已經在影響社會、影響歷史。正如所有的記者寫報導，每一篇都在影響社會。媒體作為中立的平臺，其自身並非中立，他仍然在輿論的領域中，影響著輿論。重點是，媒體要做到的不是中立，而是盡量讓各方意見並陳。但是他自己也仍然能夠產出意見，這意見不是基於自身特定的政治立場或商業利益，而是基於公共利益。

公正比中立重要

　　媒體的中立不是一個準確的名詞，媒體應該更大範圍的囊括各種意見，它必須更公平、公開地讓各種意見得到發表的機會。因此，比起「中立」一詞，「公正」更能恰當地定位媒體在公共輿論的角色。

　　在約翰・彌爾頓逝世的兩百年後，詹姆斯・伯納（James Gordon Bennet, Sr.）於1835年創立《紐約先驅報》（New York Herald）。從新聞發展的歷史來看，《紐約先驅報》從1835年到1924年是紐約發行量最大的報紙。《紐約先驅報》的創辦人詹姆斯・伯納創報時就堅稱三個原則：第一，《紐約先驅報》是屬於每一個人的報紙。第二，它將不屬於任何政黨喉舌的報紙，因為當時幾乎每一家美國的報紙都有黨支持或作為政黨的宣傳。第三，該報將盡一切可能報導真實、完整，讓讀者看到世界的全貌。[2]詹姆斯・伯納顛覆了當年報業的運作模式，不但遠離政黨，還將報導擴及生活的每一個層面，包括警察局、教會、犯罪、法庭等，讓讀者置身大社會之中。詹姆斯・伯納以公眾為依歸，非以政黨為依歸，他讓一般民眾擁有接近公共輿論的機會，公共輿論屬於大家，而不是秀異分子的專利。

2　*New York Hearld*, 7, May, 1835.

然而也由於他當時報導的題材，對於當時代而言過於驚悚，如犯罪新聞、社會新聞等，因此引起很大的反彈，其他報業的競爭者聯合發起抵制《紐約先驅報》的運動，舉起「大道德戰爭」（Great Moral War of 1840）的旗幟，全面封殺他的報紙。大型飯店不進他的報紙，許多廣告商抽掉他們的廣告。詹姆斯・伯納在往後幾年成為報業的主流，他是先驅者，「公共輿論屬於公眾」，而非少數的政治或特定階層。

　　給予公眾一個開放公平的發言空間，是媒體應該採行的立場與定位。媒體的基礎是公眾，而非政黨和商業利益。相較今日臺灣媒體其政黨色彩壁壘分明，交雜著商業利益，讓商業與政治控制著屬於公眾的公共輿論。這不但與市場言論機制大相徑庭，也讓詹姆斯・伯納的公眾輿論屬於公眾的理想，倒退兩個世紀。

　　我們釐清了媒體的角色不是中立，而是公正；不是不參與，而是擴大公眾參與；不是不介入，而是以公共利益為前提進行報導，並提出維護公眾利益的觀點。

　　媒體作為社會溝通的角色，為何出現這種「中立」的謬誤，造成自身的異化，亦即媒體在改變社會的同時，卻認為自己中立？這當然是受到科學主義的影響。中立的另一個衍生名詞是客觀，Objectivity客觀是科學精神，科學需要客觀，所以情感要保持中立，不介入個人情感來研究科學事實，是科學精神。因此，新聞「客觀、中立」的這個定位，可以追溯到19世紀科學精神極度發展之際，媒體受此影響，認定自己所報導的社會內容，等同於客觀的科學真實。受到達爾文主義（Darwinism）、史賓賽（Herbert Spencer）以及杜威（Dewey）等人的影響，當時的記者認為，整個人類社會有如一個大實驗室，只要我們詳加觀察，就能預測、理解事情的演變，如同氧與氫和成水一樣。因此，19世紀後半葉的記者認為，他們是科學的觀察者，他們的報導內容等同於科學真實。所以他們說：「我不是製作新聞，我只是報導它。」（I do not make the news, I just report it.）[3]

3　Wm. David Sloan, James G. Stovall, James D. Startt, *The Media in Amercia*, Publishing Horizons, 1989, p.222.

這種新聞作爲如科學般地客觀眞實的理念，一直影響、延續、演化至今。客觀、中立是科學精神，媒體也是如此。但是新聞報導就是介入，任何事件一經媒體露出，就會改變它原來的面貌及結果。媒體的客觀與中立變得不可能，而且是虛幻的。

　　媒體中立的謬誤，使得現今的記者見到苦難時保持中立，因而成爲冷漠、無情的另一種表現——先拍攝，而非即時伸出援手。更何況媒體的另一種角色是批判，批判絕對是一種積極的介入。所以，媒體有雙重矛盾的地位。

　　新聞媒體提供公眾溝通的平臺，它不能絕對的中立，也不可能絕對中立。媒體在許多事項上透過報導已經介入，已經不中立。中立的意思不是冷漠旁觀，而是公平地提供一個平臺，讓社會各個立場的人士都能參與討論。擴大討論與參與是媒體的職責，但不是中立。因爲媒體在必要時必須採取立場，必須爲公共利益捍衛與辯護，而不是任其發展，不是任由具有優勢的政治、商業等考量，左右支配了公共利益。爲什麼媒體不想介入某些社會議題的解決？因爲他們認爲媒體必須中立，不應該介入；報導已經是介入，批判更是介入。媒體一方面認爲應該中立，一方面又標榜批判，這是互相矛盾的邏輯。

　　1843年，在詹姆斯·伯納創立《紐約先鋒報》之後，亨利·雷蒙（Henry Raymond）創立《紐約時報》（*New York Times*），《紐約時報》至今仍是全世界新聞的標竿。創報之初，亨利·雷蒙就提出「公共良善」（Public Good）的概念。亨利·雷蒙認爲：「沒有任何事情是絕對的正確或錯誤，對的，我們要保護，錯的，我們要改善。」（We do not believe that everything is society is either exactly right or exactly wrong; what is good we desire to preserve and improve; and what is evil, to exterminate and reform.）[4]亨利·雷蒙的《紐約時報》遠離了政治偏好的因素，豎立了新聞媒體的神聖職責。

　　就如美國電視評論員愛德華·默若挑戰麥卡錫（McCarthy），是在美國的公眾都懼怕麥卡錫之際，他挺身而起，指出麥卡錫不應該將整個美國陷入一

---

[4] *New York Times*, 18, September, 1851.

個恐懼的深渦裡，不應該藉由公眾輿論任意無證據的指控別人是共產黨、是社會主義者、是叛國。愛德華・默若認為，不同意見不等於叛國，公眾輿論給予大家發表意見，但不是為他人定罪。[5]愛德華・默若所做的不是批判，而是重新彰顯新聞正義與維護美國一貫的人道精神。他去除人們對麥卡錫的恐懼，恢復美國文化中的包容與多元的文化價值；愛德華・默若所體現的是建構式的新聞理念。

媒體之批判是政黨新聞遺留的產物

媒體的第二個問題是「批判」。批判在新聞發軔是對於長期被政治把持的一種反動，從18世紀的**政黨新聞時代**（Party Journalism）開始，媒體一直是顛覆不義的政權一項重要的手段。到了19世紀，包括普立茲等人將媒體從政黨喉舌的角色，逐漸轉化成公民發聲的喉舌，但延續政黨報的批判精神，繼續對於政治的政策提出褒貶，以及媒體作為監督政府的重要角色。

但是批判不應該是媒體的本質。媒體作為善良公民的一分子，甚至是社會的菁英領袖，應該關注社會問題的解決，而非只是批判。作為一個記者，他比任何人更有機會瞭解公共議題，比任何人更有管道知道每個領域的專家，他應該盡一切力量與智慧，去尋找各領域裡的傑出人才，為特定的公共議題尋求解決之道，而不僅是批判，甚至為批判而批判，更有甚者是為娛樂而批判。

媒體是公共輿論討論的重要平臺，新聞記者是這個平臺的把關者，新聞記者的職責是創造最大的空間，讓各界的意見得到充分的討論，而不壟斷它、操縱它、利用它，甚或將它讓給權力和金錢，並甘心為其所控制。媒體的職責是建立一個公共輿論理性對話的空間，如哈伯馬斯（Jürgen Habermas）所述，它應該是遠離政治與商業的公共領域。雖然這兩者爭著要控制這公共領域，或已經成功的控制這公共領域，但是身為媒體人，我們仍要秉持新聞公正的原

5　Eaward Murrow, "*A Report on Senator Joseph MacCarthy*", See it Now, 9, March, 1954.

則，將這公共領域歸回給公眾。

　　媒體的角色一方面提供公平、公開的討論平臺，一方面必須採取觀點，採取對公眾最有利的觀點，而不是有利於某政黨的觀點，不是有利於商業利益的觀點，或是其他特定團體利益的觀點。媒體勇於提出觀點的基礎，是它立基於公共利益、基於良知，立基於公民的公平、正義與愛的立場，如此才能使媒體免於冷漠的中立，同時不落入為某一特定政治或利益服務的機構。

輿論理性化的認知與心態

　　公眾（Public）不是大眾（Mass），更不是群眾（Mob or Crowd）。本書界定「公眾」（Public）為具備一共同歷史經驗、文化、語言的一群理性公民，為公共議題提出合理的辯論與討論，並願意為其找出共同解決與遵守之道。

　　「大眾」（Mass）則是一個社會的全體人民，在同一個時空下，不具備共同經驗與文化。大眾對於公眾議題的關注不是等量的，不一定是理性的，但是大眾的存在是社會存在的基本元素，大眾可以導向理性，也可以導向非理性，而媒體的角色至為關鍵。

　　「群眾」（Mob or Crowd）則是不特定的一群人，在某一時空，基於同一或不同一的理由，聚集在一起。他們對於某項議題的看法是不具共識的，討論是不以理性為基礎的，甚或容易被煽動的，是不穩定的一群人。群眾不利於公共議題嚴肅與理性的論證，他們是游移不定、被生活常識道德左右的一群人。當今的群眾不見得聚集在傳統的市街、廣場，而是聚集在當今的社群媒體、網路、臉書（Facebook）、推特（Twitter）、部落格（Webblog）中。群眾的擴大與無法掌握，意謂著公共議題的討論是混亂的、非專業基礎的、容易被煽惑的、假訊息滿天飛的，不利於公共輿論的理性形塑，更不利於公共問題的合理解決。

　　我們不幸地活在科技社群媒體的群眾包圍之中，媒體記者甚至以社群群

眾之意見爲新聞來源，在未經查證，或無法查證，在時間壓力或收視壓力之下，未經確認的群眾訊息，或不確定其代表性的群眾訊息，或無關公共重要議題的訊息，都成爲當今大眾媒體重要的新聞來源。

在這種媒體生態下，唯有當新聞記者能夠開始改變自身的「心態」，同時改變傳統新聞採訪的「認知」。所謂的「心態」，是指追尋特例、新鮮，而不是重要、普遍，攸關社會大眾的公共議題。這「心態」是尋找衝突，而不是擴大對話，加深理解。

所謂的「認知」，是批判、是嗜血，而不是爲問題找答案，無法以同理心尊重新聞中的各種公眾或非公眾人士。媒體記者本身的人格、道德操守是這項認知的前提。我們對受訪者的尊重，不管他或她做對或做錯何種事，我們都能同理尊重，準確地傳達訊息、提出問題、尋求解答。

建構合理的社會眞實

這就是本書提出「建構式新聞」（Constructive Journalism）的重要出發點與核心理念。沒有任何一個時代比當今的新聞記者更需要同理心，更需要對訊息的來源小心求證。在資訊這麼快速的時代，新聞記者必須能夠界定何種議題是攸關社會公眾的重要議題？何者是能夠查證的訊息？何種問題必須被提出，並願意盡力找出解決之道。

記者不只是報導事實，我們都在建構社會眞實。我們的報導重新形塑了社會的樣貌、生態、走向。一如卡爾·巴伯（Carl Popper）所言，對於自然界的錯誤論述，不會改變自然界的規律。但是社會的論述，不管是或非，都能改變社會的眞實。[6]我們作爲社會最重要的公共輿論，社會眞實觀察、參與、形塑最重要的把關守門，不可不愼，不可不重新審思我們的職責與功能。

在這「自媒體」（We Media）的時代，人人可以成爲記者，發表言論，

---

6 卡爾·巴伯，《開放社會及其敵人》，桂冠圖書公司，1984。

取得訊息，參與討論。這些自媒體的發聲者，或匿名，或具名，他們並沒有經過專業新聞的訓練，他們的言論發表很多都沒有考慮到對人隱私、名譽、公眾影響的程度；他們的發言可以是深思熟慮的，然而更多的是很任意的。

然而，新聞記者受過專業的訓練，知道隱私、知道名譽的保護、知道毀謗的道德與法律界線，知道一個個體對社會福祉、國家安全、經濟發展、文化延續的重要性。記者必須比自媒體的發聲者更具備這些專業的判斷與原則，而不是反過來被自媒體的發聲者左右，運用未經證實的消息，非公眾關注的議題，作為新聞的素材，以滿足媒體商業的目的。

對於一位記者而言，抗拒社會體制是容易的，但是抗拒媒體機構之體制是艱難的。這造成記者的不由自主。

當媒體機構走向為政治、為金錢服務為目的，媒體記者沒有太多的選擇，必須遵循機構的利益與旨趣取材、報導，甚或操作、扭曲，這就是為什麼本書提出政府在建立公共輿論的合理化所必須扮演的角色。在建構一個更好的社會之職責下，不只媒體記者必須改變心態與認知，政府對於媒體的結構必須提出看法與做法。政府必須在言論市場的結構上，建立一個有利於發展公共輿論理性化的環境，而不是放任它，或是以政治分贓為目的，進行媒體結構的利益與權力之分配。

政府必須要求占據公共領域的廣電媒體履行公共利益。媒體的擁有者不是為一己的商業私利或政治目的行使公共輿論的掌握權，他的角色是公共輿論的代理人與把關者，他必須以履行公共利益作為媒體運作的主要目的。但是當今臺灣、甚或其他西方國家，政府對於廣電媒體完全不具約束力，在言論自由、新聞自由的大帽子底下，任其逞一己之商業及政治目的。我並不是認為政府需介入言論與新聞內容，但是政府應該在言論結構面進行規範，以建立一個公平、理性、屬於公眾的公共領域。

公平報導原則的引用

建立「公平報導原則」（The Fairness Doctrine），要求媒體對於重大、爭議的公共議題（Controversial Issues of Public Importance）必須各方並陳（Cover both Sides），這使得媒體擁有者不能要求新聞記者在政治或社會議題的立場上偏向一方，更不能為了娛樂與商業目的，忽略對於重大公共議題之報導與探討。公平報導原則在美國施行了40年，1987年雷根否決國會通過繼續維持的這項法案。這幾年，美國國會不斷地有議員提出恢復公平報導原則，因為即便在網路發達的時代，媒體的極化、分化現象越趨嚴重。更多的媒體並沒有產生公共輿論的合理化與多元化，社會反而在急速極端化的趨向中，加速分化崩解。

美國憲法法庭提出報紙沒有頻道「稀少原則」（Scarcity Rationale），因此，政府不能加以任何的規範。憲法的理想中，每一個人都可以以一張紙發表自己的意見，在報紙中並沒有出現。在商業資本「自然壟斷」（Natural Monopoly）法則下，報紙家數愈來愈少，愈來愈集中在少數資本家手中，這是全世界的趨勢，只有少數幾位報紙經營者擁有新聞自由。政府不能介入規範的情況下，言論的公平、公開、多元與合理，更需仰賴媒體業者自律建立規範。瑞典的媒體自律團體經常登出媒體記者報導或評論不當的意見，報紙必須登出這些意見，以自律性地建立媒體的公信制度與誠信原則。

每一個人都能在所處的社會公共領域中自由發表意見，在網路時代被實踐了。但是另一方面，網路言論愈來愈多，公共輿論的秩序卻無法建立。匿名攻擊、假消息，社會媒體（Social Media）與自媒體並沒有加速公共領域的理性化與多元化，因此，媒體的公民教育變得十分重要。自媒體時代既然人人都為記者，對於公共輿論中的發言就必須建立一套共同的道德原則。如同大眾媒體的記者有一定的專業規範，以確保所報導的事實與觀點具備公信力與社會溝通力。自媒體仍一定程度上應遵循這項法則。但是這法則應該在公共領域裡建立，而不是由政府來建立。

社群媒體的實名制度如何建立與運作？如同美國政府規範電視暴力言論一

樣，政府要求，讓業者、平臺擁有者及參與的發言公眾一起來訂定自律、自決的規則。

爲何倡議建構式新聞？

筆者於2005年在《媒介素養概論》一書中，提出「建構式新聞」的理念，其背景是筆者在長期的新聞工作中，深感媒體對於改變社會不只永遠來得太遲，甚至有很深的無力感。這無力感不只來自媒體的商業導向，更是媒體作爲一個旁觀者，僅僅挖掘問題，卻不能讓問題被解決。比如臺北林肯大郡倒塌以後，受災戶必須繼續給付房貸，同時也要租房，雙重負擔使他們生活難以爲繼。筆者在臺視製作《熱線新聞網》節目，連續三年都在同一個地點，報導了同樣的問題，卻不見問題被解決或改善。這就是媒體的無力感。

媒體用太多的時間報導問題，卻用很少的時間嘗試爲問題找出路，爲問題尋求解決之道。所以，建構式新聞不是著眼解構，而是試著建構——建構社會的正向發展，建構社會的良善。建構式新聞並不是要避開對問題的挖掘與討論，而是在挖掘問題之後，應該嘗試提出解決之道。

紐約「Solution Journalism」網站提出一個顯目標題：「如果我們請學生列出世界的問題，幾分鐘後白板就寫滿了。但是如果要列出這些問題的解決，白板可能是空白的。」（If you ask a class of students to make a list of global problems, they can fill a whiteboard in a minute. But ask them to list promising solutions and the board stays mainly empty.）

解決新聞學與建構式新聞都期待記者不只是花時間挖掘問題，更需要爲問題尋求解決之道。記者能進入各領域尋求最頂尖的專才，共同爲社會問題把脈，共同爲問題找可行的出路。記者不只是一個傳聲筒，不只是旁觀者，他們是共同建構社會進步與福祉的關鍵力量。

新聞媒體作爲一個事實的陳述者與社會溝通者的角色而言，建構式新聞並不是改變新聞的基本原則，而是敘事的轉向，從問題的批判，走向問題的

解決。批判是前提，但不是終點；批判是爲了解決問題，而不是爲批判而批判，不是「我批判，你解決」的傳統新聞敘事，應該是「我批判，我也提出解決；我批判，是我想解決」。這是新聞角色與敘事的轉變，其原則仍是基於事實，基於社會的有效溝通。

建構式新聞成立的要件

如果新聞媒體能夠不爲批判而批判，那麼同理心就是必須的。在目前西方諸多建構式新聞的探討中，同理心不常被述及。如果批判不是冷血的，批判是指向建構的，同理心便是必要的元素。

當我們批判某一件事、某一個人，我們必須先同理，理解他在何種時空及基礎下行其所行，言其所言；或者某事在何種條件下產生，這種同理是分析的結果，是解構的成果。眞正的分析與解構如果沒有同理，就不會有眞正的理解。西方的科學主義相信去主觀化，去情感化才能有效理解。對於人與事，情感是必須的，情是應該納入考慮的元素。主觀是無法避免的，主觀性的考察與同理，可促進有效理解。

因此，本書提出建構式新聞的要件是「同理心」，分析問題，爲問題找答案。以同理心看待錯誤，理解錯誤的原因，爲錯誤找出對的典範。

同理不等於和稀泥，不等於鄉愿，而是爲更好的建構與出路。因此，建構式新聞不是政府的傳聲筒，不是一廂情願地報導好消息似的新聞，不是歌功頌德的新聞，而是面對問題的審愼態度。先理解，同理的理解；再分析，周延審愼的分析；再提出問題的解答。同理、分析、解決是建構新聞的三部曲。

丹麥公共電視總監Ulrik Haagerup於2010年提出建構式新聞的理念，其理想就是希望新聞記者能夠以更具社會價值的新聞爲題材，促進社會的進步。[7]Haagerup強調，新聞爲何總要以負面及懷疑作爲題材？爲什麼新聞不能

---

[7] Ulrik Haagerup, "*Constructive News*", Published 2014 by InnoVatio Publishing.

鎖定啓發的、正面的、可行的？（What's inspiring, what's positive, and what's working?）

Haagerup所主張的建構式新聞（Constructive News），與筆者於2005年提出的建構式新聞（Constructive Journalism）理念一致，所見略同。[8]唯一不同的是，筆者希望把同理心放進建構式新聞之中，因爲同理心是充分理解問題的開始，是解決問題而不會撕裂社會的關鍵。當批評之際沒有同情的理解，便會傷害人與人的關係，讓人意氣用事，不再理性論述，進而撕裂社會，讓各群體處在長期的對抗之中。

建構式新聞是朝向正向社會發展的關鍵因素。新近西方學者對於建構式新聞的探討，除了新聞學者及從業人員的加入，更有心理學家從正向心理的角度探討建構式新聞。McIntyre分析，近年電子與平面媒體閱聽者的式微，很大一部分與過度的負面報導有關。[9]McIntyre的研究顯示，看正面新聞的人會產生正面情緒，並且對於社會會有正向的態度及正面的參與；看負面新聞的觀眾會產生負面情緒，並且相當程度上造成對社會的反感與冷漠。因此，強調正向思維的建構式新聞，對於社會的正向參與有積極的貢獻與價值。

在當代社群媒體高度發展之際，擴大公民對於社會的正向態度以及積極參與度，是建構社會共同體的關鍵。媒體鼓勵公民積極表達，或透過自媒體積極參與公共事務討論，是公民社會成熟的絕佳契機。

新近提出的開放新聞學（Open Journalism），企盼公眾對於事件或議題有更開放全面的投入，特別是自媒體的盛行，提供便利管道，讓公眾參與公共事務的討論。開放新聞學依《衛報》（*The Guardian*）編輯Alan Rusbridger所界定，乃是鼓勵公民主動對公共議題提出辯論，公共事務不再是記者的權威與專利，在開放的討論空間裡，公民分享彼此的訊息、信念與價值。[10]

8　何日生，《媒介素養概論：公益社會與媒介》，五南出版社，2005。

9　Abigail Elizabeth McIntyre, *Constructive Journalism: The Effects of Positive Emotions and Solution Information in News Stories.* University of North Carolina, Chapel Hill, 2015.

10　Alan Rusbridger, The Guardian, What is open Journalism, and What is its Appeal? 2016年2月3日。

開放新聞學所倡議的這種公共領域的開放性，實有助於建構式新聞的盛行與實踐。問題的解決本來就是公開的討論，在開放式的、理性的論證中，找出社會諸多問題的解答。一如Robinson提出的「Journalism as Product」蛻變成「Journalism as Process」[11]，建構式新聞在新媒體發達的時代，必須開放自己專業的侷限，容納更多的意見進入新聞論述，如BBC、CNN等都開放空間，讓公共自媒體的意見能被吸納進來，共同表達社會議題的意見，以及尋求共同解決之道。

同樣的，讓公眾意見進入新聞專業領域的論述，公民言論的素養必須提升與加強。對於訊息的準確、發言的態度等，都必須涵蓋在建構性新聞的基本理念之中，同理心、完整分析、理性討論，是當代公民社會必須具備的言論素養。只有在這基礎上，開放新聞的理想與建構性新聞的理想才能真正體現其價值。

建構式新聞的實踐原則

建構式傳播與新聞理念之實踐，必須涵蓋記者、自媒體、媒體擁有者、政府、司法共同協力，促進社會的理性與有效溝通。言論自由在保障個人權益之際，更需促進社會的和諧與良性發展。亦即，言論自由與新聞自由必須建立在打造更良善的社會而努力。它不只是為了追求個別真理而犧牲整體和諧與發展，也不是為了整體社會發展而抑制個人言論自由。

建構式新聞與傳播的十個理念，不同於傳統的新聞觀點，筆者總述如下：

1. 非冷漠旁觀，以同理心對待所有採訪者是建構。
2. 非嗜血幸災，看到錯誤要找出對的範例是建構。
3. 非商業炒作，認真探討重大的公共議題是建構。

---

[11] Robinson, S. (2011). Journalism as process: The labor implications of participatory content in news organization. *Journalism & Communication Monographs*, *13*(3), 138-210.

4. 非挖掘瘡疤，眞誠瞭解事情的緣由發展是建構。

5. 非尋找對立，建立社會理性對話與瞭解是建構。

6. 非刻意攻訐，眞誠信實地聆聽查證訊息是建構。

7. 非負面取材，爲每一個負面事件提供正面典範。

8. 非深化批判，爲各項問題尋找解決之道是建構。

9. 非價值中立，以公眾利益爲念擴大討論是建構。

10. 非監督爲責，爲建立更美好的社會努力是建構。

建構式新聞之於公民社會，是以良善的動機爲前提，「觀察、評價、參與」社會中值得被報導、需要被溝通、期待被解決的公共議題，或值得全體社會保護、尊重的個別權益。

「建構式新聞」強調記者報導必須以「同理心」出發，對不同被報導或傳述對象必須給予尊重。在輿論法庭中，任何人的尊嚴都必須先被保護，正如法庭中的被告享有跟原告一樣的權利與尊嚴。政府必須是公共利益的維護者，而不是政黨或財團的擁護者。

政府必須平衡個人言論自由與公共利益，擬定出有效的傳播政策，擴大言論多元、增益社群溝通、去除政治及商業的操控，建立一個開放獨立的公共領域以及理性、公平的公共輿論場域。

司法的角色對於言論秩序至關重要，建構式新聞與傳播體系的建立，有賴於司法系統更積極地維護個人名譽、排除言論壓抑之際，建立言論的誠信與理性。這是公共輿論的合理秩序建立的條件，也是確保整體社群和諧與良善道德文化的基石。

人類歷史證明溝通的能力，是人類社群形成的重要關鍵。動物有能力傳授技能給下一代，但是動物無法宣說故事。說故事凝聚人類社群。從口傳時代，到文字時代，到電訊時代，人類的傳播媒體在君主專政與宗教權高漲的時代，其言論權掌握在少數人手中，經過近代數百年科技與工業的發展，藉由商業的力量，讓傳播媒體逐步擴展爲人人皆具有平等的發言機會。但是大眾言論或群眾言論的混亂所帶來的社會分化與失序，是另一波新的危機。我們如何將大眾與群眾的言論，轉化成公眾的理性論證，我們必須建立言論的新秩序。此

項言論的新秩序不僅僅是針對新聞記者專業，更是對於所有能在輿論發聲的公民全體。

　　只有我們發言的心態是立基於建構式的理念，亦即同理心、傾聽不受歡迎的意見、包容、尊重、不惡意攻訐、不製造假訊息、不是為批判而批判，而是為問題找解決之道，為錯誤尋找出路，並共同為建立一個良善的社會而努力。如此，我們才能在當今這麼豐富而多元的傳播科技時代，享有它帶給人類文明蓬勃發展的美好果實。

上篇

爲何需要建構式新聞？

Why We Need Constructive Journalism?

Chapter 1

新聞自由的再思索

Redefines the Freedom of Press

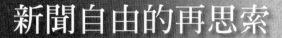

新聞自由，究竟是引導我們走向眞理？抑或是，它僅僅反映了權力的競合？

1911年，哥倫比亞大學成立美國第一所新聞學院，它的創辦人就是美國最著名的報人普立茲（Joseph Pulitzer）。普立茲於20世紀初曾說：「新聞記者是站在國家這一艘巨輪的駕駛臺上之觀察員。」[1]普立茲賦予新聞記者如此崇高的地位與責任。

但同樣是在20世紀初，美國總統泰德·羅斯福（Theodore Roosevelt）卻稱新聞記者爲「扒糞者」（Muckraker）。[2]這兩種天壤之別的稱謂，說明我們身處的社會，對新聞自由的角色之認定極端分歧。

新聞自由，究竟將給社會帶來指點迷津的智慧？抑或只是提供社會一種相互攻訐、齷齪的、揭人隱私的工具罷了？

這兩種答案恐怕都是正確的。因爲在標榜新聞自由的時代裡，沒有任何的根據或基礎，讓新聞場域只能容納有良知的社會菁英發言。自由意味著容許犯錯，或無所謂對錯，只作相對性的價值之呈現。

何謂新聞自由？

新聞自由，意味著給予人人發言的機會，記者自稱是駕駛臺的觀察員，或

---

[1] Nicholas Lemann, *The Transcript of Pulitzer Centennial Lecture*, Columbia University, 2004, 9, 28,

"A journalist is the lookout on the bridge of the ship of state. He notes the passing sail, the little things of interest that dot the horizon in fine weather. He reports the drifting castaway whom the ship can save. He peers through fog and storm to give warning of dangers ahead. He is not thinking of his wages or of the profits of his owners. He is there to watch over the safety and the welfare of the people who trust him."

[2] Wm. David Sloan, James G. Stovall, James D. Startt, *The Media in America,* Publishing Horizons Inc., 1989, p. 263.

許只是記者自身的一種偏見與身段；或許新聞自由的諸多問題就在「自由」本身，就在於新聞是一個「自由的場域」（The Domain of Free Discourse）；因為是「自由的場域」，所以不同的人都同樣地以社會菁英自我標榜，都會以自由為幌子來攻擊對手與爭奪利益。抱持不同價值觀的人們，會互相在這「自由的場域」中頌揚自己並任意地汙名化他人。雖然如此，難道我們就要因此去除自由，而逼迫社會採取一致性的觀點，以避免自由之後的混亂與弊端？

「新聞」與「自由」這兩個名詞的定義，單單其中一個就已經夠混亂，何況當它們必須放在一起，並期待被同時體現。

什麼是新聞？什麼不是新聞？新聞與其說是傳遞新的訊息，不如說是記者與編輯們、媒體老闆與廣告商們、政府與有權力者們所關心的訊息。自由的光環，加深了不同社會與族群對新聞的取捨、認定與詮釋。但如同其他權利之於自由民主的社會一樣，自由的程度取決於權力的大小，因此也讓新聞自由不只反映了社會的價值光譜，也反映了權力的光譜。

這種見解與17世紀所衍生出來的新聞自由理論是截然不同的。啟蒙運動的學者們深信，只要給大家言論與出版之自由，真理就會自然地呈現。最顯著的理論是17世紀約翰‧彌爾頓發表的《論出版自由》（Areopagitica）一書。約翰‧彌爾頓強調，社會中的各種觀念，唯有在公開的意見市場中自由競爭，才能獲得真理。[3]這是影響最巨的新聞自由之思想。

但是幾個世紀之後，現實社會裡的新聞自由之體現，是否真如自由主義的學者約翰‧彌爾頓或霍布斯等人所期待的，是呈現社會的整體脈動；反映群體真實的經歷；讓各種意見充分的陳述；最終個人自由的權利獲得保障？抑或是，它只反映了編輯者主觀的價值、甚或偏見；僅僅呈現商業價值底下的訊息，而把整體社會的利益壓制在傳播業者利潤的考量之下；它究竟呈現了攸關公民社會極大利益的公共議題？抑或是反映了政治權力的爭奪？而在各種力量相互傾軋之後，勝利者得以掌握發言權，並藉由發言的機制操控輿論，進而左

---

3   John Milton Areopagitica, For the Liberty of Unlicensed Printing, 1964, *Who ever knew truth put to the wors, in a free and open encounter.*

右公民的情感及意向。

從彌爾頓的新聞自由理論問世至今四百年來，沒有任何一項社會學科名詞之定義，會像新聞自由一樣，如此令人堅信又混淆，振奮又挫折，喜愛又厭惡。這矛盾與歧異的原因為何？原因之一，至少是彌爾頓所未曾預見的，亦即言論的市場，從來就不會是一個自由與公平的發言環境。

傳統新聞學者深信，新聞自由之目的是促進公共議題的充分討論，它提供一個公平、公開的機制，讓公義與真理得以伸張。經由這種機制對社會的公益與良善價值做出具體貢獻。

但現實是，每一個人的新聞權（The Right of Press）從來就不是平等的，一如其他的人權（Human Right）不可能完全平等一樣。而新聞權與言論權的不同之處在於，新聞權之擁有，必須擁有對訊息之接近、發送與再造的能力。這使得擁有訊息再造的機構或人們，擁有絕對優勢的新聞發言權。

新聞機構才是擁有新聞權的人。而如今，誰擁有新聞機構？全世界的新聞工作者每天大量產出不同的新聞訊息，但是不管他們曾經多麼的具有社會影響力，最終他們必須面對的新聞現實是，那些擁有新聞發言權的不是記者，而是每個月支付他們薪水的媒體老闆。新聞自由發展了將近四百年，我們不禁要問，為什麼我們的體制會變得如此呢？為什麼自由世界之憲法保障的新聞自由，最終淪為少數的財富擁有者，掌握著幾乎是絕對的新聞權力呢？

誰擁有新聞自由？

1998年，CNN的幾位資深新聞製作人及記者，報導美國軍隊在越戰期間曾經使用一種神經毒氣沙林（Sarin）對付越南難民。這則新聞雖然它的確切性還須進一步調查，但是在製作調查過程中，CNN高層卻在無預警及未說明理由的情況下，下令製作人與記者不得繼續製作及調查該新聞。負責調查製作這則報導的製作人包括April Oliver和Jack Smith拒絕接受放棄調查的決定，也拒絕接受CNN高層將他們調職的命令，最後這兩位製作人被CNN解約並退

職。[4]這其中的轉折是,當美國國防部及軍事工業聯合會知道CNN製作人在進行神經毒氣的調查新聞之後,就立刻向CNN高層施壓。CNN高層受到來自官方及業者的雙重壓力下,只好屈服,下令封鎖這則新聞報導,並將製作人調職。這是典型當代的新聞控制,亦即寒蟬效應(Chilling Effect)。

政府及企業主對新聞的操控不是來自監禁記者或直接的經營媒體,而是藉由金錢及權力的適當使用,讓新聞單位的主管們主動自願配合,對於有異議的記者進行施壓。[5]

權力、金錢,以及新聞主管互相依存的生態關係,正決定了今日社會新聞自由的真實面貌。

新聞自由與其說是表達社會的真相,表達社會的公共利益,不如說是一種權力的競合(Co-competitive),它是各種有權力的、有影響力的人,在公共輿論的場域裡相互爭取發言權。這些有權力的人可能包括政治人物、企業家、廣告商、新聞記者、意見領袖,以及不遺餘力爭取輿論支持的利益團體等。新聞之本質一如美國前國務卿季辛吉(Henry Kissinger)所認知,看新聞不是看哪一則新聞被報導,而是那一則新聞如何被報導,或是該則新聞以多大的篇幅被報導。「篇幅」亦即代表社會價值的取向;而社會價值在公共輿論的場域裡是被權力所決定。

新聞是機構性的權力

新聞之所以很難真正實現傳達社會真相、記錄良善典範,是由於新聞權是機構性的權力。新聞權與言論權最大的區別,在於前者屬於機構,後者屬於個

---

[4] CNN Retracts Tailwind Coverage, July 2, 1998.

[5] Robert McChesney,《富媒體 窮民主》(*Rich Media, Poor Democracy*),新華出版社,1999,p. 69。

人。[6]「機構」是一個新聞媒體得以存在的基礎，但它同時也是讓新聞無法真正為人民、為真理服務的一道枷鎖。一般而言，新聞權之界定須包含三項條件：一、接近消息來源的權力；二、製作與剪輯之機制與能力；三、傳達新聞之機制與能力。不能同時具備此三項條件，便不可能取得新聞權，故而新聞自由不同於一般性的言論自由。

一般言論自由傾向於個人得以表達一己之意見，而新聞自由則立基於新聞權之上，表示言論發表者可以探討公共議題，具有接近各種重要事件之人與物的權力。此一權力並不屬於每一個人，它是經過檢選的，是有條件的，民眾仰賴幾個記者幫忙掌握社會問題，報導重要事件與政策，反映公共議題與利益，某種程度上如同代議士一般是具有代表性的。因而新聞權並不屬於每一個個人，而是屬於特殊的一群人，是經由機構所檢定的一群人。

既然新聞自由屬於一種機構性的權力，就必然有著機構的限制，一方面它必須符合市場需求，有著商業成本與利潤的考量；一方面又受制於其官僚體制，對於新聞的選擇，不可能任由記者自由報導、主張，即使是一線的記者也不能全憑自己的專業判斷。進一步言之，機構是屬於某一小群董事會或某一個執照擁有者，他有權力決定這個媒體機構要走什麼方向，而記者不過是員工罷了，記者所能發揮的能量其實受到很大的限制。

除非這個執照擁有者是很開放的，他能給予記者相當大的權利與空間，去揮灑他們所看到社會重要的議題、事件與公共利益。反之，若此執照擁有者是某個偏狹的一方，或有著強烈的意識形態，那麼記者的空間就會變得非常有限。所以，新聞報導並不如我們所想像的那麼自由，它有著機構中官僚體制以及商業運作上的限制，其新聞自由是被約制的、被形塑的，甚至有時是被操控的、被扭曲的。

儘管憲法規定全體公民具有言論及出版之自由，但是在真實社會中，新聞權是不平等的，發言權不是普遍的；這不僅僅是因為發言權控制在報社、電

6　林子儀，《言論自由與新聞自由》，月旦出版公司，1994，p. 81。

視臺的老闆及編輯記者手中，更是因為新聞的篇幅及人類接收訊息的必然限制，造成訊息的瓶頸與言論的有限性。因此，人人得以公平地在公共領域裡發言幾乎是不可能的。

管理新聞自由的機構

　　新聞權之所以不可能是自由、公平與開放，除權力之運作外，訊息的接收與傳遞管道之有限性，亦是新聞權本質的限制。一如在教室裡不可能每一個同學同時講話，因為如果每一個人都同時講話，將沒有人能聽得見。言論自由或新聞自由不只是說的自由（the right to speak）、發表的自由，還包括接收訊息的自由（the right to receive），所以，發言場域裡只能一個個發言。而由於時間是有限的，所以，發言的人還必須限制時間長度，這使得言論自由或新聞自由永遠不是絕對的，不是無所限制的，亦即不可能絕對的公平。既然言論場域會有限制，無論是限制人的發言次序或限制時間長度，擁有限制權的人，就擁有了新聞的掌控權，也因此我們推論出新聞的背後是「權力」。

　　過去掌握新聞權的機制是政黨與政府，他們基於所謂頻道有限的原理，約制新聞言論的管道。直到今日，企業主以握有資金的優勢，掌握了媒體經營，也直接接管了整體社會新聞言論的趨向。專業新聞總編輯與記者們則是淪為聘雇者，他們必須在新聞理想、理念，以及身為專業經理人的現實限制之間擺盪著。雖然如此，企業主、政府、記者與編輯，皆因為掌握了發言的次序及管道，因而握有了超乎一般平常百姓所能想像的發言權力，亦同時掌握了社會價值的分布及歸向。

　　最被全世界所稱道的美國之新聞自由，新聞媒體的確擁有極大的新聞及言論尺度。開國元勳於憲法修正案第一條就說："Congress shall make no law to prohibit the freedom of speech, or of press……"[7]這裡的no law——沒有任何

---

[7]　Robert J. Wagman, *The First Amendment Book*, Pharos Books, 1991, p. 39.

法律，聽起來似乎說明新聞與言論權是絕對的，政府不可以訂定任何法律對新聞言論作出限制。但是美國開國元勳所說的"Congress shall make no law……abridging the freedom of speech, or of the press……"（「國會不能制定法律限制新聞及言論自由……」），相當程度上固然避免了政府箝制新聞自由的危機，但是美國開國元勳卻沒有提及、沒有預見、也無能避免私人企業與市場法則對於言論的衝擊與影響。企業與市場法則在今日恰恰大幅度地限制了新聞與言論自由之表達，這恐怕是美國開國元勳始料未及之事。進入21世紀，所有的已開發國家或民主國家所懼怕的不再是政府箝制言論自由，而是擁有媒體的企業主或廣告商支配了所有的傳播言論場域。

前面說明因為新聞言論自由的前提不只是立意保障人民「說的自由」，更必須保障「聽的自由」，因此，公共領域的言論規範是必然的。但是過去政府的規範可能是言論的行使方式及地點（Conduct Speech），但不規範言論的內容（Content Speech）。例如不能在住宅區開設大型演唱會，演唱雖然也是言論權，但是在住宅區會干擾他人，所以可以限定時間、地點及方式，例如在公園演唱，但是喇叭聲不能太大等。將此標準放諸於電視，你不能隨便發送電波傳送電視訊號，因為會互相干擾，這跟教室裡同學不能無限制隨機同時發言，那就誰也聽不到是一樣的。言論行使方式包括無線電波傳送、有線電視管線傳送，或經由報紙印刷傳送，這些方式，政府可以或多或少地基於維持公共領域之順暢，確保言論被公平的傳達及接收，政府當然可以規範。但對於言論內容，政府卻不能介入管理。這一部分不只是政府不能限制人民不能說什麼，也不能限制人民必須說什麼。箝制言論（Censorship）與強制性言論（Compulsory Speech）都是不被允許的。

這種政府對於言論及新聞自由的角色，已經逐漸在全世界的民主自由國家形成共識。但是新聞內容仍然不是絕對的。毀謗他人及色情言論仍然被許多國家列為限制的範圍。除了毀謗必須經由法律認定之外，猥褻及不雅言論在各國都有不同的限制標準。美國媒體規範不雅言論及內容，以電視來說，只能允許在Harbor Time，亦即晚間10點以後才能播出。但是美國的法令及法院嚴格限制猥褻言論的傳遞及發送。這種猥褻言論可能包括未成年兒童之性器官及行為

之披露，人與獸不當之身體接觸、甚或性行為等，都被嚴格限制。

　　在臺灣則以不違背善良風俗的原則，基本上除了鎖碼頻道，一般的電視及報紙皆不准撥出不雅或猥褻之言論。至於何謂不雅言論及新聞內容，觀點及標準從來就不一。美國雖然明定社區標準，亦即「缺乏社會、人文、科學或藝術價值」的言論稱為「不雅言論」。但是問題是，哪一種言論不宣稱其具有某一種社會人文科學或藝術價值。或許美國大法官Potter Steward講得好，何謂不雅言論？他說：「當我看到的時候，我自然就知道了。」（When I see it , I know it.）[8]

　　近期的新聞傳播理念，沒有人認為言論權及新聞權是絕對的。另外一種言論或新聞被認為必須禁止的，就是煽惑性的言論。美國著名的大法官荷姆斯（Oliver Wendell Holmes）在1919年的釋憲，提出立即和明白的危險（Clear and Present Danger）。[9]荷姆斯說，一種言論如果足以引發「立即而明白的危險」（Clear and Present Danger），就應該被限制。例如在戲院裡有人惡作劇大喊失火了，因而引起人民的恐慌，乃至相互踐踏，喪失生命，這種言論是必須被禁止的。

　　新聞不可能絕對自由，已在先前說明。它的限制來自於，包括言論市場的權力結構與機制，篇幅與管道的限制，言論自由保障說與聽的自由，因而必須有人管這個次序，因此不是任意的自由。加上毀謗性言論、猥褻與妨害公共安全的言論都必須有所限制之外，新聞的自由度仍然具有極大的權力與能量，發揮它的社會影響力。但是我們要探討的是，這個巨大的社會影響力是否被正確與妥善的執行？新聞應該作為表達社會的真實圖像，讓人們能夠經由它而更理解自己所處的世界與保障自身的權力，這兩項目標有沒有隨著新聞自由的擴大而得到實現？

8　Potter Steward, *Jacobellis v. Ohio* (378 U.S. 184), 1964.

9　Justice Oliver Wendell Holmes, *Schenck v. U.S.* (249 U.S.47), 1919.

新聞自由與眞實社會

一件事不管它有多重要，如果沒有被報導或記錄下來，就好像從來沒有發生過。新聞作爲反映眞實社會的圖像，永遠都是不足的。這不只是因爲新聞的資源有限，更是因爲新聞的選擇和新聞的觀點，適足以阻礙眞實社會圖像之反應。

希臘哲人賽諾贊芬曾說：「如果獅子或馬有手，也會把牠們的神祇畫成馬及獅子的樣子。」[10]每一個人都是從主觀的價值面向去看這個社會，去記錄及報導他們認爲重要的人物及事件。新聞記者也不例外。一個社會，每天可能發生成千上萬的事件，但是只有不到數百個事件有機會被記者報導出來，其他被忽略的事件幾乎永遠地被社會集體遺忘。

何謂眞實？新聞的眞實僅僅是反映了新聞記者的價值觀？抑或他能眞正客觀呈現出一個眞實社會的圖像？

記者報導的新聞，他們選擇憑恃的標準是什麼？他們的標準是否能眞正反映這個社會中多數人的經驗及情感？另一方面，即使記者們宣稱目前媒體之多樣性及客觀性，已經能將多數的經驗記錄下來，但記錄多數經驗之另一面，是否意味著少數人的心聲將必然的或當然的被遺漏及忽略？

我們必須探討現有之新聞體制究竟用什麼方式呈現社會之眞實，他們所呈現之社會眞實，是如何經由媒體的報導被強化，進而引導整體社會之走向，建構社會集體的經驗和記憶。

新聞謬思一：記者作爲一個中立者

對於新聞而言，事情被知道，比事情如何發生、爲什麼發生、或避免它發生更爲重要。假設一個記者在海邊採訪，拍攝海邊的海浪，正當全神投入拍攝

---

10 鄔昆如，西洋哲學史話，三民出版社，1977，p. 34。

過程中，突然看到一個少女跳海自殺，在海裡沉浮，這個時候，記者要先拍還是先救？這個是抽象的問題，但在實際的新聞經驗中的確發生過。

　　2000年發生在臺灣中部八掌溪事件，四位工人在工作中突然遇到山洪爆發，河水突然暴漲，讓四位工人困在河流中，記者聞訊立刻前往採訪。由於河流湍急，除了直升機，幾乎無法救助這四位困在湍流中的工人，河水不斷暴漲，情況十分緊急。由於警方缺乏直升機，因此警方向某軍事單位調用直升機，但該軍事單位以不符合行政規定為由拒絕出動直升機。記者在旁也知道這個狀況，但是記者忙著打電話，尋求更多的現場直播車來轉播，卻沒有一個記者願意或想到要打電話給這個擁有直升機的軍方單位，告訴該單位主管救人第一，務必排除萬難派直升機救援。想像有一位記者，或是記者們接連打電話給這位軍事指揮官，這位指揮官派直升機前往協助救援的機會應該會增加很多，因為他能想像不到達救援所將遭受的輿論後果。

　　但是因為記者們長久被教育著，新聞的職責就是報導，參與救災本來就不是記者的主體任務。其實當時只要記者打電話給該單位主管，該主管在記者的壓力下，極可能立刻派出直升機救援。但是記者們寧願調更多的直播車來，也沒有人願意或認為有義務協助調派直升機。就這樣在集體的冷漠中，四位工人在眾目睽睽下，在二、三十部現場攝影機、十多部SNG直播車、將近一百位記者全神貫注的記錄見證下、在數百萬觀眾的凝視中，被河水沖走了！這是我們這個時代，新聞尊嚴最大的諷刺和傷痕。

　　這是我們當今新聞工作者的邏輯，看到有人溺水，第一個反應是先拍下來，救人得等別人救；畢竟記者只負責拍攝採訪，有人救援，記者作忠實記錄，沒人救或救不起來也忠實記錄，救與不救都與記者無涉。這就是當代新聞記者所信奉的中立、客觀、忠實報導。

新聞謬思二：報導結果或報導過程

由於記者的報導多半傾向於報導結果而非過程，著重報導現象而非事件原因，這使得新聞並不能提供一個整體的社會發展進程及其所面臨之困境；新聞更無法呈現隱藏在社會深處的思維及情感，並進而提供一個可以理解它的方法和途徑。

是什麼理由，讓一個記者認定：一個中年男子駕車拒絕臨檢的重要性，大於一個必須負擔家計的中產階級男子被老闆開除失業，而必須讓前者登上晚間新聞？酒醉拒絕臨檢在電視畫面上經常被看到，但相反的，一個失業者絕少能上版面，除非他用激烈的方式引起社會的注意。記者的被動性正是侷限記者能更充分反映社會真實圖像的第一個原因。除非被主動告知，否則記者無從主動地認知到某一個家庭問題或某一個社會現象。那些亟欲表達自己的，自然在媒體擁有更大的發言空間，也享有較高的權力。**在酒醉臨檢的新聞裡，記者有穩定的消息來源，那就是警方**，警方希望大家看到臨檢成績，或提醒大家不要酒後開車。然而，那位失業者一直得要等到他落魄到自殺或犯了罪，他的問題才會被知道，否則他悲慘處境，也不過是許許多多消失在訊息滄海中的一粟，永遠不會被世人知道。

同樣的一個普通的失戀者或是感情失意的人，也未必會被報導，一直要到他絕望地自殺，他的問題才會變成占滿頭條或頭版的重要新聞。

新聞其實不新，一切都是等到結果無法挽回後，才會被理解及報導出來。這些事件對於閱聽人而言，當然是一件未曾聽聞之事；**但對於當事人而言，事件的即將落幕，才是新聞的開始**。新聞不只對於改變社會及個人命運來得太遲，對於呈現一個人或一個社會的命運及問題一樣是慢半拍。但為什麼我們卻一再地宣稱，這些已經屆臨終點的際遇和命運為新聞呢？**關鍵在於，新聞真正在意的是閱聽人，而不是事件的當事者**。這聽來似乎是十分弔詭，但是這個預設的邏輯存在一切的新聞理論及新聞報導之中。

新聞謬思三：閱聽人導向，而非當事人導向

以閱聽人的興趣及關心為導向，是當今新聞取材的一項迷思。知的權力之高漲，遠遠蓋過基本人權應該受到的尊重。在報導的過程中，記者心裡想的是觀眾的興趣、收視率，當事人的權益或受訪者的感受絕少是主體。這使得新聞記者的態度變得生冷旁觀，也使得受訪者淪為新聞產業消費的對象。

沒有任何一個時代的新聞及文化紀錄像這個時代一樣那麼接近資本消費形式。受訪者成了產品，記者是廠商，是製造者，閱聽人也被化約為消費者。一直以來，記者必須保持客觀冷靜，這個理念本身就充滿了對受訪者的忽略。客觀報導意謂著新聞內容的客觀地位，高於當事者的本身處境。記者負責報導，不宜投入感受，意謂著記者關心的主體不在受訪者身上，而是閱聽者的看法及感受。受訪者的互動只是過程，記者真正在意的是閱聽者的喜愛及肯定，這使得整個新聞理念及體系充滿了對當事人的漠然及疏冷。而當記者對受訪者及新聞當事人的態度是消費的、是不投入情感的，新聞作為基本人權之保障更是脆弱不堪。正是這樣的理念，讓新聞追逐著閱聽人的興趣，使得當事人的權益逐漸失去地位，隱私、名譽、尊嚴、情感都淪陷在觀眾貪婪無止盡的好奇及窺看之中，這使得當代社會在媒體開放之後，基本人權並沒有獲得更多保障，反而促使社會的紊亂及失序持續加劇。

記者所信奉的中立客觀，不只未能使記者富有必要的人性之熱情，事實上，中立客觀之態度，也並未使新聞記者更冷靜及善於觀察問題之趨向。一窩風是記者常有之弊病。記者採訪工作的生態就像是世界盃足球賽，成熟的隊伍不會追著球跑，球員會自然而然地守住自己的崗位，顧好自己的那一個區域，不會一窩風擠在一起。當今媒體正像是一支剛出道的足球隊，總是往球跑的地方擠，球到哪裡，大家就立刻衝過去擠成一團，這是當今媒體的特色。遞麥克風，擠麥克風文化，造成採訪工作的集體混亂及盲目。

我們以為只要媒體夠開放、夠多元，我們就能避免這種集體性的盲點發生，實則不然。多元及獨立自主、有清醒意識的媒體，少之又少。你很難想像一個國家的消費者，一年花了幾十億創造出新聞內容之同質性高達80%的電視

新聞頻道及多家報社。大家吵的幾乎都是同一條新聞，這是集體意志所造成的抑制。當集體意志鎖定在特殊議題的偏見裡，它就自然抑制了許多社會存在的深沉問題，抑制了具備觀察問題形成之端倪的那份能力。大家只報導顯而易見的結果，追逐那說話最激烈、行為最奇特的人物或事件。

這個盲點不只是記者缺乏判斷及知識，它其實根植於新聞記者只重視閱聽人知的權力和興趣，而忽略了受訪者本身、事件當事人，他們其實才是新聞及社會之主體。記者所追尋的應該是某議題對整體社會的影響，而非僅僅是閱聽人之青睞及賞識。

媒體的守門員應該擔任類似經濟市場裡供給面之創業家的角色，而不是成為以需求為導向的生意人。記者問的不是觀眾愛看什麼？而是什麼對整體社會影響最深？什麼議題及人物與民眾的權益最相關？什麼樣的報導角度及方式最能呈現受訪者及事件的真實面貌？什麼事件最能協助建構一個較好、較公平的社會？

現代的新聞記者離公眾趣味愈來愈近，卻離公共利益愈來愈遠，原因是我們不把受訪者視為主體，不將新聞內容及議題視為新聞傳播的目的，而是在閱聽人為導向之理念下，逐漸走向媚俗，深信市場法則，將議題之操作及受訪者視為消費的一項商品，是獲得閱聽者——即消費者——青睞的工具，不只議題的內涵消失了，受訪者的人格特質及尊嚴也蕩然無存。而當新聞的兩項核心價值淪喪之後，記者最終也失去了守門者之角色，並失去作為社會意見領袖的新聞職志。

因為這兩項迷思，媒體愈多家，受訪者尊嚴愈低，議題就愈一致，並且最終趨向浮面的對立，以及忽略社會問題形成過程之探討。這種以閱聽人為導向，而忽略受訪者權益以及社會整體變化之新聞立場及態度，其實在新聞的發軔初期就已經形成。

新聞謬思四：是誰催生了新聞？

　　早在15世紀，歐洲的類報紙就已經逐漸發軔，那個時候展郵報或類新聞媒體主要是王室為誇耀海權擴張之功績，或是為了商業訊息之目的而創辦的。換言之，新聞之發軔及崛起是為了說服國民以及提供商人買賣訊息的取得為目的，一開始就是以閱聽人為導向。

　　1485年當英國都鐸王朝亨利七世執政之後，對資訊的控制就相當重視。亨利七世所簽署的新聞出版之執照法，一直沿用到1695年。亨利七世控制著新聞的出版，不僅僅出版對自己有利的新聞，同時也慎選新聞發布時機。這個時期，政府對於出版之刊物或快訊嚴加控制。這些newsletter多半是不定期推出，真正一份每週經常性發表的類報紙，建立在1655年的牛津快訊，它是一份為官方喉舌的刊物。

　　另外一位都鐸王朝君主伊莉莎白女王，對媒體的掌握及控制也是不遺餘力。老百姓不准辦報，郵報是君王統治臣民的工具，說服臣民是報紙之重要功能及管道。1606年，英國王室還通過律法，主張新聞郵報不能詆毀王室及政府，即使新聞內容說的是真實的，也不允許。因為沒有比真實地揭露政府弊端更能威脅公共的安全，所以，新聞不能批判政府是早期新聞郵報的基本信念。即使在1713年的Rex. v. Franklin個案中，首席法官湯馬斯·雷蒙還明言真實論述不能作為一項詆毀政府言論之抗辯，因為對於詆毀政府而言，真實論述的危害更劇。因此，新聞之真實與否不是最重要的，重要的是新聞不能煽惑閱聽人對政府之不信任。新聞在那個時期，政府至上，新聞不是反映市民思想，而是政府掌握、控制人民意志的工具和媒介。

　　新聞媒體成為市民一項自由表達意見及主張之工具，是美國獨立戰爭時期才逐漸發展出來。在美洲大陸殖民地時期，新聞郵報如雨後春筍般湧出，1719年的《波士頓郵報》（*Boston Chronical*）到1775年之間的《康乃迪克郵報》（*Connecticut Courant*），美國的東北角出現將近11份的郵報。這些郵報曾為鼓吹脫離英國邁向美國獨立戰爭的喉舌，雖然美其名為表達殖民地民眾之心聲，實則一樣是基於政治之目的，以媒體作為說服民眾的重要利器。新聞不

是今日所謂反映多元客觀事實，而是作為政治鬥爭的一項工具。透過媒體號召及說服閱聽人起來反對英國統治，以達成獨立建國的目標；媒體在獨立戰爭前後所扮演的這項功能是成功的。

然而，作為反映一個社會真實圖像及協助社會間的彼此溝通，仍有一段距離。今日媒體的目的在取悅閱聽人，當時媒體之目的在於說服並控制閱聽人，而不管是取悅或控制媒體，始終都是以閱聽人為主軸。閱聽人的認可及忠誠，過去或現在一直是媒體最主要的目標。然而，這種思維有何錯誤呢？

新聞從發軔之初，從來都不是作為純粹社會公民溝通的工具，或交換意見的場域。不管是政治的操控或商業的利益，閱聽人是被滿足的對象。閱聽人滿足了，回報給媒體擁有者的是政治支持或廣告收益。所以，新聞是權力操控及商業利益獲取的機制，從新聞發生的開始已然成形。

哈伯馬斯曾言，新聞作為一個公平、公開的溝通場域是市民社會（Civil Society）崛起之後才有的概念。在此之前，甚或今天，取悅或操控閱聽人一直是媒體不遺餘力的目標。這過程中被報導的主體，一直是政治操控及商業利益的一項工具，它甚少是被關心的主體，而是利用來行使利益獲取的玩偶，當工具性的玩偶失去其價值，就可能被丟棄。這是為什麼許多暴紅的名人常覺得被媒體消費了。

本文所主張的，並不是反對以閱聽人為主軸的新聞基調，因為沒有閱聽人，新聞報導就是個人之日記心得，不具客觀溝通的價值。然而，新聞之主軸不應只是以討好閱聽人，如今日媒體所為；或求取閱聽人之認可，如獨立戰爭前後媒體所為。媒體應作為表達社會真實的圖像，以當事人之處境及觀點為訴求重點，傳遞給閱聽人，以達成有效之社會溝通及良性的社會建構。

新聞謬思五：媒體是不是永遠的反對黨？

　　新聞作為對社會弊病的批判是責無旁貸的天職，但這項價值正面臨嚴重的考驗。媒體作為社會的監督者，一方面在企圖挽救它，但也同時逐漸在毀損它。

　　媒體具有幾個主要的管道功能：第一是傳達訊息，第二是提供多元的發言管道，第三是提供社會問題一個解決之道。然而，當今媒體對於第二、三項功能之發揮顯然不足。因所謂提供多元管道給社會大眾，其實不過是提供發言管道給媒體自己；此外，媒體又過於自我侷限，而僅僅作為一個社會的批判者。

　　許多資深媒體人會說自己是永遠的反對黨，究其緣由，實與臺灣媒體發展的特殊生態有關，它是從威權強控的言論環境中脫穎而出的，當時只要反對執政黨，就代表著新聞自由。因此，媒體人急著要脫離威權、要批判威權，認為不批判就得不到自由。然而，認為反對威權就是一個新聞自由的捍衛者，這實是有所謬誤的。

　　一旦媒體淪為一個批判者的角色，儘管對方已做了90分，在媒體眼中永遠只看到那不足的10分。這當然很好，因為問題不被看見，問題就永遠得不到解決，但問題被提出之後呢？誰能解決？如何解決？

　　當一個政客批評另一個政客時，另一個政客同樣會反撲，說對方有什麼問題；當你指責別人的時候，別人也會以同樣的方式來指責你。換句話說，把媒體定位成一個社會批判者，相互影響的結果，就是導致每個人都在看別人的問題，後來每個人都互不信任（誠信乃社會契約之無形根基），並且相互指責、攻訐，也讓閱聽者覺得這是一個充滿問題、毫無誠信的社會，沒有一個人可靠，沒有一個機構值得信賴。

　　現在無論大小媒體，記者們深信當他要去揭穿一個名人的真面目時，他是在揭發社會的真相，並且深信揭發真相會讓社會的道德性更高，會讓一個機構更健全。但實則不然，他只會造成這個社會更失卻誠信，或是以一個醜聞就會毀滅一個人、毀滅一個機構，這背後所造成的傷害其實更為巨大。

這些互相攻訐，經常使得原本就脆弱的社會信任基礎更加速瓦解，因為當社會互信基礎薄弱或崩解，那些為政之人因為社會缺少價值的標準，因為廉恥心的降低，他們反而更容易貪瀆枉法。

新聞自由的再定義：自由不是用來對抗不自由

新聞自由不是用來對抗不自由，而是選擇典範的能力。對抗絕不是新聞自由的真正核心，新聞自由實有著更為廣大的意涵。**自由絕非對抗不自由，自由表示具有選擇的可能性，新聞自由不是去反對威權，而是能對典範進行選擇，能為整個社會提出更具建設性的看法。它要去建構，而不只是批判；它要能指出方向，而不只是告訴大家我們進入了絕境；它不只是點出問題，而是要告訴我們出路在哪裡。**這才會讓一個媒體人變成意見領袖，而不只是一個專門找問題的「扒糞者」。

這並非要媒體僅報導社會的正面而忽略負面問題，然而，標舉善也會產生一種好的循環。標舉典範會帶來一種帶動的作用，讓大家可以學習，因為媒體的影響力就在於它會建構一種風潮，建構一個學習的範例。並且當你去肯定一個人正向的部分，肯定一個政治人物的優點時，並不會讓他因此變得不去改過、不去面對自己的問題，反而會給他一些信心，讓他更能去處理那些還沒處理的陰暗面。

因此，我們應該意識到媒體遠不該只是一個批判者，不該只是批判社會缺失，並不是挖掘一個人的瘡疤就能拯救一個人，適得其反地，你會毀滅他。一棟大樓不會因日照下形成了一個陰暗的角落，便把整棟大樓炸掉。媒體不應該建立在那陰暗面上，它不應該是每棟建築陰影的連結，那只是一部分；而是應該更大範圍地呈現社會正向的部分與值得質疑的問題，使兩者並行不悖。

當代已很難找到文筆優美的作家，只有批判。媒體主持人愈會批判，受到的歡迎愈高；文筆愈辛辣，得到的待遇也就愈好。**究竟是絕望的時代產生絕望的記者？抑或是絕望的記者產生絕望的年代？**這是個值得探討的問題。

作為一個批判者，媒體人認為自己是社會的先鋒；然而，媒體人不是一個拿著刀劍的戰士，要割裂所有的惡，當一切毀滅時，才發現一個沾滿血的戰士，孤獨地站在廢墟上，這不會是媒體人所想要的社會結果。

當批判成為大眾娛樂

其實新聞媒體的批判性如果作為一種深刻的社會反省，它仍是指向社會的出路，但是批判在當今的社會裡已經淪為娛樂的面向。看新聞的批判攻訐已經是一項大眾娛樂，所以人們常會說，看新聞比看連戲劇還要精采。

顯著的案例，如1994年媒體對於辛普森（O. J. Simpson）之調查審判過程的報導。當時無論是美國洛杉磯地方電視臺或世界性權威媒體如CNN等，法庭內的辯論內容每天在媒體上播放，如同連續劇一般地處理，辛普森是演員，律師和檢察官也是絕佳演員，只不過那是一個真實的戲劇。這次事件的報導，代表著美國新聞界也肯定了新聞的娛樂化。其實沒有人必須如此鉅細靡遺地知道每天開庭講了些什麼，這些未必是所有人都想知道的，但當它變成像電視劇一樣播出時，律師也成了演員，一切變成黑白對立，變成一場種族對立的樣板戲，新聞變成了真實的連續劇在上演著，這是新聞娛樂化最典型的一種表現。

這種新聞連續劇，由於收視佳，所以一齣又一齣的接檔。媒體的從業也急著找男女主角，一個個名人的隱私成為新聞連續劇的消費品。

此類娛樂式的新聞連續劇，其報導之本質自然不同於紀錄片，其實兩者大異其趣。新聞連續劇未必有什麼迫切值得需要關注的發展過程，更不去探討受訪者的心路歷程，因為這些都不是新聞的重點；新聞的重點在於對立，而對立本身就帶來戲劇效果，同時也就具有了娛樂效果。通俗電影的取材之所以有這麼多的暴力，正因為人與人之間的對立是最易於表現，並且也是最具票房吸引力。所以，記者從來不下斷言，從來不去探討誰對誰錯，不探討後面的標準是什麼、原則是什麼、理念是什麼，就只是將對立表達出來。

媒體主編深知，為了塑造戲劇情節發展之氛圍，一個新聞內容在一天內能報導完的，絕不在一天內全部報導，而是要隔天繼續炒作。當A今天跳出來控訴B，記者絕不在今天去問B，而是隔天再問，如此一個新聞就可運用兩天。甚或如法炮製，連續多日讓雙方持續相互回應，使新聞的話題性達至最大效益。這些看似新聞報導的題材中，新聞的實質內涵已經流失，因為記者不會真正去探討事件的真相，同時也不會有人關心該新聞對社會的啟發可能會是什麼，因為過幾天，又會有一個新的新聞連續劇開始被炒作。

　　即便在政治新聞中亦是如此，人們重視的不是誰做了什麼政績，而是他有沒有去參與什麼活動？有沒有裝扮什麼造型來討好大眾？政治也變成了一種表演秀，再沒有人願意探討深刻的議題，因為深刻議題一般人不易瞭解，必須閱讀大量知識，並且嚴肅思考。新聞焦點轉移到各政治人物的表演、花絮與對立上，柯林頓吹薩克斯風會比老布希講述一個東歐的外交政策來得吸引人。親民活動要比大談社會福利制度更受青睞，選舉新聞變成了如賽馬報導一般，關心的是誰贏誰輸，而不是關注於攸關社會公共利益與理念的探討。同時，在商業機制底下也不容許記者做這麼多嚴肅的探討，商業競爭全以收視率為主，以觀眾的喜好志趣為主，以致整個新聞的導向愈加走上娛樂化。

新聞市場機制的失靈

　　「市場機制會創造最好的言論」（Marketplace of Ideas），其實是一錯誤的信條。市場機制只會創造出多數人所喜歡的言論，但未必是最好的言論。市場機制下的產品，不過是最受歡迎罷了。

　　古希臘時代，詭辯家於大庭廣眾前辯論，口舌尖銳者便能贏得大家的認同，但這並非真正的真理戰勝了一切。故而智者如蘇格拉底也會為雅典民主的激情所鴆害，故而柏拉圖會如此痛恨民主，因為民主不會產生真正的真理、真正的善與正義。民主有時是混亂的、失序的，而大眾可以是很不理性的暴民之集合。

新聞自由絕非迎合多數，新聞自由是為社會選擇一種典範，而一個好的典範，沒有經過深思熟慮，沒有經過充分的討論，是不可能產生的。當媒體視新聞為娛樂工具，只是一味討好觀眾、追逐收視、獲取廣告主的認同，則新聞便失去了意義，便不可能有持續而嚴肅的討論。廣告主購買媒體廣告，在意的是媒體能夠提供多少的閱聽群，能夠得到多大的廣告效益，卻毫不在乎新聞是如何看待、理解、感受社會的問題，不在乎它是否貼近公共利益與理念的討論。如此，便塑造出一個非常工具性、物化而功利的媒體環境。

在這樣一個物化的環境底下，我們又怎能期待媒體具有內涵與理想性呢？記者、主播、總編輯們心裡明白，無論自己多麼專業、理想多高，只要報份、收視率下降，廣告主不買，第二天便可能遭到撤換，於是整個商業環境與現實的利益讓新聞走向了娛樂。除非這個物化的環境改變，除非我們能在制度上避免媒體走向物化、商品化，否則新聞的娛樂化只會愈來愈嚴重。

新聞自由的品質與一個社會文化的成熟度緊密相關。我們期待新聞自由能夠被伸張，不是單獨要求某個新聞記者做出符合公益的新聞判斷，而是那個新聞機構本身是不是夠多元、夠開放、夠健全？是不是在任何情況下，不會被商業機制牽著走？因為是機制形塑著個人，個人必須在健全的機制底下才能充分揮灑其新聞自由的空間。規範機構遠比要求記者個人行為來得確實與重要。

如《紐約時報》已成為西方世界新聞自由的重要典範，其編輯群、記者群要比執照擁有者更具有權力，他們長期建立並始終堅守的信念便是，讓《紐約時報》成為精緻、自由，並具有廣泛影響力之媒體的代表與象徵。因此，當執照擁有者違背此一信念而過分干預時，便可能導致集體離職，使報社信譽下跌，動搖其市場之生存命脈，而執照擁有者之利益便會有所虧損。故其基本上仍符合於市場需求，而此需求便來自一成熟文化的支持。

尋求新的新聞自由典範之建立

　　新聞人如何自己努力去創造一種新聞典範與價值，其實是一種品格及努力。而這努力必須群體為之才能成功，但群體的覺醒經常是有一個「個人」勇於創造類型及典範。從歷史的角度觀之，文明的發展、更新，有時是一個人的堅持所創造出的一個新的氛圍，社會的方向未必是被多數人所決定的，反而常是因幾位強而有力、又敢於堅持並實現自己信念的人所推動。這便是弗洛姆所指出真正獨立自主、能夠獨行其是的自由人。

　　如美國麥卡錫白色恐怖時代，到處指控他人是共產黨、是社會主義者，他說共產主義不在蘇聯而在美國，窩藏在本土內部的政府機關與企業裡，弄得美國國內人人自危，就連調查局也未必敢得罪他。當時，美國有一位記者愛德華‧默若卻挺身出來挑戰麥卡錫，證明他是錯誤的、是偽善的，證明他的許多指控都是子虛烏有。即便愛德華‧默若本人也被麥卡錫指控為共產主義的同路人，但他的兩次報導就讓麥卡錫在美國快速消沉下去。兩年後，麥卡錫因酗酒過度死亡，結束其一生。

　　這是一個記者所能做的，當整個世界都懼怕的時候，他不懼怕；當全世界都說「是」的時候，他能勇於說「不是」。

　　他要去挑戰一個大家都不敢碰觸的權威，並不是為了對抗而對抗，而是他真正認為這樣做是對的，他覺得有正義在那裡未被彰顯，有個錯誤在那裡未被澄清。是這個理念本身使他偉大，而不是對抗或挑戰使他偉大，他所堅持的是正義真理，而不只是一味的批判。於是他重申了新聞自由的價值，創造了一個重要的新聞典範，讓社會大眾瞭解真相是什麼。

　　從世界媒體的發展來看，適者生存競爭下，媒體家數愈來愈少，只有財力夠大的才支持得久。除非這些少數壟斷的機構，真能讓出媒體為公共事務服務，開放其媒體讓更多意見在此表達呈現，他所在意的是其媒體反映了多少社會的意見以及少數的聲音，他所在意的是社會中期與長期的利益，而不是時時算計著有多少市場效益。然而，他終究是需要財力與商業性的支撐，因而這是一個矛盾的困境。

這困境終究使得愛德華‧默若這樣的不朽新聞英雄黯然離開CBS，商業掛帥的電視臺似乎不需要一個每天讓社會繃緊神經的新聞英雄，而與追求正義比較起來，人們似乎更熱中於追求娛樂。CBS總裁停掉《See It Now》，改以更多的「機智猜謎遊戲」（Jepordy）取代嚴肅的新聞調查節目。這使得愛德華‧默若在1960年代就發出沉痛的呼籲，電視新聞的娛樂傾向將使得社會高貴的價值逐漸崩塌瓦解。

雖然如此，承繼著愛德華‧默若的精神，CBS在1970年代出現了《60分鐘》節目，出現了麥克‧華萊士以及傑出的主播和記者丹‧拉瑟（Dan Rather），甚至包括ABC的前主播彼得‧詹尼斯也說，「每一個人都想像愛德華‧默若，他無疑是20世紀最偉大的電視新聞典範。」（Everyone wants to be Edward Murrow; he was the paradigm of journalists.）[11]

我們應該慶幸，一個典範可能被商業市場淹沒，但是更多的群體典範卻可能在此商業洪流之中，力挽狂瀾。或許，唯有典範才能創造出獨立的編輯室，才能讓大眾意識到新聞自由的可貴與重要。這至少是一個開端，若無此開端，則社會便是一個死寂、沉悶、單調、娛樂、商業、媚俗的社會。當幾個記者能如此堅持，便能慢慢創造出一種正向的氛圍；當社會更肯定新聞自由，如記者的一篇好文章能受到廣泛直接的肯定，而無須做到更高的職位，亦即個人的報導遠勝其於媒體中之位置時，此機構或此社會才得有新聞自由之可能。

---

[11] Dan Rather, "*60 minutes*: *When the World Tremble*", CBS, 1990.

Chapter 2

新聞自由及其限制

The Freedom of Press and its Limits

新聞自由是絕對的嗎？新聞自由是保障人民的思想與表達的權利，當它的自由侵犯到人民的其他權利之際，新聞自由的權利是否應該受到規範或限制？

　　新聞自由的絕對性是對政府說的，不是對新聞記者說的。政府不可以基於自身的利益而限制人民的新聞自由權，新聞記者也不能以自身的本位或利益要求擁有絕對的新聞權。畢竟新聞自由的絕對性是保障人民免於受政府的壓制，新聞自由的保障主體是人民，而不是讓記者以新聞的絕對自由來傷害人民。

新聞自由與政府尊嚴

　　1987年英國倫敦《星期日泰晤士報》（*The Sunday Times*）主編安德魯・尼爾（Andrew Neil）搭乘從紐約飛回倫敦的班機，在機上他翻閱一本書《間諜追捕者》（*Spycatcher*），作者是彼得・萊特（Peter Wright）。安德魯主編無法在機上睡覺，他必須認真地詳細閱讀這本書。理由是，他一下飛機就必須與他的報社同儕們討論是不是可以刊出這本《間諜追捕者》書中的部分內容。他畫了一些段落，深信這些段落絕對不會引起英國政府的反對。

　　但是，隔日，當安德魯主編進了辦公室，報社已經收到一封來自英國政府司法部的傳真，說明任何人刊登《間諜追捕者》一書的內容，將可能觸犯藐視王室與政府之罪名。安德魯主編認為《星期日泰晤士報》一百五十萬份的發行量，理應刊出一頁關於彼得・萊特所寫的內容，該書指控英國反情報單位M15與美國中情局CIA共同陰謀推翻英國左翼首相詹姆斯・威爾遜（James Harold Wilson）。安德魯主編深信，這篇內容與美國的水門事件同等重要。《星期日泰晤士報》或任何一家報紙都有責任告知公眾，認知並討論這項攸關公共利益的訊息。[1]

---

[1]　Robert J. Wagman, *The First Amendment Books*, Pharos Books, 1991. p. 6.

《星期日泰晤士報》於1987年7月8日登出《間諜追捕者》文章之後，7月13日英國司法部長以刑事罪名起訴《星期日泰晤士報》的老闆與編輯們。經過十五個月的訴訟，花費了三百萬英鎊之後，英國大法官作成決議，《星期日泰晤士報》勝訴。但是大法官會議的理由令安德魯主編與所有的新聞界震驚——大法官的理由並不是《間諜追捕者》的相關報導具有公眾價值；相反的，大法官決議認為這篇新聞危害皇室與政府威信，不應該刊出，但是因為傷害已經造成，所以不必責罰《星期日泰晤士報》。

換言之，英國大法官們並不是支持新聞自由對於制衡、監督政府不可或缺的重要性，也不是認為新聞自由提供大眾討論爭議性公共議題的必要性，而是覺得此篇報導既然已成定局，追究也沒有用。大法官仍然把皇室與政府的威信看得比新聞自由重要。

相較於英國的政治菁英視新聞自由為對政治菁英的挑戰與藐視，美國的憲法與大法官們視新聞自由為確保社會全體利益與政府良窳必須之保障。

美國憲法修正案第一條的新聞自由

美國憲法修正案第一條開宗明義的陳述：「國會不能制定任何法律，限制人民的言論自由與新聞自由。」[2]這是全世界對新聞自由最保障的國家，在其憲法中堅決地保護人民新聞權與言論權的信念宣示。雖然如此，美國的新聞自由與言論自由也不可能是絕對的。對於新聞權與言論權是絕對的自由，或相對的自由之論爭，由來已久。美國部分憲法學者認為，美國開國元勳的憲法修正案第一條指陳的沒有任何法律可以限制言論自由，他們指的是政治言論，而非所有的言論。這衍生出憲法修正案第一條的言論自由不是絕對的。例如1919年美國*Frohwerk v. United States*的釋憲案中，大法官們就對「具立即威脅生命的言論」加以限制。大法官們認為，憲法修正案第一條並沒有明白的意圖豁免

2　Robert J. Wagman, *The First Amendment Book*, Pharos Books, 1991. p. 39.

所有言論的使用。大法官們認爲，我們無法想像政府能豁免一項涉及煽動他人謀殺或教唆謀殺的言論，這種言論絕對必須禁止。[3]

但是美國最高法院出現過兩個重要的大法官支持言論自由的絕對保障。這兩位大法官分別爲1930年到1980年代的威廉·道格拉斯（William O. Douglas）和雨果·布萊克（Hugo Black）。但是這兩位大法官的絕對言論自由之觀念，仍設有一個安全閥（Safety Valve）。亦即他們區分某些言論是行爲，而非言論，因此不受言論自由之保障。以這種方式主張絕對的言論自由的人士，被稱爲Qualified Absolutists。[4]

在1971年科恩與美國政府的釋憲案中（*Cohen v. California*），科恩這位美國年輕人因爲反對越戰徵兵制，他站在洛杉磯法庭大樓前，穿著一件夾克沉默不語，但是夾克背面寫著斗大的字「XXX！徵兵制」。科恩的這項行爲被政府起訴。但是科恩說這是他的言論自由，應受到美國憲法修正案第一條之保護。當言論涉及行爲之際，是否可以延用憲法修正案第一條的言論自由之主張？這個案件測試美國大法官們所認知的言論之範疇，結果，大法官釋憲結果支持科恩言論自由的主張，認爲「行爲言論」（Conduct Speech）也是一種言論，應該被憲法保障。

但是言論自由的絕對主義者布萊克大法官（Justice Black）這時卻提出反對意見（Dissenting Opinion），他說：「科恩的案件其實主要是行爲，只有一小部分是言論。因此不在絕對言論自由的保障範圍之內。」（Mainly conduct and little speech.）[5]

主張絕對言論自由的布萊克大法官，最終還是選擇在某些情況下限制言論的範疇。因此，言論，特別是新聞言論，不會、也不可能絕對的自由。本文試著討論哪些因素限制著新聞言論的表達與規範。

---

[3]　Oliver Wendell Holmes, *Schenck v. United States* 249 U.S.47. (1919).

[4]　Rodney A. Smolla, *Free Speech in an Open Society*, Vintage Book, 1991, p. 23.

[5]　Rodney A. Smolla, *Free Speech in an Open Society*, Vintage Book, 1991, p. 24.

新聞自由的限制一：篇幅與管道

　　想像我們在教室裡，老師在上課，如果每一個同學都同時講話，那誰也聽不見誰，所以必須一個一個說，也必須有人決定誰先說。言論自由或新聞自由不只是說的自由、發表的自由，還包括接收訊息的自由，所以，發言場域裡只能一個個發言。而由於時間是有限的，所以，發言的人還必須限制時間長度，這使得言論自由或新聞自由永遠不是絕對的，不是無所限制的，亦即不可能絕對的公平。既然言論場域會有限制，無論是限制人的發言次序或限制時間長度，擁有限制權的人，就擁有了新聞的掌控權，也因此我們推論出新聞的背後是權力。

　　新聞言論自由的前提不只是立意保障人民「說的自由」，更必須保障「聽的自由」。因此，公共領域的言論規範是必然的。但是民主國家的政府所規範的言論範疇是言論的行使方式及地點（Conduct Speech），比較不宜介入規範言論的內容（Content Speech）。言論行使方式包括無線電波傳送、有線電視管線傳送、或經由報紙印刷傳送，這些言論傳輸方式，政府可以或多或少基於維持公共領域之順暢，確保言論被公平的傳達及接收，可以合理規範。但對於言論內容，政府卻不能介入管理。這一部分不只是政府不能限制人民不能說什麼，也不值限制人民必須說什麼。箝制言論（Censorship）與強制性言論（Compulsory Speech）都是不被允許的。

　　如果管理言論與新聞言論的時間、地點及方式是必須，也是合法的，將這個標準放到媒體結構的規範，就產生了許多結構性言論的規範。以無線電視而言，無線電波會互相干擾，因此，電視頻道規範如同言論地點的規範，在政府來說是必需的。頻道干擾與頻道有限原則，成了政府必須核發執照的理路依據。所謂的不干擾原則（Non-Interference Principle）和稀少原則，都是美國政府用以規範電視頻道核發的依據。這和課堂上的學生要講話發言，不可能在有限的課堂、有限的時間裡每個人都講到話一樣。說話的時間、次序與人選必須有人管控。而管控者就管控了新聞權。就電視來說，一旦擁有了執照核發權，就意味著政府有權掌握新聞的整體言論結構。更有甚者，這兩項原則也產

生了少數人或是有財力的人，真正掌握了新聞權。電視頻道擁有者才是這個社會僅存的新聞自由的擁有者與享受者。

美國憲法修正案第一條規範：「國會不能制定任何法律，限制人民的言論自由與新聞自由。」（Congress shall make no law to prohibit the freedom of speech, or of press……）no law是規範政府不得箝制新聞自由，但是今日的新聞自由危機不是來自政府，而是來自私人。當前許多民主國家所懼怕的不再是政府箝制言論自由，而是擁有媒體的企業主或廣告商支配了所有的傳播言論場域。

新聞自由的議題在這種必然的結構底下，蛻變成了公平與正義的議題，亦即擁有新聞自由的這些執照擁有者，有沒有公平、公開的照顧保護公眾利益。新聞自由理應屬於全民，但現今已經變成類菁英代議制。然而，選舉代議制中，公民可以用投票選舉或剔除他們不喜歡的代議士；但是就媒體來說，選擇權與剔除權在政府，無怪乎當今的媒體會距政府近，離民眾遠。

總之，存在於當今社會對於掌管言論的時間、空間與方式的機制，其實已經遠離了美國開國元勳的期望，也背離了任何一個追尋自由民主的先知所預期的新聞言論自由。這部分的問題將在本書第十章詳細分析，說明這個機制對公眾的危害與可能解決之出路。

新聞自由的限制二：立即明白之公共危險

新聞言論的不可能絕對自由，在剛剛的說明中表露出，新聞言論的限制就存在於新聞的「言」與「論」當中。只要言，只要論，就一定要有傳遞管道，要有時間次序，要有產出工具。因此，它的限制也發生在這些過程與管道之中。言論傳播管道並不是毫無限制，接收對象的多寡決定言論的影響力；言論的產出工具，被資本市場決定。我們把這些歸納為結構性的新聞自由之限制。

美國政府與其他民主國家多半遵守嚴格的憲法規定，對於新聞媒體只能規

範媒體的結構，亦即管道、時間與工具，但是不能干涉新聞內容。然而即便在最民主的美國，新聞與言論內容之限制仍然存在。

美國著名的大法官荷姆斯在1919年*Schneck v. United States*的釋憲案中，提出「立即和明白的危險」原則（Clear and Present Danger）。[6]荷姆斯關於言論自由限制的釋憲案，起因於1919年當美國加入第一次世界大戰期間，社會主義黨的祕書長查理斯・謝克（Charles T. Schenck）寄出15,000封信函給所有被徵兵的役男，不要去參加戰爭。美國聯邦政府控告查理斯・謝克觸犯間諜法與叛亂罪，必須予以禁止。但是查理斯・謝克引用憲法修正案第一條的言論自由來辯護自己的言論權。結果美國大法官會議做出多數決議，言論自由必須審視其時空條件，如果一項言論引起「立即和明白的危險」，這種實質的邪惡傾向，國會有權力禁止。這是荷姆斯大法官撰述主要意見書裡面最著名的一段話──「立即和明白的危險」。這段話成了美國及許多其他民主國家限制言論自由的金科玉律。

荷姆斯的「立即和明白的危險」經歷五十年的歲月，成為政府與法院衡量言論是否該被限制或禁止的依據。但是到了1960年越戰期間，荷姆斯的這項原則再次受到考驗。1960年朱力安・龐德（Julian Bond）當選喬治亞州議員，在宣示就職前，他的一項言論引起州議會其他成員的不悅。朱力安・龐德因為支持那些不願意被徵調到越南參與戰爭的年輕人燒毀徵兵證，而引起同儕的撻伐。在喬治亞州議會舉辦聽證會試圖取消他的議員席次。在聽證會中，龐德議員說他是支持燒毀徵兵證的人，但是他本人並沒有燒毀徵兵證的動作，也沒有鼓勵任何人燒毀徵兵證。他所做的只是表達一種意見與思想。華倫大法官的判決意見書指出，龐德議員的意見並沒有煽動或鼓動大家燒毀徵兵證，他只是表達一種對徵兵制的不同態度，龐德的言論自由應該受到保障。[7]

龐德案確立之後，美國大法官釋憲案還判決過幾個案例，其中包括布蘭登

---

[6] John E. Nowak, Ronald D. Rotunda, *Constitution Law*, West Publishing Co., 1991, p. 958, 959, 960.

[7] John E. Nowak, Ronald D. Rotunda, *Constitution Law*, West Publishing Co., 1991, p. 966.

堡案（Brandenburg）。布蘭登堡案是一群3K黨的人員，在一個電視新聞影片中討論呼籲3K黨成員集體遊行、前進到華府，而布蘭登堡就是其中一位。依據大法官對言論自由的主張，只要該言論未引起或挑動立即的危險，該言論仍受到憲法保護。在布蘭登堡案中，大法官主張限制新聞自由與言論自由，必須符合幾項要件：第一，演說者必須有主觀之意圖進行煽動。第二，該言語的脈絡極可能引發立即非法的行為。第三，演說者的言語客觀地引發了挑釁的行為。[8]

大法官會議在1973年海斯與印第安那政府（*Hess v. Indiana*）的釋憲案中，再一次重申言論者或演講者，即便他提出武力或非法的動作，只要沒有引起立即的挑釁行為，都不應被限制其言論與新聞發布之自由。[9]

到今天為止，在美國，任何一項言論，不管多麼具備暴力言辭，只要他們沒有煽動意圖，並且實質上沒有挑釁任何人產生立即明白的暴力行為，這些言論與新聞內容都受到美國憲法修正案第一條之保護。

在臺灣，過去刑法第100條規定，「意圖破壞國體，竊據國土，或以非法之方法變更國憲，顛覆政府，處7年以上有期徒刑；首謀者，處無期徒刑。」當時的刑法對於思想與主張國土分裂，其言論會被禁止，甚至受到刑法之規範。1987年《自由時代週刊》的創辦人鄭南榕因為主張臺灣獨立，並著手撰寫臺灣共和國憲法，而遭警總以叛亂罪嫌拘捕。鄭南榕堅持他的思想與言論，在自家裡備存汽油，於警察攻堅之際，自焚而死。

鄭南榕所觸犯的正是刑法第100條——意圖破壞國體，只要有意圖即是違法。後來經過人權運動人士的爭取，1992年改為「意圖破壞國體……而以強暴或脅迫著手實行者」才是違法。因此對於變更國體的言論，只要沒有實質著手或脅迫他人者，都可以免責。這與美國的煽動罪行的意義已經很接近。

---

8 John E. Nowak, Ronald D. Rotunda, *Constitution Law*, West Publishing Co., 1991, p. 967, 968.

9 John E. Nowak, Ronald D. Rotunda, *Constitution Law*, West Publishing Co., 1991, p. 968, 969.

惟臺灣的言論似乎必須產生脅迫，如果鼓勵他人從事顛覆政府，似乎免責。在美國則必須視其意圖與實質有無引起立即之暴力，儘管非脅迫，一樣必須被禁止。

這些規定是避免新聞與言論傷害到他人的人身安全，或危害整體社會之生存而加以限制。亦即，言論自由與新聞自由是為了促進人的生命權與人格權，一旦言論破壞了這兩者，那麼言論自由與新聞自由也失去了它應該遵循的價值。

對於言論與新聞的限制，其根本精神不是去傷害人權，而是保障人權。這也告訴我們，新聞自由權不會是絕對的，它必須放在各種價值體系與司法體系的權利中去衡量，不管就其行使方式或其價值而言皆是如此。

新聞自由的限制三：敵意與爭鬥性言論

新聞不可能絕對自由，特別是當它傷害他人之人身與權利，或立即危及社會秩序的時候，新聞自由會受到限制。1940年美國新罕布夏州的羅徹斯特大街上，一位耶和華見證人名叫華特・查普林斯基（Walter Chaplinsky），在大街上發傳單，並對著過路的人大聲叫喊，指控有組織的教會都是「喧鬧的雜音」（A Racket）。查普林斯基當街被警方逮捕。在法庭上，查普林斯基宣稱他擁有言論表達之自由，並受美國憲法修正案第一條之保護。

這個案子在1942年到達最高法院。最高法院法官一致認為查普林斯基的言論不受憲法修正案第一條之保護。大法官法藍克・墨菲（Frank Murphy）在主要意見書上寫道：「憲法第一修正案與第十四修正案給予人民最寬廣的言論自由。但是言論自由與新聞自由不是在任何時間、任何情況下都絕對被保護。有某些特定的、極為有限的言論，是無關憲法修正案對於言論自由保護的規定，那些言論包括猥藝的、咒罵的、褻瀆的、毀謗的、侵犯的、敵意的、爭鬥性的言論，都不屬於憲法保障之言論自由的範疇。」墨菲大法官接著說明，這些言論的表達有強烈的意圖，引發社會立即的不安與秩序破壞，並以傷

害他人為目的。這些言論本身並無實質內容，亦具備極少的社會價值，保障這些言論的利益，遠遠小於社會道德與秩序，因此，不值得憲法修正案第一條之保護。[10]

但是大法官仍然強調，限制「具敵意與爭鬥性的言論」（Fighting Words and Hostile Audiences）僅限於面對面的言語表達，而該言語之表達直接侵犯接收者，並且足以立即引起社會秩序之迫害，法院才得以禁止。這正如有人在大街上對著人破口大罵髒話，或詆毀路人，或挑釁，足以引起社會秩序不安，或足以引起衝突，這些言論必須列入言論的限制範圍。

值得深思的是，大法官不支持的是「不真實的言論」（Untruthful Speech），而不是限制「錯誤的言論」（False Speech）。不具真實的言論，是該言論不是事實；錯誤的言論可能是一種觀點，見仁見智的觀點之表達，有一方可能認為他說得好，而另一方卻認為他的說法錯誤。這種所謂的「錯誤言論」，是在美國憲法言論自由的保障之內。

2006年8月25日，民視新聞節目《頭家來開講》邀請林正杰與金恆煒兩位來賓到節目開講，雙方一言不合，林正杰對金恆煒揮了幾拳，民事法院判林正杰賠償金恆煒一百萬元。雙方衝突的起點就類似具敵意與爭鬥性的言論，先是雙方唇槍舌劍，之後大家火氣都大了起來。林正杰對著金恆煒說：「你很欠扁！」金恆煒回說：「你們這種人就是不講道理，鬥來鬥去就是要扁人家！」結果林正杰真的對金恆煒大打出手。這是挑釁性言論與具敵意的爭鬥性言論危險之所在。

如果有人在衝突發生之前，禁止這種挑釁言論之繼續，或許能防止爆發肢體衝突。可惜臺灣的政論節目，多半以衝突與鬥爭性言論作為市場賣點的主軸。其實林正杰先生是一個正直的人，金恆煒先生也是謙謙君子，兩個人會有肢體衝突是很難想像的。在這種面對面的、衝突性的、爭鬥性的言論氛圍中，連知識分子都可能發生肢體衝突，難怪美國大法官要限制面對面（Face to

---

10 John E. Nowak, Ronald D. Rotunda, *Constitution Law*, West Publishing Co., 1991, p. 1058.

Face）、具敵意的、與爭鬥性的言論。這還是發生在新聞棚裡面，試想這種爭鬥敵意性的言論，如果發生的場面是在大庭廣眾人潮聚集的演講中，情況可能更難收拾。

究其實，像美國法蘭克·墨菲這樣的大法官之所以同意限制面對面的、敵意爭鬥性之言論，其目的不是為了限制言論與新聞自由，而是為了避免這種言論引發進一步的暴力衝突。1951年在 *Feiner v. New York* 一案中，方樂（Finer）這位黑人領袖在演講中咒罵總統杜魯門是乞丐，雪城市長是吸著香檳酒的乞丐，美國軍隊是納粹蓋世太保。方樂並呼籲在場的黑人聽眾行動起來，以暴力及武力爭取平等權。當民眾情緒即將沸騰之際，紐約警察要求方樂停止這項挑釁性質的演講，方樂拒絕，結果紐約警方當場逮捕方樂。[11]

在大法官會議中，布萊克大法官（Justice Black）與道格拉斯大法官（Justice Douglas）藉本案重申，警方停止方樂的演講，其目的不是限制其言論內容，而是防止暴力之發生。道格拉斯說：「一個言論，哪怕僅僅有些微的可能性會引發暴力，都足以合法地禁止該言論之發表。」[12]

值得注意的是，一項單純的不滿或宣洩性的言論，哪怕懷有強烈的負面情緒，並不會讓美國的大法官限制該言論。就如先前列舉的1971年科恩案，科恩因為反對越戰的徵兵，在外套上寫著斗大的「F. The Draft」。這種宣洩性的、甚至是不受歡迎的言論（Unpopular Speech），屬於行為言論（Conduct Speech）或象徵言論（Symbolic Speech），其言論性質是不會被禁止的。只有當言論引起或極可能引起群眾或觀眾的暴力之際，該言論的禁止才會被應許。

---

11 John E. Nowak, Ronald D. Rotunda, *Constitution Law*, West Publishing Co., 1991, p. 1059.

12 John E. Nowak, Ronald D. Rotunda, *Constitution Law*, West Publishing Co., 1991, p. 1060.

新聞自由的限制四：善良風俗之危害

　　新聞自由的意義是彰顯和強化真理，而不是戕害或壓抑真理。新聞自由的目的無可諱言地是在促進社會的善，而不是適足以害之。但是相信新聞絕對自由的人多半認為，新聞的自由應該不能受到單一價值的約束，特別是政治與社會文化言論牽涉到多元的價值體系的論證，更需要得到充分的保障。惟美國與臺灣對於妨害社會善良風俗的言論，還是依法可以限制。什麼是妨害社會善良風俗的言論？例如情色與猥褻之言論，又如毀謗與妨害隱私的言論，都被許多國家列為新聞言論的限制範圍。除了毀謗必須經由法律認定之外，猥褻及不雅言論在各國都有不同的限制標準。

　　美國大法官雖然明定猥褻（Obscenity）與不雅言論（Indecent Speech）的限制標準，猥褻言論可以絕對被禁止，如幼童的裸照等，必須絕對禁止。至於不雅言論則是必須不違背社區標準（Community Standard），或該言論「缺乏社會、人文、科學或藝術價值」（Lack of Social, Cultural, Scientific and Art Values），都稱為不雅言論。[13]法院的認定如上一章所述，一般來說是以法官主觀的評斷為基礎，來認定一項言論是否具備「社區標準」，以及「社會、人文及科學價值」。

　　但是在剛性憲法的國家，猥褻言論、不雅言論都是立法明文規定限制的。違背善良風俗的言論應予限制。臺灣大法官會議於1994年所作的釋字第407號解釋令說明：「出版自由……為憲法第十一條所保障。惟出版品無遠弗屆，對社會具有廣大而深遠之影響，故享有出版自由者，應基於自律觀念，善盡其社會責任，不得有濫用自由情事。其有藉出版品妨害善良風俗，破壞社會安寧、公共秩序等情形者，國家自得依法律予以限制。」這亦可以看出新聞自由與公共秩序良善之價值必須獲致平衡，證明新聞自由並非絕對。

---

[13] Wayne Overbeck and Rick Pullen, *Major Principles od Media Law*, Holt, Rinehart and Winston, Inc., 1991. p. 299.

新聞自由的限制五：新聞之消息來源

　　新聞自由最大的障礙之一，其實正是新聞的消息來源。消息來源是記者的衣食父母，只要消息來源不提供新聞給記者，或是刻意不發記者會通告給特定記者，該記者的職業生涯就會有很大的危機。或者相反地，消息來源者刻意給某位記者獨家新聞，以拉近與該記者的關係，或以獨家新聞給特定記者，以達到攻擊政敵或試探輿論對某政策、某人事案之反應，這都是消息來源者常用的技倆。總之，許多政治人物都是藉由控制消息來源，來掌握記者的喉舌。

　　美國著名的資深記者海瑞克・史密斯（Hedrick Smith）在他的名著《權力遊戲》（*The Power Game*）一書中就指出，「總統有時候叫幕僚放出某種風聲給新聞界，如果反應不佳，就出面予以否認。」[14]這就是新聞來源對新聞界的操弄或控制。要不就是針對敏感的議題封鎖訊息，讓記者無法接觸到新聞來源，使得報導無法進行。美國雷根政府攻打格瑞那達之際，他記取當年越戰新聞報導的經驗，不讓記者自由進出戰區，以便控制訊息來源，有效主導了戰爭的發言權。越戰就是因為讓記者自由進出戰區，因此所有戰爭的弊端都被記者披露，毫無遁逃或掩飾的空間。因此，控制新聞來源是新聞記者言論與採訪權的一大挑戰與限制。如何突破新聞來源的框限，進而取得有效訊息，以發揮新聞自由的力量，是每一個記者一輩子的挑戰。

　　記者取得新聞來源經常是通過祕密管道，一些重大事件，當事人或相關人士不便透露身分，記者必須予以隱匿或保護；保護消息來源，就是保護閱聽大眾知的權利。如果消息來源曝光，提供訊息的相關人士可能被打壓、失去工作、名譽受損、甚至失去生命，因而阻止了很多人提供訊息的意願，妨礙了新聞採訪權及閱聽者接收訊息的自由。

　　撼動美國總統尼克森政府的水門事件，該新聞的祕密訊息提供者代號叫「深喉嚨」（Deep Throat），就是經由祕密方式提供重要線索給《華盛頓郵報》記者，最終查出尼克森在競選期間，曾下令前中情局幹員在其對手民主黨

---

[14] Hendric Smith，《權力遊戲》（*The Power Game*），時報出版社，1991，p. 252。

競選總部水門大廈安裝竊聽器，尼克森因此辭去總統職位。《華盛頓郵報》記者始終拒絕吐露這個消息來源，直到2005年才真相大白。這位深喉嚨，就是當年調查局副局長馬克・費爾特（Mark Felt）。

關於記者拒吐消息來源的問題，美國在1972年有一個著名的最高法院判例布藍茲堡v.海斯案（*Branzburg v. Hayes 408 U.S. 665*），這個案例決定性地影響媒體有無法律義務透露新聞來源。布藍茲堡是麻州某家電視臺的記者，他被邀請去參加一項非法的黑人幫派集會，事後法官要他供出他所目擊的一切，布藍茲堡拒絕法官的要求，結果被判藐視法庭罪。案子到了最高法院，布藍茲堡敗訴。

但是持反對意見的包威爾大法官，提出了一個影響日後美國記者新聞採訪特權甚為深遠的法律見解。包威爾大法官說，法院要求記者透露新聞來源必須基於兩種觀點的平衡考量，一個是新聞自由，另一個是公民義務。記者在採訪新聞過程中為了言論的取得，自然有權不透露消息來源。但記者也是公民，必要時要基於公民良知出庭協助法庭辦案。雖然如此，**布藍茲堡案確立了一項原則，除非法院沒有其他管道可獲致這項消息，否則不能強迫記者吐露消息來源。**

易言之，如果記者害怕被法院扣上藐視法庭的罪名，而不願意冒險將敏感性的新聞來源加以隱匿，記者便可能採取吐露消息來源而失去自己新聞記者之信譽，使得之後其他擁有敏感訊息的人士，不再提供訊息給該記者，或者該記者就不再報導敏感性的新聞議題。這都是對於新聞自由潛在之限制。

新聞自由的限制六：新聞媒體之市場結構

最終，新聞自由之限制，正是源於新聞媒體市場結構之本身。不管你喜不喜歡，依照臺灣現行的法律，新聞自由屬於執照擁有者，而不是新聞記者。但問題是，如果新聞自由的意義是意味著整個社會只有十幾位擁有媒體的老闆能自由的發表意見，能夠自由的決定誰可以發言、誰不可以發言，那麼這到底算

不算是新聞自由？大體說來，有三種因素影響著新聞內容，第一、是權力，第二、是金錢，第三、是眞理。但是眞理經常被前兩者犧牲。

在今日的媒體結構裡，新聞不是報導事實、挖掘眞理，而比較像是權力的競逐（Power Compete），是各種有權力的人爭相在公共領域裡面爭取發言的空間及主導的地位。要證實這一點，只要打開電視或報紙，觀察哪些內容報導的篇幅最大，就不難體會現實世界中的新聞報導，不是反映眞理的光譜，而是反映權力的光譜。赤裸裸的權力競逐在過去是經由政府及政黨的力量對媒體加以控制，到現在則經由更精緻的媒體操控策略來影響新聞走向。重點經常不是報導的內容，而是什麼被報導。一場緋聞可能經由另一場洩密案而輕易地規避掉輿論持續的關注和追蹤，這或許即是今日精密的媒體操控。而當多數的電視新聞記者每天必須填滿24小時的新聞量的壓力下，遞麥克風的記者不過充當郵差的角色，而不是一位意見和資訊的守門者（They are postmen not reporters）。

其實在任何一個高度民主國家，政治力對於媒體的掌握就是透過細緻的議程安排，巧妙的消息走漏以及控制記者消息來源以作爲影響輿論的方式。控制旋轉（Spin Control）的陀螺，不正是說明美國白宮一批媒體專家如何運用各種技巧爲主子取得輿論的主導權。但相對地，白宮的資深記者對於公共事務的深入、對於白宮人士的熟稔度，可能比總統和國務卿還熟悉。年齡超過80歲的前白宮資深記者老海倫女士、CBS的Sam Donaldson、《紐約時報》的Hedrick Smith，都跑過五任總統以上的新聞，他們對公共事務的見解是白宮的人物都必須尊敬的。在公共領域的權力競逐中，如果新聞機構無法建立資深記者的機制，那麼在這發言權力的競爭中，記者永遠屬於被支配的地位。臺視在黃嵩先生入主前，曾經一度建立了資深記者的機制，後來仍無法維持下去，原因之一可能是資深記者的薪水高，也不好掌握。然而在現今記者郵差化的趨勢中，這個資深記者制的建立算是一項有意義的突破。

威脅新聞自主權及公平報導的危機不只來自政治，在急速加劇的商業市場機制下，大財團是另一波操控媒體言論的主人。1988年，就在美國廢除公平報導原則不久之後，美國奇異公司派遣一位管理大將接管NBC，他們製作大

量核能好處的新聞內容，因為該財團在全世界興建核能電廠。[15]財團對於言論的掌控之強度絕不亞於政治團體。這也是這幾年美國國會不斷地討論應該恢復「公平報導原則」的重要原因之一。

臺灣目前的有線電視70%是掌握在幾家大財團手中，這幾家財團老闆的觀點及政治態度將決定性地影響臺灣整體的輿論。沒有「公平報導原則」，不管怎麼吶喊，記者永遠只是一位弱勢員工，而不是反映事實、公平報導真相的獨立新聞人。

財團威脅新聞專業自主的另一個力量，是電視廣告的商業機制。廣告對新聞的影響不在於廣告主對於新聞內容直接地干預或控制。廣告的商業機制創造了一個立竿見影的量化收視率機制，節目的廣告收入決定在量化的基礎上，自然排除了一些精緻的、分眾的、少數族群關心的節目或題材。量化的收視率機制造成媒體內容偏向金字塔的中下層，而忽略了上層的文化消費，這使得媒體內容走向庸俗化，趨向一致化。而新聞節目及內容的庸俗化結果，自然而然排除了公共議題的討論，過去許多Call-In節目，以及現在譏笑謾罵的名嘴座談節目，完全無助於民主政治、市民社會參與公共討論及審議式民主所主張的——更多的言論將會為社會產出最好的意見（More speech can generate best argument for the society）。

---

15 馬丁‧李（Martin A. Lee），諾曼‧蘇羅蒙（Norman Solomon），《不可靠的新聞來源》（*Unreliable Sources*），正中書局，1995，p. 101。

Chapter 3

主觀報導與客觀報導

Subjectivity and Objectivity of News

人類的主觀立場

羅生門的寓言

新聞主觀的必然性

一切實然皆為應然

客觀報導為何無法成立：報導行為之介入

議題選擇即社會參與

記者個人之主觀性

新聞產出過程之主觀性

社會文化之主觀性

國家主義與新聞表現

新聞之愛國主義及其反思

客觀報導與新聞評論：新聞主觀性與評論的分野

CNN前資深戰地記者彼得・阿奈特（Peter Arnet）曾經報導越戰，獲得普立茲獎。在西貢大撤退時期，他是最後一刻才離開的外國記者。彼得・阿奈特在寮國採訪報導中，揭露美國的「順風行動」曾經使用沙林毒氣對付寮國共軍。在越南戰爭期間，他報導越南和尚自焚事件。有人問他，當你看到和尚自焚，為什麼不去救他？彼得・阿奈特回答：「越南的和尚自焚，不是自殺，那是一種政治表態，我不能介入歷史。」[1]

其實彼得・阿奈特沒有介入歷史，他是參與歷史，形塑與創造了歷史。報導就是參與，就是重新形塑新的社會真實。在越戰中報導和尚自焚，引起世界更廣泛地注意越戰的危害，也促使美國提早結束越戰，促使越共統一越南。這些新聞報導的參與，直接或間接地促成最終的歷史結局，是無可抹滅的歷史真實。

記者不可能全然中立，不可能全然客觀於事實之外，新聞的選材就是主觀的判斷，新聞報導的方向，更是受到記者價值觀的引導，而影響社會、影響世局。

人類的主觀立場

20世紀美國著名的新聞評論家華特・李普曼（Walter Lipmann）曾說：**「我們通常不是先看再作界定，我們是先有定見，才選擇性的看。」**（For the most part we do not first see, and then define, we define first and then see.）[2]李普曼的意思是說，閱聽人都是先有定見或成見，再選擇性地觀看或理解新聞訊息。臺灣的政論節目就是最好的寫照。各個電視臺都各有各的政治立場，符合該臺閱聽者個別的政治傾向。即便某些電視臺刻意創造來賓的藍綠平衡，當挺綠的觀眾看到藍營的名嘴罵綠營，挺綠的觀眾永遠不會被藍營的名嘴說服，而

---

[1] Peter Arnet，《身為記者，我不能介入歷史》，中國時報，A10，2007年4月22日。

[2] Walter Lippmann, "*Public Opinion*", Free Press, p. 54, 1965.

是邊看邊罵藍營的名嘴。反之亦然。

　　閱聽者並不是一張白紙地在接受訊息，閱聽者通常都已經有許多觀點與見解，媒體報導對於改變閱聽者的成見非常有限。媒體報導其實反映或充實了閱聽者原來既定的成見與觀點。

　　閱聽者如此，其實媒介本身亦何嘗不是如此。記者通常不是先採訪，然後再形成設定觀點；記者是先有預設的觀點，才進行採訪與報導。記者的主觀性決定了新聞的選材、報導的角度，以及篇幅的大小。新聞的客觀報導是很難成立的，記者需承認自己是主觀的，留意自己的主觀性，才能進行比較合理的報導。

羅生門的寓言

　　日本名作家芥川龍之介的短篇小說《竹藪中》，被黑澤明改編成電影《羅生門》，因此成為家喻戶曉的著名電影，更是社會有名的諺語——形容一件事情很難釐清真相，就叫作「羅生門」。《羅生門》敘述一對剛新婚的夫婦，郎才女貌，騎著馬經過一個森林，結果遇到一名強盜在樹下乘涼，一陣風吹起新娘的面紗，強盜看到美麗的新娘，一時意亂心迷，決心要占有她。

　　強盜於是誘騙這位新郎武士說，他有一把武士寶刀要賣給他，邀請他到森林裡看這把寶劍。當強盜將武士引進了森林深處，便趁武士一不留神，把他綑綁起來，進而在武士面前姦汙了新娘。事後，新娘跑了，這位新郎武士則死了。

　　縣官抓到強盜，盤問強盜事情之原委。強盜說他與新娘求歡之後，新娘就愛上他，並要求他與武士決鬥。誰贏，她就跟誰走！結果武士與強盜兩人就公平決鬥，決戰多回後，他把武士殺死了！強盜說著說著，嘴角還帶著一絲絲得意的微笑。

　　當縣官問新娘，新娘喊冤說，是強盜欺負她之後，丈夫竟然對她起了鄙夷的眼光，她就昏過去了。醒來後，發現丈夫已經死在她隨身配戴的名貴短刀之

下。而當這位武士丈夫的魂魄被招魂審問時，新郎的魂魄經由靈媒向縣官泣訴說，他英勇地要保護妻子，與強盜搏鬥，但是被強盜打敗。他看到妻子被欺負，心如刀割，但是事後妻子卻要求強盜殺死他，於是他便拿起妻子配戴的短刀自殺了。

當時在森林砍柴的樵夫在一旁目睹整個過程。樵夫看到武士與強盜兩個人在決鬥，後來強盜僥倖殺死了武士。原本樵夫可以向官府說出他看到的景象，但是樵夫也有自身的利益，他拿走了新娘配戴的短刀，因而不敢站出來說出完全的真相。[3]

《羅生門》正是反映出每一個人都從不同的立場，從不同的角度與利益看世界，所謂客觀真實根本難以企求；新聞報導正是如此。不只觀點不同，導致事實的解讀各異，記者本身所處的位置與特定的利益或其所屬機構之利益，都使得轉述與報導無法全然客觀。

新聞主觀的必然性

然而，我們的傳統新聞學卻一直相信並強調新聞報導必須客觀，必須價值中立，這幾乎是新聞學界與實務界的黃金定律。但是新聞報導客觀嗎？這個世界每天有成千上萬的事件發生，記者選擇哪一個事件進行採訪是主觀的；到了事件現場，訪問誰、取哪個鏡頭，是主觀的；採訪完畢後寫稿，是主觀的；引述受訪者哪一句話、引述多長，是主觀的；寫多少字數或剪輯多長，是主觀的；版面放第幾版，或放確定播出次序，是主觀的；主編下標或主播播報稿與詮釋方式，是主觀的……新聞的產出無不都是在主觀的認定與選擇當中產生，因此，新聞的客觀性有其先天的限制。

新聞的難以客觀，不僅僅是反映在新聞記者必然的、特定的觀念或偏見，

3　芥川龍之介，《羅生門—竹藪中》原著，志文出版社；電影《羅生門》，黑澤明，
　　2004。

也不僅僅會因為商業因素而不能客觀，而是我們必須反思新聞之本質不可能客觀。當我們界定新聞價值與定位之際，其主觀性的必然趨向必須被理解與討論，並且進一步地從這必然的主觀成分，衍生發展出新聞相對客觀的理念。從這種角度思索新聞的客觀性，新聞的價值與影響才能被正確的評估與檢視。

一切實然皆為應然

　　人的世界裡，究竟有沒有客觀事實的存在？近代科學把宇宙的事物簡單劃分為「實然」與「應然」。「實然」亦即客觀的事實存在；「應然」意指主觀的社會價值判斷。因此，科學求真，探討實然面，哲學求善，探討應然面；新聞學自認為是社會科學的一部分，當然受到科學探討客觀事實存在的影響，深信社會生活中也有「實然面」，或宇宙秩序中有「實然面」存在。

　　宇宙中，究竟有無實然面？19世紀末德國哲學家叔本華在《意志與表象世界》一書裡曾說：「我們所看到的太陽，只不過是肉眼所能反映的太陽，而非太陽本身。」[4]人所認識的世界，不過是人的生理與心理所能反映的世界罷了！一切所謂客觀的「實然面」，其實都是人的主觀之「應然面」所反射與形塑。

　　長久以來，人們認為自然科學所描述的世界，是純粹客觀的世界。然而，20世紀物理學的發展，對於自然科學之精確性提出了嚴正的質問。海森堡的「測不準原理」表明：一個微觀粒子在被觀察時就已經改變，觀察本身改變了粒子的基本運作。[5]力圖同時取得一微觀粒子之位置與動量的準確嚴格測量，在原則上是不可能的。當測量位置時，便測量不到動量；當測量動量時，便測量不到位置。因各種觀察條件，必然導致所觀察對象之改變。

　　事實上，純粹客觀的世界並不存在，科學原理是將經驗世界加以抽象化、

4　叔本華，《意志與表象的世界》，志文出版社，2004。
5　海森堡，《物理與哲學》，仰哲出版社，1983。

理想化、絕對化後的產物。世界之實然面，不過是因應著人的生理與心靈構造所反映出之宇宙秩序，有如佛教所言「萬法唯心造」。

　　自然科學尚且如此，社會文化領域又怎能冀求純然客觀之理解與觀察？當代大哲海德格指出，人是一種帶有「前結構」的存在，理解的當下必已先受其前有文化、前知識系統、前預設等之主導，故而人對於世界之理解、詮釋，必有其生命經驗之歷史性與侷限性。[6]社會與人文科學所觀察的對象是「人」，凡研究人，必涉及意義與價值問題。卡爾・巴柏（Karl Popper）說道：「自然的論述不會改變自然原本之原理，但社會的論述會直接影響社會的發展。」[7]對社會的理解其實更接近應然面，而非實然。

　　新聞記者作為大眾所託付之社會觀察者，被認為是站在中立客觀的立場對社會現象進行報導，而新聞記者本身亦無所顧忌地以「客觀」之名發表議論與評述。然而，「新聞代表著客觀與中立」實是一悖論，它仍不能跳脫「客觀認識之不可能」這一事實，它終究包含著主觀識見與社會價值的介入和束縛。

客觀報導為何無法成立：報導行為之介入

　　新聞記者常認為自己不是參與者，而是觀察者。所以不管是災難、人禍來臨，他們客觀冷靜地觀察和記錄，謹守不介入、不參與，這是記者的天職。但其實，**無論記者們是進行記錄或觀察，他們都永遠是一個參與者。**

　　當記者進行採訪、報導的同時，就已經以局外者之身分介入了事件本身。其介入方式並不在於去干涉事件之內容或發展變化，而是其報導行為本身，已必然使事件發生根本的變化，不再保有事件原有之面貌。

　　心理學家曾研究生產線工人的行為表現，他們發現當在被觀察時，其工作

6　Heidegger, M. Martin Heidegger: Basic Writings. Ed. Krell, D. New York: Harper & Row, 1977.

7　Popper, Carl, "*The Open Society and Its Enemy*", Routlage, 1966.

表現要比平常未被觀察時更加勤奮稱職。這種觀察引起的變化，最早發生在泰樂的生產線。泰勒是生產線的發明者之一。標準化及集中化曾是20世紀工業蓬勃發展的一個關鍵制度，但是大家後來發現，標準化作業把人都機械化了。一組社會心理的觀察員進到工廠觀察工人怠惰的原因。數月之後得出一個結論，被觀察者比起以往績效更好，原因是觀察的本身已經改變了生產線上的工人。生產線上的工人原本一成不變的工作步調，因為被觀察而得到鼓舞，因而加快了速度。

其實報導採訪本身也是一樣會改變受訪者本身的行為及情感的反應。當某一個人突然被媒體大量報導之後，他的生活必然起了重大改變。知名度是一回事，其情感及思想多少符合了社會的期待，或深深地挖掘出原本他不願意或不敢表達的意思及情感。

同樣地，一個事件有被觀察、沒被觀察，有被報導、沒被報導，當事人的反應與表現是完全不同的。新聞記者以為只要自己不去干涉新聞議題的方向即是中立客觀，實則不然，記者的出現可能讓受訪者因此有了防禦或欣喜之心理，或是藉由媒體的報導而有所期待。

筆者曾訪問過「血友病患感染愛滋病」的患者。1998年，愛滋病患的權益不如今天。李錦彰在1987年左右不幸因為輸打凝血製劑而感染愛滋病，那原本是政府疏失，不顧美國CDC的警告繼續同意進口可能染有愛滋病毒的血液製劑。此一疏失造成國內近百位血友病患者不幸罹患愛滋病。這一群血友愛滋病患者默默忍受雙重病痛的折磨，因為在那個年代被知道自己感染愛滋病，幾乎會被整個社會隔離唾棄。[8]

1998年，筆者在臺視《熱線新聞網》做了獨家報導，專訪五位血友愛滋病患，而李錦彰第一次面對媒體說出他的心聲。事件披露之後，政府及進口藥廠賠償每一位血友愛滋病患四百萬元。許多人接受這筆賠償，但是李錦彰不滿意，他認為真正延誤政策的人還沒有揪出來，他認為四百萬的賠償太少。就這

8　何日生，《熱線新聞網》，臺灣電視公司，1998。

樣，他持續抗爭，一直到生命的盡頭。

　　筆者一開始看到李錦彰的時候，他還是一個溫和、頗開朗的年輕人，並不是一位孤獨憤世的英雄主義者。但是數年間，許多媒體陸陸續續不斷地報導他，使他逐漸走上一條不歸路，在生命的最後，他仍帶著愛滋病發的身軀，到藥廠門前繼續抗議，最後含恨而終。

　　筆者曾透過電視新聞看到他最後的身影，那時，他的身形已經不是當年我認識的那個李錦彰，他的表達含著恨、含著怨，看了很令人不捨。我深自省思，如果我從來不曾採訪他，他會不會仍然抱著他過去一貫的、總是掛著一絲微笑的面容，含笑而終？如果我不曾採訪他，他會不會不致如此地含恨以終呢？

　　我的採訪以及其他許許多多記者的採訪，已經深深地改變他的性格，或激起他抗議的因子，這因子本來只是他生命的一部分，最後卻成為支配著他的最主要力量。

　　誰說採訪不是參與他人的生命？記者不只參與，而且會關鍵性地改變一個人的命運。

議題選擇即社會參與

　　記者採訪的參與性的第二個特性是，記者經常透過選擇議題參與社會。英國哲學家卡爾·巴柏說：「自然的論述不會改變自然原本之原理，但社會的論述會直接影響社會的發展。」[9]伽利略之前的西方人認為，太陽繞地球走並不會影響地球繞太陽的科學事實。但是曾經有人認為，共產主義是一個比較公平合理的社會，結果這個論述造成半個世紀、半個地球的人類生活在共產主義的社會之中。社會論述作為一種社會參與，是深刻且影響深遠的。新聞記者的取材方式及傳播理念，正是一種影響深遠的社會論述。它最深的影響不是對某一

9　Popper, Carl, "*The Open Society and Its Enemy*", Routlage, 1966.

議題的看法，而是對某一項議題的選擇。

選擇就是一種權力，一種影響至深的社會論述。

記者決定哪些議題值得報導、哪些議題必須被忽略，新聞編輯決定誰上版面、誰放頭條，這個權力比它褒貶的內容影響更巨。

美國老外交家季辛吉看報、讀報不是看記者寫什麼觀點，或如何批評某一件事或某一個政治人物。他的觀察會是哪一個議題、哪一個人被用多大的篇幅報導出來。篇幅即是價值，版面就是權力，它決定了這個社會需要知道什麼，不需要知道什麼，這個選擇的權力可以讓社會走向更健全之路，也可以讓社會陷入集體的盲點，深陷於愚妄之中而不自知，甚且因為擁有這項特權而更深化集體的愚昧和無知。

參與的角色之於新聞採訪乃是新聞的評論。許多的揭弊似是而非，充滿了武斷式評論，這些武斷扭曲的報導不知毀了多少人的名譽。臺灣許多的名人一旦被揭露醜聞，離婚的離婚，離開政壇的離開政壇。這些指控有些屬實，有些最後證明是空穴來風。但是負面評論之言論及報導，經常長久的或決定性地影響一個人的一生，是不爭的事實。

而當整個世界都在批評一個人的時候，沒有任何一個記者會清明到幫助那個受攻擊者脫困，這也是一種集體性的迷思。一窩風是許多新聞的通病，它使我們失去自主性的判斷，失去小心求證的新聞倫理準則。

筆者採訪過一位曾經被控賣嬰的嫌犯，褚麗卿女士。1980年代案發當時，每一家媒體都用斗大的字體報導褚麗卿的販嬰事件，最後法院判決她只是仲介，並非販嬰，更非偷孩子去賣，只以偽造文書起訴，關了七年。但是她沒有被判決販嬰的情事無人知曉。直到20年後，1998年曾經被她仲介到澳洲的女孩阿雅從澳洲回臺尋親。阿雅當時是因為親生父母窮苦，養不起她，只好請褚麗卿仲介到外國去，結果阿雅在澳洲過得很好，她回來後還特地感謝褚麗卿。臺視《大社會》節目特別專訪褚麗卿那一段冤屈的過程、這才讓真相大

白。當年輿論冤枉了褚麗卿。媒體容易陷入集體性的迷思及紊亂而不自知。[10]在集體評斷某一個人的過程中，已經關鍵性地傷害了一個人的一生。

記者報導行為之涉入，不僅僅影響當事人的心態及反應，更是影響議題之選定及社會價值之方向。當有第一位記者開始採訪一個特殊殘疾的病患之後，類似的報導在往後幾天就開始多起來。某位記者對一項議題之涉入及選定，經常有很強的蝴蝶效應，影響同業及社會對該項議題進行關懷或操作。

沒有人能想像當1988年朱高正第一次跳上立法院議事臺，經由記者報導之後，對往後的立委的表現以及國會記者之取材有著深遠的影響。當時許多立委未必具有朱高正的理念，但同樣以各種方式進行議事表演，以求取記者的報導。甚至有些立法院記者還會跟那些立委說，明天還有沒有新的花招？這是來自記者的新聞取向，對當事人所做的直接鼓勵。記者怎麼會不介入！

任何的報導不管是正面或負面都是一項肯定，一項「重要性」的肯定，表示該項事務很重要，值得報導。當然，值得報導就會有人欣賞或有人反對。任何一項報導也都是一項價值之確認，確認該價值是可欲的（Permisible）、可表達的（Expressable）、甚至是適宜的（Appropriate）。

所以，所有負面新聞的製造者在到達一定知名度之後，都可以隨時將這個能量轉化成對自己有利的局面。負面批評只要善加利用，一段時間之後也可以轉化成對被批評者有利的能量。結果原本新聞界想要反對的人及事項，最後常常因為大量曝光而讓是非模糊不清，甚至讓被批評的對象變得更為有力。許多鬧緋聞的明星愈鬧愈紅，就是一個典型的例子。他們知道如何運用負面報導轉化成正面的能量，批評他們的記者，其實正是足以幫助他們，這很弔詭，不是嗎？

如果一件錯的事，記者選擇不報導，那麼那件錯的事就更可能從社會中逐漸消失。過度呈現錯誤或批評，反而讓錯誤有更大的發揮空間及得到社會的肯定。記者選擇報不報導或介不介入，這個選擇本身就對事件有重要的影響，

---

10 何日生，阿雅回來了，《大社會》節目，臺灣電視公司，1998。

這影響不可能是超然客觀的，這影響是記者的判斷，其結果又超乎記者的掌握。

是故，記者的報導及觀察本身即是一種積極的介入，新聞記者絕非隔絕於事件之外的純然旁觀者。新聞報導，更準確地說是「新聞記者在現場經由介入所作的報導」。

記者個人之主觀性

如前所述，傳播學者華特・李普曼的名言：「**我們通常不是先看再作界定，我們是先有定見，才選擇性的看。**」（For the most part we do not first see, and then define, we define first and then see.）[11]美國社會心理學家在研究族群的偏見過程中，做過一項實驗，他們測試當人們白天在公園裡看到一位白人在公園裡散步，通常觀察者會認為這位白人是無須工作的優渥階層；但是相反地，當人們看到一位黑人白天在公園裡散步，觀察者會認定這位黑人一定是貧窮的無業遊民。這說明人們都是先採取定見再作觀察，而不是透過觀察再作界定。[12]

其實一些政論性的談話性節目，經常邀請雙方對立的來賓上現場談論爭議性的話題。這類話題對於大眾理解議題及澄清其實幫助非常小，但製作人都知道，只要能確保雙方各自陳述意見，甚至激烈地相互批評，就能保證雙方陣營的支持者持續看節目。因為雙方的支持者也只看他相信及支持的受訪者立場，而當相對立一方的受訪者陳述意見時，另一方的支持者通常會邊罵邊看，並不會因此被說服或改變原本的觀點。

這樣的機制長久確保節目收視率，同時不得罪任何一方。這也是為什麼美國總統大選辯論會，通常不會對支持者有任何影響，即便對於中間立場者影響

---

[11] Walter Lippmann, "*Public Opinion*", Free Press, p. 54, 1965.

[12] David G. Myers, *Socila Psychology,* McGRAW-HILL, Inc., 1993.

也不大。美國競選專家及傳播學者都知道，贏了辯論不等於贏得選舉，反而辯論中的情感因素如同情心、風度、長相等更容易得到分數。2016年美國總統大選，各媒體民調結果都呈現希拉蕊（Hillary Clinton）大幅領先川普（Donald Trump），但是最後仍是川普贏得大選，可見人對於議題的定見是非常之深的。閱聽大眾如此，新聞工作者也是如此。

記者本身必然帶有其觀點與一定的成見，因為沒有人是絕對客觀的，每個人在社會化的過程中，已經形塑了一定的價值觀與情感意向，此種種向度皆影響著記者對事物的觀察、報導，以及其與事件主軸之人、事、物的互動方式。舉凡報導議題、新聞現場的採訪與拍攝對象、提問內容、鏡位角度與尺寸，乃至畫面剪輯、旁白撰稿等，無不皆是主觀的選擇。

然而，媒體卻極力塑造自己不容懷疑的客觀形象，而此一錯誤的自尊自負心理，不可避免地導致了新聞報導上的潛在弊病。

其一，記者經常為突顯自己報導的客觀性，盡可能地讓各方意見與想法並陳。然而，為何要讓諸多瑣碎且與事件主軸無重要關聯的各種事務被報導出來？將每個事務都等量齊觀呈現的結果，只是失去了事件的完整性與重點所在，進而讓事件扭曲失真。

力圖呈現純然的客觀，只是隱藏記者自己主觀的選擇，讓記者不必承擔報導可能有的瑕疵、偏差、成見等責任，隱藏記者不敢下判斷、不敢作選擇、不敢為報導的方向負責的逃避心態。

事實上，記者是可以自己作出判斷的，主觀選擇之合理性正在於立論能有所依據。確定一個報導的公正性無法以客觀或主觀作為劃分標準，只要任何一個觀點背後都有一個根據，任何控訴背後能有證據支持，任何評論皆有道理可循，便可算是一個公正的報導。它可能是很主觀的，然而只要報導具有說服力，值得信服，便應該受到重視。

其二，新聞走在事實與觀點之間，事實與觀點乃並存、不可切割之整體，兩者交融在一起。然而，當今新聞的處理卻恰巧將事實與評論觀點分開，雖然形式上兩者有所不同，然究其本質，兩者背後都是價值觀的呈現，都是對某個事實的認定，都在引導塑造某個社會事實，而僅是彰顯的方式與程度不同罷

了。報導的形式將觀點蘊含其中，評論則是公開明白地標舉個人的看法。其實，記者表面看似描寫客觀事實，實則將其觀點、價值觀與情感向度埋藏在裡頭，化為無形，它仍是在表達個人的想法。

新聞作為社會論述與範疇的一部分，基本上是不斷影響社會的，每個報導都是一個選擇、揚棄、肯定、否定，它不斷地強化或淘汰某些社會既有的現象、情感與觀點，是具高度價值觀與選擇性的一項專業。強調新聞之純然客觀，意味著可以價值中立、可以不涉入現實，然而，此一幻想僅僅表達了記者抗拒承認因其自身之介入，而對事物有了一定程度實質上的影響、扭曲與彰顯。

記者實應擺脫客觀報導之謬誤，因為深信自己是純然客觀、是全然站在正義的立場時，便自然產生驕慢的心態，便不易覺察自己忽略與貶抑了什麼？無法審視自己報導的內容是否合理？而唯有當記者能理解到自己對報導對象以及社會將有何影響時，始能更合理地面對自己的專業、扮演好自己的角色，始能更公正地對待每一位受訪者，並且公平地評論、報導每一項你喜歡與不喜歡的事件。

唯有承認不客觀，唯有站在此一基礎上，記者始能隨時準備接受挑戰，面對自己的觀點有錯誤與偏見的可能，謙卑地接受批判、接受自己可能犯錯的事實。因為知道自己永遠不夠客觀，才會永遠在檢討反省中不斷成長，進而將自己放在社會更大的觀察平臺上，真正為社會找出更為合理、更為理性的出路。

雖然承認不客觀，但不表示記者可以任意將評論及事實陳述相互的混淆不清。在大部分的情況下，評論還是必須和事實報導分開，雖然事實的報導仍不脫離主觀的選取，但這與具體明白表達好惡的評論仍是不同的。好惡的評論，會讓閱聽者無法正確理解記者眼中的事實陳述為何。閱聽者喜歡自己對事件作評價，而不是在未理解事實之前就聽到一堆意見。這在閱聽者的心理層面而言是如此，就記者本身言之，在事實選取及陳述的過程中，記者反而更能去檢視自己對一個事件真正隱藏著的價值觀（Schema）。

新聞產出過程之主觀性

　　一個記者每天都會接到無數的新聞稿、傳眞、黑函、記者會通知、電話、臨時突發狀況的通告等。當一個記者在有限的時間及空間下，他選擇要去採訪哪一條新聞這個判斷是主觀的。當他到達事件現場，他選擇訪問誰、拍攝哪一個場景，這也是主觀的。他問什麼題目，選擇的口氣、取的鏡頭大小，都是主觀的。他採訪多久、範圍多大，回報社或電視臺之後如何寫稿，剪輯何種畫面、長度多少、擺在哪一個版面、放第幾條，在在都是新聞記者及其機構個人或集體的一項主觀選擇。

　　另外，媒體是存活在商業社會的機制裡，資本家投資媒體必有其動機與價值觀，故每個媒體必然有其基本立場，雖未必言說，但自然存在於媒體內部而爲人人所遵守、服膺。員工若與此立場不合，感覺其與工作環境、氛圍無法相融，終究會遭到強迫或者自己主動離開。

　　客觀報導之所以不可能，乃因爲媒體本非全然客觀的形成。從政府對經營者的篩選、董事會由志趣相投者結合成立、廣告商的銷售壓力、商業的利益取向與普羅市場之淘汰機制等，故新聞市場必爲一個受資本主義所左右的言論市場，並非純然反映所謂客觀眞實生活的一種媒介，其所代表的不過是資本市場所偏好的言論管道。媒體本身是受資本市場所消費、主導，甚至扭曲的。除非拋棄資本市場，拋棄廣告機制。

　　再者，媒體與受訪者之關係亦是受到操控的。媒體多傾向於支持新聞來源，誰能提供訊息讓新聞得以呈現，媒體自然會對其較爲友善。例如，很少見到跑國防線的記者主動跳出來批判國防部，因批判可能導致獨漏新聞，或喪失深入其權力即新聞核心的機會。遭受批判之新聞來源可能藉由給予敵對媒體的獨家報導來羞辱你，證明你的能力不足，記者終究會被撤換。因爲每天要發新聞，新聞價值是被資本計算的，每天都要有產出，故必然受到提供產出素材之受訪者、新聞來源所控制。

　　媒體主管本身也有特定的見解及想法，如此，產出過程本身便不可能達到客觀，而是多重主觀的結合，採訪、攝影、編輯、副總編輯、總編輯，新聞中

下的標題、音樂、播報次序等，每一道程序無不在作選擇、作判斷。此流程本身不可能是客觀的，其所產出的是妥協的產物，很大程度是被權力決定的，有權者便能決定新聞內容、方向與事件人物之重要性。

社會文化之主觀性

1989年天安門事件發生時，中國大陸官方將它解讀為一場叛變暴動；參與發動事件的學生認為自己是在爭取政治改革；美國認為是中國內部蠢蠢欲動的民主趨勢；臺灣將此事件解釋為中國大陸政權即將轉化之現象；歐洲人則指出那是學生作為民主運動前驅的必然現象。四個國家、地區對同一事件的解讀各不相同。也有人認為學生的改革運動過於理想化、激進化，不會有結果，歷史是緩進勝於激進。

不同的社會對於新聞事件有不同的詮釋觀點，而媒體依存於社會文化當中，根本無法自外於社會文化而存在，它代表的經常不是一個記者個人的觀察，而是其所處社會文化所作之觀點判斷，其中最為嚴重的便是愛國主義的報導。

1990年，老布希發動波灣戰爭攻打伊拉克，當時美國國內產生激烈論戰，其一認為這是另一場越南戰爭，將一發不可收拾，另一方則聲稱這是在阻止另一個希特勒的擴張，雙方都在爭取媒體的發言權。然究竟對錯如何？全憑結果論斷。如果戰爭打得陷入泥濘了便是越戰，打得成功了就是阻止希特勒的興起，而美國文化習於將不同於民主制度的政權視為罪大惡極的獨裁政體（事實上，不民主並不等於專制），如此的二分法讓美國人民相信海珊就是當年的希特勒，其將實行專制統治並無限制地擴張霸權版圖。

後來「沙漠風暴」的論述占了上風，於是打伊拉克在公眾看起來不像是另一場越戰，而更像是阻止希特勒的擴張。由此可說明，新聞論述沒有所謂的真相或客觀事實可言，一切只是觀點。一個勝利的觀點最後就變成了對事實的認定，觀點得勝了，歷史就紀念它；觀點失敗了，歷史則會遺忘它。重蹈越戰這

個警告並不是完全錯誤的，事實證明2003年的第二次美伊戰爭，果然是另一場越戰，如果當時小布希能接受越戰的觀點，便不會貿然出兵而陷入僵局。

又如911事件初始，美國新聞界將其視為世界大戰，因世貿大樓代表著美國，而美國就代表著世界，有關美國就有關全世界，這顯示美國媒體是相當自我中心與霸權心態的，這同時也是美國社會文化裡一種集體心態的體現。相對地，如果是一個耶路撒冷的難民營被炸，死傷亦達數百千人，媒體則絕不可能將其定義為世界戰爭。

國家主義與新聞表現

當CNN記者於2003年美伊戰爭時，將攝影機架設在美軍坦克車上，以美國軍人的觀點來看待這場戰爭時，愛國主義已經暗藏其中了，它強迫觀眾選擇美國坦克這邊，而非伊拉克的槍口那邊，來觀看這場戰爭。記者與軍人在一起，面對的就是一群敵人，清楚的敵我分別即是愛國主義的表現。

相對於CNN在坦克車上架SNG，等於現場直播美軍對阿拉伯人的殺戮，極端的伊斯蘭分子抓到西方人質並在網路直播割喉，這是對西方媒體直播殺戮阿拉伯人的報復，也都是反映出國家主義、民族主義的新聞模式。在西方眼裡只看到割喉的殘酷冷血，卻看不到自家媒體現場直播坦克砲轟他國人民的血腥。

愛國主義將戰爭合理化，讓戰爭如英雄主義一般，以致我們忽視了衝突背後真正的理由，非我即敵，人們變得更容易為政客所操弄。事實上，戰爭起因可能包含了各種政治、軍事、經濟或個人的疏失。例如，所謂No War No Money，沒有戰爭就沒有軍火，沒有軍火就沒有經濟。為了經濟便必須發動戰爭，永遠都要豎立敵人的存在。當愛國主義報導忽略了對衝突背後理由的探討，則僅僅助長了社會中某些特定利益與惡勢力的擴張，而其所喪失的卻是廣大社會大眾對於生命與真正的正義的不重視。

但筆者要說明的是，愛國主義是無可避免的新聞主觀。任何一項國家的權

力機制都會擅用這一項愛國主義來影響記者之採訪及報導。當年雷根總統下令攻打格瑞那達，當時國會並不知情，當大批記者湧進白宮正準備興師問罪，為何不經過國會就打了這一場正當性受質疑的戰爭？未料熟悉媒體的雷根總統就在記者會一開場說一個感人的故事——一位士官長如何在格瑞那達的戰役中英勇地救出袍澤，因而不幸犧牲生命的過程。他的遺孀也在記者會現場，記者沒有能力譴責一位因為救人而失去生命的美國軍人。這太殘酷了。[13]如果戰爭描述成不義的，那麼這位軍人不是等於做錯事或該死嗎？面對遺孀，記者做不出這樣的結論，結果這段陳述讓整個興師問罪的記者會，變成是美國陸戰隊英勇地袍澤之情的動人篇章。這是新聞操作愛國主義，讓記者面對一場即使是不義之戰卻無法反對，甚或被誤導。

911事件發生之後，《時代雜誌》（*Time Magazine*）本來要把賓拉登放在封面，但深怕美國讀者無法接受這樣的「魔頭」放在雜誌封面，結果放了朱利安尼的照片在封面。《時代雜誌》的總編輯固然知道這個事件中重要的人物是賓拉登，報導這件事以新聞性而言，當然應該是以賓拉登作為主角來報導或批駁，但是在愛國主義的壓力下，即便是堅持新聞自主公正的《時代雜誌》，依然必須對可能的公共輿論之壓力讓步。《時代雜誌》是一個世界性的雜誌，但美國的立場及觀點在這次事件的陳述上清晰可見。這更證明新聞之取向，深受特定的社會及文化觀點之桎梏和影響。

CNN在報導911事件之時，一開始下的標題是「新世界戰爭」（New World War），紐約世貿大樓被炸，造成將近六千人死亡，就是世界戰爭。如果將同樣的信念放在巴勒斯坦，那裡的阿拉伯人被美國所支持的以色列軍隊屠殺，或相互攻擊的零星戰爭中，至少造成五到七萬人死亡。但是事件發生在黎巴嫩及迦薩走廊的城市，而不是美國的紐約，所以即使這樣的不幸攻擊事件且死亡人數這麼高，也不會被CNN稱為世界戰爭。CNN後來改變標題，稱呼美國政府的反擊為「反恐怖主義」的戰爭，似有更客觀化的走向，雖然這樣的標

---

[13] Hedric Smith，《權力遊戲》（*The Power Game*），時報出版社，1991。

題在中東及許多激進派分子以及許多回教徒眼中或許是相反的意義。

　　911之後的戰爭，是當代新聞愛國主義的典型寫照。一方面CNN深入阿富汗報導神學士政權的惡行，一方面攻擊阿富汗的神學政權，這一切讓媒體看起來像極了國家機器的宣傳工具。伊拉克戰爭也是一樣，當美國的媒體將機器架在坦克車上呈現美軍英勇殺敵時，回教世界的半島電視臺（Al Jazeera）就播出美軍被俘虜之後的狼狽及懦弱。一場戰役成了新聞的戰爭，兩個世界的媒體都心甘情願地成為戰爭合理化的代言人，是政府或族群最便利及無須經費的宣傳機器，而這些竟然都是世界上最被推崇及尊敬的公正客觀的大媒體。

　　愛國主義的新聞報導對於不管是合理或不合理之現狀政權，都會產生強化的作用。二戰期間，英國對抗希特勒的擴張，當時所有媒體全面支持，然而哲學家羅素卻公然提出反對的聲音。羅素因反戰而被捕入獄，因為愛國主義不容許任何相異的意見，即使在支持一個對的現況政權的情況下，都可能產生一些不正義的現象、副作用或結果。

　　當一個愛國主義的報導被啓動之後，任何一個反對意見都可能受到忽略、甚至懲罰，這是最可怕的社會集體迷思。

新聞之愛國主義及其反思

　　1961年4月17日黎明，甘迺迪甫上任，美國政府意欲顛覆古巴卡斯楚政權，其幕僚中聚集了全美國最優秀的一群人，認為只要三千個陸戰隊員就足以顛覆卡斯楚政權；未料三千精銳部隊登陸豬玀灣，卻於兩天內全部被殲滅。最聰明的一群人，竟會作出如此輕率而近乎愚蠢的決定，原因是在那樣的會議裡，沒有人敢說「不」。凡提出反對意見者，便可能被貼上「護敵」的標籤，於是相異的觀點，卻極可能是非常具有價值的聲音，就被排擠壓抑掉了。[14]

---

[14] Robert Kenndy, *"Thirteen Days: A Memoir of Cuban Missles Crisis"*, W. W. Norton, 2011.

因此，傾聽不喜歡的聲音，是一個成熟社會所必須的，開放的社會必得接納不同的意見。若少數的聲音得到了保留，在因緣環境變遷後，這些意見反而成為主導一個社會的重要力量，它能避免社會產生集體的盲點而陷入萬劫不復的深淵。保護弱勢者的言論權，才能讓社會免於大災難。

任何時代都不該忽略對於危機的警覺，即便在承平時期亦可能有支配者角色存在著、作用著。當支配力量異常巨大時，便會淹滅掉一切其他不同的聲音，讓一個有良心的人不敢起而發言，因其相議之言論將受到懲罰，在民主國家中是言語式的懲罰，在極權國家中便是入獄監禁。

愛國主義報導不僅助長了一個政權的不合理性，甚至對於合理政權本身都是一個危機，因為壓抑了少數意見，可能致使社會喪失、放棄了有所轉圜與再生的機會。事實上，所有對的意見一開始都是少數的，耶穌宣揚震古鑠今的真理、伽利略對地動說之證明、宗教改革、種族民權運動、愛滋人權、同性戀人權、反菸活動等等。歷史證明，許多少數意見只要能持續堅持，社會逐漸給予空間，它終將成為多數，成為主導社會的重要力量。如果社會不能給予少數意見一個開放與伸展的空間，就可能會讓非正義持續擴大，以致走向集體式的滅亡。

即便此少數意見不代表真理、不代表社會未來的方向，它仍屬於人權的一部分，理應被尊重，而這正是自由民主之真義。每個人不是要對才能說話，因為沒有絕對的對錯可言，一切只是不同的觀點、立場、情境下所產生的言論。愛國主義的極端發展將導致對人權的剝削，讓人們喪失應有之生命權及其人格抒發的空間。

文化學者愛德華·薩依德（Edward Said）在其《知識分子論》（*Representations of the Intellectual*）一書中指出：「雖然在國家緊要關頭，知識分子為了確保社群生存的所作所為具有無可估量的價值，但忠於團體的生存之戰，並不能因而使知識分子失去其批判意識或減低批判意識的必要性，因為這些都該超越生存的問題，而達到政治解放的層次，批判領導階級，提供另類選擇（這些另類選擇在身邊的主要戰事中，經常被視為無關而被邊緣化或置於不顧）。

「知識分子既不是調解者，也不是建立共識的人，而是全身投注於批評意識，不願接受簡單的處方、現成的陳腔濫調，或平和、寬容的肯定權勢者的說法或做法。不只是被動地不願意，而且是主動地願意在公眾場合這麼說。」[15]

媒體作為社會的觀察者，引導社會的發展方向，為大眾尋求出路，其絕不可放棄的便是堅定不移且與時俱進的反省意識。

客觀報導與新聞評論：新聞主觀性與評論的分野

論述及此，或許讀者會思索，如果記者無法避免主觀，那是不是一切的報導都變成了評論？

其實評論和報導的主觀性是不同的。評論是針對事實作針砭。報導的主觀意味著即便是事實陳述，也是有主觀的立場。這提醒讀者必須注意無絕對客觀之事實報導，並提醒記者隨時注意自己背後的價值觀如何影響取材及事實之陳述。陳述事實的主觀性是無可避免的，但是評論是一種更積極的主張，對事件作出具體明顯的評斷。這種評斷應該與事實陳述有所區別。就像是一個水果商喜歡賣水果，賣水果是主觀的選擇，但是這跟他說某顆蘋果是酸的是兩回事。一個是給消費者有選擇的範圍，雖然這範圍仍受賣者的主觀所侷限，但另一個是積極地引導消費者不去買該蘋果，這有程度之別。主觀性不等於論斷，論斷已經為事情做最終的評價，但主觀性仍具有較大的空間討論及深究。記者不能避免主觀性，而當不得不評論時，應該與事實陳述加以區分。因為既然記者已經無法避免主觀性，如果又不把評論和報導做區分，最終結果將大大侷限閱聽者的空間。

筆者並不意味著記者不應評論，相反地，記者在一個可區分的空間及版面情況下是應該評論，甚至對不合理之事提出指正。然而，每一個指控及批評必

---

15 薩依德，《知識分子論》（*Representations of the Intellectual*），麥田出版社，2004，
p.77。

須有事實做根據，並必須不忽略相反的事實，願意更詳實及公正地爲各種指控的事項提出不同的看法，這才是公正的指控或評論。太多的評論充斥媒體市場，這些評論及指控並不缺乏事實的根據，而是經常只根據部分的事實做出評論及指控，無法從更大的視野及容納各種的觀點與事實作爲依據，提出價值評判及褒貶。

Chapter
4

例外新聞與社會實相

News Coverage on Exceptional Events

臺灣電視新聞片面化及例外化之傾向
新聞作為反映社會真實圖像
為什麼媒體偏向例外新聞之報導？
商業利益促進例外新聞之蓬勃
新的訊息與例外事件之關聯
新聞之「新」在於見微知著
真相的迷思
如何趨近社會真實圖像？
從一片葉透視一棵大樹整體的生命跡象

1992年4月29日，美國洛杉磯著名的拉寧‧金恩案件（Rodney King Case）宣判，四名白人警察因涉嫌非法毆打拒絕臨檢的黑人洛尼金而被起訴，一審法院裁定四名警察無罪開釋。這個石破天驚的判決震驚全美國，媒體大幅報導是理所當然。但是在諸多報導之中，有一則關鍵的新聞影響該事件甚為巨大。

　　判決宣告的當天下午三點多，一名白人司機開著一部大卡車，行經洛杉磯中南區的諾曼第（Normandie Avenue）街口，正在等紅燈，結果一位黑人衝過來將他拉下車，痛毆一頓，然後逃逸。這則新聞被當地電視臺派出轉播車到現場做連線報導，詳細敘述白人司機如何被黑人毆打的過程，幾家電視臺連續現場轉播之後，不到一個小時，洛杉磯市區出現更多的街頭衝突，黑人毆打白人的情事陸續發生。

　　記者繼續擴大這類衝突事件之報導，再過一陣子，市區出現縱火事件，電視臺出動直升機繼續轉播，從高空俯看起火的房舍；接著，更多的縱火事件發生，電視臺記者同時報導警方因為顧忌著會與黑人發生衝突，所以並沒有及時出動去制止這些街頭衝突和縱火事件；不到幾個小時，記者的SNG車全城上上下下持續轉播著，民眾開始衝進超級市場搶奪貨品，男男女女、老老少少興奮地搬出錄影機、電視機等，用拖車、貨車，大批大批地載走百貨公司的商品。整個洛杉磯陷入一片混亂及無可控制的暴動之中。但電視機的連線轉播整夜沒有停下來，從黑夜的高空看過去，城裡一片火海，至少有幾千處起火燃燒。

　　第二天，洛杉磯市的每個族群都深陷恐懼之中，沒有人敢出門。韓國族裔一向剽悍，為了保護自己的商店，他們扛著槍站上屋頂。街頭搶奪貨品的行為持續著，電視上照見一個墨西哥裔婦女帶著小孩拿著衣服高興地狂奔，連洗衣店的衣服都被洗劫一空。電視記者這才開始警覺自己不斷地報導暴動及縱火搶劫所引起的擴大效果，他們透過麥克風說，我們似乎不應該繼續這些報導，但鏡頭仍然從街頭的各種角度，從空中不斷地轉播著各種混亂的場面。這場暴動持續七十個小時，造成六十人死亡，兩千一百多人受傷，財物損失超過十億美金。

究竟諾曼第街頭的毆打事件，在一開始會不會只是洛尼金案宣判後的一個孤立的例外事件？

　　如果這個事件沒有被電視記者以現場轉播車連線大幅報導，這場美國歷史上最著名的黑人暴動事件是否真的會如實發生？或是否會擴大到如此不可收拾的局面？

　　究竟是媒體的報導助長或啓動了族群內心鬱積的仇恨，並且從媒體中找到立即的示範？抑或是媒體在一開始就抓到了一個必然會發生的巨大社會事件之發軔點，因此不管有沒有媒體介入，這暴動必然會發生？

　　令人深思的是，在宣判之後，新聞未披露諾曼第街頭暴力毆打事件之前的幾個小時，洛杉磯並未傳出暴動、縱火或搶劫，一切的騷動混亂都是發生在這個諾曼第的報導之後。是否，如果這個諾曼第事件沒有如此被披露，如果電視臺不是如此地用連線轉播的方式，而是選擇放在晚間新聞中的某一條，洛杉磯的這場暴動將不致於如此發生？是否，這個諾曼第的黑人毆打白人司機的事件，將只是少數激進的黑人之例外行為，多數的黑人仍願意以媒體、司法或其他途徑表達他們對洛尼金案件判決之不滿？

　　例外新聞之報導將如星星之火般地燎原擴大，一如之前所述，英國哲學家卡爾·巴柏所言：「自然科學的論述未必能影響自然界的次序，但是社會的論述，將直接影響社會的走向。」[1]不管該項社會論述之合理性如何，不管該項論述在道德上良善與否，在時機配合下，它自然會轉化成一種普遍化的社會行為及現象。即使事後想起來多麼的愚昧或荒誕，但是當人們被某種社會的論述徹底地支配之後，大家會前撲後擁地跳進那個集體的迷思及混亂之中。歷史上社會學的論述之影響如希特勒的猶太人貶抑說，或共產黨思想的理想說，都曾經對社會產生深遠而巨大的影響或創傷。

　　然而，我們更想說明的是，新聞的報導，不管其顯現的方式或本質上是惡或善，它其實對事件本身就是一種肯定，就是一種默許，特別對於某些懷抱著

---

[1]　Popper, Carl, "*The Open Society and Its Enemy*", Routlage, 1966.

第四章　例外新聞與社會實相　067

相同心態的人們更是如此，它能激化少數人藉由一件小事而採取不約而同的集體行動。讓一顆小葡萄，最終醉倒整個社會。因此，如果這種少數例外事件的報導，不被適當察覺，不被深思明辨，它很容易藉由一件特例的報導而掀起一股普遍性的滔天惡浪。

臺灣電視新聞片面化及例外化之傾向

1987年當臺灣的立法院正值新舊立委世代交替之際，國會出現了難得一見，同時也是臺灣政治史上最重大的爭議事件——國會殿堂內暴力之杯葛及鬥毆。那個時刻，黨外的朱高正立委為了反對「萬年國會」[2]並推動國會全面改選，他跳上桌子破口大罵老立委，引起媒體極大的關注。

朱高正委員的激烈肢體動作對國會全面改選的時程有很大的幫助，但是這種劇場式的政治模式立刻引起效尤，影響所及，許多立委紛紛效法，各種道具及誇張驚悚之動作紛紛出籠。

當時有一位代表勞工的吳姓立委，在立法院裡一向溫和沉默，看起來也算是忠厚老實，但時勢所趨，他跟著學習朱高正的問政風格，在國會裡開始以強烈肢體動作及表演來吸引媒體的青睞，而他的演出，初期的確每一次都奏效。他每一次作秀完，記者都會追問他，明天還有沒有新的動作？就這樣，這位立委作秀了將近幾個月，曝光率極高，最後招數用完了，終於在媒體及政治舞臺上銷聲匿跡、無人聞問，成了新聞工業道道地地的消耗品。

立法院裡還有另一位黃姓立委，他是出了名很認真研究法案的民意代表。他經常待在國會圖書館裡研究議題，他的質詢也深具內涵及影響力。當然他的質詢方式循規蹈矩，因此絕少上新聞版面，一如許多認真努力研究法案的民意代表一樣，缺乏媒體的青睞。究竟黃姓立委的循規蹈矩代表著立委運作之常

---

2 萬年國會意指中華民國動員戡亂時期，國會有將近四十多年未進行全面改選，所以被反對者戲稱是「萬年國會」。

態？抑或是像該作秀的勞工立委最能反映民意代表的範型呢？

媒體所要反映的究竟是社會普遍性的常態？抑或是異常及例外的事件？

新聞作為反映社會真實圖像

新聞學的一句名言，「狗咬人不是新聞，人咬狗才是新聞。」這句話其實透露出新聞的取材重點，偏向社會例外事件之報導。新聞究竟是反映了社會重要問題？抑或只是反映了社會某些突出的例外事件？當電視不斷地播出凶殺、自殺、轟趴，是否意味著社會的治安及同性戀問題日漸擴大？一場風災中土石崩落的現象不斷地被重播強調，然而被忽略的是在風災中多數家庭其實安然無恙，被忽略的是在災害苦難之中，同時有許多愛心救人的工作正在進行。每當災難來臨，這種特殊事件之報導，總是加深閱聽人的恐懼，而特殊事件過度的被呈現，其實反而使得閱聽者變得冷漠麻痺。這種特殊事件的取材究竟是反映了社會問題，以期能提醒社會注意？抑或是它僅僅提供一個社會錯誤之圖像？

新聞究竟多大幅度地反映真實社會之面貌及圖像？"Good news is not news, but bad news is good news."好事不出門，壞事傳千里。一個人一生中或許做了許多對的、正向的事，但這些事未必能登上媒體版面，直到有一天他做錯了一件事，而那件事也剛好碰上社會隱藏性的價值思潮，他可能立刻上了新聞版面。一件錯事被報導出來，那件事立刻產生排擠作用，其他一切你做對的事都變得無足輕重，閱聽人只知道、只記得你做錯的那件醜事。

新聞不只作為表達社會真實圖像是不足的，它作為表達個人真實之面貌同樣經常是扭曲的、片面的。原因不外乎新聞是表達社會之例外事件，而非社會之常態；一個人做了一件十分特殊的好事，第一次會被報導，十次之後報導就不見了，直到他不再做好事反倒成為新聞。因為新聞的「新」，意味著不能是舊的，眾所皆知的，就無須報導，所以對於常態之事件，不管是正面或負面，只要是常態事物，記者的興趣都不會很大。

因此，社會真實面貌很難從新聞中獲取，新聞呈現的其實是一個扭曲的、例外的，甚或荒謬、怪誕的部分社會樣態。

原因依然是以閱聽人為導向，愈是新奇，愈是苦難，就愈容易引起閱聽人注意。受訪者之利益及尊嚴是被壓制在閱聽人無上權益之下的。是同樣的邏輯使得新聞作為表達社會之全稱的、多樣的、完整的圖像是失職且偏差的，而這個現象之加劇，與強調影像的電子媒體之崛起和蓬勃發展有很大的關係。

為什麼媒體偏向例外新聞之報導？

臺灣電子媒體在政治強控五十年之後，1980年代是臺灣社會媒體發展的一項重要契機，那個時候政黨開放、報禁開放，集會遊行是人民的正當權力，整個社會眼見要邁入一個多元開放的社會。特別是報禁開放之後，使得言論自由的限制得以解除，政治言論、社會言論之勃興一時間風起雲湧，為臺灣邁向市民社會凝聚一股巨大的能量。但相對於平面媒體的自由開放，電子媒體依然牢牢控制在執政者的手中。在那股自由活潑的政治氛圍中，電子媒體並無法反映整個社會的開放風氣，直到1988年之前，反對黨的政治人物依然無法上任何國家及政黨控制的電視或廣播。集會遊行的衝突、鄭南榕自焚案等等，電子媒體所呈現的都是執政黨之觀點，反對黨只能依靠一些地下電臺或一些當時被認為激進非法的傳播公司，偷偷拍下警民衝突中屬於反對勢力的觀點之鏡頭。

當時電子媒體的各階層主管都是黨國長期培養出身的傳播人，內心深處沒有太多反抗及新聞自由的因子。當年黨國系統還是經常會打電話給電子媒體主管，要求他們播出哪一則或不播出哪一則新聞，甚至對某件新聞事件應採取何種觀點做出建議。然而，在那個民主風潮已經逐漸成形之際，社會各種力量所激盪出的自由氣息，自然是當時的電子媒體所無法逃避的。在這種情勢下，政治之強控雖然依舊存在，但是一種變相的開放機制，卻悄悄地在電子媒體的機構內展開。那股變相的力量就是商業及娛樂。當時各種警政社會暴力新聞通常

都擺上頭條，政治新聞之報導著重在立委間的肢體衝突，顯然肢體衝突更適合商業的體質，並能藉此掩蓋住當時政治資源之分配極端不公平的深層問題。

由於臺灣電視於1970年代創立之初就採取商業電視的模式，當時三家電視臺壟斷所有的電子媒體資源，在那個年代，廣告商是捧著大筆現金來買廣告，甚至還必須千拜託萬拜託才進得了廣告時段。電視臺年終獎金曾經出現單月發單薪、雙月發雙薪的盛況。緊縮政治言論空間，但是開放商業性節目是黨國政府當時的電子媒體政策。這種政策讓老百姓滿足了娛樂的需求，而無從感覺到電視媒體其實是作爲市民論政及參政最重要之工具。

1980年代，政治風氣逐步開放之後，整個電子媒體的新聞就加速朝向娛樂化及商業化。商業的酬庸及豐厚的利益，讓電視新聞從業人員緊緊地擁抱並傾向執政體系，因而沒有能把握政治轉型開放的契機，善用當時有利的社會氛圍，藉此建立一個價值相對中立的市民社會之公共領域。那個領域一如哈伯馬斯所言，能獨立於政治及商業的操控之外，建構能反映市民意見及提供社會一個開放公平的溝通管道。

商業利益促進例外新聞之蓬勃

商業媒體之邏輯就是追求更大的收視群，而通常乖張的、誇大的、例外的新聞是商業媒體所青睞的。這很像1910年代的美國新聞發展，在19世紀末期，政黨經營媒體的風潮式微之後，美國媒體立刻進入扒糞式新聞的時代。當時美國新聞界熱衷各種暴力、性醜聞、名人緋聞、各種稀奇古怪事件層出不窮地被披露。表面上這種新聞好像比以往更自由開放，實則這種扒糞式新聞之做法，正是導致社會政治更加衰敗的重要原因。政治的操控比起以往更爲容易，因爲全面而嚴肅的議題討論，被激情的、例外的、負面的新聞所取代，甚至徹底壟斷。

1980年代的臺灣，當時新聞的焦點是國會，而國會的焦點是暴力。不管是言語暴力或是肢體暴力，在國會中只有少數幾個人，但是他們的聲音及版面

占據了多數的新聞時段，究竟哪些暴力事件是國會之例外？抑或是國會的全貌？想像如果當時是藉由紀錄片的形式，詳細地報導當年動員戡亂時期封建國會之背景，披露黨國體制意圖全面操控政局的種種思維，用紀錄片將這些歷史進程中的各種政治私欲及結構性盲點，一一報導剖析。

這種結構性分析的影響力，比起每日一個國會暴力，哪種更有助於民眾瞭解國會改革的必要性。當然，國會中的暴力更容易引起民眾對於不合理體制的重視。但這種重視是否能引導民眾更真實地瞭解國會改革的方向及利益？想想越戰期間，真正改變美國人觀點的是當時美國CBS主播華特‧克朗凱（Walter Cronkite）的越戰特別報導，而不是引發更多警民衝突的反戰報導，讓詹森總統不再尋求連任，也讓美國人對越戰之正當性開始產生質疑。

能記錄社會實像之完整報導，比起一些衝突暴力的例外新聞，哪種更能引起閱聽大眾對於公眾事務之正確認知？衝突及暴力或一些稀奇例外的事件，固然容易引發人們的注意，但在這些新鮮的、古怪的、衝突的、例外的事件中，人們更容易忽略公共事務裡面，真正重要的內涵及問題所在。

新的訊息與例外事件之關聯

美國雪城大學傳播系教授湯馬斯‧派特森（Thomas Patterson）在他的《失序》（*Out of Order*）這本書裡，就提到媒體文化對總統大選所造成的致命影響。他說：「如果在雷根總統的競選演講中有5,000字，其中有10個字是新的，那麼媒體只會報導那新出爐的10個字。

「在新聞的遊戲中，令人憂心的是，不只是候選人沒有說新的政策及看法，更嚴重的是，他沒有重複強調他曾經說過的話。」[3]

媒體追求新，也導致候選人不必去積極兌現他曾經說過的話，省視他曾經宣示過的信念，實踐他曾經應許給選民的諾言。這是一個集體遺忘的社會，難

3　Thomas Patterson, "*Out of Order*", Vintge Book, Aug. 1994.

怪老布希可以在選前說，「Read my lip, no more tax.」（「我發誓，絕不會再課稅。」）但是老布希當選沒多久就宣布增稅，反正選民容易遺忘——其實是媒體容易遺忘，只要政治人物在違反先前的承諾時能適當地找出新的理由及策略，媒體反正報導新的議題，政治人物很容易就過關。這種不必信守諾言的政治文化，正是當前媒體文化所催生的產物。

正因為媒體總是追尋著新的議題、新的觀點，而即便是一個好的倡議，當它持續被強調、被宣揚了一段時日後，媒體便自動對其失去興趣。這連帶可能造成另一種負面的影響，間接鼓舞政治人物或異議團體，不斷費盡心思，思考新奇的作秀、表演方式，以吸引媒體的目光，突顯自身曝光機會，以致在各種事件中，肢體打架、各式花招道具紛紛出籠，造成諸多社會及議會之亂象。而亂象即是例外，例外就會被報導。

例如國內某大慈善團體，每當水災時必定動員許多志工至災區發送便當、協助關懷，然而記者未必會前來報導，因社會對此一慈善工作早已習以為常，有著既定印象；但如果某次災難發生時，該團體卻未至現場進行關懷，則反而一定會被媒體突出報導。似乎慈善志工做好事是應該的，是一種常態，所以就不值得報導？

選舉時，當政黨的某一立論、概念被不斷地宣講，幾次之後就不再有媒體會去認可、報導這個概念，媒體會認為這個話題已經炒作過了，疲乏了。媒體如此追求例外與創新，導致候選人必須不斷推出新的議題、新的承諾，然而他卻沒有足夠的時間真正去思考與實踐。

追求人的趣味一直是新聞很重要的觀念，這觀念本身並非絕對的惡，我們平常街頭巷尾或在工作之餘，亦會將新鮮的趣聞與人分享，這是符合且滿足人類的好奇需求的。然而，如果新聞的最高職責是界定為反映社會的真實圖像，那麼一味專注在例外事例的新聞報導，絕不可能反映社會生活的全貌，甚至遠離了社會的真實圖像，而僅僅滿足了人類好奇與趣味的需求。

當然，相對地，如果媒體專注在日常生活裡千篇一律的例行性事務之報導，自然會喪失新聞存在應有的作用和意義，也會流失閱聽人的興趣；但如果採取另一極端，一味追求例外新奇之事務，而忽略了反映社會真實之圖像，則

新聞報導就注定要失焦、失準，成為某種製造驚悚、煽惑、聳動的工具。結果只會讓更多的色羶腥冒出頭來，進而扭曲了社會的真實樣貌。事實上，此兩者應是可以取得平衡的，而無須偏執一端。

新聞之「新」在於見微知著

所謂新聞的「新」，乃指事件在社會常軌之生活中，有無任何新的進展或衰敗。「新」聞應在社會即將進展或即將敗壞之處進行報導，而非一味追求例外。例外並不足以代表所有的敗壞或事物的趨向，例外並不足以表達「見微知著」。此處，「微」所指的是有什麼狀況正在發生，而此狀況對於社群具有關鍵性的意義，或將起著長遠性的影響。

記者作為敏感的社會觀察家，最重要的就是要能見微知著，他必須能看到一個微妙的、新的變化正在產生，從新的細微事務中看見整體社會的可能趨向，進而追蹤、闡釋與分析。

1970年代的水門事件報導，一開始水門事件不過是幾個小偷潛入民主黨在水門大廈的競選總部，結果被警察抓到，送進法院。當時《華盛頓郵報》的巴柏‧伍德（Bob Woodward），在法庭上注意到小偷裡竟然有前中央情報局的幹員參與其中，於是開始著手調查該事件的可能政治陰謀。[4]當時伍德和伯恩斯坦鍥而不捨地追著水門事件，好長的一段時間裡都沒有具體的進展。當時支持他們的《華盛頓郵報》總編輯布萊德利被同業恥笑，說他是不是特別聰明，要不然水門事件幾乎沒有人在深究，只有《華盛頓郵報》抱著不放。

伍德、伯恩斯坦和布萊德利所展現的，就是在一些看似平淡的新聞過程中，觀察到不尋常的例外。這例外不是為了驚悚、古怪或想要討好觀眾，而是見微知著的一種新聞智慧。

---

[4] Bob Woodward and Carl Bernstein, "*All the President Men*", Simon & Schuster Paperback, 1974.

這種新聞智慧也同時展現在當時CBS主播華特・克朗凱對水門事件的支持。當伍德及伯恩斯坦不斷遭到同業及報社內同仁的質疑及嘲笑之際，華特・克朗凱挺身而出。1973年，克朗凱在他的晚間新聞中製作了一則長達14分鐘的水門事件報導。這則報導遭到白宮及CBS董事會強大的壓力，但是CBS的新聞部仍然全力護航華特・克朗凱的水門事件報導，這項議題在當時全國最受歡迎的晚間新聞報導之後，全部的媒體都跟進大幅報導水門事件可能隱藏之弊端。

　　所以，巴柏・伍德說：「是因為華特・克朗凱，我們才有水門事件。」（It was Walter Cronkie, so we have Water Gate.）[5]尼克森總統最終宣布辭去總統職位，因為水門事件裡的五個小偷正是總統的幕僚長所指使，讓他們去民主黨競選總部設裝竊聽器，而且這個行動，尼克森總統是知情與授意的。

　　伍德和伯恩斯坦是從看到中央情報局前幹員竟然是潛入水門大廈的小偷這個罕見的例外現象追索起，一直追到最後，導致一個國家總統下臺。華特・克朗凱在別的媒體都不敢跟的時候，敏銳地感受到水門事件的重大問題。這正是例外新聞報導最傑出之典範。

　　但是一開始他們是寂寞的，是被人強烈質疑的，不像現在的許多媒體一窩風地報導一些驚奇例外的膚淺事件，而自以為已經找到重要新聞。伍德事後回憶說，華特・克朗凱的支持，證明他們的新聞眼光，這個事件也因此成為美國全國的大事件。伍德、伯恩斯坦、布萊德利以及華特・克朗凱都是在新聞中看到例外，見微知著，終於創下新聞史上最大的一項榮耀及典範。

　　新聞不是追求新奇的例外，而可能是在平淡或重複性的事件中看到例外現象，然後從這例外事項預判新的社會趨向或潛藏的大問題。然而，當今媒體對社會的觀察記錄經常是背離此一基礎的，媒體所報導的例外新聞並不能反映整體社會的進展與轉變，而僅僅是一個例外、一個異常。即使眼力不好的，對於顯而易見的事實也能夠用心關注。而那些驚悚的、奇異的，都是顯而易見的

5　Ryan Smith, Cronkite on the Crime of the Century: "The Watergate Caper", CBS NEWS July 20, 2009, 6:15 pm.

事實，記者追尋著這些新奇事件是新聞的魯鈍，而不是新聞的敏銳。猶有甚者，許多平凡不過的人，正是藉由某些新奇及驚悚的動作舉止，吸引著重影像之電子媒體的注意。這驚奇的背後，其實正可能是平凡無奇、庸俗和無知。除了證實新聞記者缺乏判斷智慧及滿足觀眾膚淺的趣味以外，遑論新聞所必須反映的社會真實之趨向。

因此在此一軸線上，愈以「見微知著」作為準則者，便愈趨近對社會真實圖像的反映；反之，愈尋求滿足大眾趣味需求者，便愈喪失其新聞專業的精確角色。

真相的迷思

發生在1999年的921大地震，全臺灣的媒體報導，多半呈現中部地區房屋遭受了全面性的摧毀，拍攝到的任何鏡頭都是殘破的，是遍地瓦礫與哀傷，沒有一個溫馨正面的畫面。但是當我們抱持著媒體給我們的這一圖像，開著車來到中部地區，令人驚訝的是，一個多小時的路程上，所見街景卻是安然無恙，直到到了受災較為嚴重的地方才會看到殘破的情景。

事實上，廣大的中部地區95%是安然無事的，但記者不會完整客觀地報導此一情形，他只會想著如何用更強烈的手法去突顯這個難得一見的例外災害。記者對於災區的擴大報導未必是具備憐憫心，而是以為觀眾愛看。其實災區裡有許多愛心慈善團體與宗教團體前往關懷，但是媒體仍把焦點放在災難及苦難的呈現。災難中看到愛，更能夠給災民鼓舞及重建的力量。報導愛，才能夠激發更多的愛心投入災區。

當某個媒體頭版上報導，一位先生殺了患有憂鬱症的太太，然而，此事件是否反映了社會整體真實的圖像呢？它又具有多少的普遍性呢？或者這只是一個例外，是一個人一時情緒的失控？即使確有其報導之必要性，也不該單就滿足人類趣味的層面著手，而應以整體社會圖像去分析，從夫妻關係、憂鬱症家屬所遭受到的壓力，應如何尋求社會的支援等方向進行報導，議題性定位必須

十分清楚而準確。然而，記者意圖尋找的議題，仍停留在事件異常、驚悚、趣味的一面，而社會性的意涵卻未曾得到應有的重視。

媒體對社會暴力、色情、各種光怪陸離現象的報導，讓觀眾誤以為這個社會就是這麼的光怪陸離、這麼的色情暴力。如果社會當天只發生了幾件負面的例外新聞，而媒體極盡可能窮追猛打地炒作這幾則新聞，於是被整體社會看到的就是這幾件異常事件，那麼這個社會給人的印象便與色情、暴力畫上了等號。一個事例或人物被突顯報導，就取代了無數未被報導的社會現狀。

久而久之，我們的觀念與意向會顛倒錯置。美國有一研究指出，收看電視愈多的人，愈反社會，對社會愈失望、反感、甚至絕望。這是例外新聞所造成，因為觀眾所見皆是暴力、異常、人性的惡質，以致遠離社會新聞，反而是為了保全自己對生存的信心。[6]由於我們已將新聞定位成例外事件，狗咬人不是新聞，人咬狗才是新聞；不殺人不是新聞，殺了人才是新聞，於是媒體只報導殺人戲劇性的過程，卻從不探討殺人的動機與心路歷程，而後者才是一個人內在真正的真實。

有衝突的政治事件、弊案貪汙等才會被報導，而一個行禮如儀的好典範，其背後的節操、長期的努力卻不被看見、不會被報導。這亦是因媒體只看結果不看過程所致，結果愈驚悚的，愈容易被報導，結果愈平淡、愈是行禮如儀的，愈不會被報導，雖然中間的過程可能很精采，可能反映了一個社會的真實圖像、反映了一個人真實的生命經歷。媒體不會特別去報導一個表揚典範的頒獎典禮，因為那通常是乏味無趣的儀式。或許一個人努力耕耘了30年才得到了這個獎，然而這個獎的頒發一點都不精采、不有趣，以致於媒體不會帶領觀眾去體會理解這些生命的耕耘者背後所呈現的價值與意義。

例外新聞並非絕對的錯，而是端看從何種角度切入。若不去探究原因，每天不斷地報導例外，又有何意義與趣味？一個車禍，不只是死傷人數的多寡，其背後對家屬造成的影響和衝擊卻無人報導，因而事件的主體喪失，只看

6　Head Sterling, *"Broadcating in Amercia"*, Hopughton Mifflin Company, 1990.

到那浮動的波瀾。我們投注大量的資源於這浮面的泡沫訊息之上，卻只得到扭曲的社會樣貌，並在大眾心中產生不安。

例外新聞若僅是個人行為的例外，不足以代表社會的整體進展或敗壞，則處理方式就應回到個人生命的實相進行報導，而不只是停留在表面上吸引閱聽者的趣味性上。

「Bad news is good news.」（壞消息是好新聞。）如車禍、殺人、緋聞等，因為看到別人的苦難，會讓人覺得自己活得比他人高尚。一個社會愈壓抑苦悶，就可能愈傾向負面新聞；一個社會愈正向、健康，就愈排斥負面新聞。因為一個社會愈樂觀、愈進取、愈能夠安於自己，就愈不需要負面新聞的自我滿足。

所以，負面新聞所傳達出的警訊，不只是某種事故發生了，它其實還傳達出了整體社會的不安、整體社會的焦躁，甚至是整體社會的絕望。

一個真正對自己生活很滿意的人，不會去看以驚悚、例外、負面新聞著稱的媒體。所以當某種大型驚悚的媒體被引入的時候，社會就應注意到，是這個社會的不安產生的氛圍，誘使其進駐這個市場。

如何趨近社會真實圖像？

當新聞報導愈靠近事件背後過程的描述、環境背景的介紹，就愈靠近社會的真實，但也相對地容易顯得無趣，除非內容的表現上足夠深刻動人。為何目前負面新聞如此之多？導因仍在於市場過度競爭，以致媒體沒有足夠時間與空間去深究與記錄一件事情、一個問題形成的原因、一個個人的人格形成過程。媒體只能擷選片段，找出最聳動、最能引起觀眾注意的一面加以呈現。當媒體愈競爭，它不會提升新聞的高品質，反之，它會愈接近觀眾的心理趣味，愈遠離社會真實的圖像以及人的生命實相。

資訊娛樂化（Infotainment）是一種結合，而不純粹只是娛樂，Discovery應屬於兩者成功結合的範例。例如報導一個命案，它不會像一般社會新聞只報

導事件，而是會去探究整個事件的發生過程，讓這些看似例外的東西都變得具有教育意義。因為此種深入探究的報導方式，若不是看到整體社會的問題，就是看到某個個人的心理問題，而這些都值得我們借鑑。

報導的手法經常會影響觀眾的觀感，例如對一個流浪漢的報導，若採取的是故事性手法，報導流浪漢的生平過程，則多數觀眾會認為流浪漢的處境是他自己造成的；但若採取的是議題式的報導，從整體社會結構進行分析，將流浪漢的問題放置在整體社會架構中審視，則觀眾會認為流浪漢的處境是社會的責任。因而報導方式的不同，便影響了觀眾對於貧窮的想法。[7]Eposodic（故事化）的報導方式好看，但是會把悲苦的際遇歸咎於個人；Themattic（議題式）的報導費時長、成本高，但是會看到社會對弱勢結構性的剝削。

又如一個丈夫殺死患有憂鬱症的妻子，當記者與其深入訪談後發現，他平時是很疼愛妻子的，只是一時情緒失控而殺了她，事後之所以滅屍則是因為他很難接受自己殺人、殺了他深愛的妻子。若我們注目在他個人的故事上，則會認為是丈夫一時的衝動，情緒管理出了問題；反之，若從社會結構層面言之，則可能引發的思考是，社會在面對精神疾病家屬時是束手無策的，給予的幫助是微乎其微的，則事件的責任便轉而歸咎於政府。

從一片葉透視一棵大樹整體的生命跡象

反映社會真實圖像是記者應始終謹記於心的，即便是一個例外新聞，也應見微知著。一個人為什麼自殺，有其事件背後龐大的理由，可能來自個人的成長心理，也可能來自社會整體結構。回過來想，古典新聞學說：「人咬狗才是新聞。」若我們去分析這個人為什麼要去咬狗，或許我們真可找出一些端倪，或許他有心理上的障礙，而此心理問題的社會背景又是什麼？從例外事例一直追溯下去，就很可能可以看到一些不易被人察覺的細微變化，而這些社會

---

7 Shanto Iyengar, "*Is Anyone Responsible*", The univesirty of Chicago Press, 1991. p.45.

結構的變化可能影響更多其他的人，這便是見微知著，而不只是僅僅將其視為一則趣聞處理。

例外新聞不是絕對的壞，它可能有很重要的價值值得記者去挖掘，可以有深層的意義值得記者去探究、去理解。

可惜我們媒體的競爭太厲害了，記者們忙碌得沒有時間去做這樣深層的理解，在經營投資上也無法讓記者去做如此深層的思考。此外，記者的人選也愈來愈年輕，因為當新聞記者不需要太多的見識，這會是個危機，因為社會整體的深刻思考能力喪失了。整個新聞的發展最後便成為充當一種消費品，一些茶餘飯後聒噪、瑣碎、無聊的談話，根本談不上社會反省，談不上反映社會的真實圖像或人的生存處境。

一個欠缺根本省思的社會，很容易受八卦媒體所支配。將負面新聞奉為圭臬，則整個社會便完全扭曲了。媒體用篇幅去報導一個人的惡，以一個點去代表這所有人的全部，而其他的都不重要了，他所有的善行、所有的努力都被忽略，這對一個人而言是很大的折損，對社會而言也是很大的扭曲。他不會讓社會更好，只會讓社會更不安。理由很簡單，看到社會都是負面示範，觀眾自身又何須為善呢？

惡人得勢，《聖經》有言：「你不要心懷不平……不要忌妒他，更不要跟隨他。」[8]然而，例外的負面新聞，一開始大家不以為意，慢慢地這種例外的負面新聞就會逐漸擴大。就像這幾年媒體不斷地報導燒炭自殺，以致公共衛生學者發現燒炭自殺在一個時期變得愈來愈多。這其實是星星之火可以燎原，而媒體就扮演這種搧風點火的工作。

報導高階層的人紙醉金迷、奢華生活或貪瀆舞弊的新聞不是要完全避免，而是必須被節制，報導的方式必須有適當的角度。否則就如臺灣這十年來對於政治人物無窮盡的攻擊，最後讓整個政治的形象大幅敗壞，造成的結果不是讓民眾更認識政治的本質，而是根本改變了政治的本質。政治變成人人避之唯恐

8　聖經《箴言》，24:1，24:9。

不及的行業，更造成政治環境人才的反淘汰。

　　對於民眾來說，過度報導政治的鬥爭及醜聞，不只無法遏制政治的弊端及對立，其所造成的結果恰好相反，上行下效、風行草偃，高階層的人、社會上的知名人物，不能表現出好的德行，則崇拜知名人物的大眾就更想要為所欲為了。

　　事實上，負面新聞報導從未引發社會的良善風氣。當然，我們也並非認為負面的、例外的事件不應該被報導，只是連帶其背後的社會背景與生命背景也應得到理解，而不只是突顯其浮面的夢幻泡影。

Chapter 5

負面新聞及其影響

The Negative News and its Impact

負面新聞有助於反省？

負面新聞助長結構性的對立？

災難新聞的負面處理及其影響

自殺的報導導致更多的自殺？

暴力新聞與暴力的社會

情色新聞的負面影響

名人醜聞與典範的消失

政治弊案新聞與負面影響

戰爭新聞的負面影響

負面新聞之源頭及殞落

專業主義與負面新聞

1974年，美國舊金山發生一件令人痛心的犯罪案件。一名年僅9歲的女孩奧立佛，被三名年輕女孩與一名男孩用飲料器皿性侵犯。這個事件歸諸於在案發前幾天，美國國家廣播公司（NBC）播出一段影片《天生無知》（*Born Innocent*），影片內容與案發情節如出一轍。該影片播出四位青少女性侵另一位青少女。奧立佛的家人認為，侵害奧立佛的孩子們正是因為看了《天生無知》的影片，因而模仿學習，結夥性侵害奧立佛。

　　奧立佛的家人控告NBC必須為這起性侵害案件負責，並必須賠償一千一百萬美金。電視公司以言論自由作為辯護，聲明《天生無知》影片並無挑動或煽動他人進行性侵害之意圖或傾向。NBC後來還是以言論自由勝訴，不必為奧立佛的性侵害案件負責。但是奧立佛性侵案件並不是一個獨立的事件，許多因為電視節目引發犯罪行為的爭議案不斷地在世界各國發生。

　　究竟，電視節目或新聞報導會不會誘發或引發犯罪效應？

　　1982年4月14日，臺灣一名退休老兵李師科拿著殺警奪來的槍枝，闖入臺灣銀行古亭分行，搶走現金五百三十一萬元。犯案時，李師科頭帶假髮、鴨舌帽、口罩等。這是臺灣第一樁銀行搶案，媒體當然大肆報導。二十二天後，李師科被捕，但是被捕消息傳來之際，高雄縣彌陀鄉（現為高雄市彌陀區）又出現全臺灣第二起搶案。從此，臺灣的銀行搶案層出不窮，搶匪的裝扮一樣都是戴安全帽、口罩等。因此民眾現在到銀行，一律被要求拿下口罩、不能戴安全帽等，這都是李師科搶案所造成的深遠影響。[1]

　　負面新聞對社會的負面影響並不會因為新聞對於負面事件進行批判，就能讓其負面影響得到緩和或消弭；相反地，負面新聞報導極可能造成更多類似的負面事件或模仿效應。

---

[1]　林振忠，李師科搶案影響臺灣三件事，《聯合報》，2016年4月14日。

負面新聞有助於反省？

許多人抱持著一種想法，就是負面新聞的報導與播出能使社會大眾得到警惕，因而讓負面事件得到減緩或改善。他們認為只要媒體持續批判、探討某個事件或某個問題人物，該問題人物或該事件就會獲得反省與解決，其實結果極可能恰恰相反。

美國總統柯林頓在1992年競選總統期間，當時民主黨的黨內初選角逐者有十多位，47歲的柯林頓州長名不見經傳，他所任職的阿肯色州只是一個一百萬人口的小州，州內樹木的數量比人口數量還多。而在民主黨內初選開始之際，一位來自阿肯色州的婦女珍妮佛‧佛勞爾斯（Jennifer Flower），突然召開一個記者會，宣稱她與總統提名競選人柯林頓州長已經有12年的戀情，她認為柯林頓的私生活不足以擔任總統一職，她要柯林頓立即退出選舉。這個記者會召開後，柯林頓從一個默默無名的總統角逐者，頓時成為全美媒體的焦點，媒體報導他緋聞的曝光度，是其他總統候選人的500倍，這使得柯林頓州長即刻成為全美家喻戶曉的候選人。

在一連串媒體上的指控、澄清，說謊、闢謠，花心州長到顧家男人，一系列有策略的公共關係與媒體的操控下，柯林頓的緋聞變得似是而非。高知名度使得媒體與觀眾高度注意他，使得他能夠從解釋緋聞轉變成解釋政見，從負心漢轉變成出身寒門的有為學子。柯林頓競選團隊聰明地把這個負面新聞的高度能量，轉變成高知名度的正面能量。最後，柯林頓順利選上總統。競選專家的解釋是珍妮佛的記者會幫了柯林頓一個大忙。

負面新聞的報導是否引發大眾對公眾人物的反省？1998年柯林頓總統在白宮發生陸文斯基案，總統與女實習生發生不正常的性關係，使得柯林頓總統遭到參眾兩院的彈劾。雖然參議員投票不過半數，但是柯林頓承認他與陸文斯基不正常的性關係，並向社會道歉。1992年珍妮佛的記者會還記憶猶新，但是負面新聞的報導與指控，似乎無助於大眾對政治人物有更多的理解與反省，對於政治人物本身也不具反思與警示的作用。

為何攻擊性報導與負面報導對於遏止負面行為無效？因為究其實，**報導本**

身就是一種肯定！不管報導是正面或負面，都具備提供社會大眾高度關注與解讀的機會。

負面報導的強度愈大，造成的學習與模仿也可能更大。

當媒體發現某種行為或某個人的作為是不當與不道德之際，媒體能採取的立場並不是完全不報導它，而是不應該大幅度的傳播該訊息，否則極可能適得其反。

以1960年代美國著名的電視新聞評論員愛德華・默若挑戰參議員麥卡錫為例，愛德華・默若在其節目《See It Now》向美國人舉證指控麥卡錫經常在參議院的聽證會中，無中生有地指摘他人是共產黨員，愛德華認為麥卡錫刻意捏造並掀起美國國內的白色恐怖，這是一種違背人權，違背美國立國精神的惡劣行徑。[2]當愛德華的報導被美國人與美國媒體普遍接受之際，美國其他媒體不是繼續報導麥卡錫的各種言論，而是封殺了所有麥卡錫的報導。報社編輯們向他們的記者說，我不要關於麥卡錫的任何一個字，不管是好的、壞的都不要。這項做法結束了麥卡錫白色恐怖主義的繼續猖獗與蔓延，從此，麥卡錫在媒體上銷聲匿跡。兩年後麥卡錫在家鄉密蘇里州因酗酒死亡，結束了美國麥卡錫白色恐怖主義的時代。

面對錯誤的行徑與做法，媒體的報導必須有所節制與規範。大肆地披露與擴大負面報導，其結果反而會適得其反，因而創造更多負面人物的聲望與能量。

臺灣曾經有一位經常在別人的記者會上舉牌的人士，其實大家都很不喜歡這種行為，但是記者們卻反而以搞笑的方式報導呈現他，結果，這種不經意地搞笑竟也捧紅了他。他曾參與臺北市長選舉，得票數比另一位同樣競選市長的新聞名人還要多。後來這位「舉牌先生」還參與某縣的縣長選舉，並且得到數萬票。曝光，就是某種程度的肯定；報導，就是累積能量。當媒體認知某類事件是負面的、是不好的，就不應擴大報導。應秉持告知，但不渲染的原則。

2　Edward Murrow, A Report on Senator Josephy MacCarthy, *See it Now*, CBS, 3/9/1954.

負面新聞助長結構性的對立？

負面新聞不只可能助長負面行為的擴大與學習，它也會造成結構性的對立。不容諱言，社會問題的披露與探討有助於社會大眾對該事件進行反省與改善。但是長期而言，批判與負面事件的過度呈現，讓社會對於該類事件與人物失去敏感度與興趣度，反而助長該類的事件更難以收拾。

以醫療糾紛報導為例，醫療糾紛牽涉許多醫療專業問題，但是病患一有抱怨就登上媒體，長期下來，其實是撕裂了醫病之間的信任與和諧關係。在層出不窮的醫療糾紛報導中，醫生們擔心名譽受損，擔心惹來爭議，自然會刻意減少積極地醫療行為，以降低醫療糾紛的風險。醫師們的醫療方式逐漸趨向守勢，不敢用積極性的治療方法，其結果造成病患療癒機會的降低，病人生命延續的機率反而減少。

另外，醫生們擔心醫療糾紛造成鉅額賠償，因此紛紛加入醫糾的保險，這也提高醫療的成本，而這成本當然轉嫁到病人與整體社會的醫療成本之上。最嚴重的結果是，一些醫療風險高的科別如婦產科、外科都逐漸缺乏醫師，醫師改選風險較低的美容整形科等，賺錢多，風險少。長期下來，當然對於病人的整體權益造成極大的傷害。

媒體大肆報導政治的衝突、政客的醜陋、議員肢體的鬥毆、謾罵，造成政治人物形象的醜化，使得更多的優質或品格好的人不願意踏入政壇。這當然造成民眾對政治更加不信任，也使得政治人物的素質出現反淘汰的現象。一位前任新聞局長在一項座談會中就感慨地說：「像你們在座幾位優秀的人士，你們情願做學術、做企業、做慈善。這些工作有成就、有尊嚴，不用被謾罵。你們當中會有人願意來政府工作嗎？會有人願意像我一樣忍受被媒體、被議員謾罵嗎？」

新聞媒體對政治人物過度的負面呈現，只會導致更多優質人物望之卻步。而當政治人物不是一項有尊嚴的工作，那麼在其中的參與者如何保持清廉、負責與承擔呢？最後輸的還是全民，輸的還是百姓們的利益。

媒體以為只要多批判政治人物，他們就會做得更好。臺灣隨著媒體的自由

與開放，政府效能與政治人物的承擔、操守似乎都不符合這項新聞假設。想想，如果媒體報導的政治竟是口水、打架、攻訐、貪瀆，那是具備什麼樣的人物性格的人會加入這樣的工作？這就像更多的醫糾報導，造成的不是醫療品質更高，不是醫病關係更密切友好，而是醫糾多的科別，醫師變少了，最後損失的還是病人本身。

負面新聞造成社會上普遍對彼此不信任，是當前臺灣社會最大的危機。政黨鬥爭、企業鬥爭、雇主與員工鬥爭、醫生與病患鬥爭，到最後看到母與子、子與父對簿公堂的新聞就不必嘖嘖稱奇了！

媒體處理負面新聞的態度，運用在報導偏差行為與政策的批判中，引發的各種負面影響已經顯而易見。但對於不幸的意外事件，例如空難、車禍、災變，乃至個人因素的自殺等事件，究竟對閱聽者與社會有無負面效應？是意外的災難，抑或媒體助長了災難？

災難新聞的負面處理及其影響

1984年6月20日，臺北縣土城市（現新北市土城區）的海山煤礦發生災變，由於臺車的插哨沒有插好，造成臺車滑落撞擊到高壓電引發大爆炸，該次意外災變造成74人死亡。不到一個月，臺北縣瑞芳鎮（現新北市瑞芳區）的煤山煤礦也發生災變，造成103人死亡、22人輕重傷的悲劇，這是臺灣礦業史上最大的災變，其原因一樣是人為意外疏失。

到了年底12月5日，臺北縣三峽鎮（現新北市三峽區）的海山一坑又發生大災變，造成近百人死亡。

一連串的礦災都是人為意外，都是來得無法預警。雖然官方宣稱礦區老舊，但是為什麼在短短半年內，礦區連續發生三次大災變？這一連串重大的意外災變事件，究竟是巧合？還是有其內在的關聯性？

按我們一般對媒體的功能總認為，媒體擴大對於礦災的報導，應該有助於其他礦區的安全警戒更加提高，更加小心防範因應，但為何卻適得其反地接

二連三發生更多意外的礦災事件？媒體的報導對於意外災害的發生究竟是提醒？是預防？或是適足以誘發更多的不幸事件？

加州大學聖地牙哥分校社會系的大衛・菲利浦教授（David Philip），於1978年針對重大意外事件的報導與重大意外事件接連發生的關聯性，做長期的觀察與研究發現，當《紐約時報》、《洛杉磯時報》、NBC、CBS這些媒體的頭版報導自殺、車禍、飛機失事之事件後的第三天，就是同一種災難或自殺事件的高峰期。

菲利浦教授的研究指出，自殺報導導致更多的自殺，空難報導導致更多的空難，車禍報導導致更多的車禍。

究其原因，菲利浦教授研究歸結，這些報導有社會模仿之效應，使那些原本就對生活感到絕望的人，更確信自殺是一條解決的途徑；或是那些心神原本耗弱的人，更容易發生意外事故。[3]空難事件的新聞報導，會讓本來信心就不太夠，或是那段時期身心狀況特別不好的機師，因為緊張而犯下疏失，造成空難。自殺報導鼓勵更多心智耗弱的人選擇自殺的途徑來解決生命的難題。菲利浦教授的這項負面新聞效應之研究，在現實中之案例可謂比比皆是！

臺灣災難新聞另一個奇異的現象就是災難新聞的娛樂化。現今的電視新聞記者為了報導颱風消息，為了搶收視率，有些記者甚至會拿張紙，刻意丟到風中，讓這張紙被風吹起，然後鏡頭拍下來，以突顯當時的風速有多強；有的記者甚至會站立在水中，身子蹲下去，讓水淹到胸口，以誇大呈現當時的雨量有多驚人！這種災難新聞會間接地減少閱聽者對災難的警覺性，進而轉為同情記者。這樣報導災難新聞，最大的問題就是讓災難也變成一種新聞娛樂，人們視覺娛樂的一個工具，喪失了原本那種會奪人命、會造成巨大傷害的同理心與悲憫心。

所以，災難新聞除了會創造更多的災難之外，閱聽者也會產生冷感。過多的暴力新聞和災難新聞讓社會喪失信心。負面新聞讓災難成為娛樂，讓社會大

3　Phillips, D. P. (1974). *The Influence of Suggestion on Suicide: Substantive and Theoretical Implications of the Werther Effect*. Sociological Rev., 39: 340-54.

眾對災難更冷感，不會主動伸出援手，不會面對問題，解決或預防問題。

自殺的報導導致更多的自殺？

　　2003年4月1日，香港知名藝人張國榮自殺往生。經過媒體大幅報導，從當天深夜到隔日凌晨，短短9個小時內，香港有六名男女也跳樓自殺。整個4月份，香港一共有131起自殺事件發生，比3月份增加32%。自殺原因從情感糾紛到失業等不一而足，但是從幾位往生者的遺書中發現，他們的自殺是受到張國榮自殺的影響而採取自殺行動。1986年4月8日，日本歌星岡田由希子跳樓自殺的新聞被媒體大肆渲染後兩週，日本幾乎天天有青少年自殺，十多天竟達20餘人。據研究資料統計，在1986年的頭11個月，日本青少年自殺人數達333名，比1985年同期高44%，心理學家稱之為「由希子症候群」事件。

　　其實早在18世紀，德國的大文豪歌德寫出《少年維特的煩惱》，就在歐洲掀起一股「維特效應」。所謂「維特效應」是指歌德筆下小說的主角維特，因為失戀所以自殺，小說發表後造成極大的轟動，不但使歌德聲名大噪，也在整個歐洲掀起自殺風潮。也因為這股風潮，當時歐洲幾個國家把《少年維特的煩惱》一書列為禁書。

　　「維特效應」從社會心理學的角度分析，就是一種情感的流行性感冒。媒體對自殺或災難新聞的大幅報導，對於一些猶豫徘徊在自毀邊緣的人，產生一定程度的誘發與引導，因而加速這些不幸事件之發生。

　　當年瑪莉蓮夢露自殺後，一個月內，美國自殺率急升至12%。香港在1998年燒炭自殺報導之後，兩個月內，燒炭就成為第三種最多人採取自殺的方法。五年之後，燒炭占自殺方法的比例從6%升到28%。[4]這些訊息與研究都指

---

[4] Leon Bakker, Annette Beautrais and Maree Inder, Edited by Ken McMaster & Leon Bakker, *"Will they do it again? Assessing and managing risk—Chapter.3: Risk Assessment of Suicidal Behaviours in Young People "*, HMA Books, 2006.

出，負面報導對負面行為有強烈的影響與誘導。

暴力新聞與暴力的社會

暴力事件的新聞報導，使得暴力事件不斷在媒體上呈現，是否會助長社會暴力的傾向？

美國紀錄片導演麥克・摩爾（Michael Moore）在他的紀錄片《科倫拜校園殺人事件》（*Bowling for Columbine*）中，探討為何兩個美國高中生犯下集體殺人又自殺的不幸事件。[5]他歸結美國的暴力傾向是造成科倫拜校園不幸事件的主因。而美國媒體對於暴力的合理化敘述，是美國社會暴力傾向的重要因素。

麥克・摩爾在紀錄片中陳述：「為什麼在加拿大，人們都可以不用關門，而且暴力犯很少。然而在美國社會，一年要死一萬多人。」

麥克・摩爾藉由影片陳述是什麼原因造成幾個國家的暴力程度如此地懸殊。他提出兩點結論：第一點，媒體大量的播放暴力新聞，製造社會的不安，所以敵意就愈來愈濃厚，也就愈容易產生仇恨；第二，是槍枝管理，美國的槍枝管理很鬆散，任何人都可以在K-Mart買到致命性的子彈，打在校園孩子身上的子彈就是在K-Mart買的。美國一般被殺的居民90%都有槍，如果歹徒闖進住家，發現沒槍就算了，若有槍，極可能就會先將屋主殺掉。這兩點造成美國很嚴重的社會暴力問題。

新聞的暴力，代表一種現實上的可欲（Permissibility），反正大家都可以這樣搶、這樣殺，所以助長了暴力行為的發生。負面新聞造成的影響，是一種社會的效應，社會的模仿、社會的可欲，表示可容許這麼做。新聞的暴力，比一般的電影暴力更為嚴重。換句話說，真實事件比虛構小說的敘述更加嚴重。

---

5 Michael Moore, *Bowling for Columbine*, Documentary Feature Film, 2002.

紀錄片中，麥克‧摩爾通知當地記者，帶著科倫拜受傷的學生回去跟K-Mart交涉。後來公關經理現身，當面承諾他們以後不再賣這種子彈。此事立即影響社會某些現象，例如，來福槍協會選擇在槍擊事件後舉辦一個宣傳大會，再一次宣示有權擁槍自衛。美國的房子前面都立一個牌子，寫著「有武裝」，表示這裡是有槍枝的，請你不要進來！如果有人開進他的前院，主人是可以開槍的。

除了槍枝管制之外，還有一個很重要的社會觀點──政府走向。比如加拿大政府講的都是國家的社會福利政策，比較傾向關懷、照顧當地居民，跟美國政府所宣示的截然不同。美國社會是，「你窮，你就是罪惡」；「如果你這麼聰明的話，為什麼你還不富有？」聰明的人，是不是一定要富有？學者要很富有嗎？宗教家需要很富有嗎？作家需要很富有嗎？藝術家需要很富有嗎？整個社會都資本主義化，這是一個美國現象。反觀加拿大，他們認為人們生活碰到困境，應由國家來照顧，貧窮是制度和社會結構的問題，不是個人的懶惰、無知、墮落所造成。從這點來看，暴力的新聞內容的確對暴力有一定的影響，它提供社會一種溫床，認為暴力是一種解決社會問題的必要手段。

暴力行為很難界定，暴力言論同樣難以劃分，而新聞更是難上加難。因為新聞涵蓋了言論，而言論呈現的方式，不僅只有新聞的形式，它還可以是電影的形式，可以是小說的形式，也可以是雜誌的形式或網路的形式。但是如果暴力言論是無法禁止的，暴力新聞就更加難以掌控，因為新聞的尺度是不受限制的。新聞的尺度在一個新聞自由的帽子下，媒體從業人員實在很難劃分什麼內容是可以報導的，什麼內容是不能報導的。

新聞中的暴力言論，不一定會直接產生暴力行為，但卻含藏助長、刺激暴力行為產生的隱憂。在日本，電視的暴力新聞比較少，例如日本NHK對暴力的描述就比較節制。但是，事實真是如此嗎？我們很難下定論。不過，基本上日本是一個集體主義，一個社群主義，所以對於人與人之間的規範，相對上比美國要嚴謹許多。在小村莊犯罪，全村都知道；在都會中犯了罪，過了一、兩個月還沒有人知道這個人是罪犯，所以在都會中群體的壓力，反而沒有小村莊來得多。1993年，美國洛杉磯拉寧‧金恩事件被媒體披露後，洛杉磯市區就

發生很大的暴動事件，民眾有樣學樣，到超級市場、百貨公司公然行搶。如果電影播出一群人搶超級市場的片段，觀看的人並不會因為一個虛構的假象而引發集體搶超市的行為。可是當新聞播出有人公然行搶超市時，就等同於贊成這種行徑，進而產生集體的暴力行為。因為新聞反映現實，新聞是可被接受的一種社會效應，一旦容許有人這樣做，起而帶之的是鼓勵更多人模仿。

情色新聞的負面影響

暴力難以界定，色情新聞和色情言論呢？譬如有某綜藝節目主持人很喜歡調侃女藝人，有一次在節目上要求女藝人學講「亞美蝶」，就是日本成人電影裡「不要」的叫聲，讓看的人當下覺得很好笑，可是節目結束後，它所造成的影響卻漸漸滲入到同學日常的言談中，認為開這種玩笑是被容許的。

再例如最為人熟知的璩美鳳事件，那張光碟本來在立法院就已經有人拿到並互相傳看，但是沒有人願意去播這影片，直到《獨家報導》以贈送光碟的方式推出後，媒體便順著這股熱潮，公開播放。基本上，媒體從業人員是有良心的，他不願意見到偷拍的東西被播送出去，然而一旦有人率先刊登，其他媒體為了自家的營收，不得已也跟著一起刊登。

事件報導的內容，盡是這位女性政治人物和男主角不正當的接觸和來往以獲取金錢，甚至還出現更難聽的字句。其實那對女性是很大的汙辱。關於這位女性政治人物的一些行徑，旁觀者永遠不知道是真、是假，然而一旦這個新聞播出後，每個人都可以講她，就如同這位女性政治人物被整個社會集體戕害她的人格。

全世界有很多人有外遇，不是只有這位女性政治人物，她只是當中的犧牲者之一，沒有特別壞，也沒有特別好，但她卻沒有跟多數人一樣受到尊重。這個社會一旦可以攻擊一個女性的時候，就會不斷地攻擊。一個在酒廊上班的女孩，為了賺錢，接待很多客人，但都不至於受到新聞這樣的對待。可是當一個名人成為新聞主角時，整個社會就好像可以肆無忌憚且毫無顧忌地攻擊要角的

人格。事件當事人或許會利用不當的交易，以獲得政治、金錢，如果以道德觀來檢視主角的醜陋行徑，卻又沒有特別糟。壞就壞在當新聞開始談論主角後，社會大眾也開始對當事者品頭論足，甚至私下講很多無法查證、不堪入耳的話。

看情色新聞，就等於縱容偷窺的合法性與對主角行為品頭論足的權力。曝露身體的部位或某些綜藝節目主持人那些不堪入耳的字眼雖然未必是情色新聞，可是帶來的傷害卻遠比情色電影、成人電影敗壞社會人心，還更為嚴重。情色新聞直接且正當地侵害一個人的人權，集體社會用觀看情色新聞的行為進行偷窺。重點不在於光碟，而是在於新聞界用什麼態度看待一個公然販售光碟的事。這個社會對於女性有著不公平對待，一陣子就會有一個女性被惡整。女性的新聞、情色新聞是最好的新聞娛樂，最具消費能力的一種新聞物品。它提供的不是事實，而是娛樂，它提供社會一個可以歧視女性的權利和管道，而且還是公開合理的。

這些情色新聞到底有沒有呈現社會真實？這個比成人電影對於女性和社會的傷害，還要嚴重。情色新聞撕裂了人與人之間、男女之間情感的關係。璩美鳳與曾仲銘的關係不重要，他們的性才是大家談論的重點；潘彥妃與陳勝鴻是什麼關係不重要，性才是重點。「性」，支配了人的一切關係，這是情色新聞帶來的另外一個危害。這個社會不會探討新聞當事者之所以走到今天的原因，就只會探討兩者之間的性關係。探討新聞當事者的人格，才是根本的問題。

美國電影只有色情與暴力是兩個最賣的主題。色情新聞對人權具相當程度的傷害力，也不能解決對社會的負面影響，而且還會產生錯誤的觀念與聯想。例如，八卦新聞報導黛安娜王妃和馴馬師的緋聞是為了呈現什麼？一個真實的黛安娜王妃嗎？媒體從業人員報導黛安娜王妃呼籲全世界關心地雷的事件，可能都不及她與馴馬師之間的緋聞多。由此可知，重點不在於有沒有新聞價值，而是有沒有賣點。記者應該多看整個事件發生的過程，而不是直接跳到結果去評斷它，這不是一個知識豐富的記者，不是一個有同理心的記者，不是一個能真正瞭解問題的記者。

名人醜聞與典範的消失

名人是媒體的產物。有媒體大力的報導，就會創造出許多的名人。名人一開始基於陌生，或基於好奇，更是基於商業需求，媒體總是極盡能事地報導其光彩奪目、令人欽佩豔羨的事蹟；如果名人的事蹟不精采，媒體報導的利益就會受到質疑。但是商業價值的考量原因，當某一名人的事蹟被大眾知曉而喜愛，媒體就會擴大對該名人的報導面，舉凡生活、購物、懷孕、生小孩、旅行、吃小吃等一切都視為重要新聞，因為觀眾愛看。當名人愈被包圍，就愈不自由，名人的光彩事蹟之外的其他生活與人格問題就格外明顯。這時，名人在極盡完美光彩的媒體形象塑造之後，他的其他缺陷變成媒體另外一個賣點。炒作名人的缺陷或醜陋，成為該名人給媒體的第二波賣點。媒體先是塑造名人不朽的形象，然後再伺機毀了他，這是媒體消費市場的黃金定律。有名人就有新聞，名人的光輝賣錢，醜聞更賣錢。當這兩度循環結束後，媒體再尋找塑造下一個名人的完美形象，然後再一次地行使兩階段循環報導的黃金定律。

《壹周刊》出版之際，做電視廣告，把名人都掛上狗臉，然後把狗臉卸下，亦即是揭開名人真面目的意思。《壹周刊》的記者相信，揭開這些名人的真面目，就是新聞自由。其實名人的形象是媒體過度塑造，才會被閱聽者過度期待，不刻意崇拜名人，就不至於失望。或者說，不要非理性地塑造與崇拜名人，名人的缺陷與醜聞就不會那麼地撼動人心。其實這一切都是媒體操作的結果。愈完美、愈燦爛的名人，愈是會有缺陷可以炒作。對名人的某些事予以肯定，媒體理性地引導閱聽者瞭解名人的事蹟，就不至於因過度期待而極度失望。

在德國，名人的報導率，包含政治人物、藝術家、演員、文學家等報導十分頻繁，名人自然比任何人得到更多的關注，被檢視得更仔細。然而，德國的記者看到政治人物做一些比較私人領域的行為，他們會一笑置之。因為德國人對私人領域的保護很嚴格，一旦報導，記者是會坐牢的。但在英國，名人的醜聞隔天就報出來。英國的電視生態很規矩，像英國國家頻道（BBC）不是以

商業利益為導向的頻道，因此並不會任意報導名人的醜聞，而這些辛辣的新聞通通只會放在小報上。

美國傳播界也很激進、羶色腥。在德國，柯林頓的緋聞是不會被報導出來的，因為德國人不會認為政治人物是道德的完美者，政治人物只是懂得治理政府的菁英，媒體不過度吹捧，也不過度撻伐。過去美國第32任總統小羅斯福有小兒麻痺症，記者不會拍他坐輪椅，只拍他英挺的上半身；甘迺迪總統拈花惹草、艾森豪總統將情人送到BBC當一個重要的幕僚，記者都不會報導。美國偉大的記者華特·克朗凱也認為，「這種事情，上帝原諒，記者也原諒。」[6]1960、70年代，德國還非常保守，不報導私人領域的新聞，因為那是私人行為，與公事無關。某人搞弊案汙錢，媒體會要他下臺。若某人有婚外情或同性戀傾向，關媒體什麼事？但在美國則不一樣，美國總統是同性戀會被人轟下臺，因為同性戀在美國還是遭到排斥的。這個人若被公開有愛滋病，他可能連官位都保不住。

魔術強森是愛滋病患者，他再次出現在球場比賽後，起而代之的結果是，大家抗議他如果被抓傷，感染其他球員怎麼辦？於是強森被迫出局。名人被去榮譽化，沒有榮譽、沒有典範的時代，也是個空虛的時代。然而，名人也是個人，他也擁有私領域的人格權，也跟一般人一樣有七情六慾，會走、會跑、會跳，只要他能為公眾服務即可，大眾不會過度崇拜他，自然也不會過度撻伐他。社會大眾期待名人是個崇高而偉大的楷模，因此當名人犯錯時，就大肆撻伐名人，這是不切實際的幻想。反觀德國人對名人的看法，就顯得務實多了。德國人認為名人也是人，尊重名人的私領域，在其他方面有傑出表現，社會大眾就給名人榮譽，只是這榮譽不代表一切。例如一位傑出的作家，他的作品讓人敬佩，但是他的人格不盡然會受人崇拜，他可能有很多脾氣和性格讓人不喜歡，所以他所得到的榮譽並不是全面的。

把名人假定為聖賢智者來看待，是一個幼稚與不成熟的想法，一個人格不

6　Walter Cronkite, "*A Reporter's Life*", Ballantine Books, 1997.

獨立的表徵。因為一個成熟的人格，對名人不會過度期待，所以也不會過度去撻伐他。若期待一個名人是神聖的，一旦發現他的汙點便瘋狂撻伐，把他所有的榮譽都剝除毀棄。不管他的文學有多好，政治智慧有多高，一旦有一個汙點，就全部化為烏有。這是個人極端不獨立所產生的一個結果，這並不表示人不必完美，而是人不可能完美。過度的把名人崇高化，然後再批判他，爆發他的醜聞，進而引發的後果是會讓這個社會喪失各種榮譽。

假如某同學演講比賽第一名，學校並不會因為他不會畫畫，所以連演講比賽第一名的這個榮譽都拿掉；可惜，現今社會就在做這樣的事。「榮譽」，不是一個完人的榮譽，而是在每一個領域裡都應該會有的榮譽典範。當一個汙點極大化後，榮譽沒有了，典範不見了，時代空虛了，混亂就會產生。這是當今社會最大的問題。一個混亂的時代，更容易產生各種的社會問題和各種的社會衰敗。

政治弊案新聞與負面影響

許多資深的媒體人常說：「記者是永遠的反對黨。」這句話背後的意識形態當然是相信制衡與監督原則，制衡是防弊的機制之一，卻對於促進政府效能與施政品質無絕對因果關係。過度監督與反對，會讓政府官員更趨保守與不作為，最後導致整體施政效能低落。政府是該接受監督，但是政府好的施政亦需被接受與支持。永遠的反對黨，意指站在反對面，讓正方看清楚風險與弊病，以致讓事情的發展更周全。但是另一方面，批評、質疑、反對如果成為多數與常態，那就是政府信心危機與瓦解的前奏；或者另一情況是，讓政府官員變得更麻痺，更不願意作為。

八八風災重建過程中，NGO蓋永久屋給災民。很多原住民沒有房產證，沒有書面證明自己住山上，或者本來就因貧窮而在山上住違建，自然沒有房產證。這些在慈善機構看來更該被幫助，但是市政府公務人員認為沒有繳房產證，就無法給予新的永久屋，無法救濟。因為怕監察院彈劾或媒體批評政府圖

利民眾，因此不敢批核永久屋給這些窮困的原住民。倒是NGO不放棄，持續找各種主觀和客觀的證據給政府官員參考，爭取放寬評量標準。即便有這些資料，政府官員依然不敢核示，因爲怕被批評。批評過度，只會讓政府官員更畏縮、更無擔當。

　　媒體對於政府的弊案，當然有不可或缺的監督與制衡作用。但是政府弊案的認定，牽涉到司法調查與訴訟，而不是由媒體公審。因此，媒體報導的方式與角度必須審愼，大量地披露政府弊案，只會讓政治的信譽喪失，進而造成政治衰敗，阻卻菁英從政。貝聶特就指出：「媒體的負面報導會導致基層民眾對政治的加速疏離。」美國年年投票率降低是不爭的事實，其原因與媒體大量批判政府與政治人物有直接關聯。[7]

　　美國傳播學者諾睿斯以「媒介弱智」（Media Malaise）來形容觀眾看電視愈多，對政治機構的信心以及對政治體系的支持就愈少。[8]「媒介弱智」或是「影視弱智」（Video Malaise）這一名詞，是在1970年代由麥克‧羅伯森（Michael Robinson）提出。羅伯森舉出在水門事件及越戰期間，電視媒體對政府大量的負面報導與充滿敵意的新聞主軸，導致大眾對政府的冷漠、不信任、對政治冷感，並形塑民眾對政治人物諷刺與譏笑的態度。

　　著名政治學大儒杭廷頓（Samuel Huntington）也說，不管在華府、在巴黎或東京，新聞媒體已經腐蝕了政府的威信，並危及民主政治的基石──亦即鼓勵民眾積極關心參與政治事務。大量的媒體報導政治議題，在1960年代被視爲是帶領民眾參與政治的積極力量。但是過度的批判與負面呈現政府政策與政治人物，已造成後工業社會集體對政治的冷漠與不信任。[9]

7　Bennett, Stephen Earl, *"Videomalaise Revisited: Reconsidering the Relation between the Public's View of the Media and the Trust in Government"*, Harvard International Journal of Press / Politic, 1999.

8　Michael Robinson, *Public Affairs Television and the Growth of Political Malaise: The Case of "The Selling of the Pentagan" The American Political Science Review*, Vol. 70, No. 2 (Jun., 1976), pp. 409-432.

9　Pippa Norris. Harvard University, *A Virtuous Circle, Political Communications in Postindustrial Societies*, Cambridge University, 2000.

1960年代之後的美國與先進國家媒體，政治的新聞愈來愈少，因為隨著民眾對政治的不信任與冷漠，媒體轉向報導更多的名人、運動、娛樂新聞等，連政治新聞也都當作娛樂新聞來操作。在娛樂化的概念下，政治醜聞正提供給媒體娛樂化的素材。媒體所呈現的政壇，正是每天在搞鬥爭，每天都有數不清的弊案。這種政治的呈現，造成民主的空洞化。民主政治變成俚民政治，過度訴諸草根，過度訴諸民眾平淺的意見，以民眾的單一反應作為批評時政與政治人物褒貶之圭臬。任何公共事務都要比人頭、比大聲、比有力，而非訴諸道理、理念，那正是俚民政治帶來的社會衰敗。

　　任何國家治理需要菁英，繁雜的政治與經濟系統需要懂經濟、懂法律、懂政治制度、懂社會福利的專業人才來管理眾人之事。可是當政治衰敗，政府信譽喪失，菁英也阻卻了，沒有菁英分子願意走向政治，民主政治一定走向空洞與衰敗。當國家愈來愈感受到社會中的菁英不再從事政治，其原因之一正是政府的弊案與政治的鬥爭被過度報導與渲染。

　　媒體固然應該批判政府做不對的地方，媒體固然應該監督政治人物，但是也要告知大眾政府為什麼不對，以及如何改善。理性論證，提出對的例證或人物典範，而不是把政治弊案娛樂化，藉由不斷地攻擊與披露，拉高收視率，符合商業機制。即便做得好的政治人物也鮮少被媒體報導，其結果是整個政治逐漸衰敗，這是社會整體最大的損失。

戰爭新聞的負面影響

　　戰爭新聞也是另外一種負面新聞的代表。任何的戰爭都會被合理化。一個國家的記者被迫要愛國，要為政治發動的戰爭找理由。在美國要對阿富汗發動戰爭時，就先批評塔利班政權如何殺害北方的部隊。美國攻打伊拉克的時候，《探索頻道》（Discovery）就報導海珊對內部的暴行。德國在希特勒崛起之際，製作了一部紀錄片，敘述猶太人住的地方很髒亂，老是跟老鼠住一起，建構出猶太人貪婪、懶惰、骯髒，而德國人最怕髒，他們每天打掃，所以

影片播出後，德國人便開始啓動反猶太人及後續集體殺害猶太人的事件。

　　媒體播放殺敵畫面，讓戰爭找到合理化的藉口，讓觀眾看到，然後接受，接著參與戰爭。2003年伊拉克戰爭，有線電視新聞網CNN就是讓觀眾看到戰爭，進而贊同戰爭。媒體強化戰爭的持續性，讓一個殺人的勾當變得合理。先是提供理由，再來是讓閱聽者參與，最後毀掉軍火庫，讓政治人物可以控制一個政權。只要有戰爭，政治的力量就會不斷地擴大。媒體報導戰爭新聞是爲了娛樂？還是爲了求眞相？求眞相，媒體一定要探討戰爭的整個過程。要探討利弊，立場就必須保持中立，而不是全部呈現負面。

　　現在的新聞幾乎全部是負面，這樣的新聞將社會去榮譽化，沒有典範存在社會之中，人們不再選擇相信，這就是這個時代空虛和混亂的來源之一。

負面新聞之源頭及殞落

　　最早的大量負面新聞發端於1910年代美國媒體的「扒糞新聞」，它極盡挖掘政府與社會瘡疤之能事，此風持續盛行至1920年代，然而到了1940年左右，整個社會已對此類新聞相當唾棄與反感。究其原因，1920年至1930年正是美國經濟大蕭條前夕，是一次大戰與二次大戰之間整個社會尚處於混亂的時期，因而會出現這種負面新聞的口味需求。但到了羅斯福新政之後，整個社會穩定了，扒糞新聞也就隨之淘汰，媒體開始興起的是以市民福利爲主導的「市民主義」與「參與傳播」，人民要取得發言空間，聲張自身所關切的利益。此時，媒體關心的是人民實際的生存處境，而不是滿足觀眾的趣味。

　　負面新聞所顯露的另一個現象即是媒體的霸權，意指當有錢階級、商人掌握媒體之後，將閱聽大眾也當成了一般商品的消費者，於是製造大量驚悚、淺薄的新聞，其最終目的不外乎賺取金錢，如此又怎能奢談媒體應有的價值堅守？同時，其背後所隱含的是一個機構對人的宰制，唯有在人權不被重視的國家，才會有這麼多負面新聞的產生，因而每個人都可以被挖瘡疤，觀眾可以被愚弄，而大眾認爲這便是社會的眞實圖像。

直言之，這不是一個市民主義公平社會的圖像，而是媒體被資本主義財團掌握的社會亂象，是一個不健全的重商主義的社會。本來公共空間是用來做論述的，而今卻由重利之商人來宰制公共論述的空間，使其狹隘化。此一商業的操控機制較諸政治性的操控更不易被察覺，是願打願挨的。反之，如果媒體的編輯權是一個由社會菁英所掌握、以新聞專業為導向的團隊，便不至於出現如此完全以商業市場為考量的驚悚而負面的新聞媒體。

專業主義與負面新聞

　　當專業主義不能被建立的時候，新聞從業人員便成為廉價勞工，隨時可以被替換而無法建立其尊嚴。所以，記者便漸漸無法真正去反映社會的問題，無法致力於開啟社會發展所必須具備的論述能力與議題討論空間。縱觀臺灣媒體的發展，從政治的宰制跳入商業的宰制，其間所缺失的便是對專業主義的提倡。

　　置身在這樣的商業媒體裡，面對媒體外部的競爭與媒體內部自身的人員傾軋，新聞從業人員只得選擇短線操作，以至於將其原本所學得的新聞倫理全部拋諸腦後。是故，新聞作為反映社會真實圖像的理想，便完全棄置於商業利益與觀眾趣味之後。不只是觀眾被操縱，甚至新聞從業人員亦被操縱。

　　專業主義多來自於中產階級，然而當資本階級透過對政治的收買而全面宰制社會輿論時，中產階級便被犧牲，於是政治的不公，導致了經濟的不公，最後便是文化上的不公，這是一種環環相扣的循環影響。當資本家在通俗文化裡謀取、累積了更多利益之後，便繼續進行政治上的涉入，以進一步增強他們的影響力。這些是從負面新聞的不良影響之後，值得我們做一層又一層的省思。

　　要能夠跳脫資本家的宰制，第一個重點在於專業主義的覺醒，表現出專業主義是有尊嚴的、是不可挑戰的、是強而有力的。專業主義是來自社會各個階層，為了一個共同的信念而在一個機構裡服務，他們應該是最能反映整體社會

光譜的一群人，而不是少數的幾位資本家。當專業主義較能掌握媒體時，便不容易出現公共議題娛樂化或窄化的危機，因為專業主義之成員來自不同的背景，會自然產生相互制衡、調和或分配的作用，其所展現的思維遠比少數幾個掌控媒體的資本家要來得均勻。

1999年，《洛杉磯時報》（L. A. Times）爆發一件巨大的醜聞。該醜聞是因為以商業為導向的報社總經理推出垂直客戶管理，當廣告部的銷售人員發現某一類的廣告下滑時，產品經理和新聞編輯就必須坐下來，討論設計出迎合廣告商的版面。當年《洛杉磯時報》的廣告部門和一家體育中心叫「Staple Center」，簽下利潤分紅的協議書，編輯部門在不知情的情況下，大幅報導該體育中心，這件事被其他媒體披露，輿論大加撻伐。三百多名《洛杉磯時報》的員工聯名發出抗議信，對於編輯部門被商業利益利用感到憤怒和震驚，因為這等於告訴讀者，《洛杉磯時報》是可以被收買的，這對於報紙的信譽有重大折損。大量記者轉而投靠《紐約時報》，《洛杉磯時報》因而陷入空前的信用破產危機。

2003年正值加州州長選舉之際，《洛杉磯時報》的發言人馬沙·戈爾次坦宣稱該報從選舉前幾天，即2003年10月2日至10日之間有一千名訂戶退報，原因是因為《洛杉磯時報》披露了阿諾·史瓦辛格的醜聞，引起阿諾支持者的強烈不滿而退報。其實《洛杉磯時報》的政治評論員、編輯群以及董事會們，在選舉結果出爐前的一個多星期，就已經知道阿諾篤定會當選州長。但是編輯群並未選擇討好這未來的父母官，而一樣在調查清楚阿諾的醜聞之後，選擇忠於新聞專業，而披露這個一週以後就會當上州長的緋聞。[10]《洛杉磯時報》雖然掉一千多份訂戶，雖然冒著未來的州長可能會讓他們穿小鞋的風險，卻還是堅持新聞正義。這為他們贏回新聞專業自主、新聞至上的美名。這正是一個成熟的專業主義社會，為捍衛新聞自主及品質的一項成功例證。

另外一層抑制負面新聞的力量，就是政府。政府的媒體立法基礎與理念，

10　《洛杉磯時報》（L. A. Times），2003年10月2日至10日。

應該從經濟資源有限性（Economic Scarcity）的考慮下，限制媒體的總家數；而不應在頻道不互相干擾（Interfere Rationale）的消極原則下，極盡可能地開放媒體的家數，任其惡性競爭。因為當市場超出了飽和度，媒體為了生存，只會不斷降低其新聞的品質。雖然政府對於言論的內容不應該介入，然而，規範一個健全的言論市場卻是應當而必要的。政府政策應容許媒體間存有部分的自由競爭，但絕非無所節制地放任商業競爭的惡性循環。

最後，閱聽者的自覺及勇於支持善的訊息，也是重要的關鍵。1999年到2001年之間，臺灣曾經有一個非常著名的電視節目，專門報導暴力及社會案件，收視率極高，並且帶動了一時的風潮，類似的節目層出不窮。最後，許多婦女團體忍無可忍寫信給支持該節目的廣告商，宣稱要公布他們的名字並加以抨擊；最後在廣告商撤廣告的情況下，該節目最終停播。這就是公民社會覺醒之後的力量。

Chapter
6

邁向建構式新聞
Advocacy of Constructive Journalism

公共利益與私人利益

公共利益與政府

公共利益的不可界定性

人類認知的主觀介入

媒體的主觀性與公共利益

公共利益的兩難：特殊與普遍之間

傳播作為提供各階層發聲的管道

為政治服務的傳播媒體（Party Journalism）

被稱為扒糞者的傳媒（The Age of Muckraker）

市民主義新聞學的興起（Civic Journalism）

新聞服務業（Service Journalism）

新聞服務理念之具體事例（How does it Work?）

建構式新聞理念（Constructive Journalism）

慈悲關懷的記者（Journalist with Compassionate Caring）

社會的心理治療師（Anchorman as Social Therophist）

提出善的典範（Provides Positive Alternatives）

同理心理解而非批判（Empathical Aanlysis not Critics）

為問題尋找解決之道（Provide Resolution）

以善報真、報真導善（News with Constructive Goodness）

當今媒體的角色，必須「從解構到建構」、「從批判到建言」、「從負面到典範」、「從挖掘到解決」、「從旁觀到同理」。不只報眞，還要導善。[1] 如此，媒體才是作爲關鍵的公眾力量，共同參與議題之討論，以協助建構一個更美好的社會。

公共利益與私人利益

媒體最重要的核心任務就是對於公共利益（Public Interest）的維護。各國對於廣電媒體的規範，多半都是基於維護公共利益的基礎而進行政策的制定，公共利益避免政府箝制言論，也避免執照擁有者公器私用，壟斷了社會的言論平臺。

但何爲社會公益（Societal Public Interests）？社會是否存在著眞正的公共利益？所謂的公共利益又應如何定義？這是一個重要卻始終未曾釐清的問題。

亞當・史密斯在《國富論》（*The Wealth of Nations*）中提到，最早公共利益的發韌其實來自私利的極大化。他以一位善於做弓箭的獵人爲例，初期這位巧手的獵人做弓箭是爲了興趣，他因爲善於這項工藝而漸漸被獵人族群欣賞和肯定，雖然偶爾他也會做一些弓箭送給獵人朋友，獵人朋友爲了答謝他，也會回贈一些肉品。漸漸地，這位善於工匠的獵人發覺他製作弓箭所得到的肉品，比自己打獵要來得多並且容易，於是他就專心成爲製造弓箭的工匠。亞當・史密斯說，社會的分工就此開始。[2]

亞當・史密斯作爲資本主義的理論先驅，他的理論論示著資本主義的「分工」意味著每一個人各盡所能，終究會得到自己及社會整體最大的利益。追求自我完成的同時，也會利益人群。這是影響資本主義結構極深的《國富論》一

---

1 釋證嚴，《衲履足跡》2009年春之卷，靜思人文出版社，2009。

2 Adam Smith, *The Wealth of Nation*, 1776, Harriman House, 2007.

書中最基本的看法，亦即公眾利益是來自私利的極大化。私利的明智運用，不但造福自己，也同時利益眾人。但其實在資本主義的環境底下，私利極大化的發展並不必然造成公共利益的產生。

原因在於沒有一個人能夠達到極大化，沒有一個企業能完全的寡占。以傳媒來說，只有企業獨占到一個程度，真正的多元才會產生。「傳播經濟學」就曾經有過一項研究，這項研究探討言論的多元化究竟容易在寡占的市場中發生？還是在充分競爭的市場才會發生？這個理論的假說（Assumption）是這樣的：如果一個市場只有一家獨占的廣播電臺，會比兩家電臺競爭的局面，更容易考慮到市場中有10%的人要收聽古典音樂。一家寡占的市場，該獨占的電臺為了達到100%的市場占有率，它會滿足90%要聽流行音樂的人口，也會創造一個空間來滿足另外市場內10%的古典音樂人口。[3]但是如果市場中是兩家競爭的局面，那麼每一家電臺都想去分食90%的大餅，少數族群相對就會被忽略。

傳播經濟學家指出，理論上當市場是獨占的時候，比起寡占的市場，甚或比起自由競爭的局面，都更能滿足各種不同觀眾之需求。上述的傳播經濟理論底下的電臺音樂頻道之競爭，只有電臺數超過10家的時候，才會出現有一個頻道願意訴求市場中10%的古典音樂人口。所以，只有獨占或是充分競爭的局面，才會創造出最大的公共利益。雖然如此，媒體在充分競爭的局面下，市場在激烈競爭之際，利潤相對降低，資本家不會提高成本去製作高品質的節目。因此，高度競爭的媒體市場中，色羶腥經常是閱聽者最詬病的現象。由此觀之，自由競爭不必然創造最大的公共利益。

那麼獨占市場呢？從歷史發展來看，獨占的市場中處處看到盡是資本家私利的實現，而非公共利益的兌現。在過去蘇聯體制國家經濟的局面下，人民的生活需求完全受制於國家獨占工廠，但是人民的利益是被犧牲的。因為任何形式的寡占，不管資本主義或共產主義都會產生一種新階級，這種新階級關心自

---

3 Owen, Bruce & Wildman, Steven, *"Video Economics"*, Harvard University Press, 1992.

身的私利甚於公共利益。因此，私利的極大化不只不可能產生公共利益，更必然地會剝削公共利益。

公共利益與政府

公共利益既然在根本上與私人利益有別，那公共是否意味著政府？以當代興起之市民社會主義提出的公共領域概念，強調在政府國家之外，存在著一個市民可以共同表達及形塑的公共領域（Public Sphere）。民主政治的發軔正是公共領域的擴大與發展，人民能透過中立的公共領域去監督政府、制衡政府、保障自己的權益，因此，公共的定義自然是與政府相區別的。公共領域既有別於私人的場域，又不同於政府的公領域，它意味著社會有一個介於政府與人民之間的領域，有一個客觀獨立、超乎個人及國家機器的論述及表達空間之抽象存在。這即是公共領域，亦即公共利益。

然而，這個抽象的論述空間如何具體化？一如印度詩人泰戈爾所言，「真理穿上衣服總是會顯得特別的緊窄。」[4]一個抽象的概念掉進現實裡，總是會扭曲變形或窒礙難行。公共領域及公共論述進入實踐層面，也難免有相同之困境。究竟公共之概念可以極大化到何種程度？它是否獨立於私領域及國家領域之外，而截然劃分？傳播作為公共論述最重要的一項工具，能否將公共利益作明確完整的劃分及呈現？

公共利益的不可界定性

我們既然區隔了公共利益與政府之間的關係，我們之所以稱其為公共的，因為它既不屬於政府，也非與政府完全無關；它非代表政治，但又涉及

4　泰戈爾，漂鳥集，糜文開主譯，三民出版社，1979。

政治；既非政府所能控制，但政府必須給予協助；它必須反映社會整體的利益，而非某一部分人的利益。以媒體言之，就是所謂的公共電視（Public Broadcasting Station），它是作為維護公共利益的電視臺。如此，公共利益的意思似乎是包括政府與民間共同集合而成，以保護社會集體的權益。

以美國公共電視PBS為例，其性質及預算來源似乎說明了公共的意義涵蓋政府及民間的特質。美國的公共電視歸屬國會所有，預算是由州政府與聯邦政府從國會中撥給，曾經四年的預算有兩百四十億美金之多，然而此僅僅占公共電視51%的預算，另外49%則是透過企業與個人的捐贈而來。[5]

雖然資金來源似乎平均來自聯邦、州政府、企業捐助及個人捐獻，這顯現其涵容各方力量的公平及客觀；然而，美國公共電視一直被批評為過於民主黨傾向、過於偏向自由主義，為何會有這樣的情形？不可諱言的，因為所有的媒體皆有其立場，其編輯臺也許換一個總經理或換一個總編輯後，其基本立場與報導傾向便會有所不同。當民主黨於國會為多數的時候，由國會所支助的媒體自然容易偏向民主黨的基調；而當國會是由共和黨掌握的時候，則國會便會對媒體自由派的色彩提出質疑，或者在預算審核時引發激烈爭議、施予壓力。

公共利益之難以全然伸張，不只表現在權利對媒體的必然干預及控制，也發生在媒體主觀的選擇是人類理性認知的極限。媒體的取材及報導不可避免地會有主觀的選擇及判斷，這些主觀性都使得所謂公共利益的極大化及伸張碰到困難。

人類認知的主觀介入

長久以來，人們認為自然科學所描述的世界是純粹客觀的世界，亦即假使沒有人類的存在，客觀世界仍然是依如此的型態存在。然而，20世紀物理學的發展，對於自然科學之精確性提出了嚴正的質問。19世紀末德國哲學家叔

5　Head Sterling, "*Broadcating in Amercia*", Hopughton Mifflin Company, 1990.

本華認為，我們所看到的太陽，只不過是肉眼所能反映的太陽，而非太陽本身。人所認識的世界，不過是人所能反映的世界。[6]

海森堡的「測不準原理」表明：一個微觀粒子在被觀察時就已經改變，觀察的行為本身已改變了粒子的基本運作。科學家力圖同時取得一微觀粒子之位置與動量的準確嚴格測量，在原則上是不可能的。「當測量位置時便測量不到動量；而當測量動量時便測量不到位置。」[7]因各種觀察條件，必然導致所觀察對象之改變。事實上，純粹客觀的世界並不存在，科學原理是將經驗世界加以抽象化、理想化、絕對化後的產物。

世界之實然面，不過是因應著人的生理與心靈構造所反映出之宇宙秩序。這如華嚴思想所主張的：「萬法唯心造。」或者更貼切地說，符合佛陀所說「因緣生法」的不變道理。客觀世界並沒有定性，是識將其定性。

物理學家史帝夫·霍金（Steve Hopkin）也說，宇宙歷史有無數的可能性，人類特殊的認知能力所看到的宇宙大爆炸的歷史，只是無數種宇宙可能性歷史的其中之一種可能。這說明所謂客觀的物理現象並不存在，一切是人類心識所現。

自然科學尚且如此，社會文化領域又怎能冀求純然客觀之理解與觀察？社會與人文科學所觀察的對象是「人」，凡研究人，必涉及意義與價值問題，如先前所提及卡爾·巴柏之言：「自然的論述不會改變自然原本之原理，但社會的論述會直接影響社會的發展。」[8]對社會的理解其實更接近應然面，而非實然。

新聞記者認為自己站在中立客觀的立場，對社會現象進行報導，亦無所顧忌地以「客觀」之名發表議論與評述。然而，「新聞代表著客觀與中立」實是一悖論，它仍不外於客觀認識之不可能的這一事實，它終究包含著主觀識見與社會價值的介入與束縛。

6　叔本華，意志與表象的世界，志文出版社，2004。

7　海森堡，物理學與哲學，仰哲出版社，1988年9月，p.170。

8　Carl Popper, *"The Open Society and Its Enemy"*, Routlage, 1966.

媒體的主觀性與公共利益

　　既然媒體不可避免於其報導中採取某些基本立場，故而，沒有任何一個公共電視臺能夠完全照顧所有公眾的利益。所謂公共利益僅是在理論中存在，實際上卻難以實現。即便真能擺脫政治上的控制，卻仍需面對市場的壓力，因為市場的接受度，即是公眾的接受程度。

　　在政治立場的中立性上，所有的公共電臺中，做得最好的應屬英國公共電視BBC。政府從不干涉其報導內容，從設立之初，創辦人便聲稱一定要堅守新聞自由與中立。然而，BBC也遭遇到兩難局面：到底要走純粹社會菁英品味，即便因堅持節目品質而有所虧損，亦所在不辭？或者照顧多數大眾的品味，而走向市場需求為主導的節目策略？

　　近年來BBC轉虧為盈，卻被批評走向商業。是否公共電視臺非得要曲高和寡、虧損累累、收視率低，才可被稱為照顧公共利益？公共電視背負著為少數發聲、為文化與藝術的傳承保留根基，但卻違反市場，不受歡迎。然而，不受歡迎、不能照顧到大眾的需求，還能算是符合公共利益嗎？公共利益實際上很難界定。什麼是公共利益？誰又能界定一個社會所真正需要的公共利益？

　　媒體應如何反映社會普遍性的公共利益？過去我們總認為為弱勢族群發聲就代表了公共利益，然而，所謂「公共」代表著：一、可以涵蓋社會上各種聲音，這事實上僅能勉勵為之，卻不可能真正做到；二、所報導談論的內容，代表著社會最終與最大的利益或聲音，此在現實中亦難以達成，誰能把握其發言即代表了社會最大公約數的集體利益？特別是在一個多元文化的社會裡，誰又能夠代表全體社會發言？

　　事實上，即使媒體再多元開放，亦是有所限制的，不可能各種言論都能公平合理的涵蓋。荷蘭公共電視臺雖將時段做了分配，期望照顧各種族群的利益，但此做法仍有侷限，即怎樣的分配才算合理？代表性如何？更何況媒體編輯與記者個人又都各有觀點。當公共電視臺或一般我們認為媒體在實踐公共利益的時候，其實背後隱藏的仍是一己之利、仍是個人的價值判斷，它是在為某一特定族群喉舌。若是公共電視臺都不能做到這一點，更遑論一般以營利為目

的的商業電視臺。

　　當一個媒體在為社會公益發言之時，比方說倡言應該降低稅率以保障中產階級，相對地，企業界必會有意見，會向國會施壓以維護企業自身的利益。故沒有絕對的真理與評判標準，而既然沒有絕對的真理與評判標準，就很難真正完全地界定誰是在為公共利益發言，因為每個人的發言裡都多少有些公共利益，即便是為自己私利講話的人，他也能在其發言內容裡找到公共利益的成分與歸屬。因此，就算是商業行為，也可能技巧地帶有公共利益的色彩，好讓民眾接受，其想法中亦可能涵藏著為少部分特定族群發言的成分。

公共利益的兩難：特殊與普遍之間

　　公共利益最大的矛盾所在，即它一方面要照顧各少數特殊族群，一方面又傾向將某一觀點與價值極大化或普遍化。照顧少數特殊意見必須顧及到公平性的問題，每個人機會均等。但當某一意見聲音出現時，必然有另一群更大的人群的利益會受到傷害，起而反對抗議。比方說許多重度殘障者要求絕對的健保給付，然而卻可能因為錯誤的就診觀念，囤積藥物，造成醫療資源的浪費。對於這樣的病患，我們是否要縮減對他的補助？若如此，則少數人受到傷害而多數人卻不必再支付這麼多的稅率。然而，無論是保護少數權益或維護多數利益，都未必能算是正義，因為保護了某些人卻可能得罪另一些人。

　　若公共利益是讓所有的人都得到好處，是將公共利益極大化而企圖照顧到所有的人，則事實上是不可能達成的，因媒體總是代表某一群人的聲音而已。所以，公共電視最後變得好像僅僅代表著少數族群的聲音，似乎是為了主流媒體被控制在商業社會財團的手上，而公共電視為的只是去補足此商業社會媒體的不足之處。

　　若從事項上看，沒有人能真正反映社會公共的利益，因為你只反映了部分人的利益，無論你的觀點如何周延都可能有人反對你，你又怎能說是代表全體的共同利益呢？企業家要減稅、辛勞的教師反對課稅，媒體的報導代表的是企

業家、是教師的利益，而不是所有人的利益，所以，媒體能反映的充其量只有部分人的利益，何來公共利益可言。

傳播作為提供各階層發聲的管道

從媒體報導之內容去觀察公共利益的體現，永遠是片段而特殊的，我們必須轉而從媒體從業者背後的價值觀與態度，來檢視其報導之選擇是否為促進公眾利益之實現。

傳播不只是傳訊息，更應該提供各階層一個公平充分的發言管道，反映所有被壓抑的聲音、促進所有族群之間的溝通，並開創一個可行性的出路，這是媒體與社會公共利益一個最重要的連結。正如哈伯馬斯所言，這是一個絕對自由、開放的溝通型社會。媒體也許無法提出公共利益的實質內涵，但其態度上、理念上、動機上卻是朝向促進公共利益在著手，創造一個比較好的溝通情境，讓大眾找出對彼此都能接受的公共利益。

媒體在何種程度上能實現這樣一種公共利益的理想？媒體作為一種社會體制的產物，它時而被政治支配，時而被商業社會主宰，它與社會公益之間是否必然存在著鴻溝？媒體是否真能反映社會公益，為公眾利益的極大化作努力？在本質上，它是否能做到這一點？在實踐上，它能做到多少？這是我們繼續要探討的。

為政治服務的傳播媒體（Party Journalism）

媒體的崛起是政治的產物，是統治階層一種便利的工具；它的崛起和市民力量有關，雖然早期市民的力量僅止於被告知皇室之作為，而沒有批駁或建言之權。

早在西元前500年，羅馬帝國時期的元老院就開始發行「參議院活動報

導」（The Acta Senatus），以及Album記載政府所頒布的每日活動與訊息，包括節慶、日曆等。羅馬政府甚至發行Newsletter，給予羅馬城之外的貴族以瞭解政府政策及羅馬所發生的大小事。這類早期新聞公告的訊息，到了西元前一個世紀的凱撒大帝時期運用達到高峰。凱撒所發行的「羅馬人每日活動」之告示（Acta Diurna Populi Romani）（daily act-or occcurences-of the Roman People），報導政府頒布法令、政策、參議院的決議、名人活動、火災、氣象等，發行分布到羅馬城及羅馬城以外的地區。《每日報》（Diurna）持續近兩個世紀，「新聞——Journal 和Journalism」這個字，就是起源於Diurna。[9]

羅馬奧古斯都大帝甚至用銅板來記載新聞事件。這對於當代人很難理解。但是羅馬人用銅板記載的事件，可以讓士兵以及其他商旅將士見到無窮的遠方。硬幣的一面是帝王像，另一面就記載各種的新聞事件，硬幣又同時是金錢交易的工具，它一直在流通，訊息也跟著在流動。由此可以看出羅馬人對於龐大帝國的治理，訊息溝通占非常重要的一環。[10]

15世紀，歐洲的類報紙就已經逐漸發軔，當時的郵報或類新聞媒體主要是王室為誇耀海權擴張之功績，或是為了商業訊息之目的而創辦的。15世紀到16世紀間，德國銀行German House of Fugger開始成為新聞的蒐集機構，舉凡商業訊息、政治動向或其他即時的活動，Fugger銀行付費給在世界各地的通訊員（Correspondents），讓他們經訊息傳回來，有時候他們得越過戰場將訊息帶回。[11]

然而，媒體的強大功能很快便轉為純為政治服務的工具。1485年當英國都鐸王朝亨利七世執政之後，所簽署的新聞出版執照法一直沿用到1695年。

---

[9] Sloan, David & James G. Stovall, *The Media in America*, Publishing Horizons Inc., 1989, p.13.

[10] Sloan, David & James G. Stovall, *The Media in America*, Publishing Horizons Inc., 1989, p.14.

[11] Sloan, David & James G. Stovall, *The Media in America*, Publishing Horizons Inc., 1989, p.17.

亨利七世控制著新聞的出版，不僅出版對自己有利的新聞，同時也慎選新聞發布時機。在此一時期，政府對於出版刊物或快訊嚴加控制。這些刊物多半是不定期推出。

他的繼任者亨利八世，對報紙（Press）進行更多的控制與行使政治目的。他在對抗羅馬教廷的過程中大量運用郵報（News Letter）的力量，並且以政府取代傳統教會的言論審查權。他甚至出版自己編印的聖經，頒布審查法，對於郵報採取事先審查。

郵報是君王統治臣民的工具，報紙是政治控制最重要的管道，說服臣民是報紙的主要功能。1606年英國王室還通過律法，主張新聞郵報不能詆毀王室及政府，即使新聞內容說的是事實亦不允許。因為沒有比真實地揭露政府的弊端更能威脅公共的安全，所以，新聞不能批判政府是早期新聞郵報的基本信念。

當代形式的報紙於1620年出現在荷蘭，由於荷蘭政府包容的特質，讓荷蘭早期的報紙相對於歐洲各國政府更多元與接近百姓的需求。歐洲第一份英文報紙不是由英國發行，而是荷蘭發行的《客藍多》（Coranto）。《客藍多》於布拉格戰爭爆發三週前就率先報導，結果導致歐洲長達30年之久的戰爭。[12]

甚至在1713年的 Rex. v. Franklin 的個案中，首席法官湯馬斯·雷蒙還明言，真實論述不能作為一項詆毀政府言論之抗辯，因為對於詆毀政府而言，真實論述危害更巨。因此，新聞之真實與否不是最重要的，重要的是新聞不能煽惑閱聽人對政府的不信任。新聞在那個時期是以政府至上，新聞不是反映市民思想，而是政府掌握控制人民意志的工具和媒介。

在美洲大陸殖民地時期，新聞郵報如雨後春筍般湧出，從1719年的《波士頓郵報》到1775年之間的《康乃迪克郵報》，美國的東北角出現將近11份的郵報。其中，《麻州觀察報》（Massachusettes Spy）以及《紐約公報》（New York Gazette），在當時的發行量都已超過3,500份。這些郵報啟發當時美洲東

---

12 Sloan, David & James G. Stovall, *The Media in America*, Publishing Horizons Inc., 1989, p.19.

岸的年輕人，起身擺脫經濟與政治的桎梏，一個更好的新社會之建立是可能的，在新社會中，個人將可以自由地發展自己的才能及財富，而不是受制於出生的國別，受制於嚴格管控之英國體制。[13]美國獨立戰爭前後的報紙，是鼓吹脫離英國邁向美國獨立的重要喉舌，開國元勳們的確以媒體作爲說服民眾的重要利器。[14]

透過媒體號召及說服閱聽人起來反對英國統治，以達成獨立建國之目標。媒體在獨立戰爭前後所扮演的這項功能是成功的，然而，作爲反映一個社會真實圖像及協助社會間的彼此溝通仍有一段距離。一直到20世紀初，新聞的目的不是今日所謂反映多元客觀事實，而是作爲政治鬥爭的一項工具。

被稱爲扒糞者的傳媒（The Age of Muckraker）

1910年代，老羅斯福時代的美國，媒體被稱爲「扒糞者」，專門挖掘政府瘡疤。其成因在於民間極欲擺脫政府對言論的巨大控制，轉而反撲成爲政治的監督者、挑剔者的角色。媒體遂成爲另一階級抗爭的工具，開始對名人階級、富有階級、政府階級的各種問題進行攻訐與批判。在一個威權政治控制媒體的情況下，媒體的反撲便自然賦予自身最大反對黨的先鋒角色。[15]

老百姓爲獲得其作爲公眾的意見表達權，爲了占有發言的一席之地，也開始將媒體作爲維護自身利益的重要工具，於是透過商業機制購買報份、收看電視，此購買不在於對資訊的需求，而是爲了在威權強控的環境中爭取言論的

---

[13] Bernard Bailyn: "A beeter world than had ever been known could be built where author-ity was distrusted and held in constant scrutiny; where the status of men flowed from their achivments and from their qualities, not from their distintion ascribed to them at birth; and where the use of power over the lives of men was jealously guarded and serverely restrict-ed." *Pamphlets of the Amercian Revolution*, 1750.

[14] Sloan, David & James G. Stovall, *The Media in America*, Publishing Horizons Inc., 1989.

[15] Sloan, David & James G. Stovall, *The Media in America*, Publishing Horizons Inc., 1989.

空間。假設有一萬個人支持某一媒體，讓其能有銷售與廣告的收益以維持運作，則此媒體自然要為這一萬個人服務、喉舌，於是老百姓在公共論壇中取得了些許發言的地位。

媒體從過去由政府控制，逐漸走向媒體監督政府的時代，亦即豎立起了媒體作為公眾第四權的神聖形象，以監督憲政制度分立的三權。故監督本身是為了公眾利益，是為了保障憲法所保障的民主信念——民有、民治、民享。政府未必為民所有，但至少我們能監督它；政府未必為人民服務，但我們可以覺察其作為之得失；政府未必受人民所掌握，除非我們能確實影響政府去做其所當為之事。

直到二次大戰期間，媒體才有了極大的轉向，因國家存亡之際，愛國主義興起，國家形象至上，大戰期間沒有人會去批評政府，羅斯福總統小兒麻痺的雙腿永遠不會被拍攝出來，甘迺迪諸多風流韻事媒體亦不報導，艾森豪的情婦也不會在媒體上曝光，因為這些事情正如美國名主播華特‧克郎凱說：「上帝原諒，記者也原諒。」那時媒體與政府的關係極好，槍口一致對外。[16]

然而，此一轉向僅是特定時空環境下的短暫現象，媒體回歸作為為政治服務的工具，在二戰結束後很快就得到了鬆懈，國家至上的愛國主義報導隨即邁入以市民價值為主導的新聞取向。

市民主義新聞學的興起（Civic Journalism）

二次大戰之後，世界進入了東西冷戰的局勢，蘇聯與美國對峙，進行長期而極端危險的軍備競賽，雙方擁有的核子武器足以毀滅地球數千次。在當時政治與軍事劍拔弩張的局勢下，富裕的美國人民生活仍籠罩著一股不安的氣氛。這時候，一位來自密蘇里的參議員麥卡錫，提出一個更令人心生畏懼的說法，他說共產主義者不是在蘇聯境內，而是在美國本土。共產黨人與社會主義

---

[16] Walter Cronkite, *A Reporter's Life*, Ballantine Books, 1997.

分子窩藏在美國本土內部的政府機關與企業機構裡，甚至在好萊塢的娛樂工業裡。他的政治見解就是要把這批人找出來，徹底肅清共產黨在美國的勢力。這就是歷史上著名的麥卡錫主義，亦稱為白色恐怖主義時期。

麥卡錫在參議院舉辦聽證會，審判疑似共產黨人，不管證據充分與否，麥卡錫不惜無中生有，製造恐懼。這種肅清行動弄得美國國內人人自危，就連調查局也不敢得罪他。當時美國CBS新聞評論員愛德華‧默若挺身而出挑戰麥卡錫，愛德華要證明麥卡錫所製造的恐懼是錯誤的，他的政治表述是偽善的，他許多子虛烏有的指控是不法的。

愛德華‧默若製作了一個專題節目，名為《參議員麥卡錫報導》（*Report on Senate Josephy MacCarthy*），將麥卡錫自相矛盾的話剪輯在一起，以整整一個小時的節目突顯麥卡錫的偽善。[17]在當時沒有人敢挑戰麥卡錫，挑戰麥卡錫就被指控為共產黨或共產的同路人。CBS本身也不置可否，於是愛德華‧默若自掏腰包登廣告，要所有人都來收看《See It Now‧參議員麥卡錫報導》，以認清麥卡錫的真面目。在這之前，大家都是透過報紙，或短暫的、剪輯過後的新聞片來瞭解麥卡錫，觀眾不會知道麥卡錫真正的性格及面貌。而這一次，觀眾能透過電視大量而近距離地看到麥卡錫的臉孔及狡滑的笑容，包括他自相矛盾的言論，以及漫無證據地指控他人的形貌，都在《See It Now》節目中播出。

愛德華‧默若這位美國電視史上最偉大的評論員，在最後結語時說，麥卡錫並沒有創造恐懼，他只是利用了我們的恐懼，而且十分成功地運用來達到他的政治目的。愛德華‧默若結束前，以莎士比亞在《凱撒》（*Cesar*）一劇中的名言，那是和布魯特司（Brutus）一起行刺凱撒大帝的羅馬參議員凱西司（Cassius）說過的一句話：「親愛的布魯特司，錯不在我們的明星，而是我們自己啊！」（The fault, dear Brutus, is not in our stars, but in ourselves.）

最後結束時，愛德華‧默若向觀眾道晚安，也祝大家好運（Good Night

---

[17] Edward Murrow, A Report on Senator Josephy MacCarthy, *See it Now*, CBS, 1954.3.9.

and Good Luck）。這句話既輕鬆卻又震撼，人人都擔心自己會是下一個被指控的對象。[18]

節目播出後引起輿論一片譁然，叫好之聲不斷湧入CBS，人們壓抑許久的聲音終於得到紓解及支持。麥卡錫當然跳出來指控愛德華·默若為共產黨員。當時FBI局長胡佛對愛德華·默若的所有背景與生活作息展開全面調查，調查報告長達五千多頁，證實愛德華·默若並非共產黨員。而在影片播出一個月後，兩人在電視節目中公開辯論，雙方針鋒相對，愛德華·默若將麥卡錫隨意指控他人的所有資料備齊，在該節目中對麥卡錫的偽善揭露無遺。此次辯論後，麥卡錫從此在媒體上全然消失。

在遇到巨大的威脅時，仍能獨行其是，堅持社會正義的理念，愛德華·默若成為新聞人的最佳典範，即便他本人也被麥卡錫指控為共產主義的同路人，但他的兩次報導就讓麥卡錫在美國快速消沉下去。兩年後，曾經有機會擔任總統的參議員麥卡錫，因酗酒過度死亡，結束其狂熱的一生。

愛德華·默若在此事件後升上了CBS的副總裁，但兩年後他便辭去副總裁職務，重拾紀錄片工作，該影片片名為《豐收的恥辱》（The Harvest of Shame）。[19]當時，1960年代的美國是最富裕的國家，全世界有一半的消費在美國，美國社會的消費總額占全世界的一半以上。如此富裕的國家裡，其農場規模如此龐大，然而工人一個星期竟只能喝兩次牛奶，收入微薄，孩子沒有醫療費用。

愛德華·默若以此片呈現此一不曾受到重視的矛盾狀況，片尾他站在農場上，以十分堅定的語氣說道：「這些農人沒有任何力量可以影響國會議員，但

---

[18] Edward Murrow: "The actions of the junior Senator from Wisconsin have caused alarm and dismay amongst our allies abroad, and given considerable comfort to our enemies. And whose fault is that? Not really his. He didn't create this situation of fear; he merely exploited it -- and rather successfully. Cassius was right. "The fault, dear Brutus, is not in our stars, but in ourselves." A Report on Senator Josephy MacCarthy, *See it Now*, CBS, 1954.3.9.

[19] Edward Murrow, *Harvest of Shame,* CBS, 1960.

也許我們有。晚安！」言下之意是這樣的揭露，就是要迫使政府正視並且面對問題，市民的力量變得十分強大。此事例開創了新時代媒體的重要意義，社會公益意味著要為人民喉舌、幫老百姓解決困難。另外當政府有錯誤時，媒體不只要監督、批評，甚至有能力去改變它，這才真正走向了市民主義的媒體時代。或可說是愛德華・默若預視了這個時代的**民眾參與公共領域的「參與式傳播」**（Participating Communication）。

市民主義新聞學在水門事件的報導上臻至高峰。一個媒體可以對抗一個總統，市民權利的伸張達到了最高點。卡爾・柏恩斯坦（Carl Bernstein）與巴柏・伍德華（Bob Woodward）兩位記者與總編輯布萊德利揭發了水門事件，讓總統蒙羞下臺。[20]即使就全世界而言，這都是一個劃時代的發展，其一，媒體地位已與政治一樣的高度；其二，媒體揭示了政府的不可信。政府的不可信更強化了市民主義的觀點，這個社會要以市民為主，而不再是以政府作為真理的絕對詮釋者。

市民主義清楚界定了民眾、媒體與政府的關係，政府不再是主導，反而是政府的新聞慢慢減少。例如CNN規定，在取材上，政府新聞所占篇幅比例要在15%以下，民生新聞、社會新聞、娛樂新聞、運動新聞則愈來愈增加。媒體最重要的權力在於議題的選擇權，它已經不再選擇政府為重要的涵蓋範圍，而是大量表達民眾的想法、興趣、生活型態等等，人民的感受成為最重要的主軸。

此後，先進國家的重要媒體如BBC、NBC、CBS、ABC等，皆進入此一參與式新聞的潮流，媒體開放讀者投書，媒體要反映人民的心聲，表達人民的困境給政府知道，讓人民可以有意見的表達，所以，許多小人物的故事開始出現了。例如當政府一有新的政策出現，記者就問一般民眾的影響與感受如何。

ABC在1970年代曾推出《美國議程》（*Amercian Agenda*）單元，專門談

---

[20] Bob Woodward, Carl Bernstein, *All the President Man,* Simon and Schuster Paperback, 1971.

論市民生活議題，如教育、健保、賦稅、保險等，維持相當高的收視率。這類新聞也稱之為「有用的新聞」，相對於色羶腥的「扒糞式新聞」而言，強調新聞與人民生活權益之關聯。「有用的新聞」是美國ABC名主播彼得・詹尼斯在1985年接手晚間主播之後大力推動的一項新聞策略，用以吸收廣泛的中產階級觀眾。他先後推出《美國議程》單元，專門報導家庭問題，以及青少年教育、生活消費、環保、節稅等對觀眾生活有益的訊息。另外，《Your Money, Your Choice》單元則是幫老百姓看緊政府如何花納稅人的錢，這些對人民生活權益有幫助的新聞，吸引了大量的婦女人口以及以家庭為中心的忠實觀眾。彼得・詹寧斯也曾推出《傾聽美國》（*Listening to American*）單元，深入各州去瞭解並報導一般人民工作及生活所面臨的問題。這一系列的單元是ABC能夠成為美國晚間新聞收視之冠的主因。[21]

美國主流電視新聞奉行「有用的新聞」十多年，而臺灣的電視新聞界正經歷一場巨大的蛻變。我們逐漸從過去的「政治性傳播」走向「參與式傳播」的概念。社會新聞擺頭條，嚴肅的政治新聞議題愈來愈不受歡迎。觀眾雖然看不到政令宣導的新聞，卻來了許多暴力情色的消息，這個發展當然是亦喜亦憂。如同許多的開發中國家要從專制主義走向民主政治，都會經歷一場政治的衰敗。正如杭庭頓（Samuel Huntington）所陳述，一個社會從菁英主義過渡出來以後，並不會直接走向法治的民主，而是激進地先走到俚民政治或暴民政治。[22]此見諸於社會開始有了集會遊行的自由之後，各種遊行中的暴動層出不窮。當議會民主濫觴，帶來的不見得是議會效率的提高，而是更多令人失望的議會暴力，這其實就是民主政治發展過程中一種必然的過激之現象。但是在過激之後，歷史會回覆到它原來的位置。

在一段長達十年的民粹主義的政治紊亂之後，理性的、法治的民主秩序已經逐漸在臺灣出現。反觀傳播界，從過去以「政治為中心」的傳播，過渡到

---

21 Penn Kimball (1994), *Downsizing the News*, Woodrow Wilson Center, 1994.

22 杭廷頓（Samuel P. Huntington），《轉變世界中的政治秩序》，江炳倫、張世賢、陳鴻瑜譯，臺北：黎明文化，1991年翻譯版。

以「社會為中心」的傳播，也同樣出現了過激的現象。暴力和色情新聞持續氾濫，我們幾乎把「社會性的新聞」和「暴力情色新聞」畫上等號。其實，以「社會為中心」的新聞或是「參與式的傳播」，是以整個大社會的面向為基礎，它反映出人民生活的處境、願望、難處以及可能的解決之道。它的議題是多元的、是有用的、是提高人民的權益和生活品質的。

因此，媒體的屬性不再是監督政府，而是反映民眾的聲音，讓民眾對於公共政策得以參與意見，同時媒體要改變政府的政策。從受政府控制，到僅僅是監督政府、挖掘弊病。二次大戰短暫回歸愛國主義，然而戰事結束後，社會價值已大幅轉變，民眾要主動促成政策，主動指示政府施政作為的方向，所以興起了市民主義新聞學與參與式的媒體傳播。此乃媒體維護社會公益相當重要的轉捩點。

在這裡，對公共利益的定義是要站在市民的角度，不只是反映市民的聲音，不只是監督政府，更要告訴政府該怎麼做。此與民主的進展、人權的進步緊密相關。

反觀臺灣，從解嚴至今，媒體仍停留在挖掘瘡疤的扒糞新聞階段，尤其有線頻道興盛之後，更是如此。扒糞角色的好處是它能夠監督政府，但弄得不好就會淪為搞小報，以為挖掘瘡疤就是監督政府，以為揭開假面具、讓社會的負面被看見就是正義的體現，此實是一謬誤。社會要看的並不是每一個人的假面具，呈現所有的缺點就能代表社會的真實嗎？反映社會真實圖像，難道可以全然忽略報導對象的優點與正向的貢獻嗎？

臺灣的媒體並未意識到市民主義的新聞學要的不只是破壞，而是建設；不只是指出政府的缺失，而是反映老百姓的聲音，並指出解決問題的方向。臺灣媒體反映老百姓的生活問題，就是買彩券、車禍、自殺、殺人、縱火、醜聞、緋聞等全面性的負面新聞，將扒糞新聞的理念推向最壞的極致。反之，市民主義的新聞學反而更能正確看待媒體應有的角色，它監督政府，反映民眾的聲音，並且提出政府應該採取的措施。

不能進入到市民主義的新聞學，會延緩整個臺灣社會的進步。它無法凝聚社會上各種不同的意見，並找出最好的方向，讓政府與民間皆能朝此方向邁

進。

　市民主義新聞學以及參與式傳播，讓1970、80年代的美國社會持續繁榮、復甦，使得美國社會無論是哪個政黨執政，無論領導者犯了多大的錯誤，它終究能透過社會的意見參與及討論，很快的回到正軌，讓社會往良性面向邁進。

新聞服務業（Service Journalism）

　當市民主義和參與式傳播在美國逐漸興起，1960年代的歐洲，在挪威、丹麥、法國、比利時等國家，皆強調新聞服務業，認為新聞不只反映心聲、促進溝通管道與場域、對政府提出建言與針砭，而是進一步涉入，根本解決社會問題與民眾生活上的困難。

　挪威的《VG》（*Verdens Gang*）以及丹麥的《Informational》報紙都以新聞服務業的理念，廣為讀者所歡迎。他們在頭版反映的不是政治人物的相互攻訐及緋聞，而是民眾生活中的各種困難，包括工作、健康、居住環境、子女教育等。這些議題都瞄準民眾生活，透過報導，進而解決民眾生活中的困難。「VG help you」，是1970年代《VG》的口號。許多讀者投書反應問題，在報導之後問題得到解決，讀者進一步投書感謝報紙的協助，這些事件經常出現在《VG》以及挪威的《TV2》，《TV2》同樣標榜為民眾解決生活難題的理念。

　公共利益就媒體來說是解決人民的私人問題。公共利益意味著正義的行使，並彌補官僚體系的不足及缺失。[23]

---

[23] Eide Martin; Knight Graham. *Private and Public Service,* European Journal, 1999.

新聞服務理念之具體事例（How does it Work?）

美國曾經播過一部紀錄片，紀錄片導演協助一位受害者家人向加害者表達受害者的心情，而使加害者發露懺悔。該紀錄片報導有一位年輕人，他的母親十幾年前遭受強暴並被殺害，十多年來，年輕人心中的陰霾始終未曾消退，於是他透過管道找來紀錄片導演，安排進入監獄與當年姦殺母親的囚犯見面。起初，囚犯尚不知年輕人來意為何，因他是累犯，所以對其母的事件沒有深刻印象，直到年輕人拿出母親的照片，囚犯相當震撼才認了出來。在經過許多溝通後，囚犯愧疚地向這位年輕人道歉，年輕人也原諒了他，多年來的心結得到了紓解。新聞服務業的理念及實踐，幫助這位年輕人化解了生命的困擾。

另一個新聞服務理念之實例發生在臺灣。1983年全世界傳出愛滋病逐漸風行，許多吸毒的愛滋病患捐血賣錢，致使其病毒進入血庫中。1984年6月，美國疾病控制與預防中心（CDC）的NMWR的調查報告指出，愛滋病毒只要加熱至66度便可消滅，因而所有的血液產品都要加熱至66度，以避免愛滋病毒進入其他病人身上。

血液產品的主要需求者是血友病患，血友病患一生都要注射第八因子與凝血製劑，否則受傷時血液無法凝固會失血而死。由於未經加熱的血液產品在美國不准販賣，藥廠公司將其庫存產品轉售至亞洲各國，即使其中可能含有愛滋病毒。

從1984年美國CDC資料出現以後，1985年年底，整整晚了一年半，臺灣才通過行政命令，要求所有血液產品需經加熱後才可販賣。然而為時已晚，命令通過前已造成臺灣53位病患受到感染。從1986年到1998年當中，此一狀況沒有人報導，這些病患沒有發言管道，也不願露面，因為只要一曝光就可能受到隔離並承受異樣的眼光。

1998年臺視記者找到李錦章等五位個案，於《熱線新聞》中製作了兩集報導節目。由於這群血友病感染愛滋病患者是弱勢的一群，在報導前一天，臺視記者幫五位病患的家屬組織記者會，並找兩位醫生出身的立委陪同出席。他建議個案怎麼戴面具、怎麼進場，記者到了再慢慢出場，因為要讓記者見證到

他們因愛滋病毒侵染而截肢的身體。晚報頭條，五十多個媒體同時報導，最後，十幾年來受到社會不公平冷落的無辜病患，每人獲賠四百萬元。[24]

另一新聞服務業的事例發生在1997年，媒體訴請大法官對於宗教信仰與履行兵役相互衝突的裁決。因爲在《聖經》裡說到不得殺戮，許多「耶和華見證人」教派的信徒不願穿上軍服，連擔任駕駛都覺有違信仰，寧可被判服刑。然而當時《兵役法》規定，不服從《兵役法》者，如一次判刑未達八年，或一次服刑未達四年，則出獄後仍要返回部隊接續服役；仍不願服役者便再度判刑入獄。

因而有人經常無法符合上述規定而往復來回於軍營與監獄之間。其中一位吳姓先生因拒絕服役甚至被判刑四次之多，入獄服刑達11年之久。臺視記者找了律師幫助吳先生申請大法官會議解釋，大法官在2000年做成決議，此種情形應以行政手段解決，所以產生了之後的社會役。在此事件上，記者有促成的作用，記者不只是看到問題，還協助解決問題。

扒糞新聞揭露社會黑暗面，然其動機不在於解決問題，而是炒作新聞，它並未亟欲提供可能的解決方案。市民主義是反映市民聲音、建議政府怎麼做。演進至新聞服務業，不只是建議政府怎麼做，而是進一步回過頭來將問題解決。

然而，在新聞服務業中，記者的介入在何種程度內才算合理呢？新聞服務的原則是記者只促成因緣，而非在第一線主導事件的發展。當協助召開記者會時，記者退出不參加記者會，只是提供管道讓事件主角能對自身的情況得以發表，以備給予其伸張權利的機會。而爭取權利的方式與內容仍由報導對象自己去決定，記者不爲其進行諸如賠償金額的談判工作。這就是記者所能介入的底線。

1999年筆者在臺視主持《新聞風報》節目，當時正值軍中社區改建的計畫。在桃園有一個軍眷社區，這個社區左邊是桃園中正機場，右邊比鄰軍用

---

[24] 何日生，《熱線新聞網》，臺灣電視公司，1998。

機場，住在該眷村每一到兩分鐘就會有飛機飛過，許多居民數十年下來都有嚴重的心臟病及心血管疾病，有些甚至重聽。軍眷處的眷村遷村計畫龐大，當時桃園的這個眷村只能等候兩到三年才會被改建。該眷村居民找上筆者，筆者聯絡國防部軍眷處處長，他是一位少將處長，筆者建議該處長跟我們走一趟眷村，他同意了。在那一場採訪的溝通協調會中，該處長瞭解桃園這個眷村遷村改建的急迫性。雖然協調過程難免會有些許紛爭，但是處長回去之後立即辦理。節目播出後三個月，居民來電說他們已經獲得國防部通知，同意半年內立即遷村完畢。新聞服務理念的實現在於經由媒體的參與，幫助民眾解決生活問題。[25]

建構式新聞理念（Constructive Journalism）

隨著社會愈加多元，媒體愈加開放，進入到1990年代的傳媒環境，需要的似乎是一種視野更為宏大的新聞理念。在新聞服務業之後，更具創造性與建設性的媒體之於公共利益是建構式的新聞學。其根本理念是，所有的思想、報導都是為了建構一個更為理想的社會。

過去多數媒體總企圖追求自由主義式的公正客觀，讓所有的意見得到發言空間，各抒己見，媒體本身則不做評論、不賦予意見、不做任何所謂主觀的涉入與看法的表達。媒體躲避報導所可能導致的任何社會後果，一味強調中立客觀。如前所述，絕對的公正客觀並不可能，媒體作為社會公益的守護者，應該有其看法、有其觀點，並且認真思索這些觀點如何才是對社會有正面意義的，對全體社會創造最大的公益。所以，**媒體一切的報導不只是傳達有用的訊息、或提供發言的空間、或提出問題解決的管道，它更要協助去創造一個更好的社會。**

因此，記者心中若沒有一個什麼是更好社會的藍圖，也就不可能提出一個

---

25 何日生，《新聞風報》，臺灣電視公司，1999。

對社會有正面意義的報導；記者心中若沒有一個確切的價值觀，他如何判斷何種訊息及何種角度將有助於或有害於社會。媒體應該經常思索如何構思一個良善的社會及其理念，他必須思索怎樣的報導更能代表一個社會中普遍的好，而不只是一味挖掘弊病、掀醜聞、肆無忌憚的批評。如果一個批評對整個社會的長期發展是負面的，甚或迫害性的，媒體就不應該選擇作為報導題材，更不該極力挖人瘡疤而認為是在呈現真相。

當一件社會的弊病發生，媒體不是去報導挖掘該項錯誤誰該負責，而是探討其發生的原因。媒體更應報導同一類事件善的典範，**在負面新聞中也能看到善的典範在哪裡，才能給社會一個正向的出路**。

偽善的新聞、負面的新聞不要報導，媒體所選擇的題目、所提出的建言，都應該為整體社會長久的美好來考慮、來構思。過度的批評會導致社會的對立，過度強調名人賺大錢會助長了社會的拜金主義，太多的自殺、暴力新聞會造成社會的恐懼，這些在報導上都應有所節制。

致力於建構式新聞的媒體，不只是旁觀者，不是冷眼的、批判的、尖銳的，而是有愛的、是成就的、是愛護的、是珍惜的、是給予的。

慈悲關懷的記者（Journalist with Compassionate Caring）

獲得1994年普立茲新聞攝影獎的著名記者凱文・卡特（Kevin Carter），其得獎作品是在非洲拍攝一名饑餓瀕死的孩童，旁邊一隻禿鷹正等待著孩童死去，以便啄食他的肉。凱文・卡特的照片裡呈現一個瘦得只剩皮包骨的小女孩，蹲趴著，頭朝地，瘦弱的身體顯得頭巨大無比，而她的身後正站著一隻飢餓等待的禿鷹。

這張照片太震撼、太經典，也太殘酷。記者得獎之後，卻也受到各方的抨擊，說他為什麼選擇拍攝而不是去救這孩子。記者受不了這些批評，於是自殺了。這的確是雙重悲劇。記者面對新聞事件時，究竟是拍攝為先？或是救助為先？

美伊戰爭期間，有一位臺視記者蔣任，因為在約旦看見一位老人家在零下兩度的沙漠裡，沒有鞋子穿而用塑膠套裹住腳，蔣任便將襪子脫下來給老人穿上保暖。因為記者的心中有著美好與良善，於是他所製作出的新聞便必然呈現與彰顯人性的良善和關愛。心中有愛是建構式新聞最重要的前提與核心價值，而蔣任的心中有愛。[26]

　　2007年臺中七三水災發生之際，慈濟大愛臺記者到災難現場採訪，到達被洪水困住的仁愛部落時，慈濟人一邊協助發放，一邊進行採訪。記者帶著慈濟的慰問金進去，慰問災民、發放、採訪，而後才搭直升機離開災區，剪輯製作該報導

　　記者在採訪的過程中有愛、有關懷、並撫慰被報導的對象，因此不會生冷地問一位正在急救中的病患：「你現在的感受如何？」或是有人家中發生了凶殺案，你還去問對方：「現在打算怎麼辦？」

　　如果記者心中有愛，就不會用這種魯莽的心態去割裂事件本身。因此，記者心中若沒有一個正確的價值，沒有一個什麼是更好社會的藍圖，也就不可能提出一個對社會有正面意義的報導。記者心中如果沒有一個確切的價值觀，他如何判斷何種訊息及何種角度將有助於或有害於社會。

　　日本媒體在311地震的報導中，以很少的篇幅報導災民的狼狽，以較少的比例批判政府救災的問題，而把大篇幅的版面放在災民的自制與安忍。或許我們都是將此歸功於日本人的耐心與自尊的高貴民族性，但其媒體不刻意挑動不滿，不刻意創造對立，不披露人在災難中的沉痛與絕望，這展現出一個國家的新聞媒體其長久的社會良心與高尚的新聞價值。

　　或許因為NHK是一個公共的、非商業主導的媒體，所以，記者有機會避開短線的收視率操作，不必以灑狗血的方式出賣一己的新聞靈魂，而以整個國家社會共同長遠之善為其主軸，因而能夠在報導災難之際，仍體恤災民的痛苦與艱辛；在呈現問題之際，仍能協助政府與救難人員維持社會整體的信心；而

---

26 蔣任，美伊戰爭約旦難民營報導，臺視新聞，2003年3月。

當政治人物過度忽略問題之際，仍能醍醐灌頂地直言督促。這是一個國家與社會復甦的力量泉源，也是凝聚一個社會最重要的媒介。日本新聞界透過這個災難，展現其寬大的視野、深切的同理、合宜的寬容與樸直的正義感。

當災難的第二天，日本的新聞記者正在報導災民們耐心排隊領物資之際，臺灣第一線記者正在做stand，說日本人在加油站搶著加油。兩種媒體屬性可謂天壤之別。日本媒體的心靈，不正是給臺灣媒體一個借鏡與學習的榜樣嗎？

社會的心理治療師（Anchorman as Social Therophist）

媒體應該經常思索如何構思一個良善的社會及其理念，必須思索怎樣的報導更能代表一個社會中普遍的好，而不是一味挖掘弊病、掀醜聞、肆無忌憚地批評。如果一個批評對整個社會的長期發展是負面的，甚或具迫害性的，媒體就不應該選擇它作為報導題材，更不該極力挖人瘡疤而認為是在呈現真相。

媒體不應該認為在新聞報導之後，受訪者所受到的傷害是與記者無關的。事實上，記者應該要為結果負責。當一個扭曲的報導讓人自殺、讓人身敗名裂，媒體如果都無感，就會讓人感到生冷和撕裂，因此，媒體在探討問題的人與事時，應將可能的結果放在心裡。這樣的結果將會更具建設性，筆者將此稱為「建構式新聞」。這樣的新聞理念源自於證嚴上人，當報導一個苦難人時，記者在訪問時不要傷害到他，而要以同理和關懷的方式報導，甚至在報導後能夠療癒他。

筆者在臺視製作《大社會》節目時，受訪者在訪談後都感到非常的開心，哪怕受訪者是一生不幸，哪怕受訪時會落淚，但是受訪者在訪談後都特別的開心，好像被理解了。記者就像一個朋友，是不具批判性的採訪，只要態度和方式是同理的，受訪者在接受訪談後，能更加認識自己，這就是一種療癒。

這也就是CBS《60分鐘》前主持人麥克・華萊士所講的，我們就是一個「社會治療師」（Social Therapist）。

麥克‧華萊士從50歲主持CBS《60分鐘》節目直到89歲退休，他記得訪問美國前總統甘迺迪的首席保鏢克林‧席爾，甘迺迪遇刺時是他爬上敞篷車拉出賈桂琳，但是克林‧席爾一直為自己沒能救出甘迺迪而深感自責，他有17、18年的時間都在酗酒，患有嚴重憂鬱症。

　　克林‧席爾的康復來自麥克‧華萊士的訪問，筆者曾看過這部紀錄片。克林‧席爾哭著告訴麥克‧華萊士，「如果當時我能夠再快個兩秒，我應該可以頂住第三顆子彈，而甘迺迪總統就不會喪命。」（If I can to second earlier, I was able to save John Kennedy.）麥克‧華萊士安慰他說，「你已經盡力了，你應該放下。」（You have done your best, you have to let it go.）當克林‧席爾看完麥克‧華萊士的新聞紀錄片播出後，突然間整個人釋放了，他覺得必須原諒自己，他知道自己不可能更快，於是他走出酗酒和憂鬱，逐漸康復。

　　麥克‧華萊士在89歲退休時，也就是2007年，CNN名節目主持人賴瑞‧金訪問麥克‧華萊士時說：「今天我們為華萊士邀來一位特別貴賓，就是克林‧席爾。」在節目中，克林‧席爾謝謝麥克‧華萊士，並說：「麥克‧華萊士是讓我走出憂鬱，恢復生活的恩人。」

提出善的典範（Provides Positive Alternatives）

　　《聯合報》在2010年推出「好心聞」，當時的總編輯羅國俊即強調，記者將好的故事、溫暖人心的故事，以完整的篇幅報導出來。例如2011年《聯合報》記者周家禎報導一位郵差被撞傷，仍然堅守崗位，將事情處理交代完後才去就醫。這是一則小故事，但卻給予公務人員一種很大的鼓勵，也是建立公務人員的榮譽和信譽。[27]

　　總編輯羅國俊告訴記者，如果遇到能激勵人心的故事，即便發生在某一新聞事件，記者可以單獨地寫一篇完整的報導，呈現該故事給讀者。幾年下

---

[27] 周家禎，好心聞：郵差被撞傷，撐半小時撿信交棒，《聯合報》，2010年9月24日。

來，記者會留意身邊動人的、激勵人心的故事。這是建構式新聞的一種體現，不是生冷地報導新聞事件，而是在事件中突顯人性的溫暖與希望。[28]

《中國時報》推行的「我的小革命」專題，對於臺灣各種不同的團體與個人從事環境保護與生態維護的實踐，也是從新聞的立場，對社會的問題提出善的典範。與其一味地批判環境遭破壞，不如提出維護環境的善的典範。[29]

對於政治問題亦是如此。當一個官員貪汙，我們不是去追究他貪汙的歷史，窮追猛打，而是去找幾個退休的清廉官員的實例，彰顯其榮耀，社會有了學習的典範，才會變得更好。醜陋仍需報導，但不要窮追猛打，極盡挖掘之能事。找到問題，是否就能把問題解決？其實未必，而只會讓社會更加推卸責任。因為一個問題經常不是一個人所造成的，而是一個共生機制下共同的錯誤。當媒體在報導醜聞弊病的時候，經常把整個責任都歸咎在一個人身上，這會造成一種錯覺，認為都是因為這個壞人才產生了這個錯誤。如此，不只是讓真相無法真正呈現，同時讓人民的互信產生極大的負面影響。

同理心理解而非批判（Empathical Aanlysis not Critics）

媒體應該重建社會的信心，人跟人的信心，人民對政府、對機制的信心，因為只有信心才會讓社會變得更好，而要能重拾信心，就要彰顯對的典範。建構式的媒體在知道錯誤的同時，應該進一步尋找值得學習的典範，並且對那個犯錯的人要存有一定的憐憫與關懷。

例如，對於一個自殺的人，我們只去報導赤裸裸的案發現場，卻沒有人去探究他為什麼自殺。其實理解的過程也是一個對社會與個人的警醒，看到一個

---

[28] 羅國俊（前《聯合報》總編輯，現《聯合報》願景工作室執行長）與筆者之訪談，2017年3月9日。

[29] 何榮幸、黃哲斌、謝錦芳、郭石城、高有智合著，《我的小革命》，時報出版社，2009。

負面例子的同時，透過探究而能相對地彰顯正面的價值，讓閱聽者能自我警醒、思索自己的生命，這才是建構式新聞真正的目的。

又如，對於一個殺了人的人，我們只報導他殺人，而不報導他內心怎麼壓抑，就像我們把所有死刑犯通通處死，以為就能剷除罪惡，卻不去瞭解他的心理問題。在很多國家，例如在加拿大，犯罪、貧窮是政府的責任，人們應該去關懷他，而不是譴責他。在美國並不處死重罪犯人，而是判處無期徒刑，這是為了讓心理學家能長期研究他為什麼犯錯，是把犯罪、貪瀆當作病人來治療，而不只是當作罪惡來譴責，人們是透過瞭解來表達對犯下過錯者的關懷。他並不是沒有受到應有的責罰，只是這其中有真正的關懷，而關懷從理解開始。

一個健全的社會在面對犯罪者時，不應太快地去批判他，而沒有試圖去瞭解背後的成因。我們急著要犯錯的人悔改，當他立即懺悔後，媒體就給予溫情的原諒，強制讓他表面看起來像是又回到了社會的道德正軌，而不是去理解當初他為何一步步脫離了此一軌道，忽略了不去探究其心理歷程。

為問題尋找解決之道（Provide Resolution）

2002年華航空難，導因於機身老舊，第二天記者問搭機旅客：「你還敢坐飛機嗎？」「你知道機齡幾年嗎？」這是在創造恐懼。而建構式新聞的做法會是去訪問把飛機維護得很好的公司，請教他們對於機身老舊的問題怎麼處理。它不製造恐懼，而是提供解決的可能。它會去關懷機師本身的恐懼，給予同理心的支持。

記者不該是帶著刀劍的冷血旁觀者，而要像生態觀察者與營造家，從觀察中瞭解，從瞭解中建構並復育它。所以，媒體要從解剖學家漸漸成為生態學家、復育專家。

我們記者花太多的時間批判，挖掘問題，卻花很少的時間思考問題，瞭解問題，尋求解決問題。新聞記者不是郵差，他不是大眾的郵差，更不是權貴者

的郵差。郵差送信，自己不必思考、參與、瞭解訊息內容。記者是社會的秀異分子，他應該參與、瞭解、思考、建構問題解決之道。

政府的施政、社會的犯罪、文化的良窳，都是記者探討與提出解決的應有之職責。記者比任何人更能夠接觸社會各階層，更有機會接觸各種菁英，他應該作為問題解決的專家，而不是問題的傳遞者，甚至成為問題的製造者。這不是說記者自己指點江山，隨意指控、指點社會專業之事務，記者應該深入各專業裡，找到這些專業的專家，一起協力解決問題。這當然是時間與成本的考量，以現今臺灣，甚至商業為主體的媒體，幾乎不可能有如此之機制，讓記者能夠研究問題，廣泛集思問題，讓問題獲得解決。

即便問題不能立刻得到解決，也能架構更公平、公開、公正的輿論平臺，讓各界能夠充分發言，最終尋求共識之產生。

為什麼我們當今的社會有諸多問題延宕不能解決，媒體的角色不能充分扮演問題的溝通者與解決者，乃是最大關鍵。

媒體的角色必須從解構到建構，從批判到建言，從挖掘到解決，從旁觀到同理。如此，媒體才是作為關鍵的公眾力量，共同參與議題之討論，以共建更美好的社會。

以善報眞、報眞導善（News with Constructive Goodness）

建構式新聞是同理的、關懷的、溝通的，最後也是正向的，它嘗試在問題的揭示中找出對的典範，這是對個人出路的揭示，亦是對社會整體出路的揭示。肯定一個更好的人，即建構一個更好的社會。

傳播界應該協助個人去理解自己，同時改造自己，批判的同時也協助社會找到一個良好的典範。例如報導曾經有人犯過錯，但如今他已改過遷善，走出一條新的人生道路，並且告訴大眾其為何與如何悔改。正向的典範能被報導，才是營造一個良善社會的開端。

此外，由於媒體太過於強調「眞」，把一個人的面貌全都呈現出來，也就

沒有了善，因為我們沒有去保護別人的隱私與尊嚴。當我們過度求真，其實已經不真了，因其自信、尊嚴已被摧毀。自信與尊嚴本來是每個人所具足的，如今不在了，如何說是真呢？如果是真，就要看到全然的他，包含其真實之尊嚴與其生命可能性的轉化成分，而非斷然將其剝奪。不善就醜、就不美，所以，真、善、美是協調一致的。怎樣保獲一個人以及社會整體的尊嚴，維護一個人的人格與自信，不要像解剖學家在觀察的過程中將之摧毀殆盡，其實只有關懷的心、願意援助的心，才能做到這一點。有了善，才會美，也才會真，而這個真也才有了價值。

因此，對緋聞、醜聞、弊案不該窮追猛打，而是更多地關注在這些現象在個人生命經歷與社會共生結構中的成因為何，是什麼樣的情境讓這樣的人迷失了自己。

這樣的理解並不是在替某個個人脫罪，他一樣要面對與承擔法律上的責任刑罰，只是在這樣的探究中，讓更多的大眾深思如何避免這樣的錯誤再度發生，同時提供一個正確的典範，告訴大眾一個犯錯的人如何有尋找出路的可能。

唯有建構式新聞才能真正促進社會公益，它不是各方並陳、不做評斷、避免涉入的自由主義，也不是一定要朝向某個方向的保守主義做法，而是真正提出一種可遵循的生命態度。在建構式的新聞理念中，連惡人我們都給予關愛，透過愛的理解，找出病因且提出建設性的出路之可能性。我們不再以一種軌道式的道德主義去譴責犯罪，強制他一定要符合這一道德正軌，否則就是十惡不赦的罪人。如果我們對他的嫌惡超過我們對他的理解，或是存心看熱鬧、看好戲，這就不是一個促進公共利益的媒體所應有的適當作為。

建構式的新聞傳播是環繞在愛的前提下，以同理心為其價值核心，它是關懷的、維護的、給予的、成全的，是願意理解的心、願意找出問題根源的心，而不是建立在批判、分析、撕裂、挖掘之上的。它是否會被普遍實現尚不可知，但它將會是良善社會之建構所必然遵循的一種傳播新價值。

下篇

建構式新聞的運用

The Applications of Constructive Journalism

社會文化性言論的規範

The Norms and Regulations on Cultrual Speech

看暴力新聞、暴力電影是否會連帶產生暴力行為？還是心靈得到一種發洩？「暴力」新聞及傳播內容，是否會產生暴力行為的學習與效應？

　　1981年3月30日，當時才就職69天的美國共和黨總統雷根，在華盛頓的希爾頓飯店前遭到不明圍觀者槍殺，槍手朝雷根連開六槍，白宮新聞祕書立即中槍倒地，一旁的特勤人員則將周遭的人包圍並壓倒在地，其中包括凶手在內。雷根則在侍衛長的環抱俯撲下，被推入總統座車後立即離開現場。

　　汩汩的鮮血自雷根撫壓在胸口上的指縫間溢出，座車轉往喬治華盛頓醫院。經現場調查，子彈射中總統座車後反彈，擊中雷根的左腋下胸腔上部，子彈進入雷根體內後，向下轉折進入左肺葉，然後停留在距離心臟僅2.5公分的地方。這位共和黨的雷根總統很勇敢的用手撫著傷口走進醫院，在走進手術前，他很幽默地對醫生說：「我希望你們不是民主黨人！」（I hope you are not Democrate!）引得全場哄堂大笑。當時雷根的表現讓美國人非常喜歡。這場意外事件，除了是美國歷史上的重大槍擊案外，令人驚訝的是，槍殺雷根的凶手極有可能是一名精神疾病患者，而槍殺總統的動機竟是跟看了一部電影有關。

　　凶手名為約翰・辛克立二世（John W. Hinkley, Jr.），出生豪門世家，父親是石油業鉅子，母親是社交名流，約翰自述他是看了勞勃・狄尼洛主演的《計程車司機》（Travis Bickle）這部電影，深深地為電影中飾演雛妓的茱蒂・福斯特所著迷，約翰百般期待可以接近並認識茱蒂，但是都無法獲得她的注意，最後他決定以刺殺總統的方式來吸引茱蒂的目光，因為在電影裡拯救雛妓茱蒂・福斯特的男主角，就是一名精心設計想槍殺總統的計程車司機。約翰從電影裡得到了這個暗示，於是他就去刺殺雷根總統。[1]

　　約翰後來被診斷是一位精神有問題的青年，他刺殺總統的行為跟這部《計程車司機》電影有沒有關聯呢？

---

[1]　Gardiner Harris, *New York Times*, July 27, 2016.

暴力劇情與暴力模仿

暴力言論的來源包括電影、電視、小說、漫畫等。為什麼會有那麼多的暴力言論？好萊塢的製片們這麼說：衝突是電影最重要的元素，因為觀眾愛看衝突內容。衝突有三種類型，一是人與自然的衝突；二是人與上帝的衝突；三是人與人的衝突。

人與自然的衝突很難拍攝，但現在有高科技電腦動畫模擬，已經比以前容易許多。人與上帝的衝突很抽象，很內心化，電影難以呈現。人與人的衝突最容易表現，題材也最多。因此，衝突性有人看，人與人的衝突容易表現，無怪乎好萊塢電影暴力內容的產出比例最多。

如果從因為看了暴力的電影、內容而產生暴力行為的例證來說，這可能是一個極端瘋狂的例子，但是事實上，在1970年代發生一件駭人聽聞的社會事件，一部電影引發了一樁謀殺案。該部電影所描述、拍攝的是一則真實的故事，電影中描寫兩個不到10歲的小孩去謀殺一個5歲的孩子，兩名小凶手將那孩子開腸剖肚。隔了一個星期在美國的某個小鎮，一個8歲和一個9歲的小孩就謀殺了隔壁一個4歲的小女孩，事件完全重演！當然，被害者小女孩的家長因之控告該家電影公司，但根據美國憲法修正案第一條言論自由「不能因為有人模仿就喪失藝術的創作和言論的表達權」，由此可知，美國對於言論自由給予很大的保障。

接受太多的暴力之後，會產生洗腦（Brain Wash）的作用。但也有心理學家主張，看暴力節目是一種發洩，反而有助於減緩暴力行為的發生。根據「宣洩作用」的假設（Catharsis Hypothesis），這種被激起的攻擊傾向，也可以透過幻想中的攻擊來消除；他們認為，觀看暴力可以消除觀察者的攻擊傾向。換言之，觀察者的攻擊傾向透過別人的攻擊行為產生替代的作用而解除了，看了暴力節目之後，不安的情緒得到了宣洩，「喝杯牛奶，就沒事了。你手上不沾血，底也不沾土。」[2]

2　Herchinger, G. & Fred, M., Teenage tyranny, 1963. New York: Morrow, Print.

美國社會心理學做過一項實驗，此實驗將美國幼稚園的小孩分成兩批，一批給他們看很祥和、很自然的美景，看完之後讓他們玩玩具；另一批則播放很暴力的影片，看完後也給他們玩玩具。實驗發現，那些看祥和內容的小孩，看完後玩玩具也很平和，玩具沒有什麼破壞；但是那些看充滿著暴力景象和內容影片的小孩，所玩的玩具就被破壞得相當厲害。所以，他們做的這個社會心理學研究證實，暴力的內容的確會影響暴力的行為。

暴力內容也許不會直接導致，但是會激發暴力行為，這已得到心理臨床實驗的佐證。[3]

搶案報導與犯罪模式複製

李師科，是臺灣第一個搶劫銀行的人。1982年4月，李師科戴著口罩、頭戴鴨舌帽、持手槍，行搶臺灣銀行。在1970年代以前，李師科曾經是一個諜報員，退休後開計程車為業。也許是對國民政府很不滿，案發兩年前的一天夜裡，他預謀在淡江大學城區部附近，從後面拔起一位執勤警察的配槍，然後把他殺害，再把這把配槍私藏起來。

兩年後，他去搶銀行。李師科頭戴安全帽、戴著口罩，搶了一百多萬元，然後將自家的床墊挖空放錢，再拿一袋給隔壁。警方第一次偵訊計程車司機沒有偵訊到，結果是隔壁拿了一袋錢，很害怕地去報警。當時搶銀行是件大事，李師科甚至還學電影裡高明的搶犯，回到現場看一看。從他之後，臺灣搶銀行的案件就一直層出不窮。

李師科創造出打破犯罪禁忌的一種可能性，提供一種可以學習的犯罪模

3　Mudore, Constance Faye. "*Social Psychology*" 1999, These studies say that seeing violence on TV causes viewers to become less sensitive to the suffering of others, more fearful of the world around them.

式：戴安全帽、戴口罩行搶。[4]

多年後，綁架犯陳進興等人在逃亡的時候也是戴安全帽、戴口罩。李師科不只打破了銀行不能搶的禁忌，他還打破了搶劫銀行的犯罪模式。所以，犯罪新聞、暴力新聞將會產生更多的暴力。

如果暴力新聞真的會產生暴力行為，產生社會的示範和效應，那社會有辦法制止暴力新聞嗎？一場暴力電影和新聞中的暴力，哪一個嚴重？哪一個影響大？效果又是什麼？

暴力新聞因為講的是社會事實，所以，社會大眾都可以模仿。相較之下，電影是虛構的，觀眾的意識裡會去區分這並不是真的，認為電影只是一個不真實的劇碼，因此，新聞中的暴力引發觀眾搶劫的念頭，遠比電影的影響還要大。

現場轉播與暴力複製

1993年，美國洛杉磯發生一個規模龐大的暴動事件。街上民眾集體搶劫超商，黑人看到白人就毆打。起因是因為當時有一個司法審判的案例，一名叫拉寧‧金恩的黑人在開車時拒絕警察的臨檢，結果五個警察集體毆打、踹、踢這位黑人。這個事件被一個家庭用home video拍攝下來寄給新聞媒體。這些警察後來被轉到加州小鎮審判，因為這個小鎮住著很多退休的警察，陪審團又都是從小鎮選出，所以後來這五個警察都被判無罪。[5]

被判無罪的當天下午，在洛杉磯諾曼第這條街上，有一名黑人攔下一部白人開的卡車，並把他拖出來痛毆一頓。這個新聞被即時報導之後，整個城市就陷入暴動狀態。黑人只要一看到白人就打，墨西哥人也開始跟著搶，整個百貨公司搬音響的搬音響，搬電腦的搬電腦，還有婦女拿著衣服跑，連小孩子也跟

4　林政忠，34年前李師科搶銀行影響臺灣三件事，《聯合報》，2016年4月14日。

5　History Channel, 1992 Rodney King trial verdict announced, The Day of History, 2016.

著搶東西,整個城鎮頓時陷入無政府狀態。[6]

　　暴力新聞一播出,整個城鎮即刻產生集體暴力,所以,新聞暴力比電影的影響還要大。幾千個人在洛杉磯街上搶劫、打人、燒房子,上百間房子在洛杉磯被全部燒毀,媒體連續兩天現場轉播,甚至到後來媒體想說不能再拍了,再這樣拍下去恐怕會助長整個集體暴力事件的延續,但又基於新聞報導的義務,最後還是邊講邊拍。媒體一直拍,警察又不敢出動,因為怕引起更大的暴力和衝突,最後還是由媒體慢慢消音,慢慢不報導事件後才逐漸恢復平靜。

　　暴力的新聞可以立刻引起暴力的行為,因為新聞是可欲的,一種可社會學習與社會模仿。除此之外,大家對社會會愈來愈沒有信心,會覺得這個社會充滿了暴力,會增加這個社會的不安全感,這又是暴力新聞會產生的另外一個負面影響。

　　《科倫拜校園殺人事件》紀錄片導演麥克‧摩爾分析科倫拜,一個製造軍火的地點、一個封閉的小鎮,在這裡有一個說法是:「你的一生在開始的時候失敗了,你的一生也就毀了。」意思是在科倫拜,生命的可能性很少,除了升學外,沒有別的路,因為整個城鎮是以製造軍火為主,且相較於其他城鎮,科倫拜是一個比較貧窮的地方。[7]導演認為,軍火製造地對當地青年的成長有很大的影響。

　　麥克‧摩爾講到一個重點是:在加拿大,居民不必關窗戶,也沒有人鎖門,但是美國人卻要加鎖,還要拿槍,不安全感很重。在片中,有個數字很驚人,美國一年被殺的人數是一萬四千多人,加拿大大概不到一百人,德國四十幾個,英國七十幾個,日本更少,一年被殺的人數大概三十幾個。為什麼會有這樣的差異?原因不是美國人比較凶殘,而是美國所創造的暴力內容與媒體的暴力性質過高,不管卡通也好,電視也好,都大量的製造暴力。

　　麥克‧摩爾訪問美國來福槍協會的理事長,在科倫拜事件發生後,他立即在附近召開宣傳大會並宣示說:「我們可以擁槍自衛,這是美國的自由。」

6　Chelsea Matiash, Lily Rothman, *LA Times*, Mar, 3, 2016.

7　Michael Moore, *Bowling for Columbine*, Documentary Feature Film, 2002.

事實上經統計，在美國90%被殺的人都擁有槍。因為如果我是歹徒，我看到你有槍，我怕你殺我，所以我就先把你殺掉，以求自保。拿槍原本是要保護自己，結果卻使自己處於一個更危險的狀態。這是一種防禦機制，所以，擁槍在數據看來還是不能保護自己。

暴力內容如何界定？

美國聯邦通訊委員會FCC在規範媒體的暴力內容時，所面對的第一個及最大的難題就是怎麼界定暴力。暴力的界定，難道一定要有刀、槍、要打人才是暴力嗎？

美國獨立戰爭的歷史教材算不算暴力？美國社會最神聖的經典之一《聖經》，《聖經》中有沒有暴力的內容？翻開《聖經》，裡面的確記載很多戰爭，這些戰爭帶有神聖的啟示，那些戰爭算不算是暴力？政府是不是連《聖經》都要查禁？如果《聖經》裡的衝突故事也算是暴力，那新聞報導暴力可不可以？看《聖經》的人難道會變成暴徒？大多數人的經驗是，看神聖的經典可使人淨化。反對規範暴力內容的人認為，重點不是內容暴不暴力，而是角度與觀點的呈現問題。

所以，戰爭新聞是不是暴力這個議題，要看從什麼角度報導。一旦規範新聞角度，就是規範新聞自由。筆者認為，戰爭新聞是一種暴力的呈現，戰爭新聞會把閱聽者變成共謀或是共犯，讓閱聽者目睹戰爭，使閱聽者覺得好像在支持這場戰爭，而閱聽者愈目睹它，就會愈默認它。媒體不斷地報導，沒有人抗議，閱聽者就等於參與了一場戰爭，漸漸地，整個社會共同在支持這場武力與暴力。

像2003年美國直接大膽地攻打伊拉克，不管美國社會有怎樣的反對聲浪，政府還是照樣出兵。愈大規模的暴力事件，愈是看不到，也愈難以反對。有人就論述，如果連《聖經》裡都有暴力，那什麼不是暴力？造成心理的恐怖算不算暴力？電影中或新聞中什麼算是暴力？真的很難界定。

在規範暴力新聞或暴力內容的時候，不管是廣播電視或報紙，都會面對同樣的困難，就是無法確切客觀地定義什麼是暴力，甚至媒體內容根本無法完全地去除暴力。當然也有人說，這些暴力是在警示世人、是有教育意涵的！但什麼叫作教育意涵？教育意涵可以是非常抽象的，因此，美國FCC才不幫媒體定義，而讓媒體工作者或閱聽者自己去界定什麼是暴力。

美國FCC提供給閱聽大眾V-chip（TV Parental Guidelines），讓觀眾自己去選擇觀看暴力的等級。其實這是一種不干涉言論的方法，就是自己去決定暴力的等級。美國在1997年就有這樣的V-chip出現，後來每一臺電視都會裝，讓觀眾自己決定需要什麼樣的暴力內容，不需要什麼樣的暴力內容。[8]

在西方社會，孩子們從小就被灌輸正義與和平兩者是不能夠並存的，西方強調的是正義，要伸張正義，譴責和攻擊也隨之而來，所以講和平就不能完全談正義。曾幾何時，一個犯罪者是被包容而不會被譴責或懲罰的？

既然沒有辦法活在一個完全沒有暴力訊息的社會中，對於暴力訊息的接受就要愈少愈好，尤其是任何形式的暴力，包括一些宗教經典裡的暴力描述和對暴力的合理化。只是，我們真的沒有辦法生活在一個沒有暴力的世界嗎？

色情言論是否導致傷害？

1974年，NBC製作一個單元劇叫作《天生無知》（Born Innocent），描述青少年犯罪的問題。很多青少年罪犯都很同意NBC所講的，青少年犯罪的本質是無辜的，他們也是受害的一群。用這種很人道的、很自由派的思考來思維，一開始的確有幾百封青少年犯罪專家來信對NBC表示肯定，直到三天後，在美國的某個小鎮上，分別是9、11、12歲的三個女孩子夥同一個年輕男孩，用一樣的方法來性侵另外一個女孩。那名受害者控告NBC，讓NBC很震

8　The Children's Television Act is a rule that was enacted in 1990 by the FCC in the United States.

撼。這個案子後來打到最高法院。

那部片子當初想講的是青少年犯罪背後的心理壓抑和心理扭曲，分析的動機是好的，但是NBC採用這個事件的情節卻造成模仿。所以談情色新聞，情色內容會對人產生不好的影響嗎？它是負面新聞嗎？結果證明，它的確會造成模仿。[9]

這不僅僅是對這個少女造成影響，也會對大環境造成影響。比方說很多的情色新聞把婦女放到一個可侵犯的位置，這是另外一種負面影響。除了造成直接模仿之外，還扭曲了一個婦女在一個社會中應該有的角色和地位。

到底情色新聞的範圍要廣到什麼程度？如果用暴力新聞來區分的話，有槍、有刀、有血叫暴力，還是說產生恐懼、威嚇也是一種暴力？情色一定要露身體的部位才叫作情色？還有情色的言論呢？美國有位名叫霍華德‧斯特恩（Howard Stern）的主持人，專以情色廣播內容著稱。他的廣播節目裡會調侃或性騷擾女主持人，他原本要競選紐約州州長，後來放棄。原因是美國政治上的「對等時間原則」（Equal Times Rules），也就是每個參選的候選人都可以到電臺要一天兩個小時的節目，以作為候選人發表言論的管道。他如果要競選，就要放棄節目，因為如果不放棄，其他的候選人就可以跟電臺說我也要兩個小時，廣播電臺自然無法接受這種安排，因為這麼做勢必會帶來業務與收視的壓力。而霍華德‧斯特恩也放棄競選，因為他勢必將會失去廣播播出在選舉中所帶來的優勢。[10]美國就是用這類法規，讓一些想參與政治的媒體人自願放棄利用公共領域的優勢從事選舉。這比直接限制更具智慧，也符合政府不干預言論內容的原則。政府所能做的，就是確保言論的公平機會。

三字經（髒話、粗口）屬於情色的內容，這樣的內容對孩子的影響是最大的。大人雖然能夠辨別，但也會對社會的感覺有所扭曲。在一些保守的國家裡，像過去的蘇聯、北韓是完全禁絕情色內容，在回教世界的國家，看不到任

---

[9] Morton Mintz, *NBC Wins Round in "Born Innocent" TV's Violence Case*, August 3, 1978.

[10] Anne Kramer Ricchiuto, The End of Time for Equal Time? *Indiana Law Review*, 2005, Vol, 38.27, p. 268.

何的婦女露出頸部以下的部位，那是因爲國家的禮教體制使然。

　　美國只有在晚上十點以後才可以播出情色內容，新聞當中也少有情色新聞。日本的NHK對情色內容的管制亦十分嚴格。新聞的暴力與情色影響人心巨大，因爲它們來自真實世界，會造成這些情境是可欲的，甚至會模仿。電影中的暴力色情和新聞中的暴力色情並不完全一樣。新聞中的暴力色情比較容易被觀眾認爲是可接受、是被許可的。某個新聞被報導，表示這個行爲被許可。

　　當然，日本其本身文化就是比較偏集體主義，人與人之間的約束力比較強，所以並不會強調個人自由風格。一旦強調個人自由風格時，性就相對地比較放縱，暴力的事件也比較多。因爲每個人都是孤立的個人，比較容易犯罪，比較容易有性放縱的情事發生。所以，美國社會有一半的人離婚，臺灣的離婚率也是愈來愈高。臺灣是個受美國社會與日本社會文化影響很深的地方，強調個人選擇、強調個人自由，所以愈是強調個人自由、個人選擇的國家，愈是比較多元開放的地方，因此，情色暴力的內容就更難避免，社會也會加速這種基於個人選擇的前提下，所產生的一些社會混亂。

　　例如日本，不是說日本的社會有多好，但的確，日本的犯罪率相當低；在美國，性騷擾或強暴的案子相較於日本，還是明顯偏高。原因何在？有人說日本的性騷擾也很多，只是日本女生都不敢報案，就一直容忍，有些案子是隱密不報的。可是日本的暴力犯罪的確比較低，原因就在於日本有不同的社群守住共同的秩序。美國一年被殺人數高達一萬四千多人，日本是幾十位。[11]當一個講求個人主義的社會與一個媒體多元開放的社會並行時，這個問題便無法避免，這是相互刺激的。

　　一個個人主義的社會與一個多元媒體的環境，相互激盪、相互助長，給予人民自由和選擇。例如，唐朝是一個很開放的社會，婦女幾乎都穿著低胸的衣服，比現代還要開放，尤其唐朝極盛時期的貞觀之治，社會風氣非常好，只是

---

[11] Michael Moore, *Bowling for Columbine*, Documentary Feature Film, 2002.

對性的看法相對開放，在此社會形態下，實在難以界定這樣的社會就是一個不安定的社會。

政治人物與情色新聞

美國政治言論很開放，但色情言論很保守，歐洲則是政治言論比較保守。英國絕對不允許民眾批評女皇，像香港在英國統治期間，如果批評女皇，會被政府查禁。當然人民是可以批評政府，但是不能說要獨立，這是違法的。還有其他的限制，包括集會遊行都有限制，人民不能任意挑動煽動群眾，但在美國這是被允許。在英國等歐洲國家，對「性」相對開放，對政治言論較為嚴格。這些都反映在其對政治人物的評價上。

在美國，政治人物有緋聞，大概除了柯林頓存活下來以外，幾乎每一個人都敗北。美國參議員蓋里‧哈特（Gary Hart）在1987年參與總統大選期間，晚上抽空跟情人約會，那名女性晚上進入他的公寓，第二天早晨才離開。該女性進出議員家中的照片都被記者拍了下來。然而，蓋里‧哈特一開始否認，可是後來媒體又公布一張在遊艇上，同一名女性坐在他的大腿上的照片，照片是由該名女性提供。蓋里‧哈特因為說謊和緋聞案，所以宣布退出總統大選。在當時，原本輿論預估他選上總統的機會非常大，但一件緋聞案，讓他從此退出政壇。[12]

反觀柯林頓的緋聞案，一名女性歌手珍妮佛‧佛勞爾斯自稱跟柯林頓有12年的戀情，阿肯色州的一名警察也說自己常看到柯林頓跟珍妮佛幽會，該名歌手甚至保有柯林頓打電話給她的錄音帶。當柯林頓在競選民主黨總統初選的第一站新罕布夏州時，他被媒體報導的幅度與其他近20位總統初選候選人差不多。可是因為珍妮佛‧佛勞爾斯一出來指控柯林頓之後，柯林頓被報導的比例

---

[12] Jim McGee, Tom Fiedler and James Savage, "*The Gary Hart Story, How it Happened*", The Miami Herald on May 10, 1987.

立即高過所有的總統候選人約500倍的幅度，因而聲名大噪。

　　對於名人醜聞的報導，不應該這麼漫無節制。英國、歐陸與美國的輿論所重視的議題不同。法國前總統密特朗有情婦，媒體和人民並無所謂；德國記者對名人的私人行為也是不予報導。當德國記者看到一個政治人物跟一個女性在調情，他們可能會一笑置之，畢竟他們不是在英國。也就是說，德國記者不會報導公眾人物的個人隱私，但英國的小報就很喜歡報導這類緋聞。德國媒體是報導緋聞比率很低的國家，德國媒體從業人員認為，私人領域是不能碰觸的，那是政治人物個人的私領域，與公共事務無關。[13]

　　德國不報導政治人物的緋聞，是因為他們對政治人物比較相信；英國極不相信政治人物，是因為英國報導太多政治人物的私人生活和緋聞，緋聞不斷地被報導出來。相較於英國，美國社會對於報導政治人物的私生活和緋聞的程度也不算嚴重。

　　媒體對於這類情色新聞，包括政治人物的情色新聞，不是不能報導，只是媒體從業人員一定要仔細思量，否則報導出來的後果有可能加深民眾對政治人物更不信任。德國人民對德國政治人物的信任度比較高，在英國則完全相反，但德國人對弊案絕不手軟，因為這是公共議題。

　　美國媒體同樣會報導政治人物的私生活和緋聞，並且加以抨擊，民眾也無法容忍。美國前總統柯林頓或許是少數的特例。柯林頓總統與多名女性幕僚搞出性關係，被輿論批為不倫與不堪，可是還是有很大一部分美國人很喜歡他，美國人覺得他是一個很好的總統。由此看來，美國對政治人物的緋聞是邊譴責、邊肯定，英國是譴責，德國則是根本不報導。就因如此，在德國，對政治的安定性也比較高。

　　沒有人真正完美，真實就不善，不善就一定醜，而很醜的內容一旦被報導，會讓這個社會更加腐敗，更加不信任，也更加混亂不堪。這類報導必須要有所節制，就端看媒體從業人員要放在什麼位置、用什麼角度來報導。

13　Frank Esser, "Tabloidization of News", *European Journal of Communication*, 1994. Sgae Vol. 14(3), pp. 291-324.

挑釁言論與暴力

社會文化性言論，包含了暴力、爭議性的言論、商業言論、兒童性言論、毀謗、隱私和色情言論，這些都含括在內，而暴力言論就是一種挑釁。

1975年美國加州一家廣播電臺的現場節目，對收聽的聽眾宣告：現在正在開車的朋友，最先到達電臺的，將獲得四萬美元。結果有青少年聽眾爲了爭快，造成車禍。這個廣播電臺需不需爲車禍意外負責？廣播電臺這樣的宣布方式，算不算是言論自由保障的範疇？受傷者可不可以控告電臺散播挑釁的言論？[14]這個案例在加州法院判決電臺違背煽動條例，必須爲該競賽的車禍受傷者負責。

臺灣的言論新聞沒有界定得如此細緻，挑釁言論也缺少相關的法律規範。但是在美國加州等卻發生過不少類似的官司，法院判定電臺輸了，理由是，你能預期會發生危險而你沒有避免，這個與「立即明白的危險」有些許不同。美國憲法修正案第一條表示，國會不能制定任何的法律限制人民的言論與出版自由，除非這個言論造成「立即明白的危險」。比如在戲院中大喊失火了，這種立即明白的危險需要被限制。

但是在廣播中說：「趕快來，最快到達的將得到一百萬！」是否有造成公共危險？這危險是不是立即的？未必是。危險是不是明白的？是。但這裡仍存在著些許爭議。「立即可能的危險」是不能限制的，因爲可能的危險，範圍很廣。像是電影中孩子殺孩子的畫面，結果有人學習了，那是不是可能的危險？是可能的危險。是不是立即？不是。所以即使是「立即可能的危險」之言論，都可能沒有辦法以法律加以限制。

美國政府後來制定的挑釁言論條款，規範如果某個人的行爲或言論涉及公然挑釁，公然挑起這種危險言論，將可能背負法律責任，但是不見得每一個案例都能成立。

---

14 Weirum v. RKO General, Inc. L.A. No. 30452. Supreme Court of California. August 21, 1975.

1950年代，美國曾經發生過在一個廣播節目現場播出中，廣播員宣稱：「外星人降落了！」他還刻意模擬驚慌失措逃命的情境，結果這個播音員及廣播電臺就被法院判處有罪，原因為這項言論是刻意製造社會的混亂與不安，挑起危險，甚至製造危險，這是法律所限制與禁止的。以這標準看來，挑釁與煽動言論應受到嚴格規範。

2004年3月21日，立法委員邱毅因不滿總統大選結果，帶人衝撞高雄地方法院，他被判刑是以什麼罪名被判刑？他被起訴是以什麼原因被起訴？絕對不是言論自由，而他也不敢這樣主張，因為這是屬於公共危險罪。

臺灣在美麗島事件的那個年代，只要上臺演說教唆民眾持火棒襲警的人，都以判國罪論處，雖然其實並沒有到叛國的地步，但是當時臺灣是動員戡亂時期，這樣的言論是一種挑釁性的言論。如果在私人領域中，我教唆你殺他，這樣的行為也是要被判刑的。

雖然美麗島事件被解讀為內亂事件是言過其實，但因為是戒嚴時期，所以標準當然不同。如果今天有人說：「你們拿著棍子給我衝進總統府！」這有沒有罪？當然觸犯了公共危險罪，雖然他本身沒有做，但他要別人去做，所以是挑釁性的言論，這也是暴力言論的一種，應該被限制。

筆者在美國研究傳播時，曾經收到一卷音樂影帶，影帶歌曲的內容充滿了髒話，它用「F. Word」、「F. Policeman」，全部在罵警察，但是這樣的言論在美國是被允許的。為什麼？因為聽了這些言論以後，並不會去殺警察。它是一種稱為情緒性的言論，是值得保障的。所以那個充滿一堆三字經罵警察的音樂影帶，不是挑釁，也沒有教唆，而是一種情緒性的言論。但是很多閱聽者並不喜歡這種仇恨或暴力的言論。在保障閱聽者接收與表達權利的雙重自由下，美國政府仍必須提出適當的規範。

暴力晶片與暴力言論的規範

美國政府在1997年通過傳播法，規定必須在電視機裡安裝V-chip；V就

是Violent，暴力。V-chip將電視節目分成1到12不同的暴力等級，從口頭的暴力、到拿刀拿槍、到殺人見血等，而7級之後就必須父母陪同觀看，如果出現不雅的字眼，聲音就會不見。假設等級到第10，有槍的畫面通通會不見，所以小孩子就看不到擁槍、開槍、殺人見血。1997年之後，新的電視機都必須安裝這個V-chip。[15]

但是後來發覺情況更糟，因為等級的設定是由消費者自己去設定，自己去管理，業者不需負責。所以，業者肆無忌憚地播送更多的暴力內容，而將把關的責任交給家長。

美國政府規範暴力言論的法案實施多年後，很多學者批評，V-chip本來是為了要讓暴力減少，結果卻創造更多的暴力內容。其原因一部分是規範的範疇只在電影或節目，相對地，新聞中的暴力內容給閱聽者帶來的影響，從來就沒有被仔細地審視與規範。[16]

暴力新聞與暴力行為

這個時代最大的問題就是到處充滿暴力的資訊，連卡通都是暴力的，特別是在新聞當中。而我們有理由相信，暴力的新聞內容比暴力的電影更容易被觀眾接收，並且被視為是社會的常態。因為觀眾比較容易區隔電影裡的暴力內容不是真的，但是新聞裡的暴力新聞卻是真實的，觀眾會因此對社會秩序產生更多的不安。

在麥克‧摩爾的《科倫拜校園殺人事件》紀錄片中，提到為什麼美國社會這麼混亂？原因之一就是有太多的暴力資訊。在美國，每天新聞都在告訴你，這是不安的環境，這是個危險的環境，所以每個人都很害怕，都想要擁槍

---

[15] FCC, *"The V-Chip: Options to Restrict What Your Children Watch on TV"*, Last reviewed: 2016.11.01.

[16] The Children's Television Act, Enacted in 1990 by the FCC in the United States.

自衛，這是媒體所創造的現象。[17]但是目前為止，這種新聞中的暴力並無法律可以規範，不只是很難界定什麼叫暴力。政府對於新聞內容不能干涉，是民主國家的基本原則。這個現象只能靠道德和社會輿論加以規範。

新聞中出現了警匪追逐的畫面，但在現實生活中，你可能一輩子也沒看過。好萊塢的電影中也大量出現類似的畫面，但是你知道電影是虛構的，可是新聞卻是真實事件，所以，新聞裡面的暴力言論內容，的確會對社會的真實狀況造成扭曲，也增強民眾對於社會的不安。

另外，虛擬實境遊戲也間接培養了暴力行為。現在許多外科手術用虛擬實境來模擬開刀，飛行員利用虛擬實境來學習飛行，更有一些虛擬格鬥遊戲，只要參與其中，彷彿成了遊戲中的主角，可以殺敵對戰，那種感覺對人的傷害有多大，現在還很難估計，但可能會讓人更具暴力傾向，或更熟悉暴力的行使。

英國哲學家培根曾說過：「如果你要去做一件事，你不要去找一個有做事想法的人，去找一個習慣做這件事的人。」[18]培根所舉的這個極端的例子，說明真正影響人的行為是習慣，而不是觀念；觀念無法真正影響一個人，是習慣影響一個人。這個例子很震撼，人會不會透過學習、習慣而不經意去做一些事情。例如當我們看多了暴力新聞或色情新聞之後，讓人對於這樣的行為產生冷感，這種冷感會默認社會很多不合理的事件繼續存在，甚至自己被這樣的行為情境影響而做出同樣的行為。

鄭捷殺人事件發生後，讓很多父母驚覺到虛擬電玩可能對人有植入的作用。鄭捷大量觀看暴力電玩、殺人電玩，雖然沒有人對鄭捷進行心理分析，因為法務部迫不及待地槍決他。美國的重刑犯判一百年、數十年，目的便是讓心理學家可以分析瞭解犯罪心理的成因及治療。

《科倫拜校園殺人事件》中的那兩個青少年都穿著黑色風衣，是不是像黑道電影或吳宇森的電影一般，黑色風衣是殺手的象徵。未來孩子如果習慣

---

17 Michael Moore, "*Bowling for Columbine*", Documentary Feature Film, 2002.
18 培根論文集，志文出版社，1978。

性地在虛擬遊戲中殺敵逐凶，那將是一個新的危機。虛擬實境不只是以一個影像、言論或文字去影響人的觀念，而是你能夠真正地去經驗那種感受。所以，媒體對暴力內容、言論應該自律。

慈濟大愛電視臺的節目，報導的都是人的善與愛，是正面擴大法，大愛電視期望自己是一股清流，彰顯善念，隱藏惡意，因為太多的「惡」對社會將產生負面效應。

根據加州大學聖地牙哥分校的大衛‧飛利浦教授在1970年到1980年間，做過調查發現，若頭條新聞是自殺、暴力和空難等事件，未來五到七天將是類似事件出現的高峰期。他以十年的觀察，比較了1,500份報紙的頭條和電視的頭條報導之後，作出這個結論：更多的暴力新聞創造了更多的暴力事件。[19]

社會需要更多的公共電視，需要更多類似大愛電視臺這樣的淨化的清流。筆者不贊成社會的媒體走向商業化、自由競爭，因為電視臺若受商業支配，一定會朝聳動的、負面的資訊前進。筆者認為媒體應該回到公共的領域，由非政治、非商業的組織來掌握，比較能夠反映整個社會所必須兼顧的各項公共議題。

荷蘭的公共電視就像是太陽光譜，將時段平均分配給不同的團體。不同的團體都有不同的言論空間，來探討闡述他們所關心的議題。這是一個合理的制度，歐洲正朝向這個制度發展；但是相對於美國、相對於臺灣的商業機制，必然衍生負面與暴力言論。這是一個結構的問題，結構不改，這種暴力、負面新聞和言論是不會停止的。

爭議性的商品言論

爭議性言論，像是菸酒廣告、香菸廣告在美國經歷了幾十年的爭議，但是

---

[19] Phillips, D. P. (1974). *The Influence of Suggestion on Suicide: Substantive and Theoretical Implications of the Werther Effect.* Am. Sociological Rev., 39: 340-54.

每一次官司都能夠勝訴，理由是什麼？菸商表示，廣告宣傳的對象是抽菸的人，所以不吸菸的人是不會看香菸廣告的。廣告只是提供消費者一個品牌的選擇，是不同品牌的香菸比較。你若不抽菸，就不會看廣告，該廣告就不會危害你的健康。這種廣告定位是見容於美國法律的。

但是現在美國電視上沒有出現任何一個香菸廣告，為什麼？因為只要每次刊登，就會引起反菸團體的攻擊，而每次攻擊，香菸銷量就會減少，所以，菸商寧願不上廣告。另外，美國對於爭議性的廣告，必須遵守公平報導的原則，所以只要菸商上廣告，就必須提供反對團體資金來刊登廣告攻擊你，這是基於公平報導原則。因為菸商有錢，但反對團體卻很窮，菸商可以砸幾億的廣告在熱門的黃金時段播出，但是反對團體根本不可能。

至於商業性言論則必須遵守誠實原則，不能欺騙。臺灣很多廣告其實是有問題的，像是健康食品常常誇大其成效。臺灣現在還有所謂變相的廣告，以議題探討的資訊方式呈現，像是買下半個小時的時段介紹如何減肥、如何瘦身，但最終還是推銷自家的產品。目前臺灣規範商品言論的是《公平交易法》，若是違反了《公平交易法》，或是違反了《消費者保護法》，因而造成消費者權益的損害，那麼這樣的商業言論將是被禁止的。

兒童言論的規範

兒童是一個社會未來的主要力量。兒童屬於弱勢族群，其自身對於社會不具備發言權。因此，公眾媒體對於兒童的言論必須提出一定的保障，這是一個社會必要的公共利益之維護。兒童的教育除了家庭、學校，更大的部分在媒體。兒童觀看電視的時間，遠遠超過與父母相處的時間。電視對兒童的影響之大，使得美國FCC訂定兒童電視言論保護的相關法律，這項法律的基礎是基於父母對孩童有管束的權利（父母管教權，Parental Discretion）。美國大法官會議在1978年針對*FCC v. Pacifica Foundation*的訴訟案支持FCC對於不雅言論的

規範。[20]大法官會議指出，廣播電視的言論是最被嚴格規範的媒體（The Most Limited）。

*Pacifica Foundation*的個案，George Colin的笑鬧劇中，「七句不雅的髒話」（Seven Dirty Words）不是猥褻言論，因此是在憲法言論自由的保障之內。但是大法官認為，這些不雅的髒話並不適合廣播電視的言論自由範疇。因為廣播電視深入每一個家庭，直接觸及家庭中的孩子，孩子不適合接收這類不雅的髒話，因此大法官以5比4支持FCC禁止這類不雅言論在電視中出現。

父母管教權的理念，衍生到美國國會要求電視臺需製作一定比例的兒童節目。臺灣兒童言論沒有受到特別的保障，我們有各種卡通，可是一般的電視臺除了卡通節目以外，很少有針對兒童做的節目。美國在1998年訂定兒童言論的相關法律，規範電視臺每週至少要有三個小時的兒童教育節目。[21]而臺灣則因為兒童教育節目不夠，專門針對幼兒到青少年階段的節目就屈指可數了。以前在三家無線電視臺的時代，至少每週都有一個小時的兒童節目，但是關於兒童言論，美國政府二十多年前就立法規定，臺灣現在仍沒有類似的規定。

2005年加州法令限制電玩販賣或出租給孩童。加州法令給予這些限制性的電玩加諸定義，意指電玩具備暴力、性侵害、肢體分割等內容，符合限制條款。這個案子打到大法官會議解釋，在*Brown（Formerlly Schwarzenegger） v. Entertainment Merchants Association*的訴訟案中，大法官作成決議，由已故的史卡立亞大法官（Judhe Scalia）寫主要意見書。大法官表示，加州法令準備作出新的言論內容規範的項目，這項限制只有在該類言論是對準孩童時才可以發生。但這類娛樂電玩並非專門為孩童所製作，也非侵入性地讓孩童隨時可以接觸到，例如廣播或電視無預警地出現暴力或性侵害內容應予以限制。除此之

---

[20] U. S. Supreme Court FCC v. Pacifica Foundation, 438 U.S. 726 (1978) Federal Communications Commission v. Pacifica Foundation No. 77-528, Argued April 18, 19, 1978, Decided July 3, 1978, 438 U. S. 726.

[21] The Children's Television Act is a rule that was enacted in 1990 by the FCC in the United States.

外，限制此類電玩並不符合美國憲法修正案第一條的言論自由之精神。史卡立亞大法官說，區隔政治與娛樂言論是不可能的，也是危險的。[22]意指限制言論自由的同時，也可能連帶限制了政治意向的表達權。

史卡立亞大法官以灰姑娘童話故事中，灰姑娘的繼母所生的妹妹執意陷害灰姑娘，結果妹妹的雙眼被鴿子啄瞎；白雪公主裡邪惡的女王因為嫉妒與心惡，結果跌落地板摔死為例，告訴孩子不能嫉妒與害人。兒童故事不免都有暴力，重點是如何區隔具有教育意義的暴力內容或危害孩童的暴力言論。與FCC的《兒童言論法》或暴力規範不同之處在於，加州法律直接予以限制暴力與色情的兒童電玩。但是FCC是讓父母以V-chip自己決定他們的孩子可以接觸到何種具暴力的言論內容。

大法官會議的決定，為孩童的言論規範立下一項標準，亦即孩童不宜接觸的暴力與色情等內容，是必須以不限制一般性的言論自由為前提。因此，1990年的《兒童言論法》是鼓勵廣電媒體製作孩童教育性節目，其本質除了保護孩童知的品質，也同時符合擴大言論的憲法精神，而非壓制言論。

隱私權的規範

社會公民的另一項涉及言論的權利，就是隱私權的保護。現今因為媒體收視的惡性競爭，導致公眾人物的隱私赤裸裸地攤在陽光下。公眾人物是怎麼來的？皆屬於自願性的曝光。如果你拒絕，從來不接受採訪，就不可能變成公眾人物；但是如果你一旦自願接受採訪，你的隱私權必定降低，但並不表示你沒有隱私權。臺灣司法對隱私權的保障比美國還要高，因為美國會以「新聞價值」來衡量隱私權侵犯與否。

---

22 Supreme Court of the United States, Brown, Governor of California, ETAL. v. Enter-tainemnt Merchants Association ETAL. No. 08-1448. Argued November 2, 2010-Decided June 27, 2011.

假設一位記者偽裝成消費者，攜帶一個隱藏式攝影機去藥房購買禁藥，把藥房老闆的樣子拍了下來並且播出，這樣的報導方式，有沒有侵犯隱私權？如果藥房老闆真的販售非法禁藥，且是現行，那麼可能不算侵犯隱私權；如果老闆當下並沒有販售，儘管你知道他曾有販售行為，那麼也可能有侵犯隱私權之虞。至於這條界線在哪裡？與公共道德無關者，就是隱私。什麼叫與公共道德有關？例如某知名人物有婚外情，這是屬於私德的領域，不是一個公共議題，所以不能報導。這個衡量的重點在於是不是「違法」，如果是違法事件，你可能可以報導。

常常有些調查報導是記者攜帶隱藏式攝影機，或是跟隨警方辦案拍攝。例如有一則報導是記者隨著警察去搜索嫌犯住家，畫面中出現一名男子，穿著內褲睡覺，房間陳設一片零亂，當警察搜索之後，仍沒有找到任何犯罪事證，於是報導中，這名男子從頭到尾是打著馬賽克的。像這樣的例子，很可能構成侵犯隱私權，所以當你沒有確切地把握，最好不要這樣報導。

美國著名新聞性節目《60分鐘》，利用長鏡頭望遠攝影機偷拍一名小學的校工。這名校工一個月領4,000美金，還聘請一位祕書，這個祕書就是他的太太，這名校工一個星期只工作一天，而且往往敷衍了事，校園髒得一塌糊塗，至於其他的時間則都在玩樂度假。[23]《60分鐘》將這些過程全部拍下來，這種埋伏採訪（Ambush Journalism），有沒有侵犯隱私？其實美國法院所強調的不是公共道德，也跟公共議題無關，他們所判定的是一則新聞報導究竟具不具備新聞價值（News Worthiness）。

但是新聞價值涵蓋的層面太廣，定義的標準也不盡相同，而美國對於新聞價值的保障就顯得有些過頭。像校工的這則報導，感覺媒體就像是新聞服務業，也就是說，現在新聞報導愈來愈貼近百姓生活，幫學校解決一個頭疼的問題，反而不是探討公共政策的大議題。這意謂著若是一個地方或機構出現不合常理之事，向媒體反應，媒體報導後得到的結果可能是該項事務獲得改善。

---

[23] 60 Minutes, CBS, 1994.

像是校工的例子，因爲學校無法開除校工，所以找來《60分鐘》。基本上，美國的定義是「新聞價值」，但是我們很難認定哪一件事情是沒有新聞價值的。新聞價值由誰來決定？是受訪者決定？還是新聞記者決定？當然是新聞記者決定，這自然對新聞記者有利。美國事實上是給新聞記者最大限度的新聞自由。

被埋伏採訪的當事人，有無隱私權被侵犯的爭議？臺灣出現過一群藝人在一個大豪宅裡舉辦派對，豪宅中的露天廣場有高高的圍牆，但記者爬上圍牆拍到兩位藝人疑似服用違禁品並且衣冠不整。藝人訴求隱私權被侵犯，媒體則表示他們是在花園廣場所爲之行爲，不算隱私。但那是私人宅邸、有圍牆的花園廣場，媒體爬上圍牆是有隱私侵犯問題。除非媒體是在一處高樓，直接可以眺望宅邸的花園廣場，因爲隱私的事不能在公開、或可被直接窺見、或可預期被窺見的地點爲之。在高樓直接窺見花園是可預期、是無侵犯私人住宅、是半公開的場所，所行之舉動便無法成爲隱私的範疇。

新聞自由與毀謗

毀謗更是新聞記者常面對的議題。查證是新聞媒體避免被告的唯一方法。查證屬實而報導，自然無法被認定毀謗。不同於司法的概念，媒體查證不是100%，而是善盡查證就不是毀謗，否則若一定要有100%的證據才能報導，很多新聞根本無法產出。但是這也造成另一個極端，新聞媒體之查證草率行事，或虛應故事，做做樣子，聊備一格。這在美國會被認定有眞實的惡意。

因爲毀謗有兩個定義，第一個是有眞實的惡意（Actual Malice），第二個就是錯誤的訊息（False Statement）。在美國，媒體只要善於查證，就沒有太大的責任。但是臺灣媒體的查證通常只是形式或聊備一格，這種查證的草率或刻意的忽視，會被認爲有眞實的惡意，在美國的司法案件中，媒體可能會被定罪。雖然很多類似的新聞報導的毀謗案件在臺灣會成立，但在美國卻不會。然而筆者認爲，美國的新聞記者不像臺灣一些八卦雜誌這麼離譜，不會如此空穴

來風。

　　CBS 的《60分鐘》節目在報導小布希總統服兵役特權的事情上，雖然製作人對於小布希總統服兵役特權的文件再三查證，報導後仍然被其他媒體攻擊文件有瑕疵。結果CBS開除該節目製作人以及導致當家主播丹・拉瑟黯然離開四十多年的主播臺。雖然節目製作人及主持人丹・拉瑟可能已經盡力查證，CBS或許是遭到白宮的壓力，所以開除製作人。[24]但是也可以想見，即便面對公眾人物，媒體報導不查證或查證不周的後果有多麼嚴重。這與其說是法令的約束，不如說是一種新聞的品德。

猥褻言論的規範

　　社會文化性言論裡面的色情言論，臺灣的法條解釋為「違反善良風俗」，這個定義同樣很廣，美國也是一樣，稱為「社區標準」（Community Standard）。「社區標準」就司法的定義是指：缺少科學、社會及文藝價值者（Lack of Social, Scientific, and Artistic Values），直接訴諸這個身體的暴露，就叫作色情。美國司法對於兩個名詞「猥褻」（Obscenity）與「不雅」（Indecent）是有所區隔的。[25]臺灣沒有區分得這麼細，就是「違反善良風俗」。猥褻在美國的電視絕對不可以[26]，臺灣也一樣。臺灣對電視的裸露進行規範，但是美國的標準比較寬，廣電節目晚上10點以後可以，但10點以前絕對禁止。除了廣電媒體對於暴露的規範之外，其他的環境有時裸露是被允許的，但是會有關於「時間、地點與方式」的限制。

---

24 William Campenni, "*The Truth About Dan Rather's Deceptive Reporting on George W. Bush*", The Daily Signal, October 30, 2015.

25 Wayne Overbeck, "*Major Principles of Media Law*", Harcourt Brace, 1994 Edition.

26 「猥褻」（Obscenity）在美國法院的定義為：七句不雅的髒話（Seven Dirty Words）是猥褻；幼童裸照是猥褻；露三點是猥褻。違反社區標準，缺乏科學、藝術、社會人文價值等，皆可稱為猥褻。

美國政策可以適度允許跳裸舞，但必須在郊區，憲法對於不雅的言論是持程度的限制，但不全然禁止，而猥褻則一定禁止。那如何判定「不雅」和「猥褻」？美國法官說：「當我看到的時候，我自然就知道了。」（When I see it, I know it.）猥褻一定禁止，不雅則可以視情況規範。視什麼情況呢？有些社區標準說，缺少社會科學及藝文價值者，這種不雅的言論可以被限制。問題是，哪些言論缺乏社會、藝文和科學價值？因為言論總有一些價值，很難說哪個言論完全沒有價值。色情言論的確被嚴格的限制。當然像有一些色情刊物在市面上販賣，基本上是沒有法律可以管，或是有法律也不管著。

　　筆者認為比較嚴重的問題還是在新聞裡面，一些色情言論，這些言論當然不是說去呈現人的身體，而是它所涵蓋的內容造成的影響更直接，這些影響沒有法律可以管。臺灣媒體對女性有一種刻意的歧視，總是要找一個犧牲者，談到婦女都跟性有關，這是一個很嚴重的色情言論，雖然沒有裸露，沒有觸法問題，但是負面的影響層面更大。因為這種負面的女性情色問題，對於人與人的關係，對於人與性的關係，對於男性與女性的關係，都是一個很大的扭曲。那個扭曲不像看色情片，很多人看色情片會對女性的觀點產生偏見，這是研究過色情言論所提的觀點；但是另一方面，在新聞當中，談到女性的性關係，那種觀點與歧視表現在兩性關係，表現在對於社會不良的心態，更嚴重的是，這樣的色情言論根本沒有辦法規範。

　　臺灣新聞中的許多內容根本就是不雅影片和言論，而且是與性有關的不雅影片與言論，但是仍被粗暴地呈現出來，而且新聞單位明明知道那是不合理的、是非法取得的，是對他人隱私的侵害。這樣的新聞報導在美國一定會被嚴格限制，而且一定會被嚴懲。而在德國，根本不會被允許，德國對隱私的保護非常重視，名人也有相對的保護，但是臺灣卻沒有這種機制，特別是與色情有關的不雅言論，根本是暢行無阻。這比去租色情片來看，對人的心智的危害還更加嚴重。

減少負面言論的產出

筆者相信有幾種力量能夠減少暴力內容，讓媒體發展的更為健全：

第一，是民眾形成一股監督的風氣，甚至組成團體，自發性地向媒體表達意見。例如像彭婉如基金會這麼積極地寫信給廣告商，請廣告商不要支持這種對女性侵略與歧視的節目。

第二，在制度上應該擴大公共化，應該把公共化的程度增加。公共化不等於政府要介入媒體，而是由政府撥給預算，由非政府且非營利的組織來經營電視。

第三，是多一點像大愛電視臺、探索頻道、國家地理雜誌頻道等，由民間經營，但是節目內容卻富涵公共理想和公共利益。

第四，是媒體所有從業人員都應有個自治組織，從業人員基本的問題是他無法形成社團，但是美國卻有很強的新聞聯盟，記者本身也有組織、有聯盟、有工會，所以媒體老闆不敢太肆無忌憚。

雖然美國媒體還是以性和暴力為兩大賣點，但是透過從業人員的自我覺醒，仍可以避免媒體因為商業利益而犧牲民眾收視的權益。

公眾人物新聞權與
公民言論權

The Speech Right of Public Figures and Citizens

美國一位著名的網球運動員亞瑟・艾許（Arthur Ashe），在經歷體壇輝煌的歲月之後退休。1992年在他退休近二十年後，很不幸地在一次手術中因輸血而罹患愛滋病。艾許本來想默默的治病，靜靜地度過生命最後的歲月。但是這個訊息被《今日美國》（USA Today）知道了。《今日美國》對這位退休已久並罹患愛滋的明星運動員做了大幅報導。消息披露之後，全美民眾譁然。這位隱退已久的明星運動員竟罹患愛滋，令社會十分震驚。接著有更多的報導探討艾許罹患愛滋的原因，以及他目前的身體狀況。亞瑟・艾許二十多年的平靜生活不見了，他必須面對無止盡的記者詢問及跟蹤。忍無可忍之下，艾許決定召開記者會。在記者會上，艾許大罵《今日美國》說：「我想要靜靜地走完我的餘生，我不希望愛滋病被人知道，我不希望被驚擾。我想要安安靜靜地走完這一趟！為什麼你們要報導我？」

記者會後，超過十萬封信寄到《今日美國》編輯部，譴責該報不應驚擾一個病重的老人。媒體應該讓亞瑟・艾許安靜地走完這一生，不應該破壞、剝奪他生命中最後的願望。《今日美國》從十幾萬封抱怨信裡選出數十封，把這些罵《今日美國》的讀者信函內容全部登出來，一共兩大版，密密麻麻地登載讀者譴責他們的內容。但是《今日美國》在另一個版面卻說：「我們堅持我們這樣做沒有錯！他是應該被報導！他的故事攸關公共利益。」

因為這麼出名的人得到愛滋病，表示愛滋病值得警惕。如果一個小老百姓得到愛滋病，並不會引起這麼大的注目，如果一個小老百姓開記者會是不會有人來的。如果是小老百姓的隱私權被侵犯，他開記者會沒有人會幫他伸張正義，但公眾人物有別的方法，他們可以透過非法律的途徑取得並伸張自身的權益。亞瑟・艾許向法院控告《今日美國》，但是法官拒絕接受這個案子，因為法院認為他已經得到正義的伸張。

公眾人物與新聞權

公眾人物為什麼獲得法律保護程度較低？正因為公眾人物本身就很有影響

社會的力量。公眾人物面對自身的權益，他可以開記者會，他可以輕易地上媒體得到版面以申訴自己的權益，而這是一般弱勢民眾所沒有的。當然，《今日美國》說該報導與公眾利益有關，報導的動機是爲了引起大眾對愛滋病的重視。媒體的這種思維很難說對或錯，不過亞瑟・艾許的案例是公眾人物的隱私與新聞權爭議的縮影。公眾人物一方面享有極大的新聞權，同時擁有極少的隱私權，公眾人物與公共人物不可能兩者兼得。本文接著討論公眾人物與公共人物的隱私權和新聞權諸多的爭議論點。

公共人物和公眾人物是否不同？公共人物是與公共事務有關，如政府官員、立委、地方議員或重要的司法人員等。公眾人物則包括任何有名的作家、企業家、電視主持人、導演、藝人、藝術工作者、科學家、名廚師等，都可以成爲公眾人物。

公共人物是因爲他自願從政，他不從政就不會變成公共人物，就不會被報導。公共人物享有比一般人更大的新聞發言權，與一般人的隱私權相較，公共人物的隱私權當然少得多。

爲什麼公共人物的隱私權會比一般老百姓少？因爲公共人物從事公共利益，掌握公共的權力大於一般人，而公共利益會影響眾人的利益，所以，公共人物受監督的成分就比較高，他們生活的透明度自然也就比一般人更高。

要當一位公共人物卻又要保有很強的隱私，這幾乎是不可能的。要成爲公共人物就要犧牲隱私權，這是必然的代價。他們必須出席公眾場合，跟別人握手，必須去拜票，必須接受議會質詢，必須接受媒體訪問與監督。但是公共人物並不必然失去全部的隱私權。這一點我們稍後會討論。

何謂公眾人物？簡要地說，就是有名氣、有名望的人。有名氣的人或許會說，「我沒有要出名，我有權保有我的隱私；我不要有名，是你們讓我有名的。」這話誠屬事實，但是一般而言，公眾人物是自願選擇的，爲什麼說自願？除非公眾人物願意接受訪問，願意接受報導或願意曝光，否則媒體無法報導他，他便無法成爲有名的公眾人物。作家張愛玲不喜歡被訪問，媒體也採訪不到她，但她是公眾人物，因爲她一直出書，這就是一種自願的曝光。公眾人物的隱私權因此比一般人少得多。

公眾人物意謂著對公眾的影響力，並在此影響力中得到一定程度的獲益。同時，因著他們的影響力，他們的一言一行成為媒體重要的新聞價值。因此，公眾人物的新聞發言權比一般人多，相對地，隱私權就比一般人少很多。

　　所謂隱私，就不是一種自願的披露。譬如說，在家裡試穿緊身運動衣，這是私人空間，他人不能任意窺探。可是倘若在公園試穿內衣被拍到，則不算是侵犯隱私權。隱私是要在隱密的地方才叫隱私，所以隱私跟自願有關。公眾人物自願接受媒體訪問，在一定範圍內自願曝光，所以他的隱私相對較低。公眾人物的低度隱私權有部分是自願，有的則是被迫放棄隱私。

　　林志玲如果從來不接服裝秀，不接廣告的邀約，她會很有名嗎？不管公眾人物的自願是基於一種理念、基於出名、或是基於一種淑世的理想，一旦成為公眾人物就會接觸到公眾利益。但是公眾人物到底有沒有隱私權呢？當然有。只要在一個隱密的地方，做自己私人的事，他人就不能任意窺視侵犯，因為那是屬於私人的領域，不涉及公共事務，與私德有關而與公共道德無關。公眾人物一樣享有隱私權，除非涉及到公共道德。法律上只要是涉及個人隱私，媒體是不可以報導的。美國法律體系規範下的新聞原則，是以該報導是否具備新聞價值為定。然而任何事都可能有新聞價值，何況是涉及公眾人物的事務。當公眾人物的私事涉及並影響公眾對他的名譽之尊重，或引起大眾強烈之關心，媒體究竟能不能報導？

　　以香港藝人梅豔芳為例，梅豔芳當時得了子宮頸癌，那是個人隱私，還是公眾的新聞議題？媒體究竟可不可以報導？媒體畢竟是報導了，因為知名藝人生病是大眾關心的，當然具備新聞價值。由此可以理解，公眾人物的隱私權是十分薄弱的。

　　如曾任臺中市長的胡志強，上次選舉期間其病歷表被公布，新聞自由與隱私的議題立刻成為討論的焦點。在臺灣的法律底下，這當然是隱私權，而對於選舉人而言，候選人的健康當然關係著選民的公共權益，這是十足具備新聞價值的議題。在這場公共權益與私人隱私的論戰中，結論可能會是胡志強如果有重大疾病，一定要讓公眾知道，可是不經當事人同意，就私下將病例流出或公

布，就涉及隱私權與醫療倫理的問題，已經踰越法律與新聞的分際。

又如公眾人物找律師諮詢，談話內容是不可以被公布的。社會要求選舉的候選人或重要政治人物公布財產，是因為希望他們能向公眾顯示其誠信。公眾人物或公共人物固然隱私權較少，但並不是絕對無隱私權，如醫療病例、與律師的諮詢談話等等，都是公眾人物保有隱私權的範圍。即使公眾人物的出入經常是記者跟拍的對象，公眾人物很難拒絕，但是媒體並不是毫無忌憚地可以跟拍公眾人物或公共人物。

美國一著名的新聞自由司法案例，是關於甘迺迪夫人賈桂琳‧歐納西絲。賈桂琳是美國的第一夫人，高貴美麗，到60幾歲還是有記者每日跟拍她。一位攝影記者曾拍攝她在紐約走過街道時，一陣風吹過來，剛好掀起她的頭髮之照片，結果該照片賣了一百萬美金。也曾經有一位攝影記者專門跟拍賈桂琳，連她的小孩都緊迫盯人的拍攝。賈桂琳忍無可忍，就向法院提起訴訟，控告這位攝影記者侵犯隱私。這位記者果然被法院裁定侵犯了隱私權，然而，法院並沒有完全禁止該名記者跟拍賈桂琳。法院是限制攝影記者以後必須距離賈桂琳25呎以上，要用長鏡頭不讓她受到干擾；拍攝她的小孩們則必須距離50呎以外，以免干擾到她的孩子們之正常作息。[1]

公眾人物是有被報導的必然性，因為他們具備新聞價值與公眾興趣或公共利益。以美國新聞自由的標準言之，這類新聞報導必須被保障。但是對於公眾人物的生活不能太靠近，以避免侵犯隱私權。像當年英國查爾斯王子的小孩威廉就幾乎完全沒有隱私，現在威廉的兒子一樣是媒體捕捉的焦點。公眾人物的確有隱私權，其實在家裡都還是隱私的範圍，但只要一踏出門，難免被跟拍，而且一旦成為公眾人物，可能一輩子都是被拍攝或被議論的對象。

美國還有一個案例說明一日為公眾人物，終生難以逃離媒體的耳目。美國一位退休的老演員，很多年以後窮困潦倒，被記者認出來之後，記者把他晚年淒涼的處境報導出來。這位演員很不高興，提告這家媒體及記者侵犯隱私，結

---

[1] Wayne Overbeck and Rick Pullen, "*Major Principles of Media Law*", Holt, Rinehart and Winston, Inc., 1991.

果法院以新聞價值為由判定記者與媒體勝訴。由這個例子，我們不禁要問，一位退休的老演員窮困潦倒，關社會什麼事？有什麼新聞價值？究竟什麼是新聞價值？是不是只要觀眾愛看，就是新聞價值？

那什麼不是新聞價值？老演員窮困潦倒被記者拍攝報導出來，這樣做會不會很殘酷？他的窮困潦倒算是公眾利益嗎？還是公眾的興趣？難道公眾趣味之所在，就是新聞價值之所在？

如果公眾趣味嚴重侵犯一個人的自尊，即便他是公眾人物，或曾為公眾人物，這樣因公眾興趣而起的新聞價值，是新聞媒體的倫理道德能容許的嗎？

如果該公眾人物的事就只是私人的事，無關公共利益，無關公眾對他的誠信，記者能不能因為公眾興趣而犧牲了被報導者的尊嚴？記者只為著公眾興趣、無關公共利益而報導私人隱私，就是市場炒作機制的表現，已漸漸背離新聞價值的堅持與操守。

社會愈是報導公眾人物的隱私，跟私德無關的，愈是會造成公眾人物的負面評價。因為公眾人物對社會有影響力，他的形象愈糟，對整個社會的風氣影響便愈壞。當然，公眾人物被報導不只是隱私，特別是公眾人物可能跟公共利益有關，與公共攸關的官員，是公眾人物，亦是公共人物，他們所涉及的包括弊案、貪瀆等都是值得報導的議題。

在德國，並不太報導這種公眾人物（含公共人物），特別是政府官員的一些私德，例如德國媒體是不會報導政府官員談情說愛這種事。德國這個民族對於報導私德有嚴格的限定，即使是政府官員、議員等公共（眾）人物，私人的性傾向、婚姻關係、特殊疾病等通通不能報導，如果報導了，就違背新聞慣例。（There is a tactic agreement in Germany that journalists do not disclose private details.）[2]

但英國或美國對於報導公眾人物的私德，特別是英國，對報導公共人物的私德，特別有興趣。英國的《太陽報》（The Sun）還會付錢去舉發某個人的

---

2 Frank Esser, "Tabloidization of News, A Comparative Analysis of Anglo-American and German Press Journalism", *European Journal of Communication*, *14*(3), 1999, p.312.

性生活、性傾向或隱私。但在德國，這樣做一定觸法，因爲沒必要把公共人物神聖化，更沒有必要把他醜陋化，應該就事論事。公共人物就該在公共議題上被論斷，如果他的私德踰越了公領域的範圍，才會被報導與檢討。

愈是大量報導公共人物的私德問題，對社會風氣的影響就愈大，很容易逐漸造成社會道德的敗壞。

回到美國1950年代，以美國最著名的主播華特・克朗凱的角度，總統的一些私生活，他是不理會的。他們不會理會甘迺迪的私生活，不會理會羅斯福的小兒麻痺症，羅斯福出現在公共場合時，記者都是拍他的上半身，避開他腿不方便的問題。

華特・克朗凱在他的自傳中曾說，艾森豪當總統，每一個記者都知道他有一位親密的女朋友，但是沒有記者會報導此事。華特・克朗凱說：「這種事情，上帝原諒，記者也原諒。」[3]

但是到1970年代以後，美國的媒體環境就完全不一樣。1988年美國民主黨總統候選人Gary Warrant Hart晚上跟女朋友過夜被拍到，就與總統大位說再見了！

對歐洲人來說，法國總統密特朗有情婦，對他們而言無關痛癢。世界各國媒體各自對其報導公共人物的私德，有不同的價值觀，這價值觀通常是根植於各國不同的文化道德，所以很難判定孰是孰非。然而，臺灣的文化傳統，領導者「作之師、作之君」、「上行下效、風行草偃」的觀念濃厚，政治人物的操守與隱私是被放大來檢視的。

公衆利益或公衆趣味？

整體而言，普世的新聞價值觀都認知到，公衆人物不可能爲所欲爲，許多私生活是需要被監督的。可是，絕對不可以濫用到盡情地以挖掘他人所有的隱

---

3 Walter Cronkite, *A Reporter's Life,* Ballantine Book, 1996, p.232.

私爲目的。對於公眾人物應該要尊重他們的隱私權，如果眞的不是涉及到公共道德的議題，問題便不應該被呈現出來，必須給公眾人物一個屬於他的私人空間。

給公共人物個人的空間，他會更保護自己個人的領域，不至於去濫用他的權力。因爲公眾沒有要窺探他的私人領域，那是屬於他的私人事務，他不用跟社會大眾炫耀，也不用跟社會大眾分享，甚至不用跟社會大眾解釋。社會大眾只要崇敬他的才能，無須在意他的私人生活。基於這樣的價值觀，作爲一個公眾人物跟老百姓的人格位階，並沒有什麼不同。只是對公眾人物來說，社會大眾常常會用更高的境界來看待他們。而他們爲了討好選民，經常塑造自己崇高的人格，這就造成了期待的誤差。

媒體報導公眾人物的隱私，如果眞的是爲了公眾利益，爲什麼要用新聞價值的原則保護自己？新聞價值比公眾利益還要寬得多。是新聞的，未必是公眾利益，更多的是公眾趣味。現今的新聞價值根本已經變成公眾趣味的代名詞，而若新聞並不是總爲著公眾利益，爲何要給記者這麼大的新聞空間？

在一個自由民主的國度，不限制記者什麼可以報導、什麼不可以報導，無論政府也好、法律也好，都避免介入新聞言論內容，這是希望給新聞記者一個獨立自主的空間，自己判斷什麼可以報導、值得報導，什麼不可以報導。德國記者所報導的永遠比他們知道的少，他們知道的更多，但是選擇可以報導的、應該報導的，結果是德國的政府更廉潔，社會更有秩序。德國的記者負起建構一個良善社會的責任，社會託付他們，他們也知道怎麼做對社會最有益。

從這個角度來看，保障新聞記者的報導權是對於記者的託付與信任，而不是反過來讓記者爲所欲爲。記者有自主權、有選擇權、有評判的權力，也必須有評判的智慧與道德。唯有如此，社會賦予記者這個權力，公共利益才能眞正得到保障。信任記者、託付記者，是期待記者更能彰顯公共利益，彰顯閱聽者知的權利，而不是讓記者以一己之見壟斷公共利益的走向，或損壞社會的良善、尊嚴與互信。

新聞是建構善？還是解構善？

可是今天我們的社會面臨一個問題，新聞的報導對社會具有正面價值嗎？從新聞價值來看，一則新聞是建構，還是解構？解構有時候是為了建構，批判有時候是為了要建設。記者心裡真的是為了要讓社會變得更好嗎？抑或只是為了一種個人的英雄，為了要呈現某些故事讓讀者好奇、讓讀者來看，而全然不顧受訪者的尊嚴？在這個情況下，即使有新聞價值可以報導，但這種報導對社會並沒有真正長久的益處。

所以，建構式新聞就是指：新聞報導不是反映事情，不只是維護公共利益，更是促進社會的美與善。如果沒有這一點，很多的報導基本上是有新聞價值，也可能符合公眾趣味，但不一定是善。

記者在報導一位公共人物或公眾人物之際，如果非關公共利益，而是私人事務，記者仍執意要報導，那麼記者應該要問自己，這個報導是為誰報導？為何報導？誰得到益處？這則報導對該名公共人物或公眾人物的影響是什麼？記者要自問，這則報導是否基於良善的動機，並將帶來社會整體的良善？

2001年臺灣一位女性政治人物與已婚男性約會的性愛過程，被她的好友在家裡偷裝了錄影監視器，將全部性愛過程錄下來，並流出外界，立法院許多立委、各電視臺都有這影帶。但是當時各電視臺並不敢播出這影帶，因為其來源是非法偷錄的。但是當某一家媒體率先播出之後，其他媒體只好紛紛跟進，甚至有一雜誌社將全部影帶在該期雜誌中作為光碟附贈給讀者，該雜誌社負責人因而被起訴。雖然該雜誌稱這具有新聞價值，但是附贈整片光碟已超越新聞的範疇。因為不會有任何一家媒體將所有的新聞毛片或採訪逐字稿全部登出，這種附贈光碟被認定是惡意，因而使得雜誌社負責人受牢獄之災。[4]

但是當時傷害該女性政治人物最深的是各報紙與電視臺的報導。每一家電視臺都播出部分性愛光碟的影片，這明明是隱私，卻成為人人都可以播放、人人都可以論斷的公眾議題。究竟一位女性議員（當時已非議員），她是人家的

4　蘋果日報，沈嶸出獄泯恩怨璩美鳳接，2008年2月18日。

第三者，眞的是公眾利益嗎？當然不是！但女性議員與已婚男友的性愛，以及好友的背叛偷錄，構成絕佳的驚悚之公眾趣味。爲了證實該女性議員的出軌行爲與公共利益有關，更多的繪聲繪影說她以性愛來交換政治獻金，這些報導足以讓這位女性政治人物人格崩潰。這裡面許多指控缺乏積極證據，但是媒體一旦啓動，是停不下來的。一場鋪天蓋地的撻伐之聲，淹沒了公眾人物也應該有隱私的喘息空間。

情何以堪！這是筆者當時的心情。筆者當時在電視臺任職，也有很多記者應該跟筆者一樣，從頭到尾都拒絕看這支影片。其實這整個事件應該是媒體與大眾對女性身體的消費，透過窺視滿足的並不是公共利益，而是人性的欲望。如法國小說家莫泊桑所說，人們在聽聞別人的性愛中，也偷偷地享受著情欲。這不難說明爲什麼色羶腥新聞總是抓得住公眾的趣味。以一個在社會與政治場域仍然是相對弱勢的知名女政治人物爲對象，對她進行嚴厲、甚或無情的撻伐，這種醜聞滿足了記者的正義感，也滿足了觀眾欲望底層的趣味。

2001年的這次女性名人不當的私生活，被媒體及公眾生吞活剝的不只這一樁。之後每隔一陣子就會有名女人被當作公眾炒作的話題，有些甚至波及家庭其他成員的隱私等。這些都是公眾人物的風險與代價。

如果深切地問記者們，這些報導的意義何在？對於社會的整體道德有更大的幫助嗎？記者自身的道德因此更提升嗎？記者不斷地挖掘黑暗，自身因此更快樂嗎？其實在不斷地挖掘隱私、挖掘黑暗之際，記者也逐漸生活在黑暗之中。許多新聞同業告訴筆者，他們的生活很痛苦，覺得很沒有希望。這是挖掘負面新聞和隱私醜聞的代價。除非這些報導攸關著公共利益，否則記者不至於在挖掘當中覺得無望。如果只是爲了收視率、爲了市場營收，而報導這些不堪的隱私、醜聞，記者內心便會經歷自我的否定。

公眾人物或公共人物無關公共利益的隱私，即便是不當的私德，其報導都應有所節制。畢竟記者在意的不是把公眾人物或公共人物當作收視率的工具，如果新聞不是商業的商品，他唯一關心的應該是公共利益。只要攸關公共利益，對於公共人物及公眾人物的檢驗與報導便是必須的。但是記者仍必須問自己，我做到尊重了嗎？我查證了嗎？來不及查證就報導，是新聞道德界線

能允許的嗎？我們被社會託付與信任的同時，只有我們對於各種人、甚至於犯錯的人都給予尊重，記者的身分才會真正被大家所尊重。我們所創造的社會環境，才會是一個我們自己都能覺得榮耀的環境。

非志願性的公眾人物

公眾人物中有一種類型稱爲「非志願性的公眾人物」。這類型人物真的不是自願成爲公眾人物。如一場火災，災民剛好赤身裸體跑出來，或者穿著睡衣跑出來，或是有穿衣服，但滿臉黑漆漆很狼狽地被拍到並播出了，這些人物都是非志願性的公眾人物。而在這種場合與時機，記者的拍攝是否侵犯了他們的隱私？新聞事件中的人物，是屬於非志願性的公眾人物，他們被記者拍到、播出，不能歸責記者侵犯隱私權。

當然，將一位非志願性的公眾人物，無限制地擴大報導，就超出了新聞自由的分際。非志願性公眾人物仍然具備隱私權，比如剛剛舉的例子，受災戶赤裸身體跑出來，是非志願性公眾人物，但因爲是新聞事件，所以就可以全部播出嗎？這當然是不道德，也是不應該的。記者還是應該要保護那些非志願性公眾人物的隱私。要拍攝是可以的，但是不能用赤裸裸的方式來呈現。

未成年少女去買避孕藥，是合法還是非法？如果少女去藥房買，藥房要不要賣？未成年少女是不是非志願性公眾人物？藥房算不算公開場合？這個的確是有新聞價值，涉及到公共議題，但記者報導的是半公開人物，在半公開的場所並非完全隱私的場所。還有一點，因爲她未成年，未成年的罪犯不能拍到臉，所以記者可以記錄這個事件，但少女的臉必須以馬賽克處理。

報導非志願性公眾人物的內容是負面傾向，例如某人違反規定被警察逮捕，記者前往拍攝採訪，但這並不表示記者可以用抄家滅族的方式，將她或他所有的一切私生活都暴露出來。

美國在1983年發生一件非志願性公眾人物隱私權遭侵害的事件，當事人名字叫作Melvin。Melvin女士曾是一個妓女，因爲賣淫、偷竊被抓，並被判

刑。當時地方報紙曾報導了她一陣子。後來Melvin重新來過，她沒改掉名字，但搬到一個小鎮，結婚生子，過著安定的新生活；Melvin的先生並不知道她的過往。二十多年後，有一部電影以Melvin的故事為題材，電影廣告又以她的名字為題，結果媒體開始大幅報導她。Melvin的左鄰右舍以及二十年來交往的朋友，這下子都知道原來她曾是一個妓女，而且還偷竊過。Melvin一怒之下控告這個媒體，這是非志願公眾人隱私權遭侵害頗為著名的官司。[5]

結果法院判定Melvin勝訴。因為電影播出前，本來沒有人知道她的過往，是媒體的報導影響到她的社交。法院創造一個新名詞叫作「社會效益」（Social Utility）。媒體的報導具備新聞價值，或具備社會效益，即可以免除法律責任。但是法院認定這個影片與報導不具備社會效益，並且利用她的隱私作為商業用途，而非新聞價值，甚且造成她實質的傷害，這是對隱私權的侵犯。真實的惡意，不具社會效益，媒體對於曾為非志願性的公眾人物不具備寬廣的免責權。

新聞價值不可以為所欲為，不可以為了新聞價值去毀滅一個人。像Melvin，她是位非志願性的公眾人物，也有隱私權。為了新聞價值而隨時拿出來做各種的報導，即便是在美國這樣強調新聞自由的環境，像這樣惡意造成傷害並侵犯到個人隱私的行為，一樣不允許。所以，非志願性公眾人物的隱私權一樣是有保障的。

弱勢族群與新聞權

從新聞的視角來看，公眾人物與公共人物相對應的是弱勢族群與一般的個人。媒體對於弱勢族群與一般個人的發言權，都會予以法律上及慣例上的保障。保障弱勢者的發言權與新聞權，不僅僅是一種正義觀，也是對多數族群與社會健全發展的一種保障。

5　*Melvin v. Reid* (112 C.A. 285). California Court of Appeal, 1931.

一個多元的民主社會，一定是強調多元、開放、兼容並蓄，所以，弱勢族群、少數族群必須有充分的發言管道。就服務少數族群而言，臺灣的電視媒體有原住民電視臺，有客家電視臺。原住民電視臺播的內容多半是給原住民觀看，客家電視臺播的內容多半是給客家人觀看。然而問題是，如果原住民電視臺只播給原住民看，那一般漢人或是非原住民的人，他們不看原住民電視臺，又怎麼會去瞭解原住民呢？他們怎麼會因爲瞭解原住民，而去關懷、支持原住民？臺灣就是學美國把它分開，爲了滿足少數弱勢族群，各做各的，於是變成很多社群。事實上，僅僅是用數量、用表面的平等觀，並不足以反映一個弱勢族群在一個社會裡應該有的發言權。弱勢族群還包含了像外勞（越勞、泰勞、印傭、外籍新娘），像這麼少數的族群，根本關照不到，也不報導。外勞有被報導的，一定是犯罪了、逃跑了、做錯事了，所以整個社會對於少數族群的印象、對於外勞的印象會愈來愈差。

　　少數與弱勢，這兩個名稱常常互用。弱勢族群，例如罕見疾病患者，像魚鱗癬病患、泡泡龍等這些弱勢族群，偶爾會得到媒體的報導，可是弱勢族群的聲音，永遠無法持續地發言。它被報導的次數和能量，無法累積成一種對他有利的公共政策。這些弱勢族群最大的問題是個案太極端、太少；第二個問題是醫生無法爲他們做研究，也得不到贊助經費；第三個問題是媒體只會偶爾報導一下，而不會永遠關心這個議題；第四個問題是政府和立法委員不會眞的爲他們立法。

　　全臺灣的弱勢團體中，「漸凍人」團體應屬被政策照顧較爲周到的案例。漸凍人凝聚了一股力量，他們找到大學教授、榮總醫師出來組織一個很堅強的團隊，他們與記者保持良好關係，他們做到了說話大聲的少數族群（Vocal Minority），而且他們有組織，發行刊物，眞正利用媒體的能量，取得政策的支持。筆者採訪過的漸凍人家庭，他們一般都比較富裕，不必爲生活奔忙，讓他們有比較多的能量面對這些困難，尋求社會支援。

記者能改變社會嗎？

　　媒體記者怎樣才能真正影響政策？媒體能影響政策的機會其實很難，一方面記者的權威不夠，也是因為記者聯合起來的能量不足，但記者提出建議的時候、批評的時候，政治人物總是會回應一下，但是一陣子以後，記者還要忙別的議題，就忘了，而公家機關、政府官員也就因此而拖延下來。所以，媒體在多數情況下，試圖挽救社會、改變社會，能量其實非常不足。

　　林肯大郡屋倒時，受災戶必須繼續繳房貸，還必須到外面租房子，他們重重的壓力一直無法獲得解決。筆者連續三年採訪報導，卻仍然無法解決災難之後衍生的民眾、民生權益問題。記者對於解決弱勢族群的問題，永遠太遲，總是讓人覺得能量不夠。

　　弱勢團體如果不能夠組織起來，持續地去推動公共政策、去立法，光是媒體報導是不足夠的。弱勢族群如果不能促成公共政策，就不可能真正解決弱勢族群的生存權益與生命福祉。

　　例如1998年筆者報導的「血友病患感染愛滋病」一例，這群病友因為凝血功能喪失，需要每兩日施打凝血製劑。1984年美國出現許多愛滋病患，感染的原因很多是來自吸毒者共用針頭，這些吸毒者或知道、或不知道自己染上愛滋病，他們賣血液賺錢，因此血庫裡也帶有愛滋病毒。1985年美國疾病控制與預防中心發現此項問題，規定所有血液產品必須加熱到66度，才能開始製造販賣。當時科學家已經證實血液只要加熱到66度，就能殺死B型肝炎病毒以及愛滋病毒。因此所有血液產品，包括凝血製劑都必須遵循這項規範。但是血液製品公司原有的許多庫存品是未經加熱的，仍可能帶有愛滋病毒的製劑，這些產品並沒有被消毀。雖然美國疾病控制與預防中心出版的MMWR通知各國這項新的醫藥措施，但是當時許多尚未能即時立法的國家，包括日本、法國、香港、臺灣等，血液製品公司仍把這些庫存品繼續賣到這些國家和地區。

　　在採訪過程中，臺灣代理藥商主動找筆者承認有疏失，他們提出申請，但政府一年半後才通過新的法規，這段期間他們仍繼續販售，因此廠商允諾賠償

每位病患四百萬元。筆者做了這項報導之後，建議愛滋病患召開記者會，表達他們的訴求。政府作為監管單位，其立法緩慢之疏失，讓這些愛滋病患忍受多年的痛楚。報導播出及事情揭露之後，每位感染愛滋病的血友病患者得到四百萬元賠償金，這個事件是罕見的新聞報導之後立竿見影的例子。[6]

真正弱勢個人的處境

當弱勢族群自己跳出來，成為一個很強悍的攻擊者時，弱勢的形象就不見了。所以，媒體對弱勢族群的報導是很不容易的，雖然媒體願意支持他們，可是媒體無法掌握他們的意向。通常弱勢族群愈不受重視，他們的表達就愈激烈，攻擊和方法也會愈激進。這些都是負向的做法，如果一直用負面導向的做法，抗議也同時會招來阻力以及期望消滅他們的力量，他們有可能愈來愈往下沉，如同李錦彰的例子一般。因此，記者在報導弱勢族群的時候，應避免去挑動極端的那一面，在期盼解決問題之際，應避免挑起對立。

弱勢團體力量愈大，愈受媒體注意，它的團體凝聚力就愈強；或者成員愈多的時候，聲音就愈大，愈容易受到媒體的重視。但是弱勢團體如果只是一個個人，是一個弱勢的個人，那麼他將很難獲得真正長期的社會資源的關注。筆者採訪過泡泡龍小孩的例子，那個媽媽很辛苦，孩子一出生就是泡泡龍，嘴唇只要不小心一碰到，就起一個大水泡，全身血跡斑斑，就像脫皮一樣。媽媽表示，孩子一出生，她不能睡，因為孩子不能躺，躺下會痛，一躺下全身就會脫掉一層皮，所以她必須每晚用雙手抱女兒。爸爸下班常常在家附近繞來繞去，因為那種苦很難面對。在訪問中，媽媽開口第一句話就跟筆者說：「我不相信有神，因為如果有神，為什麼神沒有聽到我的祈禱？我也不相信有地獄，因為我就在地獄之中。」[7]

6　何日生，《熱線新聞網》，臺灣電視公司，1998。
7　何日生，《大社會》，臺灣電視公司，1999。

媽媽很辛苦、很偉大，她把孩子照顧得很好，不僅讓她學畫畫，因爲她流血會有膿，所以手會黏住，爲了怕手黏住就讓她學鋼琴，所以孩子的手可以靈活自如。這麼好的媽媽，曾得過三次模範母親。但是那位曾頒獎給她的縣長，一次在機場看到她還說，「你的孩子出疹子，爲什麼不給醫生看？」她其實很生氣，心想，你頒給我三次獎，竟然還認不出我是誰，不記得我的孩子是誰。

也曾經有一位總統頒獎給這位模範母親，總統跟她說，你爲什麼不帶孩子到國外就醫？這就像是古代皇帝聽到百姓沒飯吃，卻說：「何不食肉糜？」就是沒飯吃，還能吃肉嗎？這多少說明了爲政者不食人間煙火的心態。媽媽要申請政府補助，結果從縣政府到省政府到衛生局，通通被打回票，繞了一圈又回到縣政府。政府一直頒獎給她，卻沒有單位願意實質補助她。那種病沒有人重視，因爲病例太少了，連醫界都不想研究它，所以成爲眞正的弱勢。

難道沒有人願意幫助她、長期關懷她？筆者覺得這的確很困難，這是眞正的弱勢者必然的處境。媒體報導了，過一陣子以後，大概就會被遺忘。所以，罕見疾病基金會的成立，就是將罕見疾病的病人及家屬都集合起來，一起爭取福利。但是基金會的運作總是涉及各種方面，不見得凡事到位，病患所面對的辛苦，恐怕靠自力解決爲多。媒體對弱勢族群的關懷總是有時、有限，眞正弱勢的發言權，即便是自媒體時代，依然是少數特異或秀異分子的發言平臺。

少數族群的發言權

弱勢族群的發言權，以原住民及客家族群爲例，政府開關原民臺及客家電視臺，預算在數億之間，提供原住民及客家族群製作屬於他們生活及文化需要的節目。但問題是，這類封閉式的族群節目，只針對自己的族群，其實並沒有達成弱勢族群與多數族群對話的目的。非少數族裔基於語言及文化的障礙，不太會去觀看少數族群的節目。而每個人每日觀看電視的時間總是有限，少數族

裔花在自家頻道的時間愈多，觀看其他頻道節目的時間也就愈少。因此，這種分眾的言論策略，對於族群的融合幫助不大。不過這項政策滿足了族群內部凝聚的一定功能，但也同時深化了族群間的冷漠。

過去主流報紙有一不成文的內規，即不太報導少數族群的相關新聞，原因是因為媒體主管認為少數族群不看報。現在少數族群有了自己發聲的管道是好事，但是其如何與主流社會聯繫與融通，是臺灣內部和諧的關鍵。

透過少數族裔電臺與主流電臺的節目和新聞的合作，或許能解決這個彼此分離與冷漠的問題。另一方面，樹立共同性的表述語彙，與對整體社會共同問題的關切，從自身的族群觀點提出解決之道，也是少數族群言論與主流社會言論和諧並進的方法。

弱勢社群與理性公眾輿論

當今臺灣弱勢社群其實有很大的發聲權。為了被聽見，弱勢社群不惜以激烈杯葛的手段，達到議題被關注、被採納的目的，環保社運就是一個明顯的例證。他們在許多環境議題上，以激烈的抗爭為手段，引起主流媒體的重視，甚或逐漸與政治合流。太陽花運動後，學生社群以激烈的抗爭得到相當程度的政治成果後，以民眾對他們熱烈的溫度尚存，繼而從政者有之，環保社運人士走向選舉者為數更多。弱勢者，在他們的意見逐漸被重視，或其中的成員逐漸被民眾愛戴或認知之後，也轉向主流場域，發揮他們的理想。只不過經常可以看到，進入主流場域之後，他們的議題與關注就難免跟著改變。

過去核廢料存放的抗爭運動，造就不少公眾輿論英雄，後來也有從政者，但其原本的理想性就逐漸喪失。弱勢社群的言論保障在於理性論述，爭取公眾支持。它不應是政治的手段，也不應以目的為導向而不擇手段。因為整體的公眾輿論的理性化，仍是整個社會討論問題、解決問題的關鍵機制。任何一個社群，不論弱勢或強勢，都應該建立在理性論述的基礎上。

如哈伯馬斯所主張，公共領域的自由、自主與自律同等重要。以杯葛、抗

爭等手段的弱勢社群之訴求，其實是公共領域的破壞者，他們的手段常常與他們所強調的理念背道而馳，甚至在受到重視之後就開始與政治合流，或被政治吸收，以獲取資源。

哈伯馬斯所強調的公共領域，與政黨必須有差異化，必須不被政黨同化或吸納，如此，理性的公共議題討論才能在避免私人或政治利益的考量下理性進行。

理性論政的公共領域，當然是為維護利益的平衡與正義的確保，但是政治的角力過程不等同於公共領域的理性論述。何況政治角力常充斥著對某個個體或某個群體的任意汙衊、攻訐、挖瘡疤、製造假訊息等，這是對公共輿論的理性論證之破壞。近年，弱勢社群或社群運動的投入者，為了對抗政治人物而學習政治人物的抗爭與攻訐論述模式，其實是對公共領域的破壞與踐踏輿論理性。

主流媒體開闢適當的時間，讓弱勢社群與政府及機構對話，是解決社群運動走向抗爭的重要途徑。主流媒體過度娛樂化與膚淺化，使得抗爭以一種娛樂化的方式進行，讓大家必須演行動劇、必須驚悚，才能被聽見，這跟筆者當年在國會做特派記者時所經歷的一樣。

如前幾章所述，國會議員為了被報導，不惜以肢體動作，大肆打罵，博取版面。認真做議題的議員反而沒有被報導，政治抗爭成了商業媒體新聞娛樂化最好的素材，公共領域與理性輿論的場域就如此地逐漸被踐踏。

荷蘭電視系統讓各種社群意見都吸納在他們的電視光譜裡，這是一種媒體多元價值的良好呈現。除了仰賴主流媒體開闢空間，提供社群理性對話論述之外，政府對於頻道規劃的理想，更應該建立在這個基礎上。環保頻道、醫藥頻道、食品衛生頻道、兒童教育頻道等，都是整體媒體政策必須被考慮到的內涵。這是促進弱勢社群、主流社群、公民與政府理性對話的必要條件，公共領域的理性輿論才能以此建立。

建構公平理性的公共輿論

　　弱勢社群或弱勢族群，當今有了社群媒體（Social Media）作為發聲的管道，其言論權比起大眾媒體主導的時代更為寬廣有力。社群人士或社運人士經常透過網路發聲，讓主流媒體跟著製作新聞。發言比起肢體抗爭當然來得更為文明，但是媒體喜歡對抗與批判的本質，使得弱勢社群必須以激烈的手段爭取版面與能見度。媒體其實同情弱勢，常常會站在弱勢社群的一方，攻擊政府與主流機構。建構一個理性的公共輿論秩序，媒體必須改變心態，不是尋求衝突點與進行批判，而是思索如何解決問題。

　　跟隨著社群人士或社運人士對其認為不合理的政策或現象進行批判，並不會真正解決問題，反而造成社會更尖銳的對立，結果都是換掉某政府官員，或是換成某政黨執政，但是對於事實並無真正解決的效果。媒體，不論是大眾媒體與社群媒體都一樣，必須放棄以批判與尋找對立點的態度進行報導或發表意見，應該放棄做新聞、衝收視率的心態，而是著眼於問題的解決面。

　　《華盛頓郵報》及《紐約時報》逐漸興起的「Solution Journalism」，就是強調記者不是花時間挖掘問題、批判問題，而是能提出解決之道。媒體有很大的平臺能擴大對話，特別是理性對話，而不是如現今的新聞談話節目專門尋找衝突點，刻意尋求來賓的對立面。媒體應該冷靜地思考社群人士、社運人士提出的公共議題，創造理性論述與討論的平臺，尋找問題的解決之道，社會才能避免一味地消耗能量、消耗資源，繼續造成社會的多極化。

　　要達到這個理想，媒體必須改變基本的新聞定位。新聞記者不是旁觀者，不是中立者，也不是當事人，而是作為整體社會的一分子，作為社會重要公共輿論的對話平臺，對於爭議性的議題提出理性對話空間，增進多極化群體的瞭解、溝通，而不是深化對立；並作為社會重要的意見領袖之一，尋求問題可能的解決出路，至少淡化對立，強化社會的凝聚與理解。

Chapter
9

新聞與政治權力

Journalism and Political Control

權力的競逐與新聞專業自主

議題設定與媒體操控

金蟬脫殼式的媒體操縱

政黨經營媒體：為政治服務的傳媒（Party Journalism）

記者的新聞自覺對新聞自由之影響

標籤化與寒蟬效應

新聞來源與新聞自由：御用記者或新聞英雄

政府預算與新聞自由

政治人物主持節目

政治人物退出媒體經營，但政治退出了嗎？

政治對媒體說：「我創造了你，而你卻背叛我。」

媒體回覆政治說：「我雖出自於你，但是我必須獨立自主，這樣才能使你更茁壯。」

權力的競逐與新聞專業自主

在本書第二章的篇幅裡，筆者曾經探討有三種因素影響新聞自主，一是權力、二是金錢、三是真理，但是真理經常被前兩者犧牲。在現實世界裡，新聞不是報導事實、挖掘真理，而比較像是權力的競逐（Power Compete），是各種有權力的人爭相在公共領域裡爭取發言的空間及主導的地位。新聞報導不是反映真理的光譜，而是反映權力的光譜。赤裸裸的權力競逐，在過去是經由政府及政黨的力量對媒體加以控制，現在則是經由更精緻的媒體操控策略來影響新聞走向。

重點經常不是報導的內容，而是什麼被報導。其實在任何一個高度民主國家，政治力對於媒體的掌握，就是透過細緻的議程安排、巧妙地消息走漏以及控制記者消息來源，以作為影響輿論的方式。「Spin Control」一詞，控制旋轉的陀螺，正是說明美國白宮一批媒體專家，如何運用各種技巧為主子取得輿論的主導權。

議題設定與媒體操控

1990年美伊戰爭開打之前，伊拉克以迅雷不及掩耳的方式攻占了科威特，美國政府為之震怒，因為伊拉克此舉等於控制了中東最大的兩個石油輸出國，一旦掌握了科威特，鄰近的沙烏地阿拉伯也馬上岌岌可危。美國政府當然希望出兵阻止！但是發動遠距戰爭，輿論的支持是絕對必要的。由於美國在1970年的越戰傷痕未消，因為當時掌握美國經濟商業的40幾歲的少壯派，

在越戰時期都正值青年，自己或許多同學都被徵召當兵，甚至許多同學、朋友、家人死在越南戰場上。所以對於美國政府的出兵、用兵，自然十分地敏感。

當時整個輿論分成兩派，不斷透過媒體進行辯論。主戰派認為美國應該出兵攻打伊拉克，因為一旦科威特長期落入海珊手中，擔心伊拉克下一個目標就是攻打沙烏地阿拉伯，屆時伊拉克將進而控制全世界90%的油田，攻打伊拉克消滅海珊，就是「阻止另外一個希特勒的擴張」。

另一派則主張出兵會讓美國陷入「另一場越戰的僵局」，讓美國陷於進退維谷的泥淖之中。兩派人馬都有各自的主張和堅持，最後當時的國防部長錢尼（後來出任小布希的副總統）提出了許多論點，包括：伊拉克擁有什麼武器，會如何擴張等論點，認為美國應該要阻止伊拉克的行為，最後主戰派錢尼的說法獲得了勝利和支持。

1990年12月，美國出兵攻打伊拉克，名為「沙漠風暴」（Desert Strom），意味著速戰速決，如同沙漠中之風暴，快速快走，絕不久留。在這個過程當中，我們可以發現政治力不斷透過媒體對大眾進行說服，沒有媒體的說服力，公眾的支持不彰顯，政府的政策將無以施行。

但是我們也絕不要誤解說政治永遠需要媒體或歡迎媒體，一旦政策得到支持，政治隨時會甩掉媒體。在這場「沙漠風暴」中，美國白宮政府承繼著雷根的作風，知道必須在最敏感處用媒體，也要在敏感處避開媒體。有鑑於越戰的教訓，讓媒體長驅直入戰場，將暴露許多軍事行動及美軍的缺陷，所以，雷根時代和老布希都信奉著有效管理媒體採訪的動線，不讓媒體自由行動的金科玉律，以避免軍事行動失利或過度殘酷遭致媒體批判。

據說當時美軍人人一本《孫子兵法》，先以誘導方式讓伊拉克大軍集結在兩伊邊界，最後用轟炸機大規模轟炸伊軍，造成伊軍死亡人數超過十萬人，而死亡的老百姓也相當於這個數字；相反地，美軍的死亡人數則在數十人之間。由於有效管理媒體，所以，這場戰爭大家看到了全面的勝利，看到與越戰大相逕庭的死亡人數，美國人民都感到滿意。但是美國人完全不知道伊拉克人民死亡數字超過十萬人以上，更忘記當時白宮政府發動戰爭的目的是為了拔除

另一個「希特勒」，但是戰後那個「希特勒」仍然活著，而且仍大權在握，死亡的是老百姓，美國人民經由媒體相信這是一場大勝利，而布希的民調在當時高達將近90%。

其實伊拉克和海珊的問題仍然未解決，伊拉克人民仍然被獨裁政權所掌握，而之後十年的經濟制裁，也沒有制裁到海珊及其政權，而是導致一百多萬個伊拉克孩童因為缺乏藥品及食物而不幸死亡。兩伊戰事之後的這一切悲劇，媒體未曾提及，即使有的話也都是輕描淡寫，因為政治人物未主動挑起或提出這項議題，處在相對被動的媒體，未必清楚瞭解這一切重大事件發生過後，所隱藏或繼之而來的更重大悲劇。有效操控媒體讓一個民主政府所做的一切，在表面上看來都顯得甚為適切、合理。

金蟬脫殼式的媒體操縱

在民主國家，媒體對政治來說更為重要，要取得民意就必須要擁有媒體這個力量。雷根總統可說是當時的媒體寵兒，只要有國會反對他的立場，他的選擇通常是直接召開記者會（Speak to the people directly），到後來這變成是一種慣性。今日川普用推特發言是一樣的邏輯，繞過媒體的檢驗，直接訴求民眾。

1987年雷根總統在不知會國會的情況下，直接下令攻打中南美洲的小國格瑞那達。雷根這種迅雷不及掩耳的方式，讓輿論相當震驚。為了平息眾怒，雷根在美軍攻占格瑞那達之後召開記者會。記者會中，雷根避開攻打格瑞那達的正當性，而是講述一位海軍陸戰隊的軍官，在戰爭中英勇救出同袍的故事。這位軍官的眷屬當時也被請到記者會現場，雷根就是訴諸愛國主義，藉由一個軍人的英勇愛國救同袍的故事，讓記者無法反對提問戰爭的正當性。面對一個戰爭英雄的家屬，誰能夠去質疑挑戰這場戰爭的不義及合理性。雷根輕易

地躲過批評，正是以聲東擊西的方式操弄媒體。[1]

又例如2002年美國攻打伊拉克之前，發表許多關於伊拉克擁有核武、藏有鈾等資訊給媒體，再經由媒體傳達給社會大眾，但是美國始終無法證實伊拉克擁有這些毀滅性武器。特別是被美國中央情報局委託到伊拉克進行核子武器調查的專家也披露，他在戰爭之前已將調查結果告知中央情報局，這項消息引起美國朝野的譁然，白宮為了打擊這位原子能專家的指控，還故意洩漏這位調查鈾的專家，其太太是美國CIA幹員。這項洩漏讓他的太太無法繼續在中央情報局容身，也刻意轉移焦點，將報導放在這對神祕夫妻的個人事蹟上，意圖避開美國明明知道伊拉克沒有核子武器，仍然欺騙公眾對伊拉克發動軍事行動。

1987年，雷根的預算局局長在《時代》雜誌上，寫了一篇關於雷根的預算制度將導致嚴重的財政赤字的文章。報導刊出以後，記者蜂擁而至，詢問這個論點的真實性。當時白宮首席幕僚長詹姆斯·貝克（James Baker）刻意將議題引導為預算局局長沒有資格發表這項言論，並暗示該局長與雷根總統失和，將議題從對預算赤字之討論，轉而讓媒體去追這位局長和雷根不合的內募及原因。兩週之後，這位局長向雷根道歉，結束了這場預算政策失利的危機。[2]這項美國財政赤字的危機，一直到布希接任後才真正被揭露出來，並在柯林頓兩任總統任內才有效地獲得控制。

2000年當陳水扁總統剛上任不久，周玉蔻寫了一本關於唐飛在行政院長任內的種種事蹟，書中提到臺灣的總統府可能出現類似美國白宮的陸文斯基事件。[3]書一出版，立刻引起輿論廣泛地喧擾及討論，立法院內也傳出要利用這個傳聞對總統提出罷免彈劾等激烈的舉動。眼見一個新政府上路不久，就面臨一個巨大的危機。不管這傳言是否屬實，一旦被架上了政治砧板，一定遍體鱗傷。

---

[1] Hedric Smith，《權力遊戲》（*The Power Game*），時報出版社，p.252。

[2] Hedric Smith，《權力遊戲》（*The Power Game*），時報出版社，p.252。

[3] 周玉蔻，《唐飛：在關鍵的年代》，英特發，2000年11月。

但是事件喧鬧不到幾天，一件令更令人震驚的事件出現在《新新聞》周刊的頭版封面，那就是轟動一時的「嘿！嘿！嘿！」新聞事件。[4]《新新聞》周刊在報導中指控呂秀蓮副總統主動打電話給周刊記者，透露總統府內有疑似柯林頓政府的陸文斯基的傳聞。這篇報導事後被眾多媒體競逐，媒體們直接或間接指謫副總統竟背叛總統散布謠言，意圖使總統下臺。呂副總統在此之前的諸多言論的確與總統常常不相一致，兩人不合的傳言早已不逕而走。《新新聞》周刊的批露和報導，完全符合當時媒體及大眾對呂副總統的刻板印象。而原本周玉蔻所影射總統府內類似陸文斯基之傳聞，瞬間被呂副總統背叛總統的傳言所掩蓋。總統府內疑似有緋聞的新聞，立刻被副總統意圖顛覆總統之憲政危機所取代。不久後，整個事件上了法庭，《新新聞》周刊始終無法交出他們宣稱握有的呂副總統的電話錄音，因此敗訴。

這個事件其實被猜測是極高度之政治操弄媒體的傑作，只是沒人知道誰是操弄的作手，也沒有人能確知在這場旋轉陀螺的權力遊戲中，《新新聞》周刊究竟是不是受害者？

政治力經常以另一個更勁爆的新聞事件，來取代另一個可能被媒體炒作的負面事件，不管這事件之真相為何，它都能成功地躲過媒體的生吞活剝，或避免因為媒體深入調查證實確有弊端之後，付出極慘痛的政治代價。

1996年，當臺灣中正機場弊案正被媒體炒作得如火如荼，眼見涉案的層級愈來愈高，最高涉案單位呼之欲出之際，另一樁關於警政人員的舞弊案——當時稱為周人蔘弊案，突然爆發開來。周人蔘的弊端其實由來已久，牽涉層面的確也相當廣，但是卻巧合地在這個時間點出現，的確相當耐人尋味。當時媒體的焦點也是瞬間由中正機場弊案，立刻轉移到周人蔘弊案。

大量的報導隨著證據及涉案警員的訊問不斷出現，在電視及報紙版面上，中正機場弊案版面愈來愈小，一直到整個被社會所遺忘。其實這種負面性質的政治新聞先後出現的機會經常發生，周人蔘弊案讓將近50位警察及警官被送

4　新新聞，《鼓動緋聞暗鬥阿扁 竟然是呂秀蓮》，2000年11月16日 第715期。

進監牢裡，但是比起中正機場可能涉及到部長級、甚至部長級以上高官之風險相比，關了一些警察同仁，其政治後果算是輕微許多。

當今的民主政府一方面基於憲政民主必須尊重新聞自由，開放新聞自由，但是新的媒體控制的方式是透過放話、議題炒作來影響媒體的報導方向，或是希望能有效地操縱媒體。

在過去的威權政治時期，政治對於媒體不需要刻意說服或操縱，只需貫徹新聞機構的人員都經由政府委派，就可以達到政治所要的滲透力。所以，17、18世紀之初，是政府直接控制媒體的時代。即便在19世紀的美國也是相同的情況，當時許多政黨直接經營媒體，掌握輿論。直到20世紀初葉，西方民主國家政府才逐漸落實新聞自由的保障，實現憲法所規範的禁止政府對媒體進行任何言論內容之掌控。雖然如此，仍有為數眾多的國家，政府經由經營新聞媒體，直接掌控民眾之言論尺度及訊息接收的範圍。

政黨經營媒體：為政治服務的傳媒（Party Journalism）

其實媒體一開始的崛起就是政治的產物，它是統治階層十分便利的一項工具；透過媒體，政府能和民眾直接溝通，以便讓政府的正當性得以繼續維持。這當然說明媒體的崛起是政府必須開始關心民眾對它的認同及看法，這個現象的出現，本身就說明政府已經不可能為所欲為，完全不顧民眾對政府的感受。因此，從中世紀開始發軔的媒體，其實和逐漸崛起的市民力量有關，雖然早期市民的能力僅止於讓皇室必須告知市民政府的種種作為，而沒有批駁或建言之權。

政治經營媒體可以追溯至15世紀，當時歐洲的類報紙就已經逐漸發軔，那個時期的郵報或類新聞媒體主要是王室為誇耀海權擴張之功績，或是為了商業訊息之目的而創辦的。然而，媒體的強大功能很快便轉為純為政治服務的工具。新聞在那個時期是以政府至上，新聞不是反映市民思想，而是政府掌握控制人民意志的工具和媒介。

在美洲大陸殖民地時期，郵報成了鼓吹脫離英國邁向美國獨立戰爭的喉舌，媒體作為說服民眾的重要利器，[5]以達成獨立建國之目標。在獨立戰爭前後，媒體所扮演的是政治宣傳的角色；媒體作為反映一個社會真實圖像，以及作為社會溝通的平臺，是19世紀末葉才逐漸發展而成。[6]

到了20世紀初，新聞自由的概念在西方自由世界逐漸受到憲法之保障。政府禁止對於人民及媒體之言論進行箝制，新聞媒體所必須反映的不是政府的政策，而是民眾權利之表達及伸張，媒體逐漸成為批判政治的權力、監督政府的工具，以及反映多元客觀社會及實相之工具。雖然如此，媒體在自由世界中仍是政治權力傾軋的一項重要工具。為了獲取鞏固權力，政府和政黨即便在21世紀初，一些才逐步邁向民主國家的政府，依然直接介入媒體經營。政府直接撥預算經營或控制主要股權，所委派的人員都是政府官員或黨部官員，聘雇人員都必須信奉同一種意識型態。

政治或政府直接經營控制媒體，於當今世界還是一項普遍性的現象。根據哈佛大學與世界銀行在2003年的一份《誰擁有媒體？》（*Who Owns the Media?*）的研究報告指出，在他們研究的97個國家，其中包括21個非洲國家、17個亞洲國家、9個美洲國家、7個中亞國家、16個中歐及東歐國家、11個中東及北非國家及16個西歐國家。這97個國家的媒體環境，在報紙部分有29%是由國家掌握經營，在電視部分有60%是由政府直接經營掌控，70%的廣播也是直接由政府經營擁有。

從17世紀約翰‧彌爾頓提出政治及言論自由迄今，已經300年過去了，哈佛大學的研究或許讓許多媒體工作者感到震驚。這份研究報告同時指出，由政府控制的新聞媒體，其記者之言論自由相對低落，多半進行自我箝制，這已成為威權體系必然的媒體文化。政府掌控媒體的社會，公民的權利得不到保障，政府效能低，經濟發展遲緩，人民的醫療健康水準也遠低於享有新聞自由

5　Wm. David Sloan, James G. Stovall, James D. Startt, *The Media in America,* Publishing Horizons Inc., 1989.

6　參照本書第六章，該章詳細敘述政黨政時代的報紙、媒體類型及演進。

的民主社會。[7]

記者的新聞自覺對新聞自由之影響

　　臺灣早期電子媒體的管理幹部、主持人及記者，通常都被要求或被期待要加入政黨。隨著解嚴之後，這種局面逐漸改觀，電子媒體的記者比較有選擇政黨立場之自由。1990年代之後，政府雖然掌握媒體，但是不能直接干預新聞內容，他們經由管理階層來掌控新聞走向，通常最敏感、最棘手的記者，可能會被調到他不適任的部門。例如某記者擅長做調查報告之類的新聞，就把他換到軟性人物報導，也可能媒體主管直接接到黨主管的電話指示該怎樣做。其實在威權時代是直接下令，政策是全部配合政府文宣，媒體變成政府的文宣工具。當然這時代已經遠去，隨之而來的1980年代到1990年代當中，整個電子媒體的掌控是透過柔性手法，包括私下的人際管道，安插利於自己政黨的人事，換走棘手的人物，讓這些人無法挑戰權威，成功地達到政黨操控的目的。

　　2000年當民進黨進入總統府之後，政治直接掌控的局面並沒有太大改善。民進黨執政之後立刻進行人事改革，從總經理到部門主管，尤其是新聞部經理及主要幹部大量聘用親綠系統的新聞工作者，新聞工作者也會因為自己的成就動機和職位考量而配合新的執政團體。所以以整個臺灣社會電子媒體環境來說，整個股東結構並沒有改變，只是在一樣的職位上注入不同顏色的血罷了。

　　媒體記者的反省及自覺，經常影響著一個國家新聞自由的伸張與否，臺灣的新聞記者其實相當的馴服。2000年臺視有幾位記者發起了《公平報導宣

---

7 Simon Djankov, Tatiana Nenova, Caralee Mcliesh, and Andrei Shleifer, "*Who Owns the Media?*", World Bank and Harvard University, The Hournal of Law and Economics, 2003.

言》，為新聞及記者自主權勇敢地發聲。當時在臺視主持《大社會》節目的筆者，與兩位記者——朱記者、王記者，發起簽署《公平報導宣言》，後來王記者退出，但另外兩位記者仍然繼續發起。筆者依據在美國所學的理念及原則擬定《公平報導宣言》之草案，當時整個新聞部90%的記者都簽署這項宣言。[8]公平報導的主要理念是在於記者報導不受主管指使，對於爭議性話題要給予各方公平及適當時間呈現；若記者遭到主管不當指示或打壓，可以向記者公會提出申訴。面對這樣的《公平報導宣言》，當時執政黨體系的主管並沒有作任何表態，反倒是新的團隊的董事長和總經理表態簽署。

但是在兩位最高主管簽署之前，過去某些在黨國體制時代的主管，對這樣的做法有些觀望、甚或微詞。他們不是不贊成新聞自由，而是他們不習慣去挑戰權威。直到權威者也贊同，他們才比較容易表態。

臺灣的記者普遍性地缺乏覺醒的勇氣，他們對外是一個凶悍的記者，但是在公司內面對上司和資方，立刻成為一名普通的員工。這種既有自由思想但是又順從的性格是臺灣記者的特性，所以，執政者或是政治操控的人，當然會透過利益或是透過位子角色安排來擺平最尖銳的人，而且相當成功，比起美國媒體對於新聞自由的捍衛是截然不同的。

美國對於新聞遭受控制的反抗是非常明顯激烈的。我們談到1970年代水門事件剛發生時，當時尼克森總統並沒有被懷疑，《華盛頓郵報》記者的報導並沒有引起太多人注意，但是CBS的華特·克朗凱注意到他們的報導，決心要報導這個事件。某天晚上，他用了14分鐘來報導水門事件，尼克森總統大怒，打電話到CBS告知當時的總裁，若再報導就開始查CBS的帳，並通過《有線電視法》。當時的總裁屈服了，但新聞部卻大力反彈，因為在新聞當中，華特·克朗凱已預告觀眾下星期還有14分鐘，他們利用這一點說服了總裁不要失信於民眾，而改成只播出7分鐘。妥協的過程當中，他們並沒有讓華特·克

8　何日生，《公平報導宣言》，臺灣電視公司，1999。

朗凱參與，他們希望保持主播永不妥協的新聞自由形象。[9]因為華特‧克朗凱是他們的形象代表，這是一個多麼讓人感動的安排，為了保住好記者的形象而不妥協的事情，在臺灣是不可能發生的。我相信在美國，許多總編輯對於理念的考量勝過對位子的考量，對機構信譽的考量勝過對個人權力的考量，就是有這樣一批了不起的記者，造就了美國這樣的新聞環境。當然後來新聞還是如期播出，也引起廣大注意，沒多久，尼克森就因為水門事件成了美國第一位辭職的總統。

每個人都把1972年尼克森在水門事件之後下臺，歸因於《華盛頓郵報》的巴伯和伯恩斯坦，但其實是華特‧克朗凱讓水門事件成為全國性的故事。1972年蓋洛普民調顯示，48%的美國民眾不知道「水門」（Water Gate）這個字眼，但是當華特‧克朗凱決定報導這則新聞以後，水門事件變成全國最關注的議題。[10]

華特‧克朗凱的舉動，讓整個新聞注意了水門事件，他點出了一個時代的巨大問題，當問題被呈現，總統不當的舉動也得到應有的代價，這是記者和政治展現他的權利，如果政府是錯的，記者可以否定你，要你改變，甚至讓民眾反對你，即使是總統都不可以欺騙民眾，這是一個了不起的事件。這在臺灣並沒有出現過，就像TVBS的李濤曾報料陳哲男事件，新聞局立刻出手，直接徹查股東結構，當時新聞局才剛發給TVBS新執照3個月，這當然是一個政府干預媒體更直接的做法。以民主國家來說，政府和媒體的關係是存在的，政府可以規範媒體的結構，可以規範言論行為（Conduct Speech），但是不能規範言論內容（Content Speech），不能規範你該說什麼、不該說什麼，可是可以就言論行為，例如頻道安排即是言論行為，政府的規範是可以被允許的。但是政府或政黨絕對不可以涉入媒體的言論內容，這是絕對被禁止的，沒有妥協空間。除非是涉及法律問題，政府不能因為政治利益而直接操控媒體的內容。

---

9 David Halberstam，《媒介與權勢》（*The Power that Be*），趙心樹、沈佩璐譯，遠流出版社，1995，p.821。

10 Elizabeth Jensen, "*If Walter Cronkite Said It Was a Story; It Was*", NPR, July 20, 2009.

記者能夠影響這時代的新聞自由，絕不是因為政府授與該項權力，而是必須由記者自己去創造，就像華特‧克朗凱一樣，真正為社會指出一個對的方向，新聞的尊嚴就可以被建立，其獨立性就會被確定。所以，臺灣社會在等待一個像這樣的新聞英雄，能夠獨立行使社會正義，讓新聞權回歸新聞記者，並建構新聞崇高的信譽及尊嚴。

　　在臺灣早期的政治控制時期，三臺及廣播都嚴禁邀請反對黨人士上節目。當時廣電媒體中，最早邀請民進黨的政治人物上廣播新聞節目是在1987年，當時中國廣播電視公司的《熱門話題》節目，邀請了民進黨立委朱高正。《熱門話題》主持人精心構思一個主管當局不會憂心政治後果的主題，他選定當時極為爭議的金融議題——地下投資公司，這個經濟議題沒有政治考量。基於擔心無法壓制朱高正委員狂傲的氣勢，節目主持人還找了朱高正的同學劉紹樑教授一起上節目，以作為平衡，並且請到地下投資公司的某位董事長及政大經濟系的殷教授。節目進行了一個半小時，當時朱高正進入中廣時，連中廣的總經理都親自下樓迎接。廣播室外面圍滿了中廣的同仁，好奇地圍觀。在當時，幾乎多數人都渴望新聞自由可以突破。[11]

　　那次的播出很成功，也沒有遭到來自黨內的批判聲音。但是幾個星期之後，當時《熱門話題》節目主持人準備要以政治議題突破政治言論的長期箝制，他碰到一些新的狀況。主持人找來了包含民進黨籍立委張俊雄、國民黨立院金童趙少康，還有李念祖律師來談海外政治人物黑名單的問題。這一次中廣內部某新聞主管就要求主持人要預先錄音，中廣新聞部主管決定要進行事前審查。在錄製完畢之後，主管在審查過程中，剪掉部分的內容，而這一小片段的內容其實是國民黨立委趙少康批判國民黨政府的談話。當時趙少康先生是國民黨當紅的立委，而他批判程度也較為激烈。相反地，民進黨籍張俊雄立委說話刻意委婉，因為他知道來到這地方不容易，談到司法不公時，他會說「我們對於目前司法的公正性很期待」，這種委婉的言詞使得他所說的話都被完整保

---

11 何日生，《熱門話題》，中國廣播公司，1988。

留。

然而這一集節目之後，主持人就沒有再直接碰觸敏感性的政治人物或爭議性的政治議題，因為該主持人知道他已經被限制住了，這是當時政治控制的時代，即使一個記者嘗試突破，他可能都不會有第三次的機會。[12]雖然如此，有一天該主持人在立法院跑新聞的時候，新聞部某位主管要主持人請康寧祥立委上節目，[13]針對一項立院議題提出一些觀點。這個時候已明顯可以看出，政治的禁忌在黨營機構中，幾經努力已經逐漸突破。

其實在1988年之後，老三臺及中廣新聞已經逐漸接受民進黨籍立委在新聞中出現。雖然政黨及政治力始終沒有退出電子媒體，即便到了2005年無線電視仍然是有強烈的政黨政治色彩及角色，政黨的傾向及立場大幅度影響某些電子或平面媒體的編輯政策，不管是臺視、中視、華視或民視都是有政黨色彩，這些陰影還在，這個根系猶存，只是這個根系注入不同顏色的血罷了。順服的態度是猶存的，是這樣的順服和不反抗，讓政黨可以繼續操控媒體。

即便在學校，年輕的新聞系學生學了許多新聞自由的信念，但這些信念是難以扎根的。對許多年輕的媒體工作者而言，生存或出人頭地，可能遠比實現一個諾言或兌現一個自己相信的信念來得更為重要。究其言，這根本是文化性的，在東方性格裡，順服與權威、出人頭地和個人成就高過信念的表達及堅持，只要這樣的文化沒有改變，任何新聞自由的理念、自由的體制或是所謂公民社會裡的公共領域，便不可能產生。

但處在不正義的年代，新聞記者並沒有悲觀的權利，媒體工作者必須透過不斷地嘗試和努力，才可能達成新聞獨立自主的最終目標。

---

12 何日生，《熱門話題》，中國廣播公司，1988。

13 康寧祥立委為當時民進黨籍立委，是後蔣經國時代民進黨在國會的代表性人物之一。國民黨所屬的廣播電臺會邀請他上節目，意謂著當時的黨國媒體已逐步開放。

標籤化與寒蟬效應

　　政治對新聞的影響還包括「貼標籤」，標籤化運動在美國最著名的就是麥卡錫主義。1960年代，美國參議員麥卡錫到處指控美國部分文化菁英是共產黨，麥卡錫說，共產主義者不在蘇聯，而是在躲在美國政府內部，窩藏在企業界及文化界裡，而且他宣稱握有名單及證據。當時在美國，凡是念過共產黨書籍或是有共產黨朋友的人，都有可能被指控是共產黨主義者的同路人。麥卡錫到處舉辦聽證會，指控許多菁英是共產黨員或社會主義者，好萊塢有十多位製作人同時被大陪審團審判，其中還有一位因此自殺。

　　白色恐怖主義影響所及，當時有一位空軍中尉，因為他的爸爸和妹妹有共產黨朋友而被空軍解僱。當時CBS的名主持人愛德華・默若找到這個空軍中尉的故事，並在他的節目《See It Now》中報導了這位空軍中尉的處境。愛德華・默若的結論是，爸爸和妹妹的交友狀況不應該影響這位飛行員的忠誠或仕途，更不應影響他的專業。這集節目播完之後，愛德華・默若並沒有停止思考麥卡錫給美國社會及人權帶來的巨大危機。他決心挑戰麥卡錫，這在當時需要極大的勇氣，因為只要被麥卡錫盯上，任何人幾乎就被蒙上汙名。但是愛德華・默若決心一探究竟，他用麥卡錫的話來反駁麥卡錫。因為當時的媒體是報紙支配的時代，很多麥卡錫的談話都是透過報紙，沒人有足夠長的時間看看他的長相，看看他虛詐的一面，也無從瞭解他前後矛盾的指控及發言，甚或是虛偽的造假。但是愛德華・默若團隊就是利用麥卡錫的話來反駁他自己，新聞雜誌節目有足夠的時間，能用長的畫面呈現麥卡錫猙獰的冷笑，不誠懇的樣態，通通在鏡頭面前曝光。《See It Now》播出之後，收到來自全國各地成千上萬的觀眾回應說，「做得太好了，做得太好了！」（Well done! Well done!）

　　但播出前後，CBS的高層始終不敢真正表態，他們還是非常懼怕麥卡錫。而在節目播出之前，愛德華・默若召集所有工作人員，詢問誰有任何共產黨的朋友？這時有一個攝影師站出來說：「我的前妻有共產黨朋友。」有人建議該攝影師最好趕快離職，但是愛德華・默若最後要他不用操心，也不用離職，他

深信一個人對國家的忠誠，不該因為他前妻的交友關係而有所影響。[14]

　　該集節目播出之後，麥卡錫大怒，一如所料，他反控愛德華・默若是共產黨。節目播出之後，FBI也做了幾千頁的調查，最後證明愛德華・默若並不是共產黨員。後來愛德華・默若和麥卡錫在節目中有一場單獨辯論，愛德華・默若在觀眾面前贏得了那場辯論。這個新聞報導事件之後，媒體逐漸失去報導麥卡錫的興趣，兩年後，麥卡錫在明尼蘇達州因酗酒身亡，結束一段美國立國以來最嚴重的白色恐怖時代。

　　愛德華・默若在他的節目中說：「我們不要將『不同意』（Dissent）等同於『不忠誠』（Disloyalty）。沒有證據的指控是不被自由國家允許的，定罪必須基於充分證據與正當法律程序（Due Process）。」愛德華・默若呼籲美國人要認知到：「我們不應該在世界各地捍衛自由，卻在自己的國家裡遺棄它。美國人不是恐懼者的後代，我們不應該恐懼說出真話，恐懼參與，或是恐懼傾聽不受歡迎的意見。」[15]

　　愛德華・默若說出了言論自由的真正意涵，自由合理的社會容許不同見解與討論，才能為共同建立更合理、更美好的社會而努力。

　　臺灣也曾有過這段時期，黨國政治系統在1960年代也關過許多人。中廣導播崔小萍被以莫須有的罪名扣上共產黨的帽子，被關了十多年。[16]李敖在那個時期也入獄，柏楊則以侮辱歷代聖王等等罪名被關了許多年……那是真正言論寒蟬效應的時代，「貼標籤」是作為言論箝制最有效的方式。時至今日，白色恐怖主義似乎遠離，當年受到文字獄的人紛紛平反，得到社會極大的尊敬及肯定。但是即使在今日，標籤化的文化消失了嗎？

---

[14] Edward Murrow, A Report on Senator Josephy MacCarthy, *See it Now*, CBS, 1954.3.9.

[15] Edward Murrow, Report on Senator Josephy MacCarthy, *See it Now*, 1954.3.9. "We must not confuse dissent with disloyality; we are not decedent from fearful maen, not from men who fear to write, to speck, to associate, to defend causes, that were, for the moment, un-popular."

[16] 何日生，《大社會》，臺灣電視公司，1999。

答案是白色恐怖主義消失了，但標籤化的文化猶存。TVBS的名主持人李濤曾被貼上藍色標籤，有人認為他是，也許有人認為不是，重點不在於他是屬於何種政黨傾向，而是不應該貼標籤。貼標籤是不對你的內容真假做討論，而是先預設你講話的立場，立場的辨明才是最重要的關鍵，這即是貼標籤的文化。在這個時刻，臺灣社會比任何一個時期更標籤化，哪一個臺是什麼顏色，都被貼上標籤。為何標籤無法隨新聞之自由化而去除呢？一個原因是因為在新聞媒體逐步開放的過程中，新聞記者掙脫不了政治對他們的控制，從過去獨占的時代到現在寡占的時代都一樣，就像民視的成立是很弔詭的，國民黨當政時期並沒有意願成立一個政治中立的、屬於市民的公共領域，而是讓反對黨也擁有一個喉舌的工具，以便保有他原本在廣電媒體繼續操控的局面。這其實是一種彼此「收買」的行為，或是叫作政治的分贓制度。避免敵人攻擊最好的方法，就是讓他跟我一樣，每個人都有一個宣傳工具，誰都不能罵誰。

當時成立民視，就是為了要堵住反對黨的嘴，但其結果卻犧牲了新聞的獨立性，犧牲了市民可能建構並享有一個純淨的公共領域之可能性。這是一個非常不幸的新聞現實。

即使是在2000年政黨輪替之後，媒體被政治化、政黨化的狀況並沒有改善，只不過從一個黨擁有媒體，變成每個政黨都各擁媒體。民進黨執政之後，認為為了改變國民黨時期全面藍化的新聞立場，他們不是主張要儘速建構一個公正之公共領域，而是主張必須加速將一些電子媒體綠化，要把藍化的力量連根拔除，才能真正抑制原本國民黨在媒體根深柢固的影響力。因此，媒體擺脫政治之夢靨到今天仍然沒有甦醒。

新聞來源與新聞自由：御用記者或新聞英雄

政治力與新聞媒體存在一個相對利誘、相互依存的關係。政治管理眾人知識，如果沒有媒體力量是無法進行的。現在社會雖然政黨不直接經營媒體，但是仍可以透過許多方式來影響媒體的屬性。即便是在一個民主國家，也可以透

過許多影響力來操作。例如前面談到雷根總統是屬於媒體寵兒，但是如果某家媒體時常帶給他困擾、或是批評他的理念立場，雷根總統便會開始對這家媒體實行「孤立政策」，拒絕給你消息，或是把重要新聞透漏給你的對手，讓你不好過等等，雷根的新聞幕僚深諳此道。[17]即便在臺灣，我們也可以在採訪過程中遇到類似情況，某新聞報的記者常常觸犯某政府首長，這位政府首長對付這位記者最好的方式，就是將重要的獨家新聞透漏給他的對手。幾次之後，這位政府首長的幕僚透過管道和這家新聞媒體的主管聯繫上，接下來妥協的結果幾乎都是換人！再換來的人，還敢挑戰這位政府首長嗎？

記者如果沒有辦法突破這種窘境，就一定會被控制。這種事情不只發生在臺灣，包括在美國，例如白宮新聞，如果你對他的立場很不利，他會開始排斥你，透過不給你訊息，約訪過程中給你困難，使你無法接近訊息來源，而「訊息來源」是記者賴以維生的一項重要工具，政治為了操控媒體，利用控制新聞來源來控制媒體，此方法也成為政府常用的手段之一。

透過專訪是收買主持人的好方法，透過這些專訪給予消息來源，讓彼此變得更親近，甚至有一些獨立的主持人，透過這些關係跟政黨要節目、要預算。在黨國政治時代，常常是比較有名的主持人容易拿到預算。當然親近反對黨的人，在執政更替之後，也變得容易拿到預算和節目，這是不停循環且不變的，這也是一種控制消息來源或資金來源來掌握新聞記者不對他進行批評的行為。這些方法一樣都嚴重影響到新聞中立和自主的信念及價值觀。當然，更嚴重的方法是查稅，比如要銀行凍結你的資金、不給你貸款，這些都是違反憲法的，政府不應該用任何不正當的手段，不應該畏懼於新聞媒體的立場或言論自由之下對政府的不認同，而濫用政治手段，尤其是以行政手段干預媒體。

在美國嚴格禁止政府用課稅的問題來企圖控制媒體的走向，禁止利用各種手段控制媒體。在臺灣不見得沒有發生，有一點是我們可以去思考的，記者真的沒有反制之道嗎？當然不是絕對沒有，如果記者扎根夠深，在任何基層都有

---

[17] Hedric Smith，《權力遊戲》（*The Power Game*），時報出版社。

人脈，這個記者隨時都可以擁有獨家新聞，自然就可以擺脫新聞來源的控制了。

此外，以記者的立場，經常發生跑哪個路線的新聞就支持誰，效忠他的新聞來源，因為記者得不到消息單位的支持就很難再跑下去。記者不會希望採訪對象看到自己就討厭，除非這個記者是專題報導型，他隨時可以跨很多領域，自然比較不仰賴特定單一的新聞來源。

消息來源對記者的控制及影響之深，遠遠超過我們的想像。這場新聞來源的遊戲中，記者未必是自覺的，其實多半是不自覺地傾向支持他所採訪的路線之立場。御用記者的情況更是嚴重。御用記者在以前國會時代是存在的，他就像為某個政黨、某個候選人量身訂作，若是他跟政府關係良好，政府就會透過他放出消息來源，久而久之這記者就變得很有影響力，而記者也會刻意去培養親近政府高層的人，因為跟高層關係比較好，其實也就等於形成御用記者。

BBC在創臺時就標舉他們絕對不受政治影響和控制，他們要保持政治中立的立場，即使到現在都沒有改變，這是非常難得的一個現象。全世界最好的媒體包括《紐約時報》，他們是不可能會受到政治控制，這已經變成是一種信念。

美國著名的水門事件是被《華盛頓郵報》所調查出來並公諸於世，當時《華盛頓郵報》的總編輯布萊德利強力支持他的年輕記者對水門事件的調查。當時的尼克森政府一直將他汙名化，說他是民主黨的支持者，將他貼上政治標籤。但布萊德利很堅持，也很勇敢，他曾對記者說：「如果你們真的要調查，找到確切證據來給我。」任何的總編輯在對抗這樣強大的政治機制時，其壓力是非常大的，如果沒有十足的信念和勇氣便很容易屈服或垮臺。在新聞與政治的角力中，最重要的是得到同儕的支持，如果同儕在這時候還要進行權力角力，那就很容易被政治滲入並利用，而缺乏政治勢力的記者通常很容易就被排除出去。

這個現象在臺灣其實普遍存在。50年來，在臺灣平面媒體的生態中，社會版和政治版的記者比較容易走紅。但最後多半是跑政治的記者當上總編輯，是何原因呢？答案是因為資源！政治線記者容易擁有更多資源和人脈。擁有資

源、擁有人脈的人，的確比較有機會當上總編輯，而未必是那些具有堅定新聞理念和想法，或是能對新聞做出準確判斷的人。從這裡可以佐證：政治的影響力無所不在，即便是新聞權相對比較自由的報社，可能也無法例外。

其實如果資深記者能夠堅守新聞之正義，而不是要升官當總編輯，那麼新聞之獨立及尊嚴應該可以得到更充分的維護，但這和新聞機構的制度有關。美國新聞界有資深記者制，資深記者及資深主播的地位和重要性不亞於總編輯，因此，資深記者可以繼續在新聞線上為民眾監督政治人物，臧否時政，這是新聞不被消息來源操控的重要關鍵因素。

美國許多資深記者或特派員，對於公共事務十分深入且有見地，一些主跑過白宮的資深記者，他們對於白宮事物的熟稔度，可能比現任總統和國務卿還要熟。年過70的白宮資深記者老海倫女士、CBS的山姆‧唐納森（Sam Don-aldson）、《紐約時報》的專欄作家漢崔克‧史密斯（Hedrick Smith）等人，都跑過五任總統以上的新聞，他們對公共事務的見解是白宮的人物都必須尊敬的。在公共領域的權力競逐中，如果新聞機構無法建立資深記者的機制，那麼在這發言權力的競爭中，記者永遠屬於被支配的地位。

資深記者制度建立之困難，在於資深記者必須享有更大的言論空間，他們對於政治及社會之議題才會有更深入的探討和理解。然而，除非報社老闆及電視臺經營者專心辦報，或專心一意的經營電視，而不以其他的生意為考量，否則資深記者很難建立。因為如果資深記者存在的目的是讓新聞更獨立自主，特別是獨立於政治操縱及商業控制，包括不去刻意討好政治及商業財團，這些特質可能違反媒體擁有者的集團利益，特別是對於未能專心經營報業及電視臺之經營者的一項嚴峻考驗。畢竟擁有媒體的經營者，多半是超大型的商業集團。

建立資深記者制度的另一項障礙是資金，資深記者的待遇可能高於一般記者好幾倍，這對於過度競爭的媒體環境是一項負面因素，高度競爭的環境勢必要降低成本，所以，高待遇的資深記者是不容易生存的。而最後為了滿足觀眾對於真相調查之期待，我們只好搬出最容易製作的色羶腥新聞，以披露或漫天指

控之記者會，取代費時嚴謹的調查新聞。這是這個商業競爭時代的新聞代價。

政府預算與新聞自由

　　媒體競爭愈激烈，對於財源之開拓就愈形重要，政府的媒體預算是一項財源大餅。政府每年編列相當大的預算，作爲向大眾政策說明的工具，但是政府的媒體預算不應該作爲影響媒體的一種工具和手段。幾年前，臺灣政府由中央信託局發包十幾億政府的媒體購買預算，讓各媒體來競標，很顯然透過業務部的力量，直接對總經理、新聞部造成影響，希望經由商業利益讓媒體對政府軟化，對政府的意見和批判更保留，若某媒體不傾向於政府的立場，可能就得不到這些預算。以目前這樣整體發包的制度，實際上是有影響新聞獨立之嫌。

　　以布希總統的事件爲例，他因爲給預算，所以被認爲是「置入性行銷，且視爲違憲」。可見在一個自由國家裡，這樣的發包形式是絕對不可以的。政府可以用錢買節目去支持他的政策，但集中發包等於擁有更大的經濟財源，對於目前電視臺這麼微薄的收入和競爭的情況下，他們會極力去爭取這筆預算，當然立場就傾向政府。經濟力正是政府的優勢。

　　政府對付不聽話的媒體，另一種方法就是查稅，或讓國家及銀行對經營陷入困境的媒體緊縮銀根，或給予融資以換取支持。雖然在美國這樣的國家，不當查媒體的稅是違背憲法的，但是包括臺灣及其他一些國家，這些問題恐怕還是會發生。

政治人物主持節目

　　政治人物可不可以主持節目？爲什麼大家不問企業家可不可以主持節目？這個問題的成立是因爲我們假設了幾個問題：第一，我們假定媒體必須是中立的，不帶任何政治立場的大眾溝通工具，價值中立是我們所標榜的。第二，

我們假定政治人物的政治立場及見解,對於媒體所欲伸張的公共利益是有害的。第三,我們可能懼怕政治力透過媒體剝奪了人民的權力,所以,我們必須設法限制政治人物主持節目。

其實以第一個顧慮來看,媒體是必須維持客觀中立,這項價值幾乎無法被任何形式所支持的媒體實踐。沒有一家媒體是中立客觀的,每一家報社、每一個電視臺都有其一定的見解及立場。主觀性存在於每一個媒體、每一位媒體人身上,主觀與否只有程度之別,沒有人或任何媒介能夠豁免。因此,突顯政治人物主持節目會扭取媒體的客觀性,其實是建構在一個虛幻的假設價值之上。政治人物主持節目,和政治人物上節目接受訪問,或政治人物為報紙寫專欄,有多少差別?

雖然我們會辯稱節目主持人擁有選議題的權力,但是政治人物開記者會,數十家媒體跟進報導,他們上談話性節目、投稿到報社,難道選擇議題的權力就削減了嗎?一些活躍的政治人物曝光的次數及廣度,會稍遜於一個一般的節目主持人嗎?抑或我們畏懼政治人物的偏見及主觀的立場,索性就不讓政治人物曝光?這當然辦不到,因為政治人物基本上是具備公共議題及公共利益的代言者和執行者,瞭解他們,讓他們和群眾溝通是必需的。

如果以上陳述為真,何需一定要限制政治人物主持節目?限制政治人物當主持人,其實就跟限制他們在媒體上曝光一樣,缺乏憲政民主之正當性。甚且任何人都有主觀性,限制政治人物主持,如果基於政治的主觀,那學者就沒有政治的主觀嗎?企業及商業人士就沒有政治的主觀及偏見嗎?文化工作者都是政治中立及價值客觀的嗎?沒有一個人是絕對客觀的,主觀是人之必然,以政治的主觀性有違新聞價值來排除政治人物主持節目,是不具說服力的。不管限制政治人物是不是「可欲的」,但是以政治中立作為立論,顯然找錯了理由。

另外,如果說政治人物主持節目有害公共利益,如我們先前陳述的,政治人物開記者會、投稿曝光是不是一樣會有害公共利益?公共利益必須經過激烈討論及辯論後才會逐漸浮現,也許我們會擔心政治人物主持節目,將有礙於公共利益之辯論及自由討論,但是一個有立場的企業人或文化人,難道就無礙於

公共利益之討論嗎？新聞媒體並不能確保任何一個人的客觀性及價值中立，只要有主觀性，充分、絕對客觀的討論就成爲不可能。

那麼政治人物是否自主性更強？更會將議題導向於他的特定政治利益呢？答案是肯定的，但是只要媒體更多元競爭，這種一面倒的節目勢會失去觀眾，而且很難長久生存。一個遮遮掩掩、巧妙玩弄議題的媒體人主持節目，難道對於公共議題的充分討論就沒有危害了嗎？許多資深媒體人知道選用何種來賓，就能主導議題方向。例如談軍購議題，如果我們找一位口才說服力極高的人來談支持軍購，找一位資淺或口拙的人來談反軍購，顯然這集節目的立場就是支持軍購。這種議題操作把戲，在臺灣的政論節目中並不少見。因此，資深媒體人就比政治人物更客觀而公正嗎？

任何一個人的出身、行業、信仰、人格，都無法保證在媒體中能確保公共利益的伸張及維護，因爲人到頭來都是有主觀性的，眞正在意的是媒體的體制是否健全？是否能夠引導節目的主持人或製作人？不管他的背景及職業爲何，他們都必須履行最大程度的開放性及公正性，確保公共議題的充分討論，否則就會被媒體市場及觀眾所淘汰。重點在觀眾及市場結構，而不是誰來主持就能伸張公共利益。

美國對於政治人物主持節目並不加以限制，但是少有電視公司願意這麼做，因爲得不到觀眾支持。媒體鮮明的政治立場對收視不利，但是法律沒有禁止。

更有甚者，美國法律也沒有限制競選中的候選人不准主持節目或在螢光幕上演出，只不過基於公平原則，媒體一旦給予競選的政治人物非新聞報導的曝光或主持節目，就必須給予其他候選人相同的時間及時段主持節目或曝光的機會。

美國立法明定「對等機會原則」（Equal Opportunity Rules），主張媒體一旦開放讓某一候選人有機會去主持，其他任何候選人便擁有相同之權力。[18]

---

18 Rey-Sheng Her, *"Reinstate the Fairness Doctrine"*, Annenberg School for Communication at USC, 1994.

這阻卻了媒體讓候選人在非新聞時段曝光或主持節目的特權。美國傳播法的這項規定說明，一項事由如果沒有正當性，是無法予以制止的。但是美國國會的立法智慧，巧妙地讓媒體不敢讓自己所支持的政治候選人藉此操控媒體，以作不公平之競爭。因此，必須有好的理由支持一個對的政策，但是對的政策未必找到對的理由。

限制政治人物主持節目，違背人人都具有新聞自由的原則，但是政治人物在媒體的過度氾濫，有礙新聞自由。其中如何規範，美國的例子是臺灣的借鏡。

政治人物退出媒體經營，但政治退出了嗎？

同樣的邏輯發生在政治人物退出媒體的聲浪中，政治人物有一定的政治立場，有礙公共辯論，有礙公共利益的伸張。但是難道商業人士沒有個人偏見、沒有私人的企業利益嗎？多少財團透過掌握媒體以擴大自我的財團利益，經由媒體對政治的影響力，以期能影響政客及政策，讓自己的財團得到更多的生意及拓展企業之版圖。

即使非關企業利益，臺灣許多企業家辦報、辦電視，難道就都沒有特定的政治立場嗎？在我們限制政治人物擁有媒體的同時，我們用什麼來限制、規範企業利益無限制地宰制我們的公共領域呢？政治人物掌握媒體並沒有「先驗的惡」，重點在媒體經營的同時，我們有沒有一套體系來規範媒體的經營者，不管他是誰，是什麼行業，都必須伸張及保障公共利益，以及維護公共領域之充分反映社會的各種意見。

在美國曾經施行40年的公平報導原則是一項有利的體系，該公平報導原則要求電視媒體擁有者必須履行公平報導，亦即對於與公共有關之爭議性話題，必須各方並陳，這項措施給予社會各階層公平的發言空間。媒體擁有者如果未履行這項原則，將可能在執照更新的過程中被吊銷資格；而該項審查透過公開的聽證會形式，由各方專家及聯邦傳播委員會成員共同審議，以避免政府

直接干涉媒體內容或進行事前審查，確保這項公平報導原則是伸張新聞自由及拓展言論寬度，而不是政府作為箝制新聞的一項機制。[19]

---

[19] Rey-Sheng Her, *"Reinstate the Fairness Doctrine"*, Essay of the Annenberg School for Communication at USC, 1994.

商業環境與新聞自由

The Business Mechanism and Freedom of Press

「你到底是一個商人？還是一個記者？」（Are you a businessman or a reporter？）

這是美國前《60分鐘》節目製作人羅威爾‧伯格曼（Lowell Bergman）質問他的新聞高層的一句名言。

1995年11月9日，美國《紐約時報》刊載一篇關於CBS電視公司《60分鐘》製作人與主持人的專訪，被CBS高層打壓而無法播出的消息，震驚美國民眾。這則專訪是一位菸草公司副總裁出面指控菸草公司，偷偷地在香菸中添加尼古丁催化劑，以讓抽菸者上癮的專訪。名主持人麥克‧華萊士已經專訪完畢，剪輯準備播出，不料被CBS的法務部門勒令取消，原因是這則新聞專訪如果是真的，CBS會被告到破產，而且不利於CBS正在進行與西屋公司的合併案。一個享譽全世界的新聞單位，竟然因為報導是真實的而可能宣告破產。

其中一個原因是，那位向《60分鐘》節目透露消息的菸草公司副總裁傑福瑞‧偉格恩（Jeffery Wigand）與該菸草公司簽有保密協議，菸草公司將以內部保密原則控告CBS，如果CBS真的報導了，會形同共犯。因此，洩漏內容愈準確、愈完整，違法就愈大，賠償就愈多。

CBS的法務部門害怕官司敗訴會拖垮電視臺，因此高層主管就逼迫《60分鐘》節目製作人必須撤銷該項報導，或將重要的指控消音，以免官司敗訴，給付巨額賠償。CBS《60分鐘》的主持人麥克‧華萊士與監製準備妥協，唯獨該集的製作人羅威爾‧伯格曼不願意放棄新聞正義。伯格曼用一年多的時間，說服這位副總裁傑福瑞‧偉格恩將實情公諸於世，因為這攸關公眾健康。結果，CBS的決定，讓已經願意跳出來指控菸草公司的傑福瑞‧偉格恩副總裁陷入極大的困境。不只訪問被消音，更被菸草公司洩漏他的各種私人生活之問題弄得聲名狼藉。菸草公司也撤銷傑福瑞‧偉格恩一切的醫療福利，逼得他妻離子散，走投無路。

《60分鐘》製作人羅威爾‧伯格曼在一次內部討論是否撤銷該報導的會議中，對著享譽盛名的電視新聞監製唐‧休伊特（Don Hewitt）與主持人麥克‧華萊士大聲斥問：「你到底是一個商人？還是一個記者？」

一個記者和一個商人，究竟有什麼不同？在菸草公司的報導裡，所呈現

CBS內部的衝突正是，究竟商業的生存與新聞價值要如何選擇？這是一個很現實的問題。當CBS的法務部門不斷地向主管階層說：「如果再報導下去，你一定會挨告，菸草公司會告死你，你會付出巨額的賠款，你會倒閉，西屋公司購買CBS的案子就會停住。」這當然是以商業考量來作為該項新聞是否應為報導之依據。

正是新聞本身可能會讓CBS與西屋公司的購併案產生負面影響，這項菸草公司弊案的報導會讓CBS挨告，會讓CBS賠上巨額的金錢，情況嚴重的話，甚至整個公司都可能倒閉。因此，管理階層很務實地認為，如此危及公司生存的新聞，不值得報導，也不應該報導。此菸草弊案之報導，就連《60分鐘》這麼具威望的名主持人麥克‧華萊士都準備妥協，也想要放棄這個對抗菸草公司的新聞；CBS面臨空前的困境。

《60分鐘》的菸草報導問題不是一個個案，資本世界的所有媒體，幾乎都是商業控制。商業控制的媒體，如何履行公共利益？一個意欲賺錢的商業機制，如何維護新聞正義？

新聞專業的本質究竟是商業或非商業？新聞的理想上總希望能體現公益的本質。但是新聞在強調公益的目的之際，始終必須仰賴商業作為其營運的支撐，特別是電視新聞。這個機制一方面是希望新聞不必被政治控制，所以政府的預算，以美國媒體的理念標準是一種惡。在避免政府控制媒體的同時，商業的支撐成了唯一避開政治掌控又能運作無虞的單獨力量。

當今的新聞被掛上產業，在新聞產業的機制底下，選擇新聞的自由，等同於購買商品的自由。擁有報導新聞自由的新聞從業人員，幾乎就是生產線上製造產品的作業員。新聞如同其他大企業，是被大財團或企業主管所主導。

商業法則與新聞正義

商業市場的法則相信，競爭優於一切，更多的商品競爭與選擇，不但會創造好的產品，更有利於消費者。反對政治控制言論的人似乎也認為，新聞言論

的生態與結構應該套用這個市場邏輯，所謂的「Marketplace of Ideas」，市場理想機制，亦即更多的言論，或在言論市場上創造更多的競爭，就會產生最佳的真理，並最有利於閱聽大眾。然而，最終我們會認知到，言論這種東西，不管來自政黨，或來自商業，或者出於大公無私的個人，最終他們都同樣地追逐著自身的影響力，追逐或是創造權力，最後進而成為權力的本身。

言論的多元化之理想，意指在自由市場的制度裡，言論產出的機構必須更開放、更競爭，因此讓言論能更為多元，似乎只要更多媒體，就會有更多的聲音被聽見，更多的觀點被表達。但是媒體在自由競爭以後，在臺灣出現的是言論取材的雷同，在競爭背後，是幾個大的財團壟斷媒體市場的局面。

這局面為何會如此的出現？

1980年當義大利第一家私人商業電視臺Channel 5出現之際，義大利人歡欣鼓舞，終於，三家電視臺長期被三個政黨壟斷的局面正式打破。許多民主的捍衛者相信，這是義大利媒體獨立運作的開始。然而他們的這個夢，不到20年的光景就逐漸地甦醒，因為這位在義大利推動媒體自由化的鼻祖布魯斯科尼（Silvio Berlusconi），把自己的媒體變成財團，從財團變成政團。布魯斯科尼從自營商業電視臺起步，逐漸地從電視媒體擴張到影視戲院，跨足出版業、百貨業、米蘭足球隊，然後當上義大利總理，不但緋聞纏身，最終又差一點把義大利的金融體系搞垮。

1980年代的義大利人本來以為商業能挽救媒體於政治的控制，但是沒想到，商業媒體的擁有者藉著媒體的力量橫掃各行業，然後登上政治舞臺，成為最大的操控者。期待藉由商業自由的競爭型態，而使媒體獨立於政治之外的神話與夢想，終於破滅。

新聞自由、商業與政治權力

從有報紙以來，每當新聞媒體想擺脫政治的箝制，通常都會尋求商業的力量，認為商業會挽救新聞，免於被政治權力操弄。其實從歷史發展的角度觀察，新聞言論擺脫政治的控制之後，並沒有如預期的邁向獨立與自主，媒體在擺脫政治的箝制之後，卻淪為商業的禁臠。

媒體就是權力的通路，誰握住這邁向權力的通路，誰就可以獲取更大的權力。媒體也是通向真理正義的渠道，只是為何媒體未能反映更多的正義與真理，反而反映更多的權力與利益？

美國憲法修正案第一條規範：「國會不能制定任何法律，限制人民言論及新聞之自由。」此修正案成為全世界新聞自由的基石，新聞自由乃對抗政府的事先審查與箝制。新聞自由給予人民自由批評政府、監督政府，以及獲得正確訊息的權力。但是包括極力倡導新聞自由的美國開國元勳都相信，新聞自由是人民反對政府暴政的重要手段與憲法權利。但是美國開國元勳並不能避免新聞權離開政治箝制後，不受商業箝制。媒體與新聞自由成了報社老闆的新聞自由，而這自由讓報社老闆通向並獲取政治權力。

標榜新聞自由最力的美國，一直到內戰時期，報紙與新聞還是充滿了政黨與政治派系的導向。新聞媒介在獨立戰爭中，是政黨獲得民意支持，以及鼓吹政黨政策的主要工具。

美國新聞媒體真正的商業化，是在1830年的「一分錢報紙」（Penny Press）之後才揭開序幕。「一分錢報紙」的創始人大衛・薛皮爾（Horatio David Shepard）不是一位記者，而是紐約醫學院的學生。薛皮爾觀察到，人們很容易地會去購買一分錢的物品，於是在何雷司・葛利（Horace Greeley）的協助下，他們創立了一分錢報紙《紐約晨報》（*New York Morning Post*）。後來雖然失敗，但何雷司・葛利隨後又創立了《紐約論壇報》（*New York Tribune*），成功的「一分錢報紙」時代於是誕生。

在何雷司・葛利的《紐約論壇報》成立後的二十年間，美國大約有兩千五百份的一分錢報紙，其中兩百五十份的單日發行量都超過一百萬份。

《紐約通訊報》（*New York Herald*）的佛德烈克·韓德森（Frederic Hudson）以及當時著名的報人奧古斯特·馬弗瑞克（Augustus Maverick）都指稱，包括《紐約時報》等「一分錢報紙」的誕生，是閱聽者的渴望所造就。他們都深信，報紙的歷史任務就是引導人們創建新時代，並且引導新聞成爲免於政府及政黨控制的傳播媒介。

因此，「一分錢報紙」亦被稱爲「眞正的新聞」（True Journalism），它也是當代新聞的鼻祖。

1830年代正值全世界工業革命的高峰期，商業鼎盛，市民權利意識抬頭，都是促使「一分錢報紙」因應而生的力量。當時著名報人班傑明·戴（Benjamin Day）的《太陽報》，證明了一般性、非政黨取向的報紙也能獲得人們的青睞。《紐約通訊報》的總編輯詹姆斯·班耐特（James Gordon Bennett）更宣稱，《紐約通訊報》是一份屬於全體大眾的報紙，他們拒絕支持任何特定或單一的政黨及政治立場，他們的報導會儘量求其眞實與誠實，並期望給予閱聽者一個最眞實的世界圖像。

亨利·雷蒙（Henry Raymond）是當時另一位著名的報人，他在爲《紐約時報》服務的時期，強調報紙必須冷靜地處理新聞事件。他以公共利益（Public Good）的促進者自居，強調報紙不偏向任何政治黨派的中立立場，以提供事件的完整性爲其辦報之圭臬。

一分錢報人最終投向政治

一分錢報紙時期，新聞對政治採取中立的立場並沒有維持太久。在美國解放黑奴的內戰中（1861-1865 A.C.），南方報紙與北方報紙政治立場各自迥異，使得報紙再度成爲政治喉舌的重要工具。報人很自然地介入政治論述，報紙再度成爲政治論戰的最重要場域。一向標榜報紙不介入、不選邊站的報人，包括何雷司·葛利以及亨利·雷蒙都成爲重要的政治領袖。何雷司·葛利的《紐約論壇報》堅決反對黑奴制度。內戰結束後，《紐約時報》的亨利·雷

蒙成爲共和黨最重要的創建者，後來亦成爲紐約州副州長及國會眾議員。

何雷司・葛利則曾參與角逐自由派共和黨以及民主黨的總統候選人。其實並非內戰促使報人放棄政治中立而參與政治，早在內戰之前，亨利・雷蒙就是輝格黨（Whig Party）的重要成員，他全心支持林肯解放黑奴的理想。至於何雷司・葛利則是不斷地敦促林肯爲解放黑奴儘早採取堅決的行動。[1]新聞與政治不是一線之隔，它們在根本上是互通的。堅持政治中立的一分錢報紙的創立者紛紛加入政治，亦顯現新聞是通向權力的捷徑。

但是在美國內戰之後的新聞報紙，卻扮演起社會正義與南方經濟復甦的重要角色。《紐約時報》持續監督政府官員與國會議員的貪汙腐敗，爲當時政府之清廉樹立指標。南方的報人亨利・瓦特生（Henry Watterson）以及亨利・格雷迪（Henry Grady）所屬的報紙倡導黑人人權，促進南方婦女地位的提升，都有著重大的貢獻。1870年代以後，當亨利・雷蒙、何雷司・葛利這些老報人紛紛過世之後，大都會型態的報紙崛起，一分錢的報紙時代消失。

新聞的企業化與廣告的崛起

一分錢報紙的時代，其受歡迎的基礎是依靠一群有理想、有見地的編輯群，收入則是依靠閱聽者的直接付費。但是1870年代之後，隨著資本社會的更加成熟，大都會型報紙時代來臨，商業的力量更深入報紙的經營，廣告逐漸成爲報紙生存最重要的經濟活水。報紙的經營開始分爲編輯部、廣告部與發行部，尤其報紙大量依靠廣告維持營運，廣告部經理與銷售部門經理的地位跟新聞編輯的地位相當，甚至更重要。1879年廣告收入占報紙收入的44%，到了1899年廣告收入占報紙營收的54.5%。編輯們爲符合不同廣告商的商品需求，在全美各地區發展不同的新聞題材，以符合廣告需求。運動、消費、醫療、娛

1　Sloan, Wm. David & James G. Stovall, *The Media in America*, Publishing Horizons Inc., 1989, pp.135-138.

樂、旅遊等新聞逐漸占據更多的版面，一分錢報紙時代以政治議題為主的新聞風格逐漸式微，報紙的經營走向娛樂化。

閱聽者付費與廣告者付費對新聞取向之影響

　　閱聽者直接付費看報紙的歷史其實相當長久。新聞媒體從羅馬的凱撒大帝每日發Act公報給羅馬市民，到基督教羅馬教會以出版品掌握歐洲人的信仰，到了15、16世紀，終於因為商業海權擴張之需要和印刷術的發達，而逐漸從政治與教會的掌控中脫離出來。15世紀古登堡（Johann Gutenberg）發明活字印刷之後，一系列因為印刷帶來的社會變革就接連產生。印刷業的盛行給予宗教改革者更多的機會，將他們的見解傳遞給歐洲各地的意見領袖。這些意見領袖長期抗議教會打壓會眾之言論自由，以及控制印刷業，因為活版印刷的發達，讓新教徒（Protestant）有了新的利器反對羅馬教會。

　　印刷業同時是15世紀商業與銀行業的利器。隨著歐洲海權的擴張，威尼斯成為商業貿易的鼎盛之處，銀行家與商人為了取得各方貿易的訊息與船隻航行的狀況，開始推行當代新聞媒介最早期的報紙形式「Gazette」。Gazette其實是義大利的一枚銅板，任何人想要聽最訊息提供者朗讀最新商業貿易或戰爭的訊息，必須付一枚 Gazette。16世紀當時威尼斯的報紙依賴朗讀的形式，之後才被印刷的報紙Gazette所取代。

　　仰賴閱聽者直接付費，是原初的報紙營運模式。閱聽者直接付費，使得編輯更關注閱聽者的需求，閱聽者也因為求取新知與關切公眾議題而願意掏錢購買報紙。只要媒體維持著閱聽者付費的結構，媒體的生態就很靠近近代經濟學家的理論，持續開放競爭會創造最好的產品。

　　媒體持續的開放競爭，是否最終創造最好的媒體內涵與言論品質？從我們的經驗值看來，並不如此。約翰‧彌爾頓一再強調的Marketplace of Ideas市場機制放進媒體生態中，並未如預期地出現最好的言論品質與最合理的公共論述領域。為何如此？原因之一是因為從本質上看來，媒體的擁有者如果是企業

主與商人，企業最大的利益就一般商品來說，是獲得消費者最大的支持與購買；但是對於媒體企業或媒體商業而言，經由媒介的控制取得政治權力是它另一項重大的誘因，這使得媒體的企業性質與其他商品的企業性質有顯著的不同。

臺灣曾有大企業家準備進軍媒體市場，他在思索辦媒體的過程中，一些資深媒體人告訴他，你賣再多的高檔商品，就只是個生意人；但是如果你擁有媒體，一篇社論、一個報導，你就會被總統請去吃飯或打高爾夫球。據聞，這句話深深打動這位後來成為媒體老闆的企業主。擁有媒體，不是擁有權力，而是很容易被權力吸收，甚至成為權力本身。

正是這種媒體與權力的連鎖效應，使得媒體企業的型態有別於一般商品企業。更多的競爭不會創造出有利於閱聽大眾的權利，反而容易使得媒體與權力靠攏，為權力服務，或成為最有力的權力擁有者。

當前臺灣各報紙與各電視臺多半各擁其主，各有各自的政黨屬性，即是一個明證。更有甚者，商業經濟模式的競爭其實容易造成托拉斯，托拉斯在一個意義上有助於創造最好的商品。不管是Microsoft或是Apple的iPhone，相當程度上都是市場獨大的商品，經由寡占與獨占使得商品品質高，價格低廉。雖然如此，美國的《反托拉斯法》一再地重申確保商品的競爭，以便讓消費者有長遠的、更多的選擇權利。但是寡占的情況處處可見，日本的照相機獨步全球，全世界的電器產品就是幾家寡占，汽車工業也是如此。

企業容許寡占，但是言論市場如果寡占，對於人民權利與民主政治都是一種威脅。一個民主多元的社會，閱聽者接收訊息的權利與表達意見的權利，必須多元的、個別的、多重的、自由的、暢通的、豐富的，這都不是寡占的商業場域能提供的機制。最終，言論市場只剩下幾個少數的大財團擁有真正的言論與新聞自由，其他廣大的大眾只能透過這少數的媒體企業主才能發聲，才能接收訊息，這是對言論自由最大的危機與抑制。

直接付費市場與自然壟斷法

美國報業遵循市場化模式，曾期待出現更多元的言論機制。曾經各大城市報業競爭激烈，多家報紙鼎立，各擁一片天。結果美國的報業從1950年之後，逐漸合併成一區一家的局面，傳播經濟學者把這個現象稱之為「自然壟斷法」。1950年全美國有99家獨立的報紙，在38個區域市場各自競爭並擁有大量的訂戶。然而到了1980年剩下66家，1987年只剩下15家都會型報紙生存下來。自然壟斷法說明一個超大型企業，包括新聞企業在內，只要經營者擁有足夠的資金，他們可以透過低價競爭，高價挖走優秀的新聞記者，藉以擴大市場占有率，最終資本不足者將被迫退出市場，而資本雄厚者成為市場的壟斷者。這是商業模式的自由競爭法則無法創造多元的言論市場之歷史明證。

自然壟斷與言論內容之多元化

我們以為自然壟斷法不利新聞言論之自由多元，但是傳播經濟學卻提出一個理論，指稱獨大化（自然壟斷法）反而有助於促進言論內容的最大化與多元化，獨占的媒體市場更能夠符合公共利益。像CNN這樣的電視媒體，在全球是獨霸的地位，它的商業利益的極大化，其實就是公共利益的極大化。媒體愈是獨大，愈容易訴求公共利益，這聽來是很弔詭的理論。

然而這理論提出一個假設說明：當一個媒體市場裡如果有10%的人口喜歡聽古典音樂，有90%的人口要聽搖滾音樂，假設這個市場中目前有兩家廣播電臺在競爭，有哪一家廣播電臺會播古典音樂？答案是兩家都不會播古典音樂，而是訴求90%的流行音樂人口。如果有一家定位是古典音樂頻道，顯然只有10%的聽眾，它將失去90%的其他收聽人口。如果有第三家廣播電臺加入競爭呢？第三家廣播電臺會定位成古典音樂頻道嗎？既然前兩家都訴求90%，那第三家電臺也會想，我是不是應該只訴求10%呢？還是加入那90%的流行音樂市場？

我們用簡單的數學算一下，從利潤和成本來考量，90%的人聽POP Music，10%聽古典音樂，三家都訴求90%的市場，每家平均還有30%的潛在占有率，所以第三家一樣是訴求流行音樂。因此，一個市場裡即便有三家媒體在競爭，由於成本利益的考量，一樣不會立即創造言論內容的多元化。那第四家呢？他一樣會去思考是訴求10%的古典音樂市場，還是加入爭取90%的流行音樂大餅？四家除下來，還是有25%的市場潛在閱聽者，比起10%的古典音樂還是多。因此，多家競爭結果，市場中10%的古典音樂人口一樣沒有貝多芬可以聽。

　　我們以簡單的數學來算，直到市場出現第十家，大家的市場占有率都有10%，因此會有人離開流行音樂市場，去爭取那10%的古典音樂市場，這時，市場裡的閱聽者終於可以每天聽到貝多芬、莫札特了。但是10%的閱聽者能不能支持一家廣播電臺的生存？能不能得到足夠的廣告商支持？就是另外一個大問題。

獨占是否有利於言論多元化

　　經濟學的自然壟斷法則會出現少數幾家、甚或一家獨占的營運，更能在經濟市場中生存下來、創造利潤。一家獨占或寡占市場，企業主能夠以聯合銷售控制市場，以行政集中降低成本，然後經由低價銷售來排除資本不夠的競爭者，最終獲得獨占與寡占的經濟利益。

　　走筆至此，讀者應該不會納悶不解，為什麼當今媒體市場中，每家電視新聞網的內容看起來都一樣？以前述的經濟理論而言，多家媒體趨向內容一致化的規律應屬合理。在多家競爭的媒體環境中，為了訴求觀眾最大化的趨向思維裡，沒有一家敢不一樣。再怎麼爛的新聞事件、再怎麼不入流的驚悚內容，沒有一家敢獨漏。為什麼？因為可能市場中80%、90%的閱聽者都愛看。市場中會倒閉的可能就是那訴求10%愛看優質節目內容的電視臺，這就是為什麼有線電視新聞網看起來都一樣。當然，如果有足夠的新聞網家數能在經濟市場中存

活下來，就可能會有其中一家電視臺會訴求那少數的菁英觀眾所喜愛觀看的精緻優質節目。

傳播經濟學中有理論指出，獨占市場反有利於產品的多元化。依此理論，如果一位傳播企業是市場壟斷者，他擁有獨大、獨門的傳播生意。如果在市場中有90%的流行音樂市場，有10%的古典音樂市場，作為獨占者，他當然想去爭取100%的市場占有率。所以，獨占者會設立幾個頻道作為流行音樂電臺，他也會設立一個音樂頻道專門播放古典音樂，以滿足媒體市場中另外10%的古典音樂人口。因此，獨大化與言論多元化呈正比，只有獨大才可能滿足每一個不同收視族群的需求。這是一個商業理論，也是一個很實際的經濟理論。但是弔詭的是，在現實中，人性不是永遠追逐特定單一的市場利潤，極大化的傳播企業就能產生言論內容的多元化？就能夠滿足每個領域的閱聽人之言論需求？究其實，這只是一個理論。

獨占市場的傳播企業主會不會因為追逐最大利潤，而創造出最極大化的言論多元？從筆者的理解，獨占傳播市場的企業主很容易把其機構的利益，放在公共利益之上。美國規範有線電視是系統業者一區一家，就是這個理論，因為極大化，因為市場中的獨大，所以所有頻道他都可以承載。這符合經濟利益極大化，因為獨占業者透過承載所有不同的頻道，可以觸及到市場中所有不同差異的觀眾。但是問題仍然存在，當傳播業主也經營其他事業，他會不會利用其傳播的獨占性為自己謀福利，而喪失公共利益？假設一個獨占的有線電視系統業者，他同時在該同一市場中經營興建焚化爐的事業，如果有哪一團體或特定個人反對興建焚化爐，或某一家頻道電視臺專門批判焚化爐，這位獨占的系統業主極可能抑制該言論，不播放反對焚化爐的新聞，或乾脆將反對焚化爐的頻道抽掉、不承載該反對之頻道（Not to Carry Specific Channel），或把該頻道置放在很後面的位置，讓收視率下降。

假如一家獨大的有線電視系統業主是基督徒，他會不會將佛教電視頻道抽掉？或是放在不利於收視的頻道區？反之，獨大的系統業者是佛教徒，有沒有可能也如此對待其他宗教頻道？這當然有可能。所以，美國FCC規範必須承載的條款（Must Carry Rule），該條款規範有線電視系統業主（MSO）必須承載

無線電視臺（Terrestrial Station），因為無線頻道也是政府核發的執照，它們有履行公共利益的權力。

所以，獨大、獨占市場的危機，就是業主可能可以為所欲為。除非有法令限制，否則一旦給予執照，一旦在言論自由、新聞自由的帽子底下，政府不能干涉媒體的言論內容，那業主可以逕行他自己的言論權，排擠他不喜歡的言論，而法令對他完全難以作為。提倡公平報導的馬丁‧李在其著作《不可靠的新聞來源》一書中，以美國奇異公司為例，說明奇異公司在1987年買下三大電視網的NBC。由於奇異公司在全球興建核電廠，NBC內有許多反對核能電廠的新聞製作人紛紛離去，NBC進而製作大量有關於核能電廠正面的新聞紀錄片。[2]

1987年，美國FCC聯邦通訊委員會已經廢除公平報導原則（The Fairness Doctrine），該原則規範媒體如果沒有針對重大爭議性之公共議題進行公平的報導，FCC可以取消該媒體之執照。公平報導原則對記者是最好的保障，不管誰來當老闆，不管是企業家當老闆，或政治人物當老闆，在公平報導原則的保護下，記者對於重大爭議性的公共議題要各方並陳。如果某電視公司沒有報導重要的公共爭議性的議題，FCC可以在換照之際吊銷該電視臺執照，因此不會出現企業主要經營焚化爐，就限制記者報導焚化爐，或開除反對焚化爐的記者，或限制反對興建焚化爐的廣告。

商業追逐利益極大化，不必然會帶來言論多元的極大化。因為傳播企業主可能具備其他的經濟或政治利益、宗教或文化定見。這些利益或定見跟經濟利益的極大化發生衝突，傳播企業主不可能會犧牲自身的經濟利益，以滿足其他公眾更大的經濟、政治或文化宗教之利益。

即使有線電視系統業主都是經由閱聽者直接付費來維持營運，創造經濟利益，但是直接付費制度不必然會帶來言論多元化。何況當傳播媒體的付費機制是來自第三方廣告業主的利益加入後，言論的多元、優質與保障就顯得更形

2　馬丁‧李，諾曼‧蘇羅蒙，《不可靠的新聞來源》，正中書局，1995。

薄弱。

媒體生態的鐵三角：廣告、媒體與觀衆

　　閱聽者直接付費的機制，無法避免新聞事業集中在少數幾個壟斷者手中。那如果是第三者，由廣告商付費壟斷的情況是否會改善？

　　廣告與新聞事業淵源由來已久。新聞媒體最早的廣告出現在1652年，第一個報紙廣告是一個咖啡商向讀者介紹他們的新品種。當時流行在報紙刊登廣告的包括茶葉、書籍、旅行，甚至連徵婚啓事都有。

　　19世紀末期的商業勢力，造就人類前所未有的生產與消費的力量，這個期間正是馬克思主義批判資本主義壟斷生產工具、壟斷消費形式的時代。商業力量在此時深深地滲入媒體的核心，甚至成爲新聞媒體服務的最重要依據。商品離不開廣告，廣告的出現根本地改變了新聞媒體的市場結構與新聞取向。

　　廣告、媒體、觀衆構成今日媒體環境的鐵三角，但是這鐵三角之間的厲害互相糾葛與矛盾，也構成今日新聞品質的衰敗。以一個商業電視臺爲例，電視臺製作節目或新聞，照理應該是爲閱聽觀衆的需求，但是觀衆並不付費給電視臺，而是廣告業主付費給電視臺。既然觀衆不付費而是廣告商付費，那麼廣告商喜歡什麼節目或新聞，便成爲電視臺最關心的核心問題。媒體所在意的，不是觀衆喜歡什麼節目或新聞，而是廣告商想觸及哪些觀衆。如果廣告商喜歡的觀衆是小孩族群，那電視臺就要製作能廣泛訴求小孩子的節目，才符合廣告商的需求，才能夠創造媒體的正常收益。因爲基本上觀衆不付費，所以對媒體而言，他們的客戶不是觀衆，他們的客戶是廣告商，廣告商願意下單，電視臺或報紙才有錢賺。所以這就是爲什麼，第一流的節目在電視公司通常是不受歡迎的，因爲沒有廣告商支持，因爲廣告商要的是最大數量的觀衆，一流的節目可能曲高和寡，不能取得最大的觀衆數量，因此，廣告商不買帳的節目，電視臺就不會製作，這形成了一種反淘汰。

廣告付費創造出三流節目？

　　許多的經驗與研究支持電視臺能夠取得最大觀眾量的，通常是二、三、四流的節目，這些節目的新聞內容能夠訴求國中、高中、甚或大學學歷各階層觀眾，那個量是最大的，愈高階層人數愈少。所以，媒體規劃新聞或節目內容，鎖定的對象如果是高階層的知識分子，那麼其結果是新聞內容多豐實、節目做得多棒，都可能不會有很高的廣告收入，因為他們未必是廣告主青睞的客戶。新聞媒體的衣食父母是廣告商，廣告商支持新聞媒體，媒體吸引客戶給廣告商，廣告商因此控制了新聞的方式及走向。

　　當然，美國有少數的電視新聞雜誌節目訴求菁英知識分子，獲得大型企業的廠商贊助，這是少數幾樣例外。多數節目大概訴求最大量的收視觀眾的數字，亦即收視群，所以做節目不能走得太精緻，訴求愈多的觀眾，就愈不能曲高和寡，而是要把層次降低，所以，色羶腥新聞會不斷地出現，並占據主要新聞版面與時間，因為它們能夠取得最多的觀眾群，而這正是廣告主所需求的。

以質而非以量為訴求的電視頻道

　　1985年在美國出現的Discovery頻道，在普遍強調最大收視族群的電視生態中，算是一個異數。以臺灣Discovery頻道而言，它的收視群觀眾只有0.1或0.2的收視率，但是它以優質的紀錄片定位自己，節目相對比較好，但是廣告收入呢？Discovery當然也有廣告需求，但它已成功塑造一個品牌，雖然觀眾群少，可是頻道供應商不能沒有它，所以，Discovery主要依靠頻道收視費維持營運。全世界的Discovery頻道前二十幾年都在虧錢，但是它能維持全球營運是因為它的市場品牌。市場估計Discovery頻道如果在美國上市，資產就到達五百億美金，它是靠優質內容，非訴求最大收視群、非色羶腥而成功的知識

頻道，是優質的品牌形象在支撐Discovery。它本身沒有足夠的廣告營收，本身的利潤並不理想，並不賺錢。到2008年為止，Discovery頻道在臺灣曾虧損了十一年。許多廣告業主表示，雖然上Discovery頻道的收視群的數字有限，但是上它的節目廣告有形象，所以很顯然訴求的觀眾多寡，是要看廣告商喜不喜歡。

曾經有過一個理論就是說，紅極一時的臺視某社會性的劇情式紀錄片，收視與廣告都是第一名，但是因為很多婦女團體寫信去廣告商抗議，宣稱如果廣告商再繼續支持該節目，她們就要出來開記者會，公布支持該節目的廣告商，並且抨擊那些廣告商。那些廣告商的確有所畏懼，因而讓該節目就此停播。

廣告、媒體與閱聽者這三種關係，因為付費的本身不是閱聽者，所以影響媒體走向的成為廣告主，而非閱聽者。在直接的消費市場機制裡，消費者可能有機會選擇他自己喜歡的商品。例如我們去訂做西裝，西裝可以量身訂做；甚至我們買一部車，也可能可以要求這個車廠為我們量身打造。我們可以要求車廠加裝配備，甚或改裝等等；訂做衣服也一樣，我們量身訂做衣服，我們要製作一件一百萬的衣服，如果我們付得起，業主就願意幫我們做。消費者可以決定最終產品。

但是新聞或媒介內容可不可以量身訂做？一個觀眾想要看的節目，某位讀者想要閱讀的文章，媒體可不可以或可不可能為閱聽者量身訂做？以目前廣告付費的機制，媒介內容，特別是新聞內容極少，甚或不可能為閱聽者，特別是某位閱聽者量身訂做某一內容；當今媒介的商業機制不可能如此運作。

但公共化的媒體機制卻有可能，某人捐一筆錢，請媒體製作某一類型的節目或內容。但一般而言，贊助者不能對內容過度干涉或為所欲為。贊助者有可能捐一千萬給媒體，要求製作一個環保節目，但是其內容如何卻由媒體自身作主決定。因此，不管是商業化的媒體機制，或是公共的媒體機制，直接由個人，不管是閱聽者或企業主直接提出量身訂做的內容是不存在的。缺少直接付費機制，缺少閱聽者量身訂做的媒體內容，追求最多數閱聽者之內容走向就無法避免。

閱聽者的直接付費，直接要求媒體製作某特殊內容的機制無法存在，這當然使得媒體對於閱聽者的重視度降低。對閱聽者重視度的降低，相對地，媒體內容的分殊性、多樣性、層次性就無法出現。廣告決定媒體內容的機制存在一天，媒體就會走向集中與同質性，以吸引最大的收視群，這是當今媒體機制先天的限制。

廣告企業主對新聞記者之直接影響

企業廣告主對於第一線報導自己負面事件的新聞記者直接施壓之事件，仍時有所聞。曾經有某報社記者為了一篇負面事件之新聞報導，內容對幾個大企業家非常不利，幾位企業家向報社施壓，報社老闆決定逼迫這名記者離職。對報社而言，這些大企業家當然得罪不起，他們不只是廣告大客戶，商業關係的互相需要經常使得新聞事業主必須屈服，被批判的企業中甚至還包含大型超商的老闆，這大型超商揚言將該批評他的報紙下架。在此情況下，新聞記者如何行使新聞自由？

商業利益影響到新聞的價值取向，一些廣告主大客戶每年抱著大筆現金給新聞媒體，對於一個營收愈來愈困難的新聞事業，不管是電視或報紙，一年幾千萬的廣告是何等的大事。誰能夠拒絕廣告老闆捧個幾千萬來給新聞事業主，而一旦廣告主遇到消費糾紛或其他醜聞，廣告主自然會對新聞媒體施壓。媒體的業務部門極可能打電話給新聞部主管，要求抽掉該廣告主的負面新聞，媒體事業主在廣告收入的考量下，自然會屈服。假設發生負面新聞的是大型連鎖超商，而報紙都是依賴大型超商上架販賣報紙，這時，新聞部的壓力自然更大，因為任何報社都無法容許因為批評超商而讓自己的報紙下架之損失。

製作成本與言論的優質多元

　　商業利益透過成本的考量與控制，結構性地影響著媒體的言論傾向與品質。一個節目如果基於公共利益、基於忠於閱聽者之權利，編輯部或製作群一定要用盡心力製作新聞或節目，其製作成本當然很高。但是以現今的媒體環境，成本高是不容許的，因為單一市場中已經有太多的媒體，競爭過度激烈，使得新聞媒體必須強調低成本。一項嚴肅的公共議題必須花上一個月或者兩週去探討，才能理出頭緒，才能訪談到各方面的意見。這些議題通常需要資深記者才能製作，資深記者的薪資昂貴，不容易被操控左右，因此留下來的都是比較年輕的記者。年輕記者薪資低，比較好替換，因而比較好操控。但年輕記者很難做出深刻的、有洞見的新聞。何況現今一位有線電視的新聞記者必須一天發三則新聞，時間壓力、經驗不足、要收視率，採訪製作負面新聞及色羶腥新聞便成為捷徑。這些新聞以成本來考量，比起做一支長版的紀錄片，找資深記者花時間好好研究一個議題，好好反映公眾利益自然要節省得多。

　　在這種過度競爭、低成本考量的媒體機制下，公共利益當然會被犧牲。一個無法以足夠的成本製作節目以探討嚴肅議題的媒體，公眾利益被關注的程度就大大減少。市場愈競爭的媒體環境，愈難維持高成本，市場愈競爭，市場愈小，製作節目的成本一定愈低。成本愈低，言論品質一定愈糟，公共利益被關注與觀眾的權益受保護的機會也大大減低。

　　美國新聞節目《60分鐘》創立近50年，該節目製作團隊就有一百多人。《60分鐘》節目製作成本非常高，該節目一共有七個製作人，每個製作人一年只工作九個月，一年製作15個故事。七個製作人轄下有許多助理製作人。筆者在臺視製作《大社會》節目，一共只有四個人，一年要製作56個故事。以製作成本思考，美國的市場是臺灣的十倍，市場規模是兩億多人口，臺灣是兩千三百萬人口。因此市場愈小，媒體愈競爭，成本就愈低。成本愈低，言論品質的優質與多元就愈差，這幾乎已是一個定論。

　　所有的媒體只要是商業營利的媒體，經營者應該都會問：商業利益與公共利益之間要怎樣取得共存？我是一個企業主，我投資媒體，我要營收賺錢以維

持媒體營運，但我同時還要履行公共利益，這兩個取向必然有其衝突點。以理論言之，媒體愈訴求公共利益，愈能吸引大眾看我的新聞，看我的節目，當然也會有更多的廣告收益。然而當市場中有過多的競爭者，或是經營者有其他的利益考量，這種認為公共利益的極大化會自然產生商業利益極大化的現象並不會發生。

特別當媒體處在生存邊緣，必須仰賴私有貸款，或必須仰賴政府銀行的協助，或仰賴政府置入性行銷的預算時，媒體的公共利益責任與營運責任就會出現兩難。一個有財務壓力的媒體，如果遇到新聞關係人是政府官員或企業主，它如何能無所忌憚地行使言論的正義與自由？新聞關係人的政府官員或企業主如果緊縮該媒體的銀根，媒體馬上會面臨營運困境。這些都是商業利益與公共利益矛盾衝突之處。而不管政府給誰媒體執照，執照擁有者永遠需要商業的力量來支撐他的營運。

商業傳播體制與新聞自主

在商業媒體體制下，公共利益如何維護？筆者認為，當今商業體制的媒體環境欲維護公共利益，有幾個條件：

第一個條件是一個成熟的新聞團隊。就是說，這個新聞團隊能體現新聞自主，能夠去抵擋一個財團、一個老闆，一個資方在他們違反公共利益的時候，這個團隊能夠站出來捍衛這個公共利益。當時尼克森政府要打壓CBS，阻止CBS新聞部繼續報導水門事件，CBS的新聞部團隊站出來，抵擋資方給他們的壓力，堅決不撤掉對於水門事件的後續報導。這是一個關鍵，一個自主性的新聞團隊是保護新聞言論權與公共利益的關鍵。1990年代當《洛杉磯時報》準備要把他們的版面都商業化，總編輯和編輯群便提出抗議，甚至以集體辭職作為要脅，結果《洛杉磯時報》總經理讓步，不再堅持將版面資訊廣告化。這也是一種新聞自主團隊在關鍵時刻能夠站出來維護公共利益，而對他們所屬的老闆提出異議，以維護新聞正義與信念。這是第一個關鍵。

第二個關鍵是閱聽大眾。當閱聽大眾愈重視公共利益，愈能勇敢地說出來，像臺灣某婦女基金會曾寫信給所有支持某電視臺收視極佳的驚悚節目的廠商，對這些廠商說，如果他們繼續支持該節目，就要開記者會公布廠商名字並進行抨擊。該節目收視長紅，最後選擇停播，這是因為閱聽者，包括公益團體挺身捍衛公共利益，以維護媒體言論的正義與品質。這是第二個可能性。

第三個是政府相關的傳播政策與法令，必須能夠支持媒體言論伸張公共利益的基礎。曾經在美國實施40多年的「公平報導原則」，規定執照擁有者必定要履行公共利益，而且對公共利益要加以詳細地陳述，包括重大災難、緊急危難都必須報導；所有關於爭議性的公共議題必須各方並陳，以維護閱聽人的權利，這使得記者對於重大公共議題的公平報導有了法律的基礎。這基礎將使執照擁有者，亦即媒體老闆不能干涉或操縱公共議題的內容；如果媒體執照擁有者違背公平報導原則，在每若干年申請審核執照延長的時候，可能面臨被吊銷的命運。公平報導原則保護了新聞記者的自主與報導公共議題的權利，這是第三個公共利益保護的關鍵。

第四個是司法制度新聞正義與言論自由的救濟。當民眾或新聞記者的公共利益受到侵害時，司法救濟能夠維護公共利益與新聞正義。沒有新聞自由就不會有公共利益，每當有重要的、社會應該關注的新聞出現，而這樣攸關公眾的新聞不能得到自由的發展，公共利益立即受到危害。新聞自由自然不是從天上掉下來，新聞正義與自由需要政府法令的配合、需要司法的救濟。美國大法官有許多關於言論與新聞自由的釋憲案，這些釋憲案都在促進言論與新聞的自由。

發生在1971年著名的「國防文件——越戰報導」（Pentagon Papers）。當時中央情報局控告《紐約時報》洩漏國家機密，危及國家安全，要求《紐約時報》停止刊載「國防文件——越戰報導」。整個事件最後就是依靠司法救濟，讓《紐約時報》能伸張新聞正義，同時扭轉了美國人對越戰的觀點。1970年越戰打得最劇烈的時候，美國中情局CIA一位社會學家丹尼爾‧艾爾斯伯格（Daniel Ellsberg）因為長期在中情局經手處理越戰文件，他愈來愈覺得美國政府的越戰文件不斷地在掩飾政府的錯誤，不斷地在誤導、欺騙美國人

民。所以，1971 年某天晚上，艾爾斯伯格在辦公室裡，連夜地將他所獲得的越戰祕密文件大量影印。艾爾斯伯格幾乎把辦公室裡所有影印機的紙都印完了，然後天還未亮，他帶著厚厚一大疊越戰報告文件，交給《紐約時報》副總編輯。《紐約時報》副總編輯在飯店裡讀了三個月，然後決定開始登載。

美國中情局CIA立即控告《紐約時報》洩漏國家機密，危及國家安全，要求不准再刊登。案子進入最高法院，就是著名的釋憲案*New York Times v. U.S.*（*403 U.S. 713*）。該釋憲案中，美國最高法院大法官以6：3，支持《紐約時報》刊登越戰「國防文件——越戰報導」。大法官支持《紐約時報》刊登「國防文件——越戰報導」，主要是認為此刊登並未引起國家安全之虞，因此判決《紐約時報》勝訴。而同時中情局CIA起訴艾爾斯伯格，指控他違反保密原則。官司因為CIA不法潛入艾爾斯伯格的住處進行非法搜索，違反程序正義，全案撤銷。丹尼爾・艾爾斯伯格無罪釋放，《紐約時報》亦獲得大勝。新聞自由如果沒有這樣的司法保護，新聞記者便無法真正體現新聞自由與言論自由的正義，所以，司法救濟對於維護媒體履行公共利益是必需的要件。

然而，媒體是否能維護其獨立精神與履行公共利益的根本關鍵，仍是財源。誰掌握財源，誰就掌握了新聞與言論的取向。下一章我們就以較大的篇幅討論新聞自主與財源的深刻關聯。

Chapter 11

媒體財源與新聞自由
Financial Resources and Freedom of Press

現代傳播科技產業不斷創新，整個傳播產業被科技發展追著跑，並不是閱聽者需要高畫質數位電視，而是傳播科技業者經濟利益的需求。科技的日新月異，幾乎每5年都會有新的傳播科技出現，電視數位化、高畫質、光纖電纜、小型攝影機、簡易電腦剪接軟體、快速互動的傳輸等等，使得傳播企業主必須跟上科技的發展，才能在市場中存活下來。而科技即金錢，取得財源成為傳播科技業者必要的營運基礎。誰掌握傳播業者的銀根，誰就掌握了傳播言論的內容。那麼誰擁有財源呢？他們可能是銀行界、是政府、是企業家……但絕不是閱聽大眾。

在商業的電視體制中，觀眾不直接付費給電視臺。即便在報紙行業，也必須限制報紙的發行量，因為就單張成本來說，報紙是賣一份虧一份。所以當廣告到達飽和之後，多賣報紙其實是多虧損。可見直接付費的報業，閱聽者永遠都不是他們的真正財源；財源可以是廣告主、是銀行、是政府、是企業，閱聽者的付費，無法提供足夠財源給傳播業主，他們對商業媒體的影響始終是間接的。

包裹行銷與言論多元的背離

然而，有線電視也許有直接付費機制，不過觀眾不是直接付費給電視頻道，而是間接透過有線電視系統業者來統籌收取，系統業者再將與各頻道協商的結果，給付一定金額給「部分」電視頻道業者。之所以說「部分」，因為多半的頻道業者不向系統業者收費，甚至頻道業者必須付費才能上有線電視系統播放節目。

每一個電視媒體的節目背後都有金錢在計算。金錢計算在先，內容取向在後。好商品只要有人購買，也是良性競爭。競爭，是市場機制的萬靈丹，競爭會帶給消費者最好的物品。但是市場機制運用在電視媒體的市場中，其實是不充分的、是不可能產生競爭的，也不可能帶給消費者最滿意的言論產品，其關鍵在於，消費者，亦即收視者，並不直接付費給電視頻道製作者。

有線電視雖然提供觀眾直接付費的經濟模式，但是這種直接付費的機制，並不是直接反映觀眾對於某特定節目的選擇，只是反映閱聽者對於綜合包裹頻道的選擇。觀眾對於包裹頻道的選擇與對某一節目的選擇之間，仍有一段距離。有線電視觀眾的直接或間接的付費機制對於公共利益、對於節目的取向有無影響力？自然是有的。但其影響力仍然很間接。

　　觀眾對節目內容傾向之影響力是透過給付系統業者，系統業者提供給閱聽者的頻道是一個大包裹的頻道。有線電視系統業者可以拉掉一個他們不喜歡的頻道，假設某一電視系統業者不支援Discovery，他可以將該頻道放在很後面的位置，收視就會變得很差。然後也許系統業者會接到很多電話抱怨，端看這些壓力有沒有大到讓系統業者將該頻道恢復。

　　所以，收視高或有口碑的頻道擁有比較好的談判條件，因為它們都有一定程度的觀眾支持。但是相較於一些可能比較弱勢但優質的、尚未在市場上成熟的頻道，系統業者在理論上可以隨時拉下你，他可以不要承載你，因為你不是他的財源。

　　就提供節目與言論內容的電視頻道業者而言，觀眾不是他們的財源，他們最重要商業財源的對象是系統業者。系統業者面對觀眾的直接付費，自然對其營運有直接的影響。但是系統業者比較在乎的是他們給觀眾的頻道數夠不夠？他們給閱聽者的節目選擇夠不夠？他們沒有義務、也沒有能力去滿足每個觀眾的各個需求。

　　這種商業模式跟消費者購買衣服、訂製衣服不一樣。消費者訂做衣服，我要這款式，我一定要這樣的材質，或者我不要這樣的剪裁，消費者都可能得到滿足。這是說明買方與賣方之間有直接的影響力；但是媒體與觀眾之間是否有直接的影響力？

　　以其他的消費產品言之，買方、賣方也許有直接影響關係，但在電視產業裡，觀眾作為消費者，他們對產品的影響力相對微弱、間接，甚至在許多時候根本沒有任何作用。相反地，觀眾作為消費者，很容易被操作、被取代。正因為傳播產業的財源不是來自觀眾，所以，商業化的媒體對於公眾忠誠度不足，對於公共利益的忠誠度很低，都是因為商業傳播體系的財源並非來自閱聽

者所致。

公共財源的優勢及限制

對於公共電視系統而言，情況卻可能剛好相反，公共電視的確以閱聽者作為其重要的財源之一。以英國公共電視而言，每個觀眾都必須付收視費以支持BBC的營運。但其收費標準是政府決定，因此，政府仍扮演相當重要的角色。美國公共電視PBS的財源有50%是來自政府，政府之部分22%是來自中央政府，28%來自於地方政府；美國公共電視PBS其餘50%的財源是來自企業贊助，以及不特定的個人對公共電視的捐助。[1]

然而以BBC而言，因為他們所賴以營運的觀眾收視費之費率是掌握在政府手上，BBC要增加收入得經過政府同意或通過，因此，政府可以此管道影響BBC 的內容走向。但是由於財源主要是從閱聽者的捐助或給付得到，BBC或PBS反映社會光譜與公共利益的能力，仍然比商業傳播機構要更為充分。觀眾付費，意味著觀眾有更大的影響力來決定言論內容與傾向。雖然如此，觀眾也不是可以完全決定或影響公共頻道（Public Access Channel）的言論內容與走向。以英國國家廣播頻道BBC為例，觀眾沒有決定權，雖然觀眾付費給BBC，BBC的言論傾向必須符合極大化的多元性，因為它是全民收看的頻道，它是全民的電視臺，需要受到全民的監督。

在英國、日本、德國等國家，家裡擁有電視機就要付收視費，費用經由政府每年撥給BBC、NHK或ZDF。雖然如此，BBC或NHK還是虧錢，政府都還要補貼。由於公共電視仍然無法擺脫政府的預算支持或政府的收視費核准權，公共電視偏向國會政治的意識形態傾向仍是為人詬病之處。

---

[1] Head Sterling, "*Broadcasting in Amercia*", Hopughton Mifflin Company, 1990.

財團捐助與新聞自由

所有民主國家的公共頻道、公益頻道，都是靠公家機構或私人機構贊助而成立。公共電視靠政府以及民間贊助經費，宗教頻道靠信徒個人與教會機構之贊助，教育頻道則靠政府預算支持。這些公共頻道如何維持自身的言論獨立權？它們的言論內容受誰的影響最深？

我們以美國C-SPAN頻道為例。C-SPAN是一個報導國會政治與政策議題的公共頻道。C-SPAN頻道24小時播出，專門現場轉播國會議員問政的情況。頻道裡涵蓋之議題包括大法官提名、各種政府官員任命的聽證會，以及其他公共議題都盡收在該頻道之中。其中偶爾還轉播俄羅斯國會、英國國會的現場問政情況。該頻道不計收視率，也沒有任何廣告，C-SPAN的資金來源是由有線電視業者提供年收入的2%，捐助國會作為C-SPAN的營運所需。C-SPAN的言論立場不支持任何黨派，政治色彩相對中立。這有別於美國的公共電視PBS傾向民主黨的自由色彩。C-SPAN因為不播廣告，所以製作內容非以媚俗、非以最大收視群為訴求，這使得它有別於商業電視臺。其實，C-SPAN十分符合公共頻道設立的理想與目標。

不管任何屬性的媒體，其營運最基本的共通點就是都必須仰賴金錢。沒有錢，就沒有一切。錢的來源到底有幾種？政府、廣告、企業贊助、NGO贊助、有線電視收視費、觀眾捐助以及股票市場等等。這些財源當中，最有利於言論的獨立與自主的，應屬觀眾或企業的贊助。贊助或捐助使得電視臺或其他媒體可以遂行自己的言論理想，不必媚俗，不必受政治的干預而成為政黨工具。

類直接付費模式

香港鳳凰衛視一部分的營運，就是以企業贊助來製作節目。李敖先生曾在鳳凰衛視主持節目，其節目一年贊助的收入就有數千萬人民幣。過去新聞傳

播媒體遵行一種「你、我、他三方經濟」的營運模式，你廣告主付錢，我製作，他觀眾收看。付費的廣告如前所述是需求最大量的收視群，因此，色羶腥的言論內容是無法避免的趨勢。然而在贊助或捐助的經濟機制下，閱聽人是付費者，有理想的企業主是贊助者，因此在內容製作上也會偏向以閱聽人為主。贊助與捐助型的媒體不論收視率，自然不會以媚俗的內容為依歸，更多的嚴肅性議題與公共議題之探討變得可能。例如某NGO或企業希望製作一個禁菸的紀錄片，贊助者捐數千萬元，媒體就有義務製作出符合出資者期望的影片。媒體的內容就比較傾向一個消費者要買新衣服，可以要求量身訂做一般。

探索頻道Discovery近年也將贊助模式列為製作紀錄片的財源，臺灣新聞局就贊助Discovery拍五個臺灣指標性人物的故事。Discovery有一半的收入是來自廣告，一半是來自有線電視的收視費，每年大概可以拿到七千萬到一億元，所以,一年加上廣告的費用一億七千多萬。雖然如此，整體的Discovery頻道曾經一段時間仍然處於虧損狀態。虧損卻仍有許多投資者支持，仍有許多超大傳媒公司入主Discovery，其原因是為了要購買它的品牌、購買它的理念、購買它的國際形象。Discovery頻道的創辦人約翰・亨德里克斯（John Hendricks）為了維持他的經營理念，所以遲遲不上市。

2009年Discovery經理人估計，如果Discovery於股票市場一掛牌、上市，市價就高達五百億美金，亦即一千五百億新臺幣。Discovery的形象是媒體市場裡的高端，這是以媒體形象取得長期營運的成功典範。然而，由於大型財團進入Discovery，使得近年來該頻道配合電影院線播出的紀錄片數量增多，因贊助而製作的宣導紀錄片也不斷增加，如接受新加坡政府贊助拍攝新加坡景點等紀錄片，這使得Discovery必須在維持獨立、高品質、多元節目的口碑，與取得豐沛贊助財源之間，要取得更具智慧的平衡。[2]

2　筆者感受到近幾年Discovery頻道在臺灣的節目愈來愈娛樂化，知識與文化節目的播出明顯減少。這不知道是臺灣的管理者特意選材之故，抑或是整個Discovery頻道也走向娛樂化。

付費頻道（Per View Channel）是觀眾直接付費的電視收看機制。如果一部紀錄片放上有線電視頻道裡，假如有一百萬個人點選，每個人付兩塊美金，就是兩百萬美金，這使得嚴肅型的討論與高成本的優質內容找到市場。電影製片人麥克‧摩爾所製作的批判美國社會中暴力結構的紀錄片，可以在電影院線裡播放，這是直接付費對於獨立的言論與具品質的言論一種直接的支持。

有線電視的付費機制亦然。某些非訴求極大化收視群的節目，每次觀看都必須付費，觀眾點選一次，就要兩塊錢到三塊錢美金。又如某些專業比賽，一打開付費頻道就要五十五元美金，一次比賽下來，業者就可以收幾千萬美金。其實這就是抽成，有線電視抽一半、製作提供的公司抽一半，這樣的好處是只要有好節目，不用訴求大眾（極大化收視群），只要一部分的分眾去看，就有生存的機會。IPTV的崛起，亦是提供閱聽者一個直接付費、個人化選擇的媒體內容。

發行股票與新聞自由

1987年，美國國家廣播公司（NBC）與哥倫比亞廣播公司（CBS）的三百多位新聞記者與編輯，罷工抗議裁員與公司的不公平對待。當時兩大電視臺當家主播彼得‧詹尼斯和丹‧拉瑟都站到罷工的封鎖線上，與記者及編輯們站在一起，支持記者，並希望電視管理階層能同意記者對於合約及工作保障的訴求。

同年10月，NBC也發生七百多名新聞記者與作家，抗議奇異公司收購NBC之後，聽從專業顧問公司Mckinsey & Company的意見，以裁員減少營運成本。在這場抗議中，當家主播湯姆‧布羅考（Tom Brokaw）與15位資深新聞主管寫信給總裁懷特（Wright），儘快協商滿足記者們的要求。這兩次美國主要的三家無線電視臺新聞部的罷工抗議事件，最後讓高層主管屈服的原因，其實不只是他們當家主播的表態，而是這些抗爭、罷工，使他們的收視率

下滑，廣告受到影響，最重要的是電視臺高層擔心這種紛擾，甚或當家主播的離去會影響股票市值，所造成的財務損失將難以估計。

股票的市值，決定了新聞部的價值。但值得注意的是，電視臺的股票，以美國為例，仍然掌握在大財團手裡。游資散戶固然不少，但是這些游資散戶不是為新聞價值而來投資，而是為了獲利。股票投資者與財團股東的獲利動機，使得電視臺傾向製作具高收視率、具高廣告價值的節目。新聞的理想與原則如果不賣錢，股東一樣不會滿意。因此，管理階層才要裁員，掌控新聞部的人事任用權，以使得新聞的製作符合市場占有率與營運的財務法則。

我們對媒體財源與新聞自由的程度之看法是，採多元分散，投資者愈多，言論的多元性就可能愈提高。但是股票市場的投資者雖多，其動機為獲利；獲利動機與媒體的言論自由未必常常相符，特別是上市公司的管理團隊都是運用商業法則在管理——新聞是商品，記者是製造工人，股東才是老闆，獲利才是真理。

然而，新聞自由與言論自由的價值卻是每一個聲音都有發表的機會，記者有自主性的新聞判斷，不是聽從商業原則；新聞是伸張正義，不是想著讓股東獲利。這就是為什麼CBS最具歷史性影響的主播愛德華‧默若在主持《See It Now》，在最高峰的時候，當時的董事長培利（Paley）要愛德華‧默若把節目關起來，將時段讓給娛樂節目《猜謎遊戲》（The Quiz Show）。不只如此，由於愛德華‧默若經常性地且成功地挑戰政客，如挑戰四處散布白色恐怖的麥卡錫參議員，就是因為他的挑戰，結束了美國的白色恐怖的「麥卡錫主義」。

但也因為如此，CBS董事長擔心電視公司處處得罪人，電視製作如此嚴肅的新聞節目，讓電視娛樂的形象大打折扣，而娛樂才有廣告，才有收入，股東才能獲益，股票市值才能上升。

愛德華‧默若被升為CBS副總裁，但是他不喜歡商業、官僚體制的管理工作，於是又回到第一線做紀錄片，報導當時美國墨西哥裔的農場工人被不合理地剝削，導致生活極其貧困，孩子一週喝不到三次牛奶，這對當時全世界最富裕的美國而言當然是一種恥辱，該紀錄片就叫作《豐收的恥辱》。愛德華‧默

若的新聞原則，基本上是挑戰資本主義的市場機制。

1958年，愛德華·默若在接受RTDNA頒獎之前，對記者發表演說時說道：

「今天的電視已經淪為娛樂、消遣、攻擊的工具。很多人相信嚴肅的議題，觀眾不看，他們這樣的見解，我曾以個人經驗觀察顯然是錯誤的。即使他們對了，那整個電視的價值也淪喪了。如果把這些攸關公眾的嚴肅議題移開不報導，那電視只是一個充滿電線與光線的盒子。除了眩惑、娛樂、挑釁之外，別無其他用處。我深信，電視媒體絕對是讓人類免於『無知、偏狹、冷漠』最關鍵、最有效的媒介。這端看我們是否有決心努力讓它走往這個方向。」[3]

愛德華·默若沉痛的呼籲，是在電視才剛開始一、二十年的時光。但是資本化的腳步已經開始支配著電視媒體，到今日，已全然掌握了電子媒體新聞的營運趨向。正義是在利益底下才能彰顯。

資本市場法則之於新聞公義與公益，本來就大異其趣；資本競爭及市場機制造成貧富差距的擴大，而新聞的原則卻要求公平、正義、合理地給弱勢生存權，偏偏新聞記者的工作環境就是市場機制，就是資本官僚體制。這好像魚在養殖缸裡，一切的美麗是為了出售；就好像鯨魚在水族館裡，牠的壯闊是為了門票的收入；也好比把北極熊放進鐵欄中，牠對掘取食物的勇猛只在管理員餵給牠的食物裡。

新聞記者要像魚一樣的自由，像鯨魚一般的無懼，如北極熊一般的孤獨；但是收視率是新聞記者的魚缸，獲利是記者的水族館，資本管理體制是北極熊的鐵欄。

沒有獨立、多元的財源，言論與新聞內涵不可能多元而獨立。因此，捐款

3　Edward R. Murrow, *"Wires and Lights in a Box"*, Famous speech before attendees of the RTDNA convention, October, 15, 1958.

機制的建立，或許是爲更好地促進言論與新聞品質及多元化的機制。

新聞之理想與願景

　　新聞媒體作爲社會輿論關鍵的公信力與影響力，是媒體所追求的不變原則與理想。在商業掛帥的傳播環境下，這份理想的實踐逐漸式微。臺灣的媒體在色、羶、腥的報導之餘，在多大程度上體現了媒體作爲公眾輿論與議題討論的角色？筆者以平面媒體《聯合報》之願景工作室及電子媒體大愛電視臺爲例，分析堅持理想的媒體，如何在商業資本的支配環境下，仍能爲社會的重大議題與良善做出貢獻與影響。

　　《聯合報》的「願景工作室」成立於2011年，當時創辦人王文杉先生的理想，是希望透過媒體打造一個更好的臺灣，這是建構式新聞的核心理念。《聯合報》願景工作室的初發心是有感於媒體對於重大議題的關心不夠，即便關心也不能夠做出詳細的分析，因此包括《聯合報》王文杉發行人及資深主管們，希望願景工作室的報導能夠眞正影響社會。但是這種深入的專題報導所涉及的經費相當龐大，沒有媒體擁有者的支持，不可能成功運作。[4]願景工作室的成立是由發行人主動提出，使得這樣的專題報導變得可能。

　　願景工作室所報導的內容，包括臺灣青少年毒品等社會重大議題，除了報導之影響外，願景工作室也舉辦活動，去促進、推動願景工作室所重視的觀念及文化。媒體不只是旁觀者，更是社會良善的建構者，這是建構式新聞與傳統新聞觀點最大的不同之處。

　　願景工作室不只在傳統的紙媒出版，也在新的社會媒體發布這些專題報導。願景工作室團隊會尋求社會媒體裡相關議題的網紅（Key Opinion Leader, KOL），由這些網紅來發布訊息。這些網紅的訊息可以觸及二十萬人以上，能有效地讓這些議題廣泛的流傳，以擴大影響力，包括馬英九前總統都是

4　羅國俊，《聯合報》願景工作室執行長，訪談時間：2017年6月26日。

《聯合報》願景工作室合作的網紅。

《聯合報》願景工作室執行長羅國俊說：

> 「願景工作室的設想是非商業考量的，它的預算是無上限的，只要
> 簽出去，王先生都會批准。但是願景工作室如今成為《聯合報》的
> 品牌，成為閱聽者對於《聯合報》的認同，甚至連廣告商都會以願
> 景工作室的專題報導之價值，來尋找《聯合報》進行相關議題的合
> 作與推動，他們也逐漸成為《聯合報》商業上的客戶。
> 願景工作室的成功之處，也促進了社、會菁英分子對於《聯合報》
> 的認同。」

在以商業掛帥的媒體時代，《聯合報》願景工作室給予當今媒體一個反
省。優質的新聞、全面性的新聞議題，能真正得到社會的認同與支持，這項支
持不是立即性的，但卻是長久性的，它維護了一個媒體長期在閱聽者心目中的
公信力與影響力。這正是媒體之所以為媒體的本質，建立媒體在社會輿論中的
信譽與影響。

一如《聯合報》社長項國寧所言，儘管在新媒體的時代，報紙仍應該維
持辦報的初發心，這初發心就是願景工作室所強調的，「建構一個更好的臺
灣。」以建構式新聞的理想就是：媒體必須為建構一個更好的社會而努力。

公眾捐助與媒體公義

除了急速增加的閱聽者直接付費的機制，使得媒體市場的內容可以更獨立
而多元，企業者的捐助成立媒體也是促進媒體分眾化與價值多元化的實現。
C-SPAN是由有線電視業者捐助成立。傳播業者自己掏錢去支持一個獨立公益
的頻道，這個頻道是給全民公眾使用，但其出發點是有線電視業者為了自身的

生存，所以從事公益，捐錢給國會成立C-SPAN國會頻道。[5]

　　媒體從業人員都會擔心企業主的捐助，最終又走上被財團的意識形態所控制，所以來自閱聽者的捐助其實比較能避免這種弊病產生。

　　某部分的閱聽者認同某頻道或某媒體之理念所作的捐助，將有助於媒體維持其言論獨立與理想性。像慈善NGO支持的媒體如大愛電視臺是依靠募款，大愛電視依靠大愛之友的捐助而持續營運，這是遵循一部分公共化的模式運作。

　　大愛之友認同大愛臺的理想與清淨的言論傾向，非政治、非色羶腥的言論內容，使得閱聽者與企業主願意捐助該電視臺，以維持它長期穩健的營運。大愛電視沒有廣告，不依靠收視率，但是一樣獲得包括網路票選與大學票選為臺灣社會最優質的頻道。當然，以宗教背景的人間衛視、Good TV的營收來源也是來自類似的模式；美國的基督教自己辦報，《基督教論壇報》是世界著名且有影響力的報紙；摩門教靠教會收的錢自己辦電視臺。

　　這些以弘揚宗教或倡導理念的媒體，筆者稱為「理念型媒體」（Ideal Advocated Media）或「倡導型媒體」（Ideal Advocated Media）。這些媒體其立意是倡導某一個理念與價值，不管這理念與價值是宗教或非純宗教。理念型媒體並非如政府設立的公共電視臺是訴求全民整體的公共利益，NGO或宗教團體所成立的理念型媒體、倡導型媒體，其好處是能夠在多元的市場中扮演一個理想推動的角色。這些媒體符合特定成員的價值與訊息需求，本身就是民主多元價值不可或缺的一部分。

閱聽者捐助的理念型媒體

　　擴大閱聽者捐助與社會企業（Social Entrepreneur）贊助的媒體營運機制，

5　Tracy Westen, *Communication Policy*, Lectures of the Annenberg School for Communication, USC, 1993.

應該是根本解決媒體被政治與商業控制的重要關鍵。

　　當前媒體的商業結構，使得媒體逐步被企業集團壟斷，其營運趨向追逐利潤極大化，或最終成為媒體擁有者爭逐權力的踏腳石，而失去其獨立自主，喪失為民喉舌的神聖使命。另一方面，公共電視體系因為長期依靠政府預算或國會徵收電視收視費，或常因為資金的不足，而加大政府對其言論取向的控制，其結構很難避免政治介入或特殊的政黨偏向。

　　因此，「理念型媒體」在閱聽者的支持下，透過直接捐助或贊助支持其營運，這個模式如慈濟大愛電視臺與維基百科提供了成功的典範。這種理念型媒體，使得媒體的擁有者與閱聽者更緊密地連結一起，為共同的理想與價值而努力。

　　理念型媒體對於言論的獨立自主，對於社會的價值之提倡有莫大的助益。它們彌補了商業媒體機制營利的極大化而犧牲的新聞自由與言論正義，它們避免了因為廣告的機制而使得言論無法精質化與優質化。閱聽者的捐助也使它們避免了公共電視體系因為虧損而被迫更靠近政府，或受到政黨的箝制。

　　理念型媒體可以擺脫政治與商業的箝制，更自由與充分地表達言論並推動理想。依靠閱聽者捐助或社會企業贊助以維持營運的理念型媒體之增加，是民主社會實現言論自由、新聞獨立、文化優質與社會正義最有力的保障。

慈濟大愛電視臺的定位與理念

　　慈濟大愛電視的定位可歸納為六種，大愛臺是民間非營利電視頻道（Private and Non-Profit TV）、是公益性質的電視頻道（Public Interest TV）、是宗教性質的電視頻道（Faith-Based TV）、是社群分眾的電視頻道（Community-Segmented TV）、為建構式傳播的電視頻道（Constructive Communication）、體現參與式傳播理念（The Application of Participatory Communication）。

　　六種屬性缺一不可，從任何單一屬性來理解大愛電視臺都不會真確。本書以專章再一一說明大愛臺這六種屬性。

本章僅就其特質說明，大愛電視的成立與營運，體現了當代諸多傳播與新聞的前瞻理念，可提供當今媒體的轉型一個重要參酌的範型。

民間非營利電視頻道

大愛電視臺為非營利性質的電視頻道（Non-Profit TV），是由大愛之友及慈濟基金會所捐助成立與營運，是由一群廣大的閱聽者，基於共同的信念，支持一種倡導善與愛之價值的電視頻道。大愛臺實質隸屬於慈濟傳播人文志業基金會，是非政府（NGO）、非營利（NPO），其本質不同於政府支持興辦的公共電視臺。全世界的公共電視臺其興辦背景或有不同，如英國BCC、德國ZDF、日本NHK，都是在1960年代設立電視產業之初，即採用公共電視（Public Television）的形態，由政府經費支持但不干預新聞內容。

臺灣電視體制一直都是學習著美國的電視產業模式，電視產業的興起是以商業電視為主。雖然臺灣以官辦商業電視臺，美國則是純私人企業的商業電視模式，因此，美國後來設立的公共電視PBS與臺灣的公共電視PBS，都是在補足商業電視的不足而興辦，以偏向照顧弱勢族群、少數利益、群體收視率不足但具高度文化、社會、科學價值等內容為節目製作導向。

整體而言，全世界的公共電視都有一共同點，就是它必須極大性地涵蓋社會中的各種公共議題與觀點，而不宜採取單一價值立場為頻道經營宗旨。這不同於民間興辦的電視臺，其執照擁有者可以採某種價值立場為主訴求。如CNN長期傾向保守主義的共和黨，CBS相對比較傾向民主黨，NBC在奇異公司入主後採取支持核能發電的新聞立場，這些特定立場，政府不能干預，觀眾也難以置喙，因為是憲法保障的新聞自由。

但是政府支持資助的公共電視體系，如果有特定政治或價值立場，就可能被國會糾正或抨擊。如美國國會就經常批評公共電視臺PBS左傾的政治立場。所謂「編輯室公約」是針對公共電視臺體系說的，以此避免公共電視臺某些高層主管的特定價值思維影響其公共電視的定位。

相對地，民辦媒體的執照擁有者與編輯臺的觀點維持一致性是應該的。以新聞自由標竿的美國《紐約時報》與《華盛頓時報》爲例，過去半個世紀一些重大的新聞事件，包括《紐約時報》著名的「國防文件——越戰報導」，《華盛頓郵報》著名的「水門事件」，編輯部與報社老闆的立場都是一致的。民營媒體的擁有者與新聞部對於編輯方向立場的一致性，是體現新聞自由的重要環節。新聞自由是對政府說的，政府有權發照給媒體，但是不可以干涉媒體經營的自主與新聞自由。

　　大愛電視是一民間法人興辦，屬於非政府、非營利的電視臺，其採取某種特定價值立場的新聞觀，是憲法所保障的新聞自由範圍。慈濟大愛電視臺以愛、以善爲導向的新聞觀點與立場，排除某些不符合其價值觀的新聞內容，如爭議、驚悚、色煽腥、負面、黨爭等題材，而以正面、啓發人心之美善爲選材原則，契合世界普世新聞自由的原則。

　　大愛電視是全球大愛之友以及慈濟基金會捐助成立，它是全球廣大的愛心社群所支持的電視頻道，其目的在於促進社會良善，提倡慈悲、平等、愛的生命價值。它是全球唯一不靠商品廣告、不靠政府，而是以支持者捐助成立的電視臺。它的新聞編輯立場符合廣大支持者的期待，是它必然的使命與原則。

新聞公眾的永久消失？

　　當下電視環境提供500個頻道的生態下，所謂新聞或言論之大眾，是否已經消失？分眾的閱聽者會加速個人化的媒體喜好，因此沒有任何一家新聞媒體能提供整全的、完備的新聞內容。每個媒體所提供的新聞及言論內容意識是分殊的、著重的、非整全的、完備的新聞與言論。一個閱聽者因著自己的喜好，選擇兩、三家新聞媒體作爲自己瞭解社會脈動、連結世界的窗口，是很必然的現象。

　　一個新聞機構能提供自己最擅長的言論內容已誠屬難得。如大愛臺提供的新聞內容偏向慈善災難救助新聞、環境保護、醫療健康及其他具公益價值的議

題，這是「議題頻道」的電視生態模式之表徵。過去有線電視分眾頻道依閱聽者的喜好，有財經頻道、娛樂頻道、電影頻道、運動頻道、音樂頻道以及新聞頻道等等，這是以專業爲導向的分眾頻道。

議題頻道不同於專業頻道，其本身帶有某種特定價值觀，吸引相同價值觀的閱聽者觀賞此一頻道。議題頻道也不同於專業頻道只傾向報導某種專業，如環保頻道可能製作地球生態、飲食健康、政府環保政策、生活環保、心靈修煉、衣服穿著、汽車選購、孩童教育、建築設計等跨專業的內容，都可能在議題頻道出現。

這種議題頻道的增加，使得閱聽者的某些特定喜好的價值得到滿足，因而願意支持該電視頻道的營運。這是議題頻道以募款、捐助的形式營運生存下來的可能性。

人們不太會去捐助一個電影頻道或運動頻道，所以不太會去捐助財經頻道，但是因著某一價值的認可，議題頻道可以得到閱聽者熱切的支持。

議題頻道與世界部落

目前有線電視或IPTV的專業頻道不只無法滿足閱聽者的某些價值導向的需求，也無法滿足閱聽者對各種跨專業的需求。一個閱聽者可能喜歡足球、聽Michael Jackson及爵士樂、看西方歌劇、關注國際政治經濟、注重健康與環保等議題。這時，他必須在許多「專業頻道」或「議題頻道」中選擇觀看，才能滿足他的需求。但是「社群頻道」（Community Channel）或「部族頻道」（Tribal Channel），或許能滿足他幾個面向的需求。社群頻道指的是擁有類似生活型態、教育程度、同質性價值觀、同等消費能力及習慣，住在不同區域或國度，但是他們的生命觀與樣態有類似性，因而接收特定的言論訊息。

在網路世界也有稱爲部族（Tribe），目前全球正在進行某種程度的網路部落化，「世界部落」逐漸形成。在印度的一位女孩，與在美國的某位女孩，和一位伊朗的女孩，或上海的女孩，她們可能抱持類似的生活態度、消費

趨向，甚至同質性的生命價值。她們都愛喝可樂、看好萊塢電影、聽Pop Music，她們在「網路部落」可以找到比家鄉更類似的人，甚至成為朋友。一直以來，美國廣播電臺音樂頻道會找出30歲到50歲最喜歡聽的六千首曲子，重複播放，這滿足了大半那個世代喜歡的音樂節目。這是媒體社群化的基礎。

　　以閱聽者所歸屬的文化特質、生活屬性與價值模式，來製作、規劃頻道的趨向將會不斷增加。很像臺灣的誠品，它的百貨、書籍、餐廳是為一大群具同質性生活的消費者而設計。這群消費者的閱讀內容、穿著、飲食具備一定的同質性，誠品所嘗試的就是找出這同質性，吸引他們到誠品百貨消費；這同質性也是全球社群頻道會不斷增加的一個社會背景。

　　「社群頻道」或「部族頻道」在以訴求相類似的生活及價值觀的前提下，可以得到全球同質性的閱聽者之捐款支持，其機會比起過去的綜合頻道、專業頻道，應該更可能成功。「社群頻道」或「網路部落」將以閱聽者的捐款作為財務的營運來源，以製作出相應價值的言論內容，這是這個時代的必然趨勢。

公平報導原則

The Fairness Doctrines

新聞媒體的角色變遷

權力的競逐與新聞專業自主

公平報導原則與新聞自主

執照擁有者與記者的職責

報導選材的偏執加深社會分裂

政府之角色能否促進新聞自主？

商業機制對新聞專業自主之傷害

公平報導原則與人身攻擊原則

對等時間原則或公平機會原則

公平報導原則與政治背書

數位媒體下的公平報導原則

爲什麼需要公平報導原則？媒體作爲公共輿論的平臺，它的首要任務是提供一個自由、公平、公開、公正的言論平臺，讓各方意見並陳；它必須反映社會的整體圖像，而不是負面、例外的社會片段；再者，媒體必須提出對於各種議題的見解，尋求一個能夠解決社會問題的方案。對於重大公共議題的討論與解決，媒體的角色不可或缺。

　　但是隨著商業市場的趨向，媒體的報導傾向於娛樂、媚俗、膚淺與尖酸；重大公共議題之報導所增加的成本支出，與對於媒體擁有者的政經勢力所可能產生的負面因素，都使得媒體不願意、或極少化地報導公共重大的爭議性話題。即使報導了，也不是各方並陳，而是偏執於執照擁有者所擁護的政經立場；如果報導了，也是以渲染、驚悚、對立、膚淺、娛樂的方式爲之，從來不是以嚴肅地、全面地、理性地、公平地方式讓各方意見並陳，並試著找出解決之道。

　　媒體執照擁有者（Licensee）[1]不能履行公共利益，他們的「員工—記者」更沒有能力履行新聞記者該有的社會責任，包括爲人民喉舌，提供公眾公平地討論平臺，建立理性公正的輿論秩序，擴大言論的多元，以促進公共利益的維護與增益。

　　記者，作爲員工，他們只能聽命於媒體擁有者的政治及經濟立場，而當媒體擁有者偏向一方，甚或以媒體作爲自身政經勢力擴大的工具而犧牲公共利益，誰能改變這種扭曲？是誰，有能力恢復公共輿論的理性、自主與公正？

　　當占據公共領域的執照擁有者背離公共利益之際，誰能替公眾要回原本屬於他們的輿論權力？是公眾？是記者？是政府？還是法律？

1　這裡特別指廣電執照擁有者，他們占據公共頻道，如無線電視臺使用的公共電波；或使用公共空間，如有線電視使用通過公共街道的電纜線；平面媒體假定人人都能用一張紙印刷發表訊息，所以包括美國在內的西方民主國家，報紙不需要政府發給執照。只有占據公共空間的廣電媒體，基於公共領域屬於全體公民，因此政府發給執照，以要求廣電執照擁有者履行公共代理人的角色（Proxy），維護公共利益（非私人利益）爲其必要職責。

公平報導原則要求媒體執照擁有者，對於重大、公共、爭議性議題，必須各方並陳，以維護公共利益，並維持公共輿論的多元、公平與公正。

新聞媒體的角色變遷

1734年，美國彼得・聖吉（Peter Zenger）出版《週報》（*Weekly Journal*），挑戰大英帝國不正當的權威。聖吉的《週報》鑄印了美國新歷史上的新聞地位與角色。貫穿美國獨立戰爭以及1780或1790的和平年代，美國出現許多新聞媒體嚴厲地批判當時政府的政策與政治人物，大量的報紙刊物如《麻州偵察報》、《紐約公報》在大革命時期提供民眾與革命分子重要的發言平臺。這些刊物所宣揚的主張是美國獨立戰爭中，推翻英國政府最關鍵的力量之一。

因此，美國憲法抱持著一個悠久的歷史觀點，認為應該給予人民或團體最大的言論自由，藉以監督政府的政策，並保護百姓的權益。美國憲法也依然保有著政府介入或干預言論自由及新聞自由的恐懼，捍衛新聞自由是美國憲法修正案第一條的信念。

但是政府並沒有必然的惡，一如耶魯大學法學院湯瑪斯・愛默生教授（Thomas Emerson）所言：「言論自由的理論是複雜的、世故的，不是一般人自然而然地就能理解與運用，而是必須經由學習而獲得。言論自由之於每一個世代都必須重新反覆地審視與重述，並需符合新的社會情勢。」[2]

今天的媒體科技發展，給予個人或團體大量的、絕對的言論及表達自由，而相對地，新聞大眾媒體被少數大集團所壟斷，不管你喜不喜歡，依照臺灣現行的法律，新聞自由屬於執照擁有者，而不是新聞記者。但問題是，如果新聞自由的意義是意味著，整個社會只有十幾位擁有媒體的老闆能自由地發表意

---

[2] Thomas Emerson, "*Toward a General Theory of the First Amendment,*" Faculty Scholarship Series Paper 2796, 1963, p.894.

見，能夠自由地決定誰可以發言、誰不可以發言，那麼這到底算不算是新聞自由？

權力的競逐與新聞專業自主

有三種因素影響新聞自主：一是權力、二是金錢、三是真理，但是真理經常被前兩者犧牲。

何謂新聞？現在的新聞不是報導事實、挖掘真理，而比較像是權力的競逐（Power Competition），是各種有權力的人爭相在公共領域裡，爭取發言的空間及主導的地位。要證實這一點，只要打開電視或報紙觀察哪些內容報導的篇幅最大，就不難體會；**現實世界中的新聞報導，不是反映真理的光譜，而是反映了權力的光譜。**

赤裸裸的權力競逐，在過去是經由政府及政黨的力量對媒體加以控制，到現在則經由更精緻的媒體操控策略來影響新聞走向。重點經常不是報導的內容，而是什麼被報導。一場緋聞，可能經由另一場洩密案，就輕易地規避了輿論持續地關注和追蹤；這或許即是今日精密、深謀地媒體操控。而當多數的電視新聞記者每天必須填滿24小時新聞量的壓力下，**遞麥克風的記者不過充當郵差的角色，而不是一位意見和資訊的守門者**（They are postmen not reporters）。

其實在任何一個高度民主發展的國家，政治力對於媒體的掌握就是透過細緻的議程安排、巧妙地消息走漏、以及控制記者的消息來源，作為影響輿論的方式。

「Spin Control」這個語詞意指控制旋轉的陀螺，不正是說明美國白宮一批媒體專家如何運用各種技巧，為主子取得輿論的主導權。但相對地，白宮的資深記者對於公共事務的深入、對於白宮人士的熟稔度，可能比總統和國務卿還熟悉。不論是年近80的白宮資深記者老海倫女士（Helen Thomas）、CBS的Sam Donaldson、《紐約時報》的Hedrick Smith，都跑過五任總統以上的新

聞，他們對公共事務的見解是白宮的人物都必須尊敬的。

在公共領域的權力競逐中，如果新聞機構無法建立資深記者的機制，那麼在這發言權力的競爭中，記者永遠屬於被支配的地位。1999年前後，臺灣電視公司曾構思過建立資深記者的機制，但是這個資深記者制的運作，在幾經電視臺股權的轉手中，已經不了了之。不過在「記者郵差化」、「記者網民化」的趨勢中，資深記者制的建立算是一項有意義的思考。

公平報導原則與新聞自主

有別於言論權屬於每一個人，新聞權是一種機構性的權力，它掌握在執照擁有者的手中。[3] 即使外界認為權力巨大無比的新聞記者，充其量也只是一名電視臺的員工，他們的政治立場及觀點必然受執照擁有者的掌控及影響。而臺灣的法律對記者的工作自主權沒有任何特殊保障或規範，媒體就成了權力競逐的場域。

政治、財團競相分食媒體這塊大餅，而記者的吶喊再怎麼作響，終究沉默在重複單調的時間洪流中。

當記者不能履行公平報導，淪喪的不只是記者的新聞權，而是社會大眾參與公共論壇的權利，以及充分接收各方觀點與意見的機會。因此，只有透過法制的力量落實「公平報導原則」，才能夠還給新聞人一個自主的新聞權，並落實「參與式傳播」（Participatory Communication）的理念，給予社會各階層、各族群、各種政經文化觀點公平合理的發言管道。

美國聯邦通訊委員會（FCC）從1949年制定「公平報導原則」，規定電視臺對於具有重大爭議性的公共議題（Controversial Issues of Public Importance），必須堅守公平報導原則，亦即給予爭議的各方有公平的機會發表意見和言論。媒體如果沒有履行這個原則，將被警告、罰款，甚至吊銷執照。

---

3 林子儀，《言論自由與新聞自由》，月旦出版公司，1994，p. 81。

公平報導原則第一款，要求電視業者對於公共具爭議性之重大議題，應該遵循各方並陳的原則。

公平報導原則第二款，要求電視業者必須提供合理的時間討論報導公共之重大議題。美國聯邦通訊委員會要求業者必須在整體時段的播出上，表現出對於重大公共議題之充分討論，而不是以個別的事件來評價。

公平報導原則第三款，規定美國聯邦通訊委員會不會、也不應監督電視業者可能違背公平報導原則之情事，美國聯邦通訊委員會僅僅接受公民或團體對媒體的不公平報導的申訴抱怨，只有公民或團體提出確切證據認為某家媒體違背公平報導原則，美國聯邦通訊委員會才會轉知該媒體請求回覆說明。

公平報導原則第四款，所規範的「爭議性重大公共議題」，美國聯邦通訊委員會仍尊重媒體的個別判斷及選擇，FCC以個別認定（Case by Case Basis）為處理原則。FCC也尋求社區的領袖及相關領域的意見領袖認定某一議題是否涉及重大、公共性之爭議性議題。

美國聯邦通訊委員會小心翼翼地儘量不涉入編輯臺去主動檢定新聞報導之觀點及言論，FCC也不會去檢視特定節目有無公平報導，它只是要求媒體在一段時間之內，有沒有給爭議的各方一個公平暨合理的機會（Reasonable Equal Opportunity）發表意見。另外，FCC並不主動調查電臺有無履行公平報導，而是在接到觀眾的抗議信件，並且有具體證據之後，FCC會交由電臺提出意見及反駁。

換言之，公平報導原則一方面保障記者公平報導之職責，但也避免行政直接干預編輯權之獨立行使。FCC強調，是觀眾而不是行政部門在檢驗媒體是否公平報導。

執照擁有者與記者的職責

一旦有公平報導原則，媒體的擁有者將不能拒絕或限制記者報導公共重大的爭議性話題；執照擁有者也不能要求記者偏向一方，只報導執照擁有者所擁

護的政經立場。例如,如果執照擁有者想要編輯臺不報導任何反核的言論,記者倒是可以警告他的老闆,此舉將違反公平報導原則,電臺的執照有可能被吊銷。

公平報導原則在美國施行了38年,它成功地保障新聞記者獨立自主及公平採訪報導的權力。一直到1987年,美國總統雷根覺得美國的媒體已經夠開放、夠自由、夠多元,所以否決了Veto國會的維持方案,逐行取消了公平報導原則。

但是仍保留在大選期間「對等機會原則」(Equal Opportunity Rules)。這項原則確立任何的全國性選舉,媒體必須公平報導各候選人的言論。如果某個電臺要支持特定候選人,它可以引用「政治編輯原則」(Political Editorializing Rules)公開支持該候選人。但是當電臺的支持對象攻擊他的競選對手時,該競選對手有權力要求電視臺提供對等的時間和機會進行反駁。同樣地,在「對等時間原則」的前提下,電視臺只要同意給A候選人時段播出競選廣告,就必須給予其他候選人時段,用同樣的時間、同樣的費率,出售競選廣告。

在擁有憲法修正案第一條保障新聞近乎絕對自由的美國社會,對於電視臺的政治言論之保障仍如此重視;而自稱民主國家的臺灣,至今仍無任何法律的機制來規範攸關公共利益的政治性言論,以及保障記者的新聞自主權。一旦「對等機會原則」形成法律,不管是政治背景的或商業背景的經營者來管理電臺,都不能違反這項原則。

這如同不管任何一個人來擔任某電臺經營者,都必須遵守節目中不可以有猥褻鏡頭的播出規範。臺灣對於色情及暴力等「社會性言論」之規範由來以久,但是對於「政治性言論」卻始終落後於西方民主國家。

報導選材的偏執加深社會分裂

媒體對公眾的影響不是來自報導的角度,而是來自報導的選材。選擇報導什麼,決定了公眾應該關注什麼。莫瑞・埃德爾曼(Murray Edelman)的研究

指出，**媒體影響最深遠的不是它報導的方式，而是它報導的題材**。[4]**一個議題不管多重要，如果沒有被報導，就好像沒有發生過，或不存在一樣**。媒體的選材決定了這個社會什麼議題重要，什麼議題不重要。現今電子媒體的選材充斥行車紀錄器的交通事故，以及網路上流傳的新奇事件，對於重大公共議題的討論十分不足。即便有討論，也是一面倒的傾向；各個媒體有各自的政治立場，各方並陳的新聞報導少之又少。

雖然批評者會說，現在不需要公平報導原則，因為觀眾可以比較各家媒體，取得各方的意見。有線電視提供上百個頻道，但是研究指出，觀眾都是偏好某幾個頻道，而不廣泛地瀏覽各頻道。因此，某一偏執一方的立場，無疑加大了社會的分裂與公眾意見的分歧。如同沃爾特·李普曼所言：「我們不可能完全沒有偏見地觀察事物。」[5]約翰·彌爾頓所述：「不管再怎麼普遍的公眾意見，都無法代表全部的真理。只有將各種不同或相反的意見都表達出來，真理才有機會浮現。」[6]而當今媒體偏執一方的報導，加深了社會各自的偏見，無怪乎執政者難為，對於任何政黨都是如此。即便有500個頻道，也只是500個鎖住觀眾的言論小牢籠，公眾仍孤立於自我的偏見之中，缺乏理性思維多元並陳之言論平臺。

公平報導原則是打開當今的公眾活在各自言論小牢籠的一把關鍵鑰匙。公平報導原則讓公眾合理的、充分的聽到各種不同之意見，促進了社會的理性對話與公眾意見之有效形塑。

當公眾有權益受損，尋求媒體的關注，當媒體掌握在少數財團手上，基於利益衝突而使得公眾的意見不能充分表達出來，這違背憲法言論自由與新聞自由的精神。美國憲法修正案第一條提供一個重要指導，保護公眾獲取公共議題的機會與權利，以保障自己的生活福祉。基於保護人民的生活福祉與權利，政府有權規範媒體履行其公共責任與義務。

---

[4]　Murray Edelman, *Constructing the Political Spectacle*, Chicago University, 1992.

[5]　Walter Lippmann, *"Public Opinion"*, Free Press, 1965.

[6]　John Stuart Mill, *"On Liberty"*, Yale University Press, 2003.

政府之角色能否促進新聞自主？

新聞自由的確立不能依賴執政者的良心，而是應該透過立法的管道，制定「公平報導原則」，才能免除新聞記者受到政治力及商業力的箝制和操控。然而值得注意的是，公平報導原則之施行得以成功的先決條件，美國聯邦通訊委員會必須先是獨立超然的傳播管理單位。美國聯邦通訊委員會相當程度上是獨立於行政體系之外，直接受國會監督，它的五位委員其中有三位不能來自同一政黨。建立一個超然的傳播管理委員會，才不會讓政府藉著公平報導原則干預新聞編輯。

亞歷山大‧麥克爾約翰教授（Alexander Meiklejohn）在他的著作《言論自由與自主管理》（*Free Speech and it's Relationship to Self-government*）一書中，提出政府對於言論自由的標準不是大法官荷姆斯所倡議的「立即而明白的危險」，而是如何促進「公共議題與社會福利」之討論。因此，政府必須扮演適當的角色促進公共政策與公共利益之討論。麥克爾約翰教授說：「不違反公共討論的自由，才是政府該採取的言論規範政策。」（The unabridged freedom of public discussion is the rock on which our government stands.）[7]

1931年，美國大法官在「史創姆伯格v.加州」（*Stromberg v. California*）[8] 的案例中也主張，人民對於政治議題享有充分討論的機會，政府必須採取有利

---

[7] Alexander Meiklejohn, *Free Speech and it's Relationship to Self-government,* p.91.

[8] 1931年，*Stromberg v. California*的案例中，美國最高法院否決加州政府限制人民掛紅旗，支持共產黨的言論表達。Stromberg是一位中學女老師，她組織一個夏令營，夏令營中多為19歲左右的青年，他們在夏令營中掛紅旗，他們的成員很多同情或喜歡共產黨。在經反對者告密之後，警察很不情願地搜索Stromberg辦的夏令營，果然看到掛紅旗的情事。Stromberg被警方逮捕，加州法院起訴她，Stromberg將全案上訴到最高法院，最高法院以七比二支持Stromberg具備憲法修正案第一條及第十四條的權利，主張人民有發表意見的權利。最高法院反對並否決加州上訴法庭的決議，該上訴法庭認為Stromberg的言論並未引起「立即而明白的危險」。此案確立了民主憲政國家的人民，享有自由、公平、公開地言論討論與意見並陳的權利。

的政策，支持人民的這項表達權利與對公共議題討論之意願。[9]

因此，公平報導原則之創立，不是讓政府干涉媒體自主與新聞自由，而是促進公眾訊息之充分接收與對於重大公共議題之討論。**它立法的目的是擴大言論，而不是打壓言論。**政府必須在執照擁有者的新聞權與公民的言論權之間取得平衡，支持並創建有利的條件，讓執照擁有者將言論平臺開放給更多攸關公共政策與公共利益之訊息溝通與討論。

至於政府是否全面退出電視經營的問題，筆者認為，如果政府基於公共利益必須介入媒體經營，如美國某些偏遠地區民營的有線電視公司經營不善，政府則必須接手；但美國傳播法規定政府如果經營電視媒體，必須委由中立的第三者來經營管理，這種制度表現在美國如 PBS，是委由中立的NPR來經營一樣。臺灣目前幾家無線電視都有國家政府的角色參與期中，美國的傳播機制有其參考之處。

商業機制對新聞專業自主之傷害

威脅新聞自主權及公平報導的危機不只來自政治，在急速加劇的商業市場機制下，大財團是另一波操控媒體言論的主人。

臺灣目前的有線電視，70%是掌握在幾家大財團手中，這幾家財團老闆的觀點及政治態度，將決定性地影響臺灣整體的輿論。如今政黨正藉著商業財團重新掌握媒體。所謂政黨退出媒體只是一種表面的形式，政黨正藉著財團的政治效忠，以言論及新聞自由之名，行使政黨利益與鬥爭之實，是當今臺灣政治與媒體最大的病因。

政黨的惡鬥從政府國會場域一路延續到媒體，政策無法推行，政治人物的惡性攻訐，從政府一路到媒體，都是對峙的局面。嚴肅的、公平的、理性

9　Nowak E. John and Rotunda D. Roland, *Constitutional Law*, West Publishing Company, 1991, p.1106.

的、各方並陳的公共議題討論，在政府場域不存在，在媒體場域也不存在。財團鮮明的政治傾向，已然違背媒體的公共責任。媒體，特別是電子媒體是公眾的託付，因為頻道是屬於全民公眾的資產，擁有這資產的人，以商業及政治利益為前提，新聞自由與公共討論蕩然無存。

沒有「公平報導原則」，不管怎麼吶喊，記者永遠只是一位弱勢員工，而不是反映事實、公平報導真相的獨立新聞人。公平報導原則的第一項原則是要讓記者有報導真正公共議題的權力，不必受資方的干預。第二項原則是要讓整個新聞報導轉向公共議題，而不是色煽腥，避免商業操縱。低成本的廉價新聞對老闆有利，色煽腥能提高新聞收視率，卻避開真正深入地、嚴謹而全面性地公共議題之討論。公平報導原則讓記者在專業上更加提升，不但可以自由去選擇議題，也可以避免整個社會走向色煽腥。第三項原則是讓各方閱聽者包括弱勢族群在內，都有一個比較大的空間與權力來發表，而不是有錢人可以買廣告，可以影響電視臺的老闆，或避掉一些大公司爭議性的議題。

1948年到1987年的40年間，公平報導原則在美國實行，任何重大爭議性的公共議題都需要各方辯證，這個原則確立，讓記者免除被老闆控制的局面。例如，當媒體老闆因為在投資核能電廠，而暗中干涉不要記者再報導核能廢料的問題，記者可以很明確地告知老闆，不報導可以，但在媒體執照審核的時候有可能會被吊銷，因為媒體違反「公平報導原則」。

當1987年廢除公平報導原則後，美國電視媒體也發生重大轉變。美國「新聞報導公平與正確組織」（Fairness and Accuracy in Reporting, FAIR）發起人馬丁·李（Martin A. Lee），在其著作《不可靠的新聞來源》（*Unreliable Sources*）中指出，美國國家廣播公司（NBC）被奇異公司收購後，NBC就不再報導反核的新聞，很多反核的製作人無容身之處，在此情況下，NBC轉向大肆報導法國核電廠的安全性及如何運轉得當。[10]

美國前總統雷根在1987年廢除「公平報導原則」，到現在已超過30年，

---

10 馬丁·李、諾曼·蘇羅蒙，《不可靠的新聞來源》，正中書局，1995，p.101。

在這其間，美國媒體不知報導過多少違反公平報導原則的新聞，例如伊拉克戰爭到底有沒有公平報導？顯而易見，在911之後，還是有很多充滿愛國主義的美國人，像911這種重大的公眾性議題，應該給記者報導雙方辨證的保障，不然記者就只會淪為企業的一項工具。

「公平報導原則」對新聞記者而言是一個保障，老闆不會、也不敢要求記者避免報導一些公眾性的重要議題，這在一個凡事講求民主、自由的國家中是很重要的。

美國國會諸多議員在過去十年間，多次提出恢復公平報導原則。2009年柯林頓政府也在思考恢復公平報導原則的可行性，原因是電視臺已經愈來愈趨向政黨分裂極化的現象。公平報導原則的恢復，讓廣電媒體能回復到公平的機會，平衡報導重大的公共議題。[11]真實的情況是，如果每一個電視臺都有一個固定的政治立場，到最後整個社會就會被撕裂，整個群聚效應也隨之而來。

「公平報導原則」對目前臺灣政治混亂的環境很重要，如果有機會，國會議員應該趕快訂定公平報導原則，否則臺灣社會就會崩解，大家各走各的道路。記者沒有保障，最好重要的議題都不要談，只需要談一點暴力、自殺、性侵害，談一些社會問題即可。

美國這幾年的犯罪新聞是過去的幾倍，報導新聞也愈來愈色煽腥。美國相關單位估計，在最近20年間，犯罪新聞不斷地增加，色情新聞也不斷地增加，色情和暴力變成最重要的新聞內容，真正重要的公共性議題卻不見報導，原因無他，只因公平報導原則早已廢除。

在公平報導原則實施的階段，FCC不可諱言地面臨審核的困難，到底什麼是公平報導？什麼是爭議性的公眾議題？每個人看法可能都不一樣。FCC最終強調，廣電媒體只要列舉一年當中所報導的公眾性重大爭議議題即可；FCC不硬性認定今年的重大議題是哪些，然後審查媒體有沒有報導，以避免政府過度

---

11 Pete Winn, *"Democratic Senator Tells Conservative Radio Station He'd Reimpose Fairness Doctrine on Them"*. CNS News. Archived from the original on October 26, 2008. Retrieved October 28, 2008.

干預言論與新聞內容。

美國的媒體對兩種議題心有疑慮，一個是政治嚴肅的公共議題，因為要花很多時間解釋，還未必講得清楚，且成本很高；另外是企業的弊病，因為會違反電視商業媒體發展的廣告基本利益。公平報導原則讓弱勢族群有比較大的發言空間，不必一定聽從大企業對媒體產生的衝擊與影響。像健康食品到底健不健康，以及瘦身的議題，這些都是公眾重要的議題，但是不一定會被報導出來。因為相關的企業會透過贊助或廣告等手段，提供媒體大筆現金，自然會影響記者的報導。如果施行「公平報導原則」，媒體執照擁有者就不得干涉記者的報導，畢竟涉及的是公共議題，社會大眾有「知」的權力。當然，在各方並陳的前提下，記者或執照擁有者刻意修理政敵或惡意攻訐商場競爭對手的情況，也比較能夠避免。

財團威脅新聞專業自主的另一個力量是電視廣告的商業機制；廣告對新聞之影響不在於廣告主對於新聞內容直接的干預或控制。廣告的商業機制創造了一個立竿見影的量化收視率機制，節目之廣告收入決定在量化的基礎上，自然排除了一些精緻的、分眾的、少數族群關心的節目或題材。量化的收視率機制造成媒體內容偏向金字塔的中下層，而忽略了上層的文化消費，這使得媒體內容走向庸俗化及趨向一致化。而新聞節目及內容庸俗化的結果，自然而然排除了公共議題的討論，目前許多Call-In、名嘴、譏笑謾罵的座談節目，完全無助於民主政治、市民社會參與公共討論，以及審議式民主所主張的──更多的言論將會為社會產出最好的意見（More speech can generate best argument for the society）。

近來部分學者所倡導的讓無線電視臺公共化的議題，是一個值得考慮的方向。但是高品質的節目由誰來付費？觀眾、政府或財團贊助？如果整個電視的機制仍然來自商業廣告市場收視率的機制支配之下，那麼公共化的理想還是得面對艱困的挑戰。

公平報導原則與人身攻擊原則

「公平報導原則」對於媒體所採取之政治偏頗與不公報導的情事，乃至惡意相互攻訐的情況，提供一個比較平衡的機制。1949年美國在《廣電法》中規範，如果某一個候選人在某家電視臺上節目，在錄影的過程中攻擊其他競選對手，這個受到攻擊的候選人有權利在「同一家電視臺」且「相等同的時段」中進行反駁，這是「對等機會原則」。FCC允許美國電視臺可以做「政治背書」（Political Endorsement），例如在選舉期間，人民各自支持陳水扁或馬英九，但是當電視臺所支持的候選人攻擊對手的時候，電視臺必須在24小時內通知被攻擊者，並且提供相同的時段讓該候選人反駁，這稱為「人身攻擊原則」（Personal Attack Rules）。

「人身攻擊原則」的適用未必是候選人本身，一個助選員、或是任何一個代表候選人的支持者攻擊對手時，被攻擊的對手在24時內應該收到該電視臺的通知，然後給予同等機會提出反駁。[12]

這個「人身攻擊原則」並不涵蓋新聞的報導，它只適用在非新聞的報導，如廣告、特別節目或其他特別量身訂做的節目；只要有人身攻擊，對方馬上可以提出反駁，唯獨新聞不在此內，因為新聞報導是記者的「特權」，記者報導誰、抨擊誰，新聞報導不能要求必須給予對方反駁。但現場轉播和競選大會常常上演罵人的場面，被罵的人就有權利在「同等的時段、同等的觀眾、同等的長度」來進行反駁。但臺灣廣電法規從來不曾如此規範，所以競選就一直落入口水戰。

臺灣所有的競選活動中最常播出的就是造勢晚會，而且是現場轉播，這種造勢晚會本身不是一個新聞，而是買時段。在晚會中，無論是競選的內容、助選員和候選人本身對於對手的攻擊非常多，因此本著公平原則，也應該讓對手有反駁的機會與時間。

例如一場選戰，如果一方候選人有錢，就可以買時段來做現場轉播，利用

---

12 Personal Attact Rules，來源於1934年美國的《傳播法》，2000年廢除此項規定。

對手沒有錢買時段來做競選大會的轉播。一旦資本雄厚的候選人當選，就意味著候選人往後在選舉上的花費會愈來愈多。候選人買廣告時段、買節目時段就為整場播出競選造勢晚會，候選人藉此機會攻擊對方，對手沒資本，自然無法與之抗衡，政治當下即成為有錢人的玩具。或許不是出資者本身參選，而是出資者贊助候選人，等候選人當選後，第一個就要當選人假公濟私，暗中優惠贊助者商業上的利益；要不就是因參選而債臺高築，當選後，利用方便之門，很多的貪瀆就此出現。

「人身攻擊原則」是保障政治言論的均等權力，如此才不會使選舉成為有錢人的專利品，也才不會因對手沒有辦法回答、或不必回答而演變成大家互相謾罵攻擊。相信幾次這樣交鋒以後，人身攻擊原則所保障的就是一個比較優質的選舉，因為候選人互相攻擊到最後沒有意義，你罵我，我回擊，沒完沒了。所以，這個原則是保障所有候選人不用惡意的互相攻擊，大家機會均等，不會因為某一方有錢就可以惡意攻擊對方。

對等時間原則或公平機會原則

2000年總統大選，臺視的廣告購買時段，除連戰的競選廣告外，陳水扁和宋楚瑜的競選廣告通通遭拒，因此，陳水扁和宋楚瑜的競選廣告通通流向東森和TVBS，兩家因而大賺。如果基於「對等時間原則」，這種狀況根本不可能發生。在美國，「對等時間原則」是指，媒體如果給某位候選人30秒長度的廣告時段並收取一百萬，另一個候選人就有資格要求同等權益，絕對不會有特例發生，也就是一家電視臺提供同等的時間和長度，收取一樣的費率，以供所有參選人可以播放個人競選廣告。

「對等時間原則」還有另一種更有效的制約作用，就是所有參選人中，如果某媒體的節目主持人在不放棄主持節目的原則下宣布參選，這個媒體就必須提供相同的節目長度以供其他候選人主持並發表個人政見。像在臺灣，陳文茜要參選，又要主持節目，不免引發專家學者和媒體從業人員的爭論，認為候選

人不可以主持節目，要避免節目立場偏頗。但比較過去社會上所有政論性節目主持人，鄭弘儀或其他人就沒有立場嗎？李濤主持節目有沒有立場？陳文茜的立場會比李濤更鮮明嗎？李豔秋的立場會比鄭麗文的立場更不鮮明嗎？一定要政治人物才會有立場嗎？每個人都有政治立場，每個人也可能有偏見，在美國也一樣，有極端的保守主義黨、民主黨、共和黨和極端民主黨，不能限定政治人物不能主持，候選人也不能主持。

美國政府提出「對等時間原則」，例如節目主持人宣布競選參議員，且每天又要主持兩個小時的節目，在其所在的區域內，有五個人要選參議員，所以其餘四位也都可以向媒體要求兩個小時節目，作為他們發表個人政見的場域。1995年，美國一位非常有名的廣播電臺主持人霍華德‧斯特恩，[13]他留長髮、戴墨鏡，每天主持四個小時的現場節目，專門開女性的玩笑，會騷擾、講黃色笑話，當場和女主持人用「性」的語言揶揄，全美國都知道霍華德‧斯特恩這位廣播脫口秀主持人。當他宣布要競選紐約州長，便陷入一個兩難的局面，他可以選州長，但電臺的老闆卻不願給每個州長候選人四個小時的廣播節目。基於「對等時間原則」與「公平機會原則」，所以霍華德‧斯特恩後來放棄參選，因為他知道，他放棄廣播節目，就等同失去優勢，失去優勢就失去勝算，失去勝算想再回去主持，恐怕就有困難，結果他選擇放棄參選。

這是一個簡單的機制設計，不是因為政治人物會有偏見，所以不能主持節目；只是任何原則的制定，必須能夠普遍適用。如果公平原則是主持節目不可有偏見，然而，誰沒有偏見？政治人物、從商的、學新聞背景的、資淺的、資深的、黑的、白的、黃的……各種人都會有偏見；不能只認為政治人物有偏見，所以政治人物不能主持節目。每一個人都有偏見，每一個人也都有立場，新聞很難客觀，幾乎都是主觀。就因為每個人都有偏見，所以不用特別限制政治人物主持節目，只是在競選期間，能依據「對等時間原則」，維持一個

---

13 2016年美國總統大選，共和黨總統候選人川普被爆料曾經在霍華德‧斯特恩的節目中，形容自己的女兒伊凡卡是性感尤物，引起輿論批評其為不雅、不適當。霍華德‧斯特恩的節目一時之間又成為美國輿論的焦點。

公平、公正的選舉言論平臺。

除身分的限定外，任何的曝光率（Any Exposures）也都算在「對等時間原則」之內。再說一次，「對等時間原則」與「公平機會原則」是不適用於新聞報導，新聞報導不需要平衡，不需要對等時間，因為新聞還是給予新聞記者獨立判斷的編輯權利。除了新聞之外，任何的曝光機會，如舉辦一場一小時的演講大會、競選大會、廣告、演戲、主持等，都需要遵守對等時間與公平機會之原則。

公平報導原則與政治背書

在「公平報導原則」的規範中，有一條規定廣電媒體在選舉期間可以做「政治背書」。政治背書的先決條件是90%以上的記者都簽字同意履行公平報導原則，也就是對於各種爭議性的議題，必須要各方辯證。

新聞報導或現場轉播新聞，是記者的特權。記者有權力不平衡與權力不對等時間原則，新聞記者有權利選擇他喜歡支持的候選人或不喜歡的候選人。這個權力有可能被濫用，必須靠觀眾自己做判斷和抉擇。觀眾都不喜歡嚴肅的議題，美國做過一項調查，當嚴肅的議題一出來後，觀眾立刻轉臺。例如同一時段，某臺是一位知名教授在講大道理，講臺灣發展，而另一臺是火災，再另一臺則是八卦新聞，觀眾會選擇看哪一臺？觀眾不喜歡嚴肅的議題，造成的後果就是記者以後報導選舉新聞的方式都像賽馬一樣，這位候選人怎麼樣，那位候選人又怎麼樣，盡是報導一些瑣事。

美國記者有「政治的編輯特權」（Political Editorial Privilege），意思是，記者在電視臺主持節目時，可以在節目進行的過程中，為他支持的政治人物作背書。因此，記者可以在節目中大談布希，大談柯林頓，大談陳水扁，大談馬英九……這就是報紙、電視臺的權力。這種現象有沒有違反新聞自由的理念？不是應該要公平報導嗎？不是應該要自由中立、公正客觀嗎？為什麼可以作政治背書？

美國之所以給予新聞機構政治背書的權利，是因為憲政體制相信這是新聞單位的特權。《紐約時報》的總編輯會這麼說：「沒有任何人比我們瞭解誰該當總統。我們從事新聞工作這麼久，關心議題這麼久，我們可以告訴讀者，誰是好的候選人。我比一般老百姓更有權力作政治背書。」這個說法有道理嗎？《紐約時報》的編輯會議通過要幫誰背書，記者就不能有相反的意見，這是報社的立場。《紐約時報》和《華盛頓郵報》一樣在選舉的時候作政治背書，美國的報紙可以，電視臺也可以這麼做，但當背書的候選人攻擊對方，電視臺基於人身攻擊原則，要馬上通知對手，而且有權力答辯。

　　媒體有權力政治背書，但不能忽視公平報導原則。美國人不喜歡媒體自吹自擂公平、沒有立場，但結果暗地裡卻支持某位政治人物。美國人認為，只要觸碰到政治，就一定會有自己的立場和自身主觀的想法。媒體不要、也不必假裝很客觀，假裝沒有立場，人民寧願媒體把立場表達出來。如果媒體背書的候選人攻擊別人的時候，要引用「人身攻擊原則」，且媒體必須遵守「公平機會原則」與「對等時間原則」，對其支持或不支持的候選人必須提供同等露出的機會，包括同等金額的廣告費，不管是索費或免費。

　　一個最顯著的例子是在1996年李登輝和連戰選總統，TVBS免費大肆報導李、連競選晚會長達兩個小時。有民眾看不慣，告到當時的新聞局，結果新聞局只判定TVBS的做法是「廣告超秒」。依照《中華民國衛星廣播電視法》第二十三條規定，廣告時間不得超過每一節目播送總時間六分之一，也就是60鐘只能有10分鐘的廣告。TVBS在這事件上擺明是「政治背書」。政治背書對美國而言，以任何明顯動作支持某候選人，即使沒有宣布，都算是政治背書。在政治背書的情況下，這根本不是廣告超秒，TVBS無須付這個錢，只要基於「對等時間原則」，通知其他候選人向TVBS申請轉播個人造勢晚會，只有當TVBS拒絕的時候，才算違反政治的「公平機會原則」。如果當媒體用一個非常明確的動作，讓觀眾感受到是在支持一個候選人的時候，此時的政治背書已然成立。

　　1996年，這種報導直播動作算是大事，所以，政治背書應該用「公平機會原則」、「對等時間原則」或是「人身攻擊原則」，絕無廣告超秒這回

事。如果用媒體政治背書來解釋，TVBS一毛錢都不用付。當時新聞局避重就輕，處罰廣告超秒這種小錯，而不去討論事件本身屬政治背書。公開實況轉播是不公平的使用媒體，因為站在對方同等機會的原則下，媒體必須給對方同等的機會，但TVBS卻沒有這麼做，因此，那不是一個公平的選舉。

在美國，只要是聯邦的選舉，媒體一定要報導，也不可以不給對方時間，這樣，國家級的公職人員在競選期間可擁有充分的保障，因為整個政治已經愈來愈傾向金錢政治，只要有錢買廣告，能夠用錢做各種宣傳的人就比較容易當選。但美國總統大選卻是，沒有錢的一定選不上，花最多錢的也未必選得上，候選人要選對議題。1960年代可能只需花三千萬美金，現在可能要花三十億美金。候選人一到選舉期間，多少都會向企業家們募款，籌措資金。社會大眾好像都默許這樣的政治存在，有錢人才可以選舉，雖然有錢不一定選得上，但沒錢一定選不上。為什麼保障國家的公職人員選舉，必須有機會、有管道來發表意見？原因是，確保即使非有錢人，一樣可以參選，公平地發表意見，而公眾也可以同等地接受到各候選人的訊息。

數位媒體下的公平報導原則

有許多批評公平報導的人士會堅稱，現在媒體過多了，數位媒體的無線電視時代，頻道更多；有線電視頻道已經超過三百多臺，加上網路、臉書、社會媒體，如此蓬勃，哪還需要規範廣電媒體的公平報導，讓言論自由市場機制決定真理即可。但是許多的報告都顯示，網路與數位媒體的興起所造成的是社會的多極化、孤立化，社會更分裂，而不是更整合。大眾媒體作為公眾輿論最重要的平臺，能夠提供各種不同意見的人，自由、公平、公開且公正的討論公共議題，不受財團或政府的箝制、操弄，而把公共領域交到記者、交到公眾的手中，這正是公共領域最可貴之處；亦即擺脫政治與經濟的箝制，讓民眾能發聲，讓言論能多元與互通，而不是愈來愈極化，愈來愈窄化。

在媒介平臺愈來愈多元的情況下，或許頻道稀少原則已經不適用，但是大

眾媒體對於公共利益的履行仍是不可或缺的準則。Ervin G. Krasnow以及Jack N. Goodman等人強調，數位媒體時代，廣電媒體所必須肩負與呈現公共利益維護的角色，一點都不能退位與遜色。在數位媒體時代，FCC不是在公共利益維護的角色上已經退位，相反地，它仍必須嚴格地瞭解數位媒體時代，這些占據公共領域的廣電媒體是否在遂行私人利益？抑或認真地在維護公共利益？[14]

美國賓州大學安南柏傳播學院的學者維多‧皮卡（Victor Pickard）也呼籲，在媒體實質被商業支配與集團壟斷甚於過去任何一個時代的今天，FCC對於媒體履行公共利益的要求應該更為密切與更嚴肅的關注。[15]皮卡認為，戰後的美國政府最大失敗是無法管控商業媒體的氾濫，其原因是因為法規管制的寬鬆，使得媒體反映了財團的需求，而忽略草根的一般公眾與社區之所需。

就言論自由的基本理念言之，相信言論市場機制能產出真理的人士，自然覺得不需要制定公平報導原則，因為言論的市場，讓各種意見並陳，自然會產出真理。但問題在於言論市場的機制，從歷史證明，產出的不是自由，而是壟斷。市場就是競爭，競爭就容易產出壟斷。除非我們信奉的基本準則不在於言論的競爭，而是言論所產出的公共利益。這就是為什麼美國開國元勳之一的詹姆斯‧麥迪遜總統（James Madison）主張[16]，美國憲法修正案第一條所代表的意義不只是言論自由市場機制，而是以言論達到政治與經濟

---

14. Ervin G. Krasnow & Jack N. Goodman,"*The Public Interest Standard: The Search for the Holy Grail*", 50 Federal Communication Law Journal 605, 1998.

Victor Pickard, The FCC, "*The Public Interest and the Blue Book*", December 19, 2012 by Theresa Riley. "In light of the current struggle to prevent an overly commercial and concentrated media system from becoming even more so, it's instructive to recall a time when the FCC fought to bolster public interest safeguards instead of throwing them out."

15. Victor Pickard is an assistant professor in the Annenberg School for Communication at the University of Pennsylvania. With Robert McChesney, he is the co-editor of the book Will the Last Reporter Please Turn out the Lights (The New Press). Currently he is finishing a book on the history and future of news media.

16. 詹姆斯‧麥迪遜總統（James Madison）是美國第四任總統，亦被認為是美國憲法之父。

的平等；言論自由是促進人民的福祉，是促進人民政治的參與和審思。在麥迪遜總統的觀點下，人民的福祉（Public Interest）才是憲政民主最高的位階（Sovereignty）。[17]

如同美國大法官路易斯‧布蘭德斯（Justice Louis Brandeis）所述[18]，美國憲法修正案第一條所強調的言論自由，是保障人民對於政治參與和理性政治討論的平等權；「平等」比「自由」更爲根本，自由必須平等，不平等何來自由？當今媒體生態就是「有了自由，沒了平等」。

麥迪遜總統與布蘭德斯所強調的，憲政民主所主張的言論自由之基石，不是「言論的市場機制」之擁護，而是「公共利益」的維護。

公共利益的維護必定是擴大公民的言論參與，必定是要建立「自由、公平、公正、公開」的公眾輿論平臺；而「公平報導原則」正是讓公民享有對公共事務「自由、公平、公正、公開」的論證權，它是維護「公共利益」的關鍵基石。

---

[17] Benton Foundation, *The Public interest Standard in Television Broadcasting*, 2017.

[18] Louis Dembitz. Brandeis (1916-1939)，美國最高法院法官。

司法人權與新聞自由

Freedom of Press and Judicial Right

司法正義與新聞正義常處在衝突與互利的矛盾關係中。司法依靠記者將重大的犯罪及審判事宜公諸於世，但是新聞要求獨立報導，正如司法要求獨立審判，前者不理會司法程序，急著告知公眾司法審查或犯罪訊息，後者擔心媒體報導會影響司法判決的公正性。

檢查系統必須遵循偵查不公開原則，但是記者常主動或被動地洩漏偵查中的消息。法院希望記者交出消息來源，以利審判；但是記者基於保護消息來源，必須冒著藐視法庭的罪名，以維護新聞的正義。保護消息來源，以保護提供訊息者不被迫害，才有更多的人願意提供重要的公共訊息，如此，閱聽大眾才有充分知的權利。

警察偵查權與新聞採訪權

新聞記者採訪犯罪新聞經常與警察密切合作。新聞記者報導警方的查緝工作以作為警方的成績。警方提供新聞記者線索，以作為精采的新聞報導。警方與記者的關係經常是魚幫水、水幫魚的共生關係，但是這關係很多時候也是不穩定的，甚至是危險的。警方的訊息提供往往讓嫌犯直接地被輿論定罪，警方的片面說法在未經法院定讞之前，也可能已經扭曲了嫌犯的供詞及其真實的情節。

過去發生過警方破案，使得被抓的嫌疑人自殺，事後卻證實該嫌疑人並不是犯罪者。1970年代的李師科搶劫一案，警方誤抓人，媒體記者配合報導，導致該嫌疑人自殺。直到李師科出現，全案才真相大白，警察誤抓人，記者被誤導而鬧出人命。

因此，記者必須保持中立的態度，不被消息來源控制，拒當消息來源的傳聲筒。警察與記者之關係更應該遵循這種中立的模式，不偏警方，不偏嫌犯，嫌犯有話說，必須先存中性的態度傾聽後再報導，才不會未審先判，錯誤地幫助警方入人於罪。記者一旦偏失，就會造成這種共生的謬誤。

然而，記者面對一位嫌犯、或在逃嫌犯、或預備犯罪者、或已定讞入監的

受刑人，其採訪界線必須慎防超越法律界線，造成角色的混淆與模糊。

新聞自由與煽嚇性言論

2006年10月，南投縣一位幫派分子吳先生[1]，透過一位黑道人士向王先生發出恐嚇訊息。王先生憤而準備了兩長兩短的仿造玩具槍，並擬妥恐嚇吳先生的訊息，交給張先生。張先生向他一向熟識的TVBS電視臺南投陳記者，告知他將有獨家新聞要爆料，陳記者收到這個訊息之後，向TVBS電視臺中部特派員林先生回報此事件，林特派指示陳記者要掌握好這則新聞。[2]

法院調查結果，王先生持槍向黑道角頭吳先生恐嚇的影帶，竟然是TVBS電視臺陳記者所拍攝。恐嚇影帶拍攝完成後，將影帶交給林特派員，陳記者並提醒林特派員千萬別說影帶的來源。林特派員看了影帶之後，著手策劃了四則配合的新聞，並佯裝不知情地通報了警方，然後將陳記者所拍攝的恐嚇影帶交給警方去處理。林特派員向警方謊稱，影帶是不明人士寄過來的。林特派員當天也向TVBS臺北總公司的執行副總回報，第二天將影片內容傳回總公司，總公司的編採會議決定當天下午6點鐘以獨家新聞播出。

承審法官戴博誠認為，兩名記者為了獨家新聞，協助拍攝、製作恐嚇影帶，已構成幫助犯。記者明知拍攝的內容是黑道為了遂行恐嚇之目的，內容與公共利益無關，且違背新聞自由或言論自由保護的範疇。

臺中地院法官最終依恐嚇罪判處恐嚇起始人張先生兩年兩個月徒刑，TVBS陳記者以及中部林特派員則依幫助恐嚇罪各判處十個月減為五個月得易科罰金。

新聞自由的意義絕非是同意新聞記者可以製造新聞，甚且製造恐嚇性的新

---

[1] 本段文章所提的當事人吳先生、王先生、張先生、陳先生、林先生等之姓氏皆為代號。

[2] 楊政俊、謝介裕、陳慧貞，《自由時報》社會版，2007年12月15日。

聞。記者幫助黑道分子拍攝恐嚇性影片，已經完全超出新聞自由或言論自由的範疇。

煽動條款與言論自由（Incitement Test and Freedom of Speech）

TVBS記者直接協助恐嚇的行為人拍攝恐嚇影片，並在新聞中播出，已經不只是刑法的幫助犯，更是新聞自由最大的忌諱，協助、參與犯罪者恐嚇他人。

但是TVBS的記者可能會認為，他是採訪一個有話要說的人，這個人自身也遭到恐嚇。新聞記者的確是採訪各種社會中有話要說的人，這些有話要說的人，從總統、企業家、學者、宗教家、老師、律師、一般公民、甚至販夫走卒，照理說，記者都應該採訪，應該協助他們說出他們想說的話，特別這些話如果攸關公共利益，或涉及人權的伸張，記者都應該遞出麥克風，讓他們說。問題是，當一位預備犯罪者、或在逃嫌犯、或入獄的受刑人有話要說，記者要不要報導？

TVBS記者涉及的是預備犯罪者以媒體為工具，實質地在恐嚇一個人，所以法院認定記者違法，是形式的幫助犯。

但如果是一名極端分子準備恐嚇國家元首或政要，記者的報導是否是幫助犯？這問題的癥結不是報導，而是記者參與的程度與角色。如果記者是被動收到恐嚇信函或影帶，然後播出，也許有煽動的問題，也許有引起社會或某個特定個人恐慌的問題，但應不至於成為形式的幫助犯。TVBS的記者參與拍攝，而不是被動地收到影帶，是主要的問題所在。

新聞記者可否採訪在逃嫌犯？

新聞記者採訪犯罪新聞，其界線經常會發生混淆。記者可不可以採訪犯罪

者？犯罪者有沒有發言權？

從法律的角度言之，犯罪者（已定罪或在逃之通緝犯）是有發言權，但此發言權不是絕對的，受刑人的發言必須經過獄方同意或適當的監控。法律並未規範在逃之通緝犯，記者不得採訪，但採訪行為不應涉及協助逃亡等行為。以新聞第四權的角度言之，在逃嫌疑犯未被定讞前，他們有發言權，說出自己的想法。這些說法當然會被法律及輿論視為證據或作為檢驗之用。

臺視新聞在陳進興綁架白曉燕並連續姦殺的案件中，曾經參與陳進興綁架南非外交使節之訪談。臺視記者透過電話訪問正挾持南非外交使節一家人，及與警方對峙的陳進興。這項訪談風險很高，但也協助舒緩了陳進興的情緒，最後在警方與有力人士協助的談判下，陳進興釋放南非外交使節人質而投案。

記者採訪在逃嫌犯未果之新聞事件

另一個臺視記者採訪在逃嫌犯案例發生在2000年，一位殺死同居人兒子的在逃嫌犯劉朝坤，透過其同居人駱明慧（即小孩的母親）及駱明慧家人，約臺視新聞《大社會》節目製作團隊見面，希望接受採訪。[3]結果，記者與劉朝坤未見到面，劉駱兩人旋即共同逃亡，臺視記者被批評沒有事先告知警方。

臺視新聞《大社會》節目企劃報導受虐兒的題材，該節目製作團隊南下到高雄駱明慧家中，瞭解她的兒子受虐致死的可能原因。製作團隊到達駱家先採訪駱家大姐潘阿美之後，隨即徵詢潘阿美訪問駱明慧的可能性。在潘阿美的同意下，製作團隊和駱明慧進行了一個半小時的專訪。

隔天，製作團隊陪同潘阿美及駱明慧至高雄殯儀館探望小孩的遺體。當天下午，製作團隊隨即返回臺北，於臺視晚間新聞時段發了一則獨家專訪駱明慧的報導。

晚間新聞播出後，製作團隊再度到駱明慧家中錄《大社會》節目主持人的

---

3 筆者即為臺視記者、主持人。

串場，錄完以後和駱家閒聊了約五分鐘，製作團隊隨即返回臺北。其間，製作團隊未曾主動和潘阿美有任何的聯繫。

再隔一天，《大社會》節目製作團隊奉公司的指示，製作一則十分鐘的駱明慧專訪，提供《熱線新聞網》播出。同一天，《大社會》節目主持人接到潘阿美打來的電話，電話中，潘阿美告訴主持人，前一天下午製作團隊離開她家的時候，劉朝坤有和她們聯繫，表達有意出面投案，劉朝坤並願意和主持人見面接受採訪。主持人回覆潘阿美，會即刻南下高雄。

臺視主持人隨即打電話給《大社會》節目的新聞攝影記者，請他準備；同時間，主持人向新聞部副理級的長官報告並取得授權，準備南下高雄。

臺視《大社會》製作團隊出發前，新聞部幾位長官開會作成三項決議：第一，要求製作團隊如果見到劉朝坤，必須要求劉朝坤將小孩歸還駱家，否則取消訪問不予報導。雖然沒有證據顯示劉朝坤在虐待小孩，但是基於人道的考量，製作團隊不願意讓一個孩童和嫌犯亡命天涯。第二，一旦採訪到劉朝坤，臺北方面會聯絡高雄新聞中心，找警察和檢察官作相關的平衡報導；換句話說，即使有了劉朝坤的訪問，也不會是劉朝坤單方面的故事。第三，即使見到劉朝坤，如果當時的情況適當，臺視會考慮透過適當的管道聯絡警方。[4]

記者接受採訪之前提

《大社會》節目製作團隊抵達駱明慧家時，駱明慧和劉朝坤正在電話線上。潘大姐跟製作團隊說明，劉朝坤幾次和她們通電話，很想投案，他想見駱明慧並且願意接受訪問。潘阿美並且希望製作團隊見到劉朝坤時，也能夠協助勸他歸案。

雖然新聞記者認定自己應該是一個觀察者，而不是一個參與者；但是當時臺視製作團隊認為，基於一位公民的良心，製作團隊同意潘阿美的請求，就如

---

4 何日生，《新聞鏡週刊》，2000年5月。

同記者在採訪中看見有人溺水，新聞記者所做的不只是採訪，而是應該用行動去救他。製作團隊願意在採訪之際，也協助勸劉朝坤歸案，正如製作團隊也表達希望劉朝坤將孩子交還給駱家一樣。製作團隊認為這是出自於一個公民的良知，並不是記者的新聞專業所肩負的義務。

在溝通和劉朝坤見面的過程中，製作團隊首先向駱家表示，見到劉朝坤後，希望他先交還孩子，訪問才可能進行。製作團隊隨即要求潘阿美帶製作團隊前往，但潘阿美說，檢方已經跟她說過，如果有劉朝坤的消息要通知檢方，如果檢方知道她和劉朝坤見面，可能會背負刑事責任。

製作團隊又向駱明慧的二哥駱明智提出要求，請他帶領製作團隊前往，但駱明智用相同的理由拒絕，最後駱家決議還是由駱明慧帶製作團隊前往。由於地點是劉朝坤和駱家所約定，製作團隊事先並不知情，在駱明慧一路的指引下，製作團隊依約到達一處釣蝦場。

嫌犯與記者見面，能主動否？

到達釣蝦場的時候，駱明慧一個人獨自下車，臺視製作團隊用攝影機記錄下她走進釣蝦場的鏡頭。十分鐘後，駱明慧沒有出來；製作團隊於是下車走進釣蝦場查看，發覺釣蝦場有一個後門，製作團隊發現駱明慧就站在後門的巷子裡，那是一條空蕩蕩的巷子。

主持人問駱明慧，是不是劉朝坤沒有來？她說是。主持人隨即問她要不要回車上？她說好。回到車上，駱明慧借用製作團隊的電話打回駱家給潘阿美，潘阿美告訴駱明慧，劉朝坤會在約定的地點和她接頭。隨即駱明慧又下車，製作團隊告訴她，妳可不要去了不回來，她說絕對不會。駱明慧隨即下車，從此她就沒有再出現。

臺視主持人為什麼不堅持和駱明慧一道下車？就如同主持人為什麼不能堅持駱明慧的大姐或二哥帶製作團隊到會面地點一樣。一個新聞記者不宜扮演主導的角色，製作團隊從頭到尾都採取被動的態度，從潘阿美打電話邀製作團隊

採訪，到會面的地點、時間、方式，製作團隊都採取被動的立場。

記者是一個觀察者、記錄者和報導者，製作團隊不宜變成主導新聞事件發展方向的人。所以，製作團隊讓駱明慧一個人下車，因為在法律上她是一個被檢察官交保候傳的人，換句話說，她可以依法在大高雄地區一帶自由行動。如果製作團隊限制她的行動，在法律上會被認定為妨害自由。

正如同如果臺視《大社會》節目製作團隊硬要駱家大姐帶製作團隊前往會面地點，萬一她背負法律刑責，製作團隊是要背負責難的。被動不主導，是製作團隊所堅持的新聞專業道德。所以，駱明慧下車後下落不明，部分媒體解讀為臺視新聞製作團隊搶獨家新聞把人搞丟了；如果製作團隊一直不是居於主導性的地位，何來弄丟之有？她不是製作團隊能掌握的人，不管是在法律上或是道德上。

所以只能說，以一個新聞記者的立場，在駱明慧離開的時候，臺視新聞製作團隊現場目擊；當時製作團隊就是一個觀察者、記錄者和傳播者，而不是一個主導者。

嫌犯拒訪逃了，記者追不追？

在駱明慧下車三十分鐘之後，臺視製作團隊下車到釣蝦場查看，發覺駱明慧已經離開釣蝦場。主持人回到車上後向駱家打了一個電話，說明駱明慧還沒有回來與製作團隊接頭。主持人並沒有說駱明慧已經失蹤，因為主持人相信，和一個嫌疑犯談判會需要很長的時間，但是潘阿美卻認為駱明慧不會再回來了。

主持人在電話那頭聽見潘阿美的恐慌，潘阿美隨即叫她的弟弟駱明智和她的兩位家人趕到釣蝦場，隨後警方也趕到。製作團隊向駱家表示，警方的來到也說明了駱明慧或者劉朝坤不可能在這個現場出現，這則新聞已經結束。製作團隊隨即做了一則駱明慧走進釣蝦場之後下落不明的報導。

根據臺視製作團隊當時的研判，駱明慧的一去不回，有可能是她還在和劉

朝坤談判中，而警方來到，她就不再回來；也有可能是自願逃亡，或非自願地被挾持。但製作團隊認為，他們沒有足夠的資訊作任何的斷言。

在拍攝完警方在釣蝦場的調查之後，製作團隊隨即聯絡潘阿美，對於下午的事情做一些評論。潘阿美悲痛地在受訪中呼籲駱明慧不要和劉朝坤共同逃亡，她並且再次呼籲劉朝坤出面投案。製作團隊問潘阿美，駱明慧去向不明的理由可能是什麼？她說她不相信駱明慧會逃亡，他們應該還在談判中。

許多人在問，臺視《大社會》節目製作團隊有沒有事先想到駱明慧會逃亡？製作團隊認為，他們不是一個最適合回答這個問題的人，其原因有三：首先，駱明慧被檢方交保候傳，製作團隊認為這意味著檢方並不顧慮她可能再度逃亡的事實；其次，駱明慧可能涉案，她肚子裡又懷著劉朝坤的骨肉，像這麼一個重要的人物，警方應該會嚴密地監控駱明慧的行動及駱家的通話；三者，以製作團隊的瞭解，駱家和劉朝坤通過幾次電話，她們對於劉朝坤的動向應該比製作團隊清楚許多。

如果這三層的過濾都沒有預料到駱明慧可能再度逃亡，那麼一個新聞記者，自然不會去質疑駱明慧會見劉朝坤的動機，更何況劉朝坤從來沒有和製作團隊作任何的聯絡或接觸。製作團隊是被動接受駱家大姐的邀請，進行新聞的採訪工作。

採訪在逃嫌犯，應不應該先通知警方？

駱明慧案引發的另外一個問題是，記者在接獲駱家的邀請訪問劉朝坤之後，應不應該立刻通知警方？

這個問題事涉記者要不要、能不能對消息來源保密，其實這是一個道德性的兩難。保護消息來源是記者的職業道德，一個嫌犯如果要求和媒體見面，在法律上，媒體沒有義務要知會警方，記者並不是警察的線民。雖然如此，臺視內部的決議還是傾向於製作團隊一旦見到劉朝坤之後，會適當地通知警方。但是製作團隊從接到潘阿美通知南下的那一刻，到駱明慧下車為止，始終不敢斷

言會見到劉朝坤，所以即使事先報警，也可能只是打草驚蛇。

關於記者拒吐消息來源的問題，美國在1972年有一個著名的最高法院判例布藍茲堡v. 海斯（*Branzburg v. Hayes 408 U.S. 665*），這個案例決定性地影響媒體有無法律義務透露新聞來源。布藍茲堡是麻州某家電視臺的記者，他被邀請去參加一項非法的黑人幫派集會，事後法官要他供出他所目擊的一切；布藍茲堡拒絕法官的要求，結果被判藐視法庭罪。案子到了最高法院，布藍茲堡被判敗訴。但是持反對意見的包威爾大法官，提出了一個影響日後美國記者新聞採訪特權甚為深遠的法律見解。

包威爾大法官說，法院要求記者透露新聞來源必須基於兩種觀點的平衡考量，一個是新聞自由，另一個是公民義務。記者在採訪新聞過程中，為了言論的取得，自然有權不透露消息來源；但記者也是公民，必要時要基於公民良知，出庭協助法庭辦案。雖然如此，布藍茲堡案確立了一項原則：**除非法院沒有別的其他管道獲致這項消息，否則不能強迫記者吐露消息來源。**

以布藍茲堡案的標準來看駱明慧一案，警方是不是有其他偵查管道得知劉朝坤和駱明慧見面的消息？首先，駱明慧被檢方交保並責由駱家保護，駱家第一時間得知劉朝坤消息，自應有機會通知警方，記者也是被駱家告知之對象。其次，駱家和劉朝坤通話多次，警方也早有監聽的申請，應該對於駱明慧行蹤有充分的掌握。警察是握有偵查利器的人，卻要責成記者提供交保人及嫌犯行蹤，恐有卸責之虞。

嫌犯有沒有發言權？

本事件所延伸的另外一項爭議是，嫌犯有沒有發言權？

法律上其實有保障被告的一項原則是，被告或嫌犯在應訊時有權保持沉默（The Right to Remain Silent）。有權保持沉默是對嫌犯的一種保障，法律並沒有限制嫌犯不能發言，只說你可以選擇沉默，所以，採訪嫌犯就法律面是站得住腳的。何況嫌犯在未被法院判決確定之前都還不算是罪犯，即使三審

定讞的罪犯，記者也是可以進行採訪。臺視主持人曾經主持過《調查報告》節目，該節目記者曾經專訪過三審定讞判處死刑的蘇建和等人，罪犯被褫奪公權，可是他一樣保有人權，而言論權是對人權的一個基本保障。除此以外，它對整體社會也有一定的意義。透過記者的採訪，瞭解犯罪者的心理動機、犯罪的過程及事後的心境，將有助於社會瞭解犯罪成因，進而加以預防。

美國的犯罪心理學十分發達，是因為美國非常少有判決死刑的罪犯，所以，犯罪心理學家或新聞記者可對他們進行訪談瞭解。反觀國內許多惡行重大的犯人都被即刻槍決，犯罪心理的研究就十分難以進行。社會必須瞭解犯罪人的心理，才能夠預防犯罪。

或許有人說，採訪在逃嫌犯是提供他脫罪的機會？這牽涉到究竟誰有發言權？誰又沒有發言權？

言論權是基本人權的一部分，而從「參與式傳播」的觀點來看，新聞媒體作為一種社會的公器，它不僅是菁英分子傳遞給社會大眾正確的訊息，而是能提供一個公平、公開的發言管道，給社會各個階層的人，不管是主流社會的菁英分子、邊緣弱勢的族群、異議分子、甚至被社會唾棄的罪犯。當然因為對象的不同，新聞記者在提供發言管道的時候，應該採取必要的謹慎和過濾。以劉朝坤的案例來說，即使製作團隊訪問到他，許多他的片面之詞，臺視新聞也早已做好了應有的準備，隨時聯絡高雄記者訪問檢察官、警察及相關人員，做平衡報導。

再者，即使嫌犯有脫罪的念頭，真正的審判還是在司法系統。或許輿論會譴責將嫌犯英雄化，但是如果這個社會是健康的、開放的、自由的，自然會對於嫌犯的片面說法採取更多的批判和導正。在陳進興接受媒體採訪，說出他的扭曲片面之詞後，仍遭到所有媒體對他更強烈地指責和批評。這種動態的平衡，是言論自由市場所必須堅守的，開放性的辯論，傾聽你不喜歡的觀點，對整體社會最終是良善的。

傾聽少數或不受歡迎的聲音

媒體作為第四權，當社會其他力量無法給弱勢者或少數者正義的時候，新聞記者必須發揮新聞應有的影響力。讓弱勢的處境被社會知道，是社會必須有的一項機制，而媒體就是這個機制不可或缺的一環。

其實讓弱勢者發言，傾聽少數者的意見，對多數是有益的。美國著名的「豬玀灣事件」（Pig Bay Crisis）就是一群最聰明的菁英分子所做的最笨決策，甘迺迪政府在該事件中竟然以為派三千名美國陸戰隊員登陸豬玀灣，就可以推翻卡斯楚政權，結果三千名美軍幾乎全部被殲滅。這個決策之所以荒謬，是因為可能反對該案的人都不敢站出來說話。讓少數發言，才能避免多數者走入集體的盲點，而帶來群體的危機。傾聽不喜歡的聲音，真理才顯得更明白而有力。

西方有一句話Vocal Minority，亦即說話很大聲的少數。許多目前檯面上的主流分子或團體，在過去都是少數分子、弱勢族群，但少數人堅持對的理想，終究會被主流社會接受，甚至成為另外一股新興的主流勢力。見諸女權運動、反吸菸運動、同性戀、黑人人權運動，或臺灣過去的民進黨，幾十年前都是弱勢族群，但如今成為重要的社會力量及思潮。社會不能壓抑少數的聲音，當眼前的多數不再適宜領導社會的時候，被社會所一直保留的一股正確的少數力量，才會有機會崛起帶領社會，這是筆者在美國學習傳播法及傳播管理所感受到根植於美國社會一股不可撼動的力量。在言論市場維持這種動態的平衡，讓美國社會總能在失敗中找到新的力量，比起蘇聯專制的體制，反對意見被壓制，一旦整體面臨危機，社會就無法產生另一股有力替代團體，因為他們早已被專制體制消滅或壓抑。

採訪陳進興或劉朝坤，其實是記者對言論自由的一項信念。當然，嫌犯不應歸為弱勢者，也不是新聞定義中的少數者，但犯罪者卻是存在社會裡各種問題的反應和縮影，透過對他們犯罪動機的瞭解，大眾對社會的問題及人性的弱處才會有更深的體會。

雖然嫌犯可能會說謊脫罪，但正如政客也可能會說謊來拉選票，或為他們

的政策作掩護，一個緋聞女主角也可能說謊損害他人名譽，但媒體還是讓他們發言。一個政客的謊言所造成的影響，可能不只是一條人命，但多數的謊言最終還是眞相大白，因爲言論愈開放，謊言一旦被表達出來，就無可避免地要接受更多媒體及大眾的檢視。讓嫌犯把話說出來，一個強健的社會會生出應有的體質去檢視他。

誰能參與新聞輿論？

另外一項批評是，記者在商業的文化薰陶下，爲了搶獨家不顧一切風險，專訪在逃嫌犯？言下之意也批評了時下媒體喜愛暴力新聞的歪風。

記者所可能奉行的「參與式傳播」之另一項重要概念，就是以提供「有用的新聞」（News You Can Used）給社會大眾。「參與式傳播」有別於過去「政治性的傳播」，總是把政治的訊息和政府官員的發言視爲最重要的新聞，官愈大，他的新聞就愈往前面擺。但是這個現象已經逐漸改觀，當社會愈朝向民主自由，新聞逐漸從以政治爲中心轉爲以社會爲中心，老百姓的心聲和發言變得十分重要。新聞的內涵不再是政治新聞擺頭條，而是報導更多和人民相關的有用新聞。它包括了民生消費、環保、人權、教育或是生活經濟，這些有用的訊息，反映並傳遞與社會大眾息息相關的生活權益和品質。

「有用的新聞」是美國ABC名主播彼得‧詹尼斯在1985年接手晚間主播之後，大力推動的一項新聞策略，用以吸收廣泛的中產階級觀眾。他先後推出《美國議程》單元，專門報導家庭問題、青少年教育、生活消費、環保、節稅等對觀眾生活有益的訊息。另外，《Your Money, Your Choice》單元則是幫老百姓看緊政府如何花納稅人的錢，這些對人民生活權益有幫助的新聞，吸引了大量的婦女人口以及以家庭爲中心的忠實觀眾。彼得‧詹尼斯也曾推出《傾聽美國》單元，深入各州去瞭解並報導一般人民工作及生活所面臨的問題。這一系列的單元是當時ABC能夠成爲美國晚間新聞收視之冠的主因。

美國主流電視建構「有用的新聞」十多年，而臺灣的電視新聞界正經歷一

場巨大的蛻變，主持人們逐漸從過去的「政治性傳播」走向「參與式傳播」的概念。社會新聞擺頭條，政治新聞愈來愈不受歡迎。觀眾看不到政令宣導的新聞，卻來了許多暴力情色之消息，這個發展當然是亦喜亦憂。如同許多的開發中國家要從專制主義走向民主政治，都會經歷一場政治的衰敗。社會從菁英主義過渡出來以後，並不會直接走向法治的民主，而是激進地先走到俚民政治或暴民政治。此見諸於社會開始有了集會遊行的自由之後，各種遊行中的暴動層出不窮。當議會民主濫觴，帶來的不見得是議會效率的提高，而是更多令人失望的議會暴力，這其實就是民主政治發展過程當中一種必然的過激之現象。但是在過激之後，歷史會回覆到它原來的位置。

在一段長達十年的民粹主義的政治紊亂之後，理性的、法治的民主秩序已經逐漸在臺灣出現。反觀傳播界，從過去以「政治為中心」的傳播，過渡到以「社會為中心」的傳播，它也同樣出現了過激的現象。暴力和色情新聞持續氾濫，新聞記者們幾乎把「社會性新聞」和「暴力情色新聞」畫上等號。其實，以「社會為中心」的新聞或是「參與式傳播」是以整個大社會的面向為基礎，它反映出人民生活的處境、願望、難處以及可能的解決之道。它的議題是多元的、是有用的、是提高人民的權益和生活品質的。

回到犯罪新聞的案子，輿論界常攻擊的正是記者爭取獨家，竟然採訪在逃嫌犯？這是典型的和暴力相關聯的社會新聞。其實，記者是認為嫌犯也有發言權之外，更重要的是想去瞭解一位在逃嫌犯的想法以及現在的處境，這個角度讓他有無可否定的新聞價值。透過記者的報導，社會大眾能否提起警惕，並更懂得珍惜一個美好健全的家。

許多社會悲劇的產生，就是因為有了一個不正常的家，受害者又是這不正常家庭下的犧牲品。讓觀眾知道他們內心的故事和生命扭曲的軌跡，將對許多家庭有一定的正面影響和意義。它可以是一項有用的新聞，端看報導之角度及動機。

新聞記者遺漏了什麼？

劉朝坤與駱明慧在失蹤事件之後約兩週左右，在一菜市場出現，被人發現；該報案者一通電話通報警方，另一通電話同時也通報臺視新聞部。劉朝坤落網之後，記者圍著他問，他一直澄清，「臺視主持人是無辜的，他是無辜的，我沒有設計他……」

雖然真相似乎逐漸釐清，但是從新聞採訪的角度言之，臺視《大社會》節目製作團隊在整個行動事件中，仍需事先注意兩個重點：

第一，在和駱家的溝通過程中，製作團隊應該全程錄音或錄影，以避免受訪者事後反悔，責難新聞工作人員或是扭曲事實。未來如有事涉敏感議題，建議新聞從業人員應該把和當事人溝通的過程全程記錄下來。

第二，如果在出發前，製作團隊能徵詢一位專業而可靠的犯罪心理學家，先對於逃犯的心理及可能做法進行瞭解，或對於可能的狀況進行研判，以及研究各種狀況的因應之道，應有助於製作團隊在現場的研判及處理的技巧。製作團隊並不必然地因此而扮演著主導者的角色，但是對於避免自己陷入可爭議的窘境是絕對有幫助的。其實，在國外的大媒體裡會僱用很多懂得法律和犯罪心理的研究人員。

採訪嫌犯並不是一種先驗的罪惡，也不是原罪。嫌犯也有發言權，關鍵在於記者或傳播媒體必須要提升專業的素養，對於各種敏感的人物和議題有更深入的研究和探討。一旦有緊急事件發生時，可以做妥善的回應。期許這一次的新聞事件給製作團隊及傳播媒體同業，在這兩個方面有更深切的體認和省思。

新聞言論權與法庭司法權

新聞記者要不要向法院交出筆記，以作為法院的證據？前文在布蘭茲堡案已經說明，除非法庭沒有其他管道獲得這項訊息，記者有權不交付手上的新聞

資料，以保護消息來源。

但是這種消息來源的保護不是絕對的。美國《紐約時報》記者法爾勃（Myron A. Farber）於1978年7月24日因為拒絕法官裁示交出採訪的筆記與所有資料，被判藐視法庭，入獄四十天。《紐約時報》因為拒絕交出記者採訪的所有資料，要付出將近二十萬美元的罰款。[5]

這項新聞是紐澤西州一家醫院曾有十三個病患離奇死亡，十多年後，一位女士向《紐約時報》告密，說紐澤西州這家醫院一位阿根廷籍的醫師，涉嫌用中南美的一種箭毒（Curare）注射在五個病患身上，導致他們死亡。記者法爾勃的報導登載在《紐約時報》頭版，檢察官因而起訴這位阿根廷籍的醫師。醫師所聘請的辯護律師在法庭中要求審理的法官，命令記者法爾勃交付採訪的所有資料，以作為指控之證據。法爾勃拒絕交出所有資料，以信守他對消息提供者的承諾，保護消息來源。

《紐約時報》與記者法爾勃都堅信，保護消息來源就是保護新聞自由，讓消息來源不曝光，以避免消息來源受到傷害。一旦記者不能保護消息來源，那將沒有人敢提供訊息給記者，閱聽大眾知的權利就會受到損害。因此，保護消息來源不是保護記者，也不只是保護訊息提供者的人身安全或名譽而已，更重要的是，它保護了閱聽大眾知的權利。

《紐約時報》支持法爾勃，寧願付二十萬美元的罰款，也不願意妥協；《紐約時報》堅持新聞自由的勇氣與良知。《紐約時報》律師引用紐澤西州的盾牌條款（Shield Law）以及憲法修正案第一條，向高等法院及最高法院提出申訴。高等法院在憲法「修正案第六條——公平審判」，以及「修正案第一條——言論自由」的兩難中，選擇了保護被審判者的權利優先，要求《紐約時報》服從法院所求。但是《紐約時報》記者法爾勃寧願被關，也不願意交出新聞來源。直到該醫師的判決出爐，法爾勃才被釋放。

新聞權與司法權的兩難，世界各民主國家都有類似的經驗。司法權在法律

---

5 李子堅，《紐約時報風格》，聯經出版社，1998年9月，pp.297-299。

上優於言論自由與新聞自由，即便是如此保障新聞自由的國家如美國亦然。但是美國的新聞界對新聞自由的捍衛與堅持，令同業敬佩與省思。

新聞報導與新聞自由之於司法的公平審判之威脅，仍來自於新聞報導對於司法審判公平性之影響，媒體未審先判的傾向，讓司法的公平審判變得難上加難。

新聞報導與輿論審判

1954年美國克里夫蘭一位著名的醫師山姆・薛博（Dr. Sam Sheppard）涉及一件謀殺案，被控殺死自己懷孕中的太太。山姆・薛博醫師說，他回家遇見歹徒殺害自己的妻子，他在黑夜中與凶手搏鬥，但凶手跑掉了。法院原本釋回山姆・薛博，但是幾週後，山姆・薛博醫師被記者看見他與年輕女孩在約會，記者就在報上寫說，「那一晚你在哪裡？山姆醫師。」意指謀殺案當天，山姆醫師你人在哪裡？這個報導登出之後，法院起訴山姆・薛博，並且判刑定讞。入獄多年後，案子重新審理，山姆・薛博被證明是無辜的，整件案子是媒體審判的結果。

美國最高法院於1966年審理山姆・薛博（Sheppard v. Maxwell）一案中，重申對媒體報導的「禁制令」（Gag Order）。[6]媒體不可以在審判期間提供不實的報導而影響法院的判決。美國陪審團制度使得在選陪審團的成員之前，必須確立該陪審團成員有無先入為主地接受媒體報導的影響，如果有就不符合陪審資格。或是法官認為在某一城市，該事件已經被大量報導，法官就可能裁將該案件移往其他地區的法院審理。

在臺灣，法院審理案件取決於法官的自由心證，法官沒有被限制看新聞或讀報紙。臺灣這麼小的地方，媒體這麼密集，新聞報導的真實性時有爭議。法

6　Wayne Overback, *Major Principles of Media Law,* Harcourt Brace Jovanovich College Publishers, 1992, p.210.

官的自由心證能否超越媒體報導之外，有很大的疑慮。

1996年，超級電視臺（超視）推出的新聞節目《調查報告》，節目中曾報導蘇建和命案，報導中強烈指控法院判決之不公與證據力薄弱。報導結果，高等法院竟然出面召開記者會，為自己的判決辯護，並譴責媒體的報導不公。媒體的報導是否公允，自然有討論的空間，因為媒體的報導再怎麼求證，各當事人的角度與說法總是各有堅持；但是該蘇建和命案的報導，給法院造成影響是不爭的事實，否則法官不會出來開記者會。

在那個報導之後，法官沒有再針對任何司法的報導作類似的大動作澄清，但是媒體報導影響法官的心證的確存在。這問題的解決面，不只是媒體報導審理案件的過程，必須如山姆·薛博案的大法官所說，不能刻意扭曲或報導未經查證之事實；在法律體制上，更應該對法官的「審判體制」與「心證的產生」之原則加以規範。法官似乎必須說明他們接觸多少與該案有關的媒體訊息，並對這些媒體訊息有無影響他們的心證作說明。

當然，筆者知道這種說明是不可能的，也必然引起更多判決之爭議。但法官接觸媒體之議題不可避免，其判決素養之養成，似乎需要優質的體制來培育與檢討。

就新聞記者端言之，臺灣記者喜好網路未經證實的資料，對採訪對象進行嚴厲指控。而一旦法院判決異於媒體先前的指控，就撻伐法官判決有問題，說某法官為恐龍法官等語。這些都是當前媒體新聞權過度膨脹，侵犯了自由公平審判的嚴重社會正義問題。臺灣能否像美國大法官在山姆·薛博案」中所力主的原則，避免媒體報導影響司法的公平審判，適當地節制新聞媒體未審先判的傾向，是當前新聞自由能真正體現社會正義所必須採取的做法。

Chapter 14

結構性言論之規範

The Structural Speech and its Regulations

媒體言論與公共利益

（The Speech of Broadcasting and Public Interest）

市場機制與公共利益

（The Marketplace of Idea and Public Interests）

政府在言論市場的角色

行為言論的規範及新聞自由

（Conduct Speech and Freedom of Press）

結構言論之規範：時間、地點、方式

反思臺灣NCC的角色與職能

臺灣廣電媒體對於公共利益之履行

資本家新聞與政黨新聞

公共領域的淪喪

言論自由市場機制的失靈

政府規範媒體的正當性與其在媒體中所扮演的角色，從歷史發展言之，是從控制言論到管理言論，從管理言論到促進言論。

世界上第一個出現的媒體是由政府所創辦，羅馬的凱薩大帝為了彰顯他的政績，每日發Acta公報給羅馬市民，中世紀基督教羅馬教會以出版品掌握歐洲人的信仰。

到了15、16世紀，媒體終於因為商業海權擴張之需要，以及印刷術的發達，逐漸從政治與教會的掌控中脫離出來。

15世紀古登堡發明活字印刷之後，一系列因為印刷帶來的社會變革就接連產生。印刷業的盛行，給予宗教改革者更多的機會將他們的見解傳遞給歐洲各地的意見領袖。這些意見領袖長期反抗教會打壓會眾的言論自由與印刷業。因為活版印刷的發達，讓新教徒有了新的利器反對羅馬教會。

到了美洲新大陸，媒體也成了新教徒反抗大英帝國的利器。美國大革命時期的《波士頓郵報》、《麻州觀察報》等，都為大革命的成功起了關鍵性作用。

因此，美國開國元勳在創立憲法之際，認為每個人都有權力辦報，政府沒有理由干涉或禁止這項新聞與言論權。那是在報紙的時代，美國大法官們認為，每個人都可以在鄰里間發送一張紙，闡述他對公共政策的意見。這是一種絕對新聞自由的觀點。因此，美國一直沒有《出版法》，因為出版是自由的，政府沒有角色去規範與介入。

媒體言論與公共利益（The Speech of Broadcasting and Public Interest）

美國政府與憲政法庭對於報紙和廣電媒體有截然不同的對待。廣電媒體的電波占據公共領域，並且頻道如果不加以規範，會發生干擾的問題。因此，廣電媒體必須接受政府的適當規範，以維護公眾利益。亦即電波頻道透過規範，能不互相干擾，順暢播出，讓公眾可以自由接收訊息。政府的規範必須以維護言論自由為前提，言論自由包含兩個概念，一是發表的自由，二是接收

的自由。頻道「不干擾原則」（Non-Interference Principle）確保廣電執照擁有者發表的自由（The Right to Speak），也確保閱聽者接收的自由（The Right to Receive）。報紙的發行沒有干擾原則，報紙的流通也不具備稀少原則，因為報紙的出版不依賴電波，廣電的電波頻道是有限的。有人提出公共報箱是有限的，一條街道不能擁有無限個報箱，但實情是，美國大法官認為，一張紙，傳遞訊息，不需要報箱。報紙的發言無須占據公共領域，因此，政府不能給予任何規範。

換言之，廣電頻道占據公共領域，頻道有限，會互相干擾，是政府能夠對廣電媒體進行規範的法理基礎。與每個人都可以散發紙張傳遞訊息不同，在一個區域只有容納少數幾家廣電媒體，因此擁有頻道者等於是公眾的代言，他們的言論必須履行公眾利益，而非代表其個人之私利與特殊立場。

1930年，美國聯邦廣播委員會（Federal Radio Commission, FRC）拒絕一家廣播電臺KFKB的執照更新（Renewal），原因是因為電臺的廣播主持人布林・克歷博士（Dr. J.R. Brinkley），每天在廣播電臺用三個半小時漫談、介紹各種疾病的治療和健康常識，還自己開各種的處方籤和藥劑給聽眾。這些處方籤與藥劑都有不同的藥廠在背後支付費用給布林・克歷。在*KFKB Broadcasting Association v. Federal Radio Commission*一案中，法院支持FRC撤銷對KFKB執照更新的申請。

針對這個事件，FCC引用國會所制定的《傳播法》，要求廣播電臺必須履行公共利益。而究竟何謂「公共利益」？根據美國《廣電法》第三十條，國會賦予FCC在基於促進「公共利益」、「閱聽者的便利」與「言論必須」之前提（Public Interest, Convenience, or Necessary Requires），制定特別規則，規範占據著公共電波的廣播電臺必須履行FCC所規範的公共利益原則。

法院認為支持FCC的見解，因為KFKB並未確實履行公共利益，因而失去它的執照。廣播電臺主持人任意地販售藥品，違背電臺當初申請執照時，對國家與公眾所做的履行公共利益的承諾。FRC並未進行事先審查，也沒有干涉言論，但是通訊委員會有權利在審查執照更新時，確認電臺有無確實地履行公共

利益。[1]

　　同樣地在1933年，美國衛理公會的一位牧師舒樂博士（Dr. Shuler）設立的廣播電臺，任意地攻擊他不喜歡的政府機構、政府官員、勞工團體以及其他教派。他所主持的南方聖衛理公會教堂廣播電臺，在申請執照更新時，被FRC拒絕。於是舒樂博士告上法院。在「南方聖衛理公會教堂廣播電臺v.美國聯邦廣播委員會」（Trinity Methodist Church, South v. Federal Radio Commission）的案件中，法院判決FRC的裁定成立。[2]理由是，公共所屬的無線電波，並未賦予一個電臺可以恣意地攻擊他人、宣洩仇恨情緒，或無根據地毀謗、苛刻地抨擊政府官員，有時甚至是不雅的言論攻擊，或任意詆毀他不喜歡的宗教信仰。公共的言論平臺並不提供給任何一個個人這樣的言論場域，除非這些言論是在政府規範的法律下進行。法院支持FRC的決議，認為南方聖衛理公會教堂廣播電臺已經違背它所必須履行的公共利益，因此不繼續發給它電臺執照。

　　我們帶領讀者再次深思，何者為公共利益？公共利益如何界定？

　　美國的《廣電法》規範之「公共利益」不同於社會個體最大利益的總和（the mere sum of individual interests）。美國立法者認為，閱聽者不是評價公共利益最好的一方，因為每一個個人或個別團體對公共利益的意見都不盡相同，公共利益並非所有個體利益的總和。那麼為什麼政府能做到這個公共利益的守護者？美國憲法的制定者似乎認為，政府的角色在促進言論自由，而非限制它。當媒體的執照擁有者過度傾向自身的價值觀及利益之際，政府就應該以利他、以非權威的方式，依循世界普世價值，擴大言論的多元與表達空間。

　　筆者試著以一個例證來說明政府所扮演的公共利益的維護角色。當政府允許並給予具種族歧視的團體發表言論，等於讓弱勢族群承受歧視。同理，政府

1　*KFKB Broadcasting ASSN, Inc., v. Federal Radio Commission.* Court of Appeals of District of Columbia. Argued January 6, 1931. Decided February 2, 1931.

2　*Trinity Methodist Church, South v. Federal Radio Commission* (Lyon, Intervener). Court of Appeals of the District of Columbia. Argued May 3 and 4, 1932. Decided November 28, 1932. Rehearing Denied December 2, 1932.

如果允許仇恨式的偏見在廣播電臺中播出，形同讓廣電業者違背公共利益。美國憲法制定者並未給予政府管制報紙言論的權利，但廣電媒體占據公共頻道，因此必須履行對公共利益的維護與促進之責。政府行使這項權利，並不以介入廣電媒體的言論內容爲手段。政府只有在審查執照更新時，提出審核，對於不履行公共利益、把廣電媒體作爲遂行個人利益的工具者，政府可以不發給該廣電媒體營運執照。

在「紅獅廣播電臺v.美國聯邦通訊委員會」（*Red Lion v. FCC*）訴訟案中，美國最高法院確認廣電媒體必須履行「公平報導原則」，以促進公共利益的維護。紅獅廣播電臺在選舉期間播出神職人員詹姆斯・比利（Billy James）言語攻擊一位作家佛萊德・庫克（Cook Fred），庫克要求電臺給予反駁的時間，但是紅獅廣播電臺拒絕。FCC要求紅獅電臺履行「公平報導原則」及「政治編輯原則」（Political Editorial Rules）給予庫克公平反駁的時間，但紅獅廣播電臺以言論自由爲理由，挑戰FCC的公平報導原則。這個案子告上最高法院，最高法院支持FCC確認「公平報導原則」爲保障廣電媒體履行公共利益的重要屏障，[3]判決紅獅廣播電臺敗訴。即便公平報導原則在1987年之後不再適用，但是政治編輯原則仍然存在，這是支持廣電媒體占據公共頻道與資源必須履行維護公共利益的職責。

因此，政府對於當今廣電媒體變爲私人利益工具、或遂行其政治意圖、或任意攻訐自己不喜歡的政治立場及人物、或製造違反公共利益的言論，都可以行使公共利益的職責，不給予執照更新。直言之，政府的角色不是干涉其言論內容，或指導言論內容，而是確保公共頻道之使用是維護了公共利益，而不是背道而馳。而政府所能做的是在眾多申請者中，選擇出能履行公共利益的執照擁有者。

---

3 John E. Nowak & Ronald D. Rotunda, Constitution Law, *Red Lion v. FCC,* 1986 US Supreme Court, West Publishing Co., 1991. p. 979.

市場機制與公共利益（The Marketplace of Idea and Public Interests）

在近年所興起的具備多樣、互動、高科技的媒體時代裡，廣電媒體的頻道數與多元性逐漸增加，以致於許多傳播與憲法學者相信市場是決定公共利益最好的機制。其實，言論對於社會及個人是會造成傷害的，「市場機制」的信奉者主張，政府不要介入任何媒體的言論，讓言論市場機制自然地產生出最多元、最真確的真理。但其結果不但未導出言論的多元與對於真理的種種辯論，反而導致政府對公共利益維護的失能。[4]

以市場機制作為維護言論自由與促進公共利益為最佳機制的思維，在傳播新科技的發展下，其實更容易讓市場機制落入富有者手中，而取得優勢言論權。其理由為，首先，傳播科技愈來愈昂貴，不管是衛星、光纖、攝影技術、剪輯設備、HD的傳播設施等，都不是一般人所能進入的專業領域。正如李伯齡（A. J. Liebling）所言，言論自由確信會落入富有的執照擁有者手中。在昂貴的傳播科技的驅使下，只有富有者、具權勢者能擁有廣電媒體的經營權。[5]

在美國，富有的媒體擁有者並不是因為特別有政治偏見，或對少數族群有特別不利的偏激觀點，而是因為媒體擁有者都是利益導向、經濟市場導向，這使得廣電媒體會逐漸地以多數者的言論為主要訴求，以娛樂來吸引最大多數的閱聽者，這使得需要嚴肅討論的政治、經濟，以及其他公共利益的議題，都會在娛樂化與收視為上的商業價值觀底下被犧牲與稀釋，最後讓「經濟市場」決定了「言論市場」。

政治、經濟與社會力的不平等，使得市場機制不可能產生對真理的討論與多元化的言論。言論市場在廣告支撐的體系下，傾向訴求最大多數的閱聽者，或是具購買力的閱聽者。在美國，學者甚至批評報紙是以中高收入的閱聽

---

[4] Jonathan Weinberg, "Broadcasting and Speech", *California Law Review,* Vol. 81, No. 5 (Oct., 1993) Published by: California Law Review Inc., p.1144.

[5] A. J. Liebling, The Press 32, 1975.

者爲主訴求，這使得言論市場是有錢人所需求的言論。[6]

　　而在臺灣，這情況應該更爲嚴重。雖然解嚴之後，傳統黨國三家電視臺已經不復存在，但是政治結合商業的新政黨廣電媒體時代，比起以往更加蓬勃興盛。政治力藉著商業的機制掌握廣電媒體，他們履行的是個別的經濟利益與政治利益，而非公共利益，這個現象對於兩黨而言都是如此。電視臺的政治立場壁壘分明，完全不顧客觀與平衡，實乃世界罕見；而國家傳播委員會卻未有任何的主張，以確保政治言論的多元、公平與平衡，坐視政黨結合商業的勢力控制整個國家的言論平臺。這是臺灣民主政治與公民社會衰敗的主因。

　　市場機制對於「言論自由」所造成的問題，除了經濟、政治與社會力的不平等之外，更因爲傳播機制經常是在符合閱聽者的成見，而非改變它。人們通常喜歡符合他們既定見解的節目內容與言論。閱聽者會忽視與他們既定見解相反的言論與訊息，而在市場機制的運作下，媒體會製造符合人們既定想法與成見的言論和內容，而不是去挑戰它。[7]這就是爲什麼市場機制在創造多元意見與對於眞理探討上失靈的另一原因。

政府在言論市場的角色

　　言論市場的擁護者認爲，政府絕不可以干涉言論自由，不可以介入言論市場機制，認爲這機制使市民能自由地表達與接收各種言論。政府的干預形同破壞、阻撓言論的自由討論與發表。但是當市場言論機制，在政治、經濟與社會力不平等的情況下，造成言論的單一化，造成對於眞理討論的不夠充分等情事發生時，政府能不能以促進公共利益，擴大市民言論的表達與接收爲由，對於

---

[6] Jonathan Weinberg, "Broadcasting and Speech", *California Law Review,* Vol. 81, No. 5 (Oct., 1993) pp. 1101+1103-1206 Published by: California Law Review Inc.

[7] Jonathan Weinberg, "Broadcasting and Speech", *California Law Review,* Vol. 81, No. 5 (Oct., 1993) pp. 1101+1103-1206 Published by: California Law Review Inc.

不公平的市場言論機制進行必要之作為？

　　如同前面所述，紅獅廣播電臺造成選舉的不公，這種來自私人的言論箝制，究竟是不是我們民主社會想要見到的結果？姑且不論媒體市場中對於猥褻言論、毀謗言論採取法律規範之必須，私人藉由媒體控制、箝制言論，製造偏激的論點，造成閱聽者之訊息接收權與言論表達權之損失，政府能不能、該不該有所作為？

　　溫伯格（Jonathan Weinberg）提出以契約法與刑法的論點來界定政府在言論市場可以扮演之角色。契約法規範立約方必須有履行的能力，合約始能生效，履行能力是契約法的關鍵。當媒體擁有者不具公共利益的履行能力與義務，政府可以認定該媒體擁有者之權利無效，而不予以續發執照許可。

　　媒體市場機制的擁護者認為，政府訂定法規，不能介入媒體的言論，這使得政府喪失應有的判斷依據與智慧。溫伯格主張應以「標準」（standard）而非「法規」（hard-edge rules），來界定政府在言論市場的角色。亦即，政府應該有判斷的智慧與能力，去認定當某一媒體不再履行公共利益，不再給予閱聽者便利、充分的言論接收與表達，政府可以提出積極作為，以挽救不受控制的、無止盡的某私人（媒體擁有者）對於公共言論之箝制。

　　溫伯格主張公共利益是一個「標準」，讓政府在言論市場中必須扮演維護者的角色，而非以硬性的憲政「法規」，限制政府對維護與促進公共利益所必須採取的措施。美國憲法修正案第一條規範「國會不能制定任何法律限制人民的言論及出版自由」。政府基於公共利益之維護，基於保障人民言論接收與表達之權利，而做出應有之判斷與措施，符合憲法對於人民言論保障之權利。

　　當言論的箝制不再來自政府，而是超大型商業機構及個人之際，民主國家的憲法會怎麼說？民主國家的憲法會放任私人箝制言論於不顧，而仍限制政府的作為？這明顯違背了憲法對於言論自由之保障的目的。這就是溫伯格所提出來的，政府應被賦予適當的裁量權，以標準而非硬性法規，來判斷擁有媒體的

私人是否箝制言論。[8]

　　美國FCC面對廣電媒體市場所採取的政策標準爲：「促進公共利益」、「擴大言論參與」、「言論發表及接收的便利性」等三種考量，其目的是保障公共利益，擴大言論自由，而不是限制它。

　　溫伯格提出「情境的敏銳性分析」（Situationally Sensitive Analysis），以民法中的契約法作爲例證，說明標準與硬性法規之不同。溫伯格說，如果以硬性法規看待一個合約，任何的欺瞞（Fraud）、強迫（Duress）與不具行爲能力（Lack of Capacity）所簽署的合約應屬無效。如果以「情境的敏銳性分析」標準來看待，簽約的各方如果具備權利的明顯不均衡或合約本身非常不公平，合約本身應屬失效。在刑事訴訟中亦存在這樣的法理，法官必須讓陪審團具備裁量權，判斷證據薄弱之際，給予被告無罪釋放；如果他們最終選擇這麼判斷，法規必須予以尊重。情境敏銳性的裁量權之行使，在契約法、在刑事訴訟法中都已存在，同樣地對於國家通訊委員會行使公共利益的保護時，爲了擴大公民言論自由以及接收訊息自由，採取「情境的敏銳性裁量權」（Situationally Sensitive Judgment）是必須賦予的行政職權。[9]

　　美國FCC於1990年推出《兒童節目電視法》，主張電視臺必須提供適當的節目與資訊給兒童，不能履行此項原則的電視臺，在執照更新之際，FCC會考慮（Consider）不續發給新執照。「考慮」是一個模糊的名詞，提供適合兒童的教育資訊與節目不是硬性的規範，它是一種裁量權。政府不告訴你何者爲適當的兒童節目，而是要你履行對兒童言論之重視，並給予兒童接收訊息的權利。這就是給予政府「情境敏銳性的裁量權」。

---

[8]　Jonathan Weinberg, "Broadcasting and Speech", *California Law Review,* Vol. 81, No. 5 (Oct., 1993) Published by: California Law Review Inc., p.1170.

[9]　Jonathan Weinberg, "Broadcasting and Speech", *California Law Review,* Vol. 81, No. 5 (Oct., 1993) Published by: California Law Review Inc., p.1168.

行為言論的規範及新聞自由（Conduct Speech and Freedom of Press）

政府之於言論市場的角色，其核心議題是：政府規範媒體是否會因此抑制了新聞自由？抑或政府的介入正是在擴大與促進新聞自由的蓬勃發展？

想像一個容納五十個學生的教室裡，當老師問了一個問題要學生回答，如果每一個學生都同時講話，那就沒有誰能聽得見誰。所以這時候老師就要管理，由他決定誰先發言。如果老師確認要每一個學生都發言，那也得一個一個來；或者老師讓學生自己決定誰先發言，總之，大家不能同時講話。

把這個簡單的邏輯放進廣播電視規範的框架中，就是頻道「不干擾原則」。廣播電視頻道如果互相干擾，閱聽者就沒有一個頻道能收得到。言論自由包含發表的自由，以及接收的自由。言論秩序的維護不是基於打壓言論的表達，而是更充分的保障言論。因此，規範頻道的順暢發射與接收，是政府必須履行的責任。

再者，頻道不是無限制的，因此，有限的頻道必須提供給哪些媒體的申請者，政府必須訂定一套標準來審核執照的核發，其中公共利益的履行是最重要的評斷依據。

如同先前所述，美國政府規範廣電媒體主要的法理就是依據「稀少原則」與「干擾原則」而制定。因為電視與廣播的傳播空間和管道是稀少的，再加上電波可能會互相干擾，或是因為拉管線造成長期占有公共空間，這些都需要政府的介入和規範，以確保電視、廣播、有線電視的訊號在不互相干擾、不互相侵犯的原則下，讓閱聽者得以充分的收到訊息。政府規範的精神及立意不是為了要限制言論，相反地是要保障人民有言說與接收訊息的權利。

公共頻道是屬於全體國民，占據公共頻道的無線電視或有線電視業者必須履行公共責任，他們的角色是被公眾託付，政府代表公眾審查，並評估何人最能代表公眾利益而給予核發執照。而當媒體擁有者無法履行公共利益的職責時，政府當然有權予以撤銷。

政府的這項權利是立基於廣電媒體占據公共資源，並且此公共資源是稀少的，而非無限的。對於報紙，美國憲政並沒有給予政府這項審核的權責。

「托尼洛v.邁阿密先鋒報」（*Tornillo v. Miami Herald Case*）一案，在美國佛羅里達州法律有要求報紙履行「公平報導原則」，給予選舉中被該報紙攻擊者同樣的版面進行反駁。州政府的要求遭美國最高法院否決，原因是報紙不符合「稀少原則」，相對於電視與廣播的執照擁有者占據稀有的頻道，他們必須容納平衡及更多元的言論報導。大法官們表示，憲法並不給予政府干涉或審核報紙的職權，更不希望政府以公平報導原則規範報紙。報紙不具備稀少原則，雖然佛羅里達州政府辯稱因為經濟的自然壟斷法則造成一個地區只有一家報紙，但是全國性的《紐約時報》、《華盛頓郵報》及各種雜誌都是發言的管道。甚且，任何公民如果因為不滿意《邁阿密先鋒報》的新聞，都可以自己印製海報或刊物發表他們的意見及論點。[10]

　　報紙不具備稀少原則，所以政府不能介入。民主憲政對於媒體及新聞產業可以分成兩種機制：一、是自由市場。例如報紙因為彼此不會互相干擾且非稀少，可同時讓很多人講話，所以不需要政府規範，如果規範反而會是一種限制。

　　二、政府規範、介入立法。例如公共領空只能有十個頻道，因為公共領空屬於全民，占據公共領空的媒體擁有者背後是公民，他們是公共代理人，需履行公共利益，當媒體擁有者違反公共利益時，政府可以吊銷他們的執照。

　　總結來說，政府規範媒體的目的為，增進公共論述、保障父母對孩子的管教權、促進言論而非限制言論。

　　美國對於電視頻道執照發給的對象，其資格與選定標準為：一、需有財力證明；二、專業能力；三、全職經營；四、技術能力；五、策劃能力；六、履行公共利益；七、公開聽證會。

　　其中又以公共利益為其核心價值，因為大眾媒體代表的是公民，相當於是一位公共代理人的身分，所以，大眾媒體有責任和義務履行公共利益，呈現社會真實，經由媒體系統的營運方式，報導符合公益的事情，強調客觀、真

---

[10] John E. Nowak & Ronald D. Rotunda, "*Constitution Law, Tornillo v. Miami Herald 1974, US Supreme Court*", West Publishing Co., 1991. p. 988.

實，以求證真理為精神。

這些規定都不涉入媒體擁有者的言論內容，而是針對其「行為言論」及「言論結構」進行規範。

所謂的「言論行為」是指，當言論與行為同時發生時，禁止該行為等同於禁止該言論。因此，行為言論是被允許與保障的。

美國大法官在1968年的歐布來恩（O'Brien）的釋憲案中（*United States v. O'Brien*），表達政府對於行為言論的規範之道。歐布來恩是一位拒絕徵兵到越南服役的年輕人，他在波士頓的法庭前燒毀徵兵單，被法院以違反《徵兵法》（*Universal Military Training and Service Act*, 1948）起訴。大法官認為，當言論與非言論的元素同時發生在一項行為時，政府的規範必須具備充分理由，即攸關促進政府所關心的公共利益，才可以例外地規範為憲法所保障的言論自由。

《歐布來恩條款》（*The O'Brien Test*）包含四個要素，決定政府規範言論的立意是足夠且充分合理的。第一，政府的言論規範必須在憲法的授予範圍之內；第二，這項言論的規範是促進政府對公共利益的伸張；第三，這項政府的立意不涉及言論的壓制；第四，對於該言論的規範沒有超出憲法所保障的「必要」之範圍。[11]

對於行為言論的爭議，還發生在著名的「柯恩v.加州」一案中，大法官對於行為言論做出保障的法律依據。科恩是一位美國的年輕人，他在越戰期間收到徵兵單，但是他決定拒絕當兵。科恩到洛杉磯政府門口前，穿著一件夾克，夾克寫著「XXX徵兵單！」[12]

科恩就這樣穿著夾克在政府大廳前站著，不發一語。警察把他抓起來，說他違反公共秩序。這個案子告到大法官會議，大法官決議科恩是行使言論權，他具備言論自由，因為穿著夾克上面寫著「XXX徵兵單！」就是一種言

---

[11] John E. Nowak & Ronald D. Rotunda, "*Constitution Law, United States v. O'Brien 1968, US Supreme Court*", West Publishing Co., 1991. p.110.

[12] Cohen wore a jacket bearig the word "Fuck the Draft".

論，一種「行為言論」，因此必須受到憲法之保障。特別這種言論並未攻擊特定個人，並且是在公共場所行之，因此，科恩充分具備這項言論權。[13]

美國大法官透過這兩個案子，規範了政府對於規範行為言論的界線，特別是「歐布來恩案」直接指出，政府對於行為言論的規範，必須符合政府維護公共利益的立意，必須不涉及對於言論內容的箝制，必須不超出所需要的範圍。亦即，必須非常精確地指出所規範的界線在何處。

將《歐布來恩條款》放諸於FCC或NCC的角色，廣電媒體的執照擁有者架構傳輸管道、購買設備、財務能力、專業技能，都是屬於行為言論，是行使言論的必要行為：或「言論」經由此「行為」才得以表達；或言論與非言論的表達形式結合一起，政府有權力規範「行為言論」，但是必須是基於對公共利益的維護。

廣電媒體占據公共有限資源，政府必須確定其能行使「公共利益」、「給予民眾便利」及「提供必須的訊息」之前提，審視其行為言論之條件，但不能直接涉入其言論內容，或規範的方法箝制了其言論之自由表達。

這說明了雖然民主國家的政府可以規範媒體，但是政府對於媒體規範之範圍，僅能透過規範其結構（Structure）、行為（Conduct）與管道（Conduit）來進行。政府規範媒體以不可以影響或干涉其內容為前提，亦即政府不能對媒體之言論內容執行或設立審查制度，以避免侵犯最基本的言論與新聞自由之權利。

結構言論之規範：時間、地點、方式

公共場合之言論表達是民主國家公民基本之權利。言論權包括了內容言論、象徵性言論、情緒言論、以及行為言論。內容言論就是文字、語言、影

---

[13] John E. Nowak & Ronald D. Rotunda, "*Constitution Law, Cohen v. California 1971, US Supreme Court*", West Publishing Co., 1991. p. 1060.

像等內容；象徵言論可以是符號、行動劇、繪畫、雕刻及其他；情緒言論（Emotional Speech）可以是各種情緒表達的口號、呼喊或字眼；行為言論包括舞蹈、行動劇、或其他足以表達意見與情緒的行為。

假設歌手張惠妹要在臺北舉辦一場演唱會，她及經紀公司可以提出申請在公園、小巨蛋球場等公共場合進行表演。演唱會既是內容言論，又有情緒言論，又有象徵言論，如螢光棒、符號、照片等；它又有行為言論，因為舞臺搭設、音響擺設、音響音量、舉辦地點等，都是行為言論。政府必須准許其言論發表，但是假設音樂會辦在公園，音樂會中音響的音量將對居民產生影響，樂迷進出對於居民的生活產生之不便等等感受，都是政府可以規範的範疇。

政府的規範不可以完全地限制其演出，因為言論權是歌手的權利，但是政府可以規範其演出時間、地點及方式，因為其他居民也有不接收張惠妹「言論」的權利。因此，政府可以規範演唱會的地點不擾民、音量不干擾居民安寧、進出不影響其他人的行動等等；但是政府不能規範歌手要唱什麼歌、唱多久、怎麼表演等，這是屬於內容言論，政府不應該干涉。政府只能規範「時間、地點、方式」，這符合《歐布來恩條款》所謂的「促進公共利益之維護」，「不箝制言論的表達」，並且「不超過必須的範圍」。

將此標準放進廣播電視的規範，廣電一樣占據公共領域，而且與一場音樂會相比，它是更長久地占據公共領域。政府基於公共利益，自然可以進行規範，如頻道分配原則，不使頻道互相干擾。媒體經營者的各種條件包含他的設備、財力、專業、投入時間，當然也應該包括頻道擁有者為促進公共利益的言論所產出之時間。這些都符合結構言論之規範：時間、方式、地點，但不涉入言論內容及箝制言論的禁忌。

反思臺灣NCC的角色與職能

臺灣NCC的角色，當然是廣電執照的審查者與管理者。NCC舉行聽證會審核執照申請，這是政府履行為促進公共利益、提高言論多元化的職責。但是

NCC經常對於廣告超秒、節目廣告化或新聞內容之適切與否,提出糾正與處罰,這已經超越了政府對廣電媒體之規範——不涉及言論內容的範疇。以美國言論自由的標準,NCC並未真正做到不干涉言論內容的原則,這原則是民主憲政國家所應遵守的。

NCC介入廣電媒體言論內容的例子很多。例如中天電視曾經在新聞中播出大陸的歌唱比賽節目片段,由於時間較長,被NCC認定節目廣告化而要罰款。中天電視說這是新聞,NCC則認為,單一則新聞怎麼可以或怎麼可能那麼長,因而認定節目廣告化。

例舉美國CBS的前主播華特・克朗凱,他被譽為美國電視歷史上最偉大的主播之一。華特・克朗凱在1972年因為揭發尼克森總統的水門事件,製作一則長達十四分鐘的晚間新聞,[14]當年晚間新聞總長才二十四分鐘,但FCC沒有責備,不敢有任何意見,也不會認定華特・克朗凱的晚間新聞單則超長,因為不介入言論內容是政府必須遵守的憲法界線。

又如臺灣三立新聞臺在《二二八走過一甲子》系列特別報導節目中,引用國共內戰期間上海地區之紀錄片畫面,作為二二八事件場景一事。NCC認為,三立電視臺引用歷史紀錄畫面作為與其新聞報導內容不符之背景說明,認定三立新聞媒體未遵循新聞專業倫理處理報導內容,於是NCC去函請該臺依法陳述意見外,並將提送「廣播電視節目廣告諮詢會議」審議。

儘管三立新聞可能真的違背新聞專業的倫理精神,提出不符事實的影像,但是這項錯誤應該由NCC出面糾正嗎?

美國FCC對於不履行公共利益、違背言論多元、或者箝制言論的媒體擁有者,是在其執照更新審查中,經由聽政會予以取消資格,但不是隨時跳出來糾正媒體說話的內容、長度、屬性。這直接干涉了言論自由,不符合民主憲法對言論自由之保障。

美國前CBS的當家主播丹・拉瑟,因為製作對小布希總統一項證據不足的

---

[14] David Halberstam,《媒介與權勢》(*The Power that Be*),趙心樹、沈佩璐譯,遠流出版社,1995,p.821。

指控報導，而被CBS拉下臺。丹‧拉瑟及製作人是不是遭到冤枉並不容易判斷，但是絕對不會是FCC跳出來譴責CBS的《60分鐘》節目查證不實，而是媒體在輿論的壓力下，CBS自行調查，並提出懲處。[15]雖然此項懲處，當事人嚴重不滿，但也只能以司法或其他言論形式提出反駁，如製作人寫書、拍攝電影指控CBS高層處置不當。

如果新聞臺的言論不實，必須由政府糾正。然而，以當前臺灣媒體環境，記者不勤於查證的普遍現象，NCC聘再多的人手監看媒體，仍不足以糾正與規範這些新聞錯誤。臺灣廣電媒體真正的問題在於媒體結構出現了嚴重扭曲。NCC抓小放大，忙著選擇性地介入廣電媒體的言論內容，並不符合憲政言論之法理觀念。NCC對於行為言論與言論市場結構之規範，應該有更多的著墨。忽視與漠視當前的「新聞言論市場結構性的規範」，所造成的即是今日臺灣廣電媒體的嚴重亂象。

臺灣廣電媒體對於公共利益之履行

臺灣的電視臺尚未脫離政黨新聞的時代（Party Journalism）。過去一直是政黨直接掌握、經營報紙或電視臺，現在則是財團結合政黨利益，控制著主要的廣電媒體。以新聞臺為例，多數的新聞臺都具有鮮明的政黨色彩，甚至不遺餘力地為特定政黨的利益做報導及評論。這種以新聞自由與言論自由之名，但是行政黨宣傳之實的做法，讓NCC無法有所作為。以政黨為主訴求的電視臺是否履行公共利益？有人辯稱，在美國，各大全國性報紙都有政治色彩，即便電視臺難免也有政治立場。媒體有政治立場並沒有問題，有問題的是媒體直接與政黨串連，為政黨所指揮，為政黨進行辯護，不斷地攻擊反對政黨之政敵。

---

[15] John Anderson, "Dan Rather vs. George W. Bush: 'Truth' comes out", *Fortune*, Oct 16, 2015.

媒體沒有絕對的客觀與中立，是可以預期的必然現象。但是媒體擁有者以自身的政治立場，直接涉入新聞部的政治觀點進行政黨宣傳，是對於媒體履行公共利益、體現言論多元化的最大傷害。憲法保障的是人民的言論與新聞自由，現在卻成了保障財團的言論與新聞自由。黨國媒體成為財團媒體，這談不上民主政治的榮耀與興盛。

財團箝制言論、操縱新聞，為特定政黨宣傳與造勢，這些看在NCC官員的眼裡，不是不明白，不是不知道，只不過每一個政黨執政，都有他們特定為其喉舌的廣電媒體，何必破壞這種既得利益的媒體格局？其結果是，人民接收訊息與表達言論的空間被犧牲。記者忠於報導，自由地判斷新聞價值、採取觀點的自由被剝奪。新聞記者淪為財團發聲的員工，聽命，才能繼續留住工作。資深記者有些許獨立想法，卻面臨被一一裁撤的命運，一方面不符合經濟成本，另一方面不好控制，聘任年輕的記者，成本低、容易控制、容易替換，這些都有利於廣電媒體擁有者資本極大化的利益。

媒體老闆都知道，在他們所屬的既有財團中，如果加上擁有媒體，就能夠發揮巨大的社會及政治影響力。一個媒體老闆辦報或擁有電視臺，約行政首長見面談事情易如反掌。相較於作為一個企業，要約見行政首長反應事情，可能要大費周章，還不見得能如願。媒體給予大財團極大的經濟、社會及政治影響力，所以，媒體淪為財團托拉斯旗下一支有利的艦隊，公共利益與新聞自由已被拋在腦後。

值得關注的是，廣電媒體持續占據全民的公共領域，卻獨獨行使私人利益，包括經濟與政治的利益，但是政府或憲法卻對其完全束手無策。

臺灣名嘴興起，使得商業利益掛帥的廣電媒體之言論更為窄化與偏激，少數名嘴占據原本必須具備多元化的言論場域，甚或有些進而成為政治鬥爭的工具。

這些情況已經背離公眾託付，以美國憲政對於廣電媒體言論的規範已經可以提出《歐布來恩條款》，對其「行為言論」進行規範。從不給予執照更新，一直到以聽證會釐清其政治與私人經濟利益的界線。但是NCC一項都沒有進行。

NCC曾經以懷疑某一電視臺可能具備對岸的政治金援，因而以其他理由拒絕其收購有線系統經營。但其實NCC可能更多的是基於政治利害的考慮，而非基於公共利益或言論多元價值作出評斷。

資本家新聞與政黨新聞

18世紀末與19世紀，報紙媒介作為政黨的利器開始崛起。即便到了19世紀中葉，在美國及歐洲許多國家，新聞仍被各政黨所控制。第十章我們已經述及，美國大革命中，報紙扮演著重要的角色。政黨新聞隨著工業資本化的高度發展，逐漸讓新聞走向專業化。美國普立茲、赫茲等報業崛起，象徵專業化新聞與財團化新聞取代了政黨對公眾輿論的控制。新聞工作者逐漸被視為政治中立的角色，甚至是政治的監督者。

在歐洲，到了20世紀初，如丹麥的每個市鎮都有四種報紙，代表四種不同的政黨。但是在法國與德國，報紙固然具備一定的政治傾向，然已經脫離政黨直接的影響與控制。如在德國，《法蘭克福匯報》（*Frankfurther Allgemeine*）是中間偏右，《南德意志報》（*Suddeutsche Zeitung*）是中間偏左。同樣地在美國，《華盛頓郵報》偏共和黨，《紐約時報》偏向民主黨。但是編輯專業化與中立化已經成形。

專業化新聞象徵著，新聞記者有自身的一套價值體系，記者作為一政治中立者，針對社會與國家的重大事件進行報導與評論。新聞編輯既不受政黨或政府的干涉，也不受媒體擁有者的干涉。獨立自主的編輯權，成為新聞倫理與價值重要的一環。

新聞媒體其實是拜商業資本模式所賜，開創出自主性的公共領域空間。公共領域發軔於18世紀，當時新興的城市資產階級從取得經濟權中，逐漸形成「市民社會」。「市民」有別於國王與貴族，「社會」有別於國家與政治。如哈伯馬斯所觀察，在商業資本崛起的18世紀末葉，歐洲開始出現一些文學社團、宗教團體、辯論社、娛樂協會、市民論壇等，這是市民社會的興起，它區

隔了社會與國家的界線。

各種非政治的協會構成市民主義的基礎。市民社會是獨立的、自主的、自律的、平等的集會與討論，並藉此影響政治。哈伯馬斯說：「協會指的是形成意見的協會，與高度的政治黨派不同。協會不屬於管理體系，而是透過傳媒影響發揮政治作用。」[16]圍繞著協會的是自律的公共領域。

市民社會所創造出來的、非爲政治所控制的「公共領域」，是民主政治的基礎。哈伯馬斯認爲，集權政治之所以能誕生，是它成功地摧毀公共領域。集權主義統治就是將市民的交往與實踐，完全置於祕密警察的控制之下，公共領域在集權國家裡蕩然無存。

哈伯馬斯倡議公共領域是讓公民能自由的、自律的、無政治干預的討論各項公共議題，進而形成公眾輿論。公共領域與國家政黨的差異化，使得公民能擁有自由論述的場域，與各社會與政治力進行溝通與交往。差異化意謂著媒體與國家機器分離，國家與政黨不再操控媒體。在逐漸形成的社會多元力量之際，媒體在公共領域裡扮演著各領域溝通與交往的重要橋梁，更是影響與監督政治的必要管道。包括國家與政黨在內，都必須依賴媒體作爲與其他社會力溝通與說服的管道。

公共領域的淪喪

在哈伯馬斯眼中，一個良善的公共領域是自由、多元、自律、可批判性的討論，其中差異性或多元性是公共領域的必要特徵。媒體作爲公眾輿論的載體，其自身是完善公共領域的必要條件。

然而正因爲如此，哈伯馬斯同時觀察到，公共領域在歷史的發展中，不是逐漸朝向差異化，亦即多元化，而是相反地逐漸「去差異化」，其理由正是政

---

16 哈伯馬斯，《公共領域的結構轉型》（*Strukturwandel der Öffentlichkeit*），聯經出版
　　社，2005。

治力與經濟力所造成。政治極力奪回他們失去的領域，讓公共領域回到國家化與政黨化，而非社會化與公眾化。與此同時，媒體在大眾娛樂是生財之道的誘因下，經濟力介入並剝奪了具批判性的公眾輿論，成為娛樂化的公共媒體。

　　布迪厄的場域觀念，被引用來解釋這個公共領域去差異化現象。Daniel Hollin認為，以當今法國為例，媒介場域愈來愈遠離政治場域，卻更加接近具有強大支配力的經濟場域。[17]

　　這證實了哈伯馬斯最大的憂心，公眾輿論作為批判的力量，如今已淪為政治操縱力量與商品的展示力量。

　　公眾輿論作為批判的力量，是讓政治權力與社會權力的行使能夠被揭露出來；而當公眾輿論成為政治與商業操縱的工具，它所展示的只是「權力的個人與機構」，「消費品與供貨單」。[18]

　　公眾輿論的「操縱力」取代了原先自主的「批判力」，使得政黨原本只是公共領域的其中一項工具，如今卻建築在公共領域之上，與公共權力緊密相連。[19]這有點像鳩占鵲巢，政治以更精妙的操縱方式滲透了公共領域，攫取了公眾輿論的主導權，而這其中竟是利用權力與經濟利益的交換，從商業資本手中分享其操縱權。

　　過去是從商業資本力量那裡拿走了原本屬於政黨的公眾輿論主導權，如今兩者互相合作，各取所需，互蒙其利。

　　這個現象在臺灣似乎更為明顯，媒體的政黨化與娛樂化是當年臺灣廣電媒體的普遍趨向。在大眾娛樂為導向及商業利益支配下的媒體，嚴肅的公共議題逐漸退場。一方面，嚴肅的重大公共議題之製作耗時、耗人力、耗成本，而且不容易引起更多閱聽者的關注，比不上一場火災的報導，或是一個名人醜聞的

---

[17] Daniel C. Hallin & Polo Mancini，《比較媒介體制》（*Comparing Media Systems*），中國人民出版社，2012年4月，p.80。

[18] 哈伯馬斯，《公共領域的結構轉型》（*Strukturwandel der Offentlichkeit*），聯經出版社，2005，p.305。

[19] 哈伯馬斯，《公共領域的結構轉型》，聯經出版社，2005，p.229。

揭露。商業侵入媒體最大的犧牲在於此，媒體對於攸關公眾生活的重大爭議議題逐漸消失。更有甚者，網路傳言、八卦新聞、行車監視器等充斥於新聞內容之中，矮化了新聞作爲社會公民喉舌的使命與天職。

在政治新聞方面，媒體擁有者以媒體作爲政治與經濟利益獲取的工具；或將自身的政黨立場鮮明地呈現於自家媒體之中，漠視媒體作爲公共利益維護者與代言者的角色；或將自身所屬財團的利益，與自家媒體直接或間接地互爲支援擴展。媒體成爲大財團旗下一支最肥沃與最有利的生財工具，甚至是政黨操縱的工具。

憲法保障的新聞自由與言論自由的理想，實則變成保障了財團的新聞自由，而財團的新聞自由則保障了政黨的宣傳自由。

公眾的言論權被政治與財團兩大體系幾乎剝除殆盡，無怪乎哈伯馬斯憂心地指出，公眾輿論正快速地去差異化，亦即被政治與經濟劫取、同化。

政府掌管廣電秩序的國家通訊委員會，對於公共領域的喪失與公眾輿論的被劫取，之所以毫無察覺、或毫不以爲意，或者同情地說，無能爲力，甚至監督它的國會對於公共領域與公眾輿論的喪失，未有任何的表態與作爲，究其實，廣電媒體當今的現象，就是政治的寡頭主義與分贓主義所造成。

每個政黨都在商業資本媒體裡，找到並擁有幾乎跟過去一樣操控媒體的平臺，損失的是無能爲力的大眾。

國家通訊委員會並不是沒有權力對於不實際履行公共利益的廣電執照擁有者，取消或是不履新他們的執照，行政的不作爲顯示政治力的干預媒體已經獲得絕對的勝利，他們只有在一些枝微的事情，如廣告化（市場機制可以決定的事情，閱聽者可以不看廣告過度的媒體），或查證不足（這是法院的職責，或是閱聽者會逐漸失去對該頻道的忠誠度），來證明自身存在的價值。

這個問題的解決，仍必須會回到政府規範廣電媒體的正當性基礎上，審慎思考，堅決執行。廣電媒體占據公共資源，它必須履行公共利益。在一定程度上，執照擁有者像是社會代理人的角色（Proxy），他有義務必須提供給公眾充分必要之資訊、接收的穩定，以及在公共議題上充分地言論討論與多元觀點。

「必要的資訊」意指廣電媒體必須提供必要的資訊，如颱風、天災、影響公眾安全的重大事件等。「接收的穩定」意指頻道間不會因為干擾而造成收視的困難。最後，「公共利益」亦即針對公共重要的議題必須各方並陳，不能淪為政黨的工具，或是逞一己之私利壟斷公共言論權，或是作為自身（價值觀或利益）攻訐其他個人及團體之工具。

國家通訊委員會應該基於這三項維護公共利益的立場，對於當前的廣電媒體秩序做出應有的結構性規範。

言論自由市場機制的失靈

任何想要靠「言論自由市場機制」取得言論多元與平衡的想法，最終都會被證明是烏托邦。言論自由市場最終只有兩種結局，一是以大吃小，最後變成少數資本雄厚的媒體擁有者壟斷言論市場，如今天所看到的臺灣以及美國都愈來愈往這趨勢前進。在自然壟斷的機制底下，市場最終屬於資本雄厚以及善於經營者。如果我們需要善於經營的人來告訴我們社會的公正與真理，那等於承認整個世界就是資本壟斷主導的世界。

「言論自由市場機制」的另一個結果是，社會將出現多極化的分裂現象。大家各執所是，各自表述，完全沒有交集。加上假訊息、假新聞、匿名攻擊層出不窮，淹沒了公共輿論的理性討論，使得社會走向更為分化、更為弱智的時代。這當然與具備共同論述規則的公眾輿論理性背道而馳。

美國聯邦貿易委員會（Federal Trade Commission, FTC）對於媒體的壟斷結構進行限制與規範，主要的法理基礎仍是維護公共利益。基於公共利益，FTC可以針對媒體壟斷，或跨媒體及股權持有比例進行規範，以確保言論的多元與開放。言論市場是公眾，不宜由少數私人財團所壟斷。美國最高法院在「透納電視v.國家通訊委員會」（*Turner Broadcasting v. FCC*）一案中，支持FCC的「必須載播原則」（Must Carry Rules）合乎憲法言論自由的精神。「必須載播原則」保障了地區性電臺，以及免費收視的無線電視的接收權，它避免

了言論壟斷，擴大言論的範疇，符合政府維護公共利益的角色與職能。

自由市場機制的支持者會辯稱，當今社群媒體蓬勃發達，有無量數的網路言論，人人都已經是自媒體，媒體的多元開放已不是問題。雖然如此，如同先前所述，這無量數的言論充斥著假訊息、匿名攻擊，是當前造成社會分化的主因。如何建立適當的規範，將公共領域的論述引導至合乎理性、尊重差異，乃至能公平、公開、公正的討論，仍需要政府扮演適當規範的角色。

值得注意的是，美國的FCC基本上是對國會負責，以減少行政的干預。臺灣的NCC比較是向行政部門負責，如同其他部會一般，因此，政黨的色彩與行政干預的機會大增。國家通訊委員會不能對言論內容進行干預，但是它可以對言論的市場結構進行規範。政府的角色不是規範什麼該說、什麼不該說，而是以結構性的法理，規範、確保媒體能成為公眾輿論的守護者，能提供公平、公開的論述平臺，政府的角色在擴大言論，而不是限制言論。

如同FCC在2016年於「紐約太平洋所屬廣播電臺」（Pacifica Owned Radio station in New York）執照更新一案中，當聽眾抱怨該廣播電臺在殺警事件中報導了不利於警察的言論，許多聽眾來函要求FCC停止更新該電臺之執照。FCC拒絕了，因為FCC相信，政府謹守不介入廣電媒體的言論內容之原則，但是對於擴大言論參與則是政府的責任。FCC在該項執照更新的宣布會中，也同時提出會審慎思考日益嚴重的網路假訊息及媒體假新聞的問題。雖然政府仍然維持言論自由市場機制，讓更多的意見來讓真理自然勝出，而不是政府界定何者該言、何者不該言。但是政府對於假訊息、假新聞並不是都無所作為，或毫無角色。

基於公共利益，FCC仍能以個案來評斷廣電媒體是否確實履行公共利益。溫伯格所建議的政府之裁量權，可以基於「情境的敏銳性分析」來審視廣電媒體或網路媒體對於公共利益履行的程度。網路媒體一樣占據公共領域，電纜線一樣透過公共場域而傳輸。政府在此基礎上如何思考在不影響言論多元及蓬勃的基礎上，對於匿名做人身攻擊、假訊息提出應有的做法。關於這一點，我們將在下一章繼續深入討論。

值此數位媒體時代，廣電頻道也許不再稀少，但是公平、公開、公正的公

共輿論平臺仍舊難以建立。政府角色似乎必須更積極地承擔起維護公共輿論的秩序，以確保民主政治最核心的基石——公共利益。

Chapter 15

新媒體與公民新聞參與
Social Media and Civic Participation

公共頻道與公民言論權

網路科技顛覆傳統新聞

360度攝影機與多元新聞觀點

社群媒體的言論規範

公共領域與私人領域的合流

公眾與群眾的言論性質

社群媒體的誠信與透明

社群之匿名發言與新聞之保護消息來源

社群媒體是電話公司或是大眾媒體？

公與私之間思索新的規範法理

大眾媒體與自媒體的匯合

大眾媒體面對自媒體的挑戰與回應

從報導者到交談者

閱聽者反向傳遞訊息

社群媒體訊息引用之查證

社群媒體自己建立言論規範與秩序

新聞記者，是否為瀕臨絕種的行業？

1992年美國著名的拉寧·金恩事件，一位壯碩的黑人金恩因為拒絕警察臨檢，而被幾名洛杉磯白人警察痛毆的錄影帶，曾起美國社會極度的衝突和憤怒。這個新聞片在美國電視頻道播出的次數至少超過數百萬次，在電視史上沒有任何一個資深記者製作採訪的新聞片，曾經被這麼大幅度的播出過。這個事件給新聞界提出一個極具震撼性的疑問，那就是採訪新聞不再是新聞記者的專利，人人都可以是新聞記者。

只要有接近事件的機會，加上有便利的記錄及傳輸工具，每個人都是一位傑出的新聞記者。

隨著當年Home Video的盛行，到今日智慧型手機強大的拍攝功能，以及各種電子攝影器材益發精巧細緻，幾乎每個人都可以自行取得或拍攝各種具有新聞價值的社會事件或犯罪醜聞。新聞記者傳統所標舉的守門人的優越地位，已經開始鬆動。但是成為一個新聞記者，光是接近消息來源還不夠，他必須擁有發言管道，並且具有便利的製作能力及設備。

作為一個記者，我們有沒有想到我們正面臨一個全新的時代。傳統上，我們界定言論權是一種個人的權利，但新聞權是一種機構性的權利，新聞權的行使必須透過機構才得以實現。簡單地說，不是每一個人都可以當記者，不是每一個人都能自由進出總統府或監獄去進行採訪的工作，除非加入新聞機構，否則你不可能取得這樣的新聞特權。在這種情況下，記者的確扮演一個訊息的溝通者及守門人的角色，記者代表老百姓監督政府、挖掘問題、發表意見。

一個政府機構不可能無限制地容許個人進入採訪，所以，新聞權很自然地落入新聞機構的手上。另一方面，訊息的傳遞需要資本市場的運作才得以完成，攝影棚和發射臺的搭設都需要大筆資金，這使得擁有資本的人才有能力擁有媒體、經營媒體。最終是一小群資本家真正掌握了發言權，而不是普羅百姓。即使大聲捍衛新聞言論權的專業新聞人士，一樣淪為資本家的員工，在一定程度上要唯資本家的喜好馬首是瞻。

美國政府對於平面媒體完全不給予限制，辦報紙無須申請執照，因為美國大法官假定每一個人都有發言的權利，只要你拿一張紙書寫你的意見就可以發

表。美國政府寄望經由平面媒體，給予大家一個公平的新聞權。雖然如此，從美國報業的發展來看，美國的報業史充滿了大吃小、兼併、寡占的現象。

1980年以後，包括大城市芝加哥或洛杉磯，在過去都有三、四家報社，但兼併的結果只剩下一區一家，想經由報紙給每一個人平等新聞權的美夢，被證明只是一項理論、一個夢想，而這個理論禁不起歷史的考驗，已經成為幻影。

公共頻道與公民言論權

公民參與媒體言論權的另一個歷史高峰是有線電視的興起。有線電視提供的頻道數可以到達數百個，有別於無線電視因為電波干擾的緣故，只能有數家的執照擁有者。有線電視於1970年代在全世界興起，公眾的言論權與媒體接近權再度得到一個發表的新平臺。其中，公共頻道的設立，是公眾參與媒體、發表意見的直接管道。

公共頻道是在有線電視設立之後，給予公眾進入媒體表達自我言論的一項管道。電子媒體，特別是有線電視蓬勃發展以後，都是財團控制了有線電視系統與頻道。系統業者提供收視戶接收管道，每個月到用戶家裡收費，用以支付昂貴的高科技光纖纜線。或頻道業者製作電視節目，購買HD設備，僱用幾百個人從事剪接製作等，都需要投資龐大的經費。因此，只有大財團能夠進入這個大眾廣電市場。

一般來說，言論自由是個人權利，而新聞自由仍是機構的權利，它屬於機構，很難屬於個人。在大眾媒體支配的時代，民眾有意見要發表，一定要投稿到報社，報社同意登出，你的意見才可能公諸於世。因此，新聞自由是屬於新聞機構的權利。一般民眾也不可能到重大的公共議題之場合進行採訪，採訪要先申請，況且也不一定會通過。加上傳統上大眾傳媒之製作要有採訪以及傳輸設備，因此，無論電視媒體或報社，是機構擁有了新聞自由，而非個人。機構允許你成為新聞記者，記者拿著名片，到哪裡採訪，人家都可以接受你，你可

以透過機構將意見發表出去；但如果不是記者，而是個個人，這種新聞權的行使就十分困難。

或者大眾傳播媒體支配公眾輿論的時代，人們可以選擇Call In一下，但只能說四十秒，主持人會立刻喊「好！謝謝！」然後切掉！你的言論自由只有四十秒。若是投書，報紙意見欄的版面非常有限，只有少數人能獲得登出的機會。

雖然憲法第十一條保障「人民擁有言論出版新聞之自由」，但是該項自由如何體現？在大眾傳播媒體的生態下，新聞自由對大多數的公眾，只是一個抽象的理念，而不是一個現實。即便有線電視可以提供一百個、三百個、甚至五百個電視頻道，但是公眾意見表達的空間仍然非常有限。具備資本優勢的人擁有新聞自由和言論自由，這是不爭的事實。電視臺言論的機制是商業機制，商業機制是廣告主、廣告商，所以，事實上是廣告主、廣告商支撐新聞自由，形塑言論自由的趨向，是商業資本在支配這個社會的言論自由與意見討論。商業機制決定你該聽什麼、該想什麼，透過節目、透過廣告，對公眾進行說服、洗腦，大眾媒體帶給了我們物質的、空虛的生命樣態，再透過廣告點出我們生命的空虛，然後再將之導向物質的滿足。

廣告、電視節目也一樣穿插其間，整個商業資本支配著新聞，支配著言論，支配著你該聽什麼、該看什麼、該想什麼、該做什麼、該買什麼、該怎麼活。我們不都是生活在這樣的集體氛圍之中嗎？

比起無線電視的時代，有線電視興起之後，公眾被賦予比較大的發言空間，公眾理應更可以發表意見，因此，有線電視法創立公共頻道。公共頻道不等於公共電視，公共電視是國家出錢、企業贊助；公共電視與商業無關，公共電視的節目不強調收視率，只要節目對社會具有價值，對社會重要，就可以製作報導，哪怕只有少數人看，也要報導。某某族群快沒落了，公共電視要保護他；某某團體是弱勢團體，公共電視也要報導他；少數人觀賞的藝術表演，也成為公共電視播出的重要題材。

例如芭蕾舞表演必須連續演出兩個小時以上，電視播出芭蕾舞表演也必須連續播兩個小時。這個機制一定不符合商業的廣告機制，因為廣告必須要破口

（進廣告），電視播出芭蕾舞，如果破口播廣告，舞者一個迴轉，突然間喊停，插入廣告，這十足破壞了芭蕾舞的藝術性。同樣地，交響曲如果每十分鐘進一次廣告，觀眾如何能完整欣賞交響曲；莎士比亞的戲劇如果中間破口播廣告，廣告賣口香糖、賣女性內衣、賣汽水，這與戲劇藝術完全不搭調。

但是電視業者沒有破口賣廣告，要如何生存？因此，設立了公共電視其本質就是反商業，不契合商業機制。公共電視的節目內容是藝術的、是少數的、是保護稀有的，它完全違背多數收看或最大廣告收益的電視商業機制。商業不訴求少數族群，重要而深入地探討公共議題或是公共政策的辯論，都不符合商業媒體的機制。凡是商業機制不能提供的內容，通通是公共電視的涵蓋範疇。因此，政府出錢、企業贊助，為少數族群、為公共政策量身訂做節目是可能的。

與公共電視不同之「公共頻道」，是給予「不特定公眾之個人」媒體接近權。民眾的媒體接近權，就是說個人可以做媒體，「我可以報導，我可以製作節目」在公共頻道播出。美國有線電視提供民眾行使媒體接近權的公共頻道，臺灣各個有線電視系統也都具備這樣的公共頻道。

有線電視的公共頻道，理論上每一個人都可以行使言論權。美國在1978年開始有此公共頻道設立之規定。而這個概念原初是在1960年代被加拿大提出來，叫作「挑戰改變」。加拿大的知識菁英認為，電視臺應該給予每一個人新聞發表權，所以應該設立一個公共頻道讓大家一起將他們的意見、想法，透過影帶、透過節目製作，能夠在公共頻道裡播出。讓每一個人都有言論權，而不要讓社會上只有十個、五個擁有媒體的人掌握言論大權。全美國最重要的媒體都掌握在六家大公司的手上，這六家公司的股東與董事會控制所有美國的言論，反觀臺灣媒體生態也是一樣。

加拿大知識界在1960年代提出公共頻道，主張每一個人都應該有公平的機會發表見解與觀點，他們設立了一些節目，讓窮人可以透過影帶說他們的故事，他們立意保護弱勢、保護少數。1978年，美國FCC也設立公共頻道，美國有線電視是一個區域、一個市，只有一家有線電視公司，每個社區的民眾都可以提供自製的內容在公共頻道播出。除了毀謗及情色言論之外，該頻道採取先

到先播、不審核的原則。但是從經驗值來看，這個頻道的內容製作粗糙，內容的表述並不精采。一部分是因為公眾的製作能力與製作器材不佳，在眾多專業頻道、專業人員製作的節目市場中，公共頻道的確不容易引起閱聽者的關注與青睞。

無論如何，美國FCC規範有線電視公司必須同時具備PEG（Public、Education、Government）：即公眾、教育和政府三個公共性質的頻道。G指的是政府頻道，該頻道專門給政府官員說明政府的政策內容；E是教育頻道，專門提供閱聽者各種教育性質的節目；第三個就是P，即公共頻道，讓不特定的公眾可發表言論。

從1980年代到2000年當中，公共頻道有點乏人問津。因為公共頻道第一沒有攝影棚、沒有機器，民眾不熟悉、也沒有充裕的時間製作節目。公共頻道沒人看是因為品質差，雖然立意良好，想讓每一個人都有發言權，都可以發表意見，可是結果卻很少人去發表，也很少人觀看。除非有線電視頻道開始提供民眾設備，並且教導民眾拍攝技術。

美國在2000年出現一個團體，叫做3CTV（Cape Cod Community TV）。1997年這個3CTV，有一個律師組織了五個城市的菁英分子，跟當時最大的有線電視系統業者TCI談判，說往後TCI要在我們這個社區收錢的條件是，TCI必須出錢投資公共頻道，亦即給民眾設備，十年內要出資三十萬美金，成立一個工作室，請專業人士來教我們，幫我們製作，TCI要改善我們的品質，否則我們不跟TCI談收視費。有線系統業者要收錢可以，要漲價也行，但是要投資公共頻道。結果TCI同意這項請求，3CTV有線頻道開始設立公共頻道，僱用製作人蓋攝影棚給居民們，在三年當中訓練了八百個人，他們來自不同的背景，他們來學會做節目，結果播出效果非常好。

這個典範從1997年一直到現在，二十年當中，訓練將近一千位可以製作節目的民眾。有很多的節目品質愈來愈好，因為他們僱用很多專業人員來教授製作，提供攝影棚給民眾使用，這是美國少有的一次公共頻道成功的案例。

從此一案例，民眾開始覺醒，要求系統業者提供資金、設備、人才與技術給一般收視眾，不然一般民眾根本就沒有所謂的媒體接近權。市民的言論權一

直都是理想、是理論，但不是一個現實。當美國民眾看到3CTV開始做到了這一點，他們也跟進要求系統業者提供同樣的製作條件。3CTV是一個很成功的例子。

此模式後來影響到紐約，連紐約市也開始這樣做。這是一個很好地落實公共領域典範的開始，民眾終於有一個公共領域，讓市民能夠充分地討論公共議題，發表自己的主張，而免於商業與政治的絕對控制。當然，這種製作投資規模，相較於商業電視臺的節目品質，還是有一段距離。但比起過往，沒有設備、沒有攝影棚、沒有專業人才，也沒有技術，民眾隨便用Home Vedio拍攝，結果沒有人看，3CTV創立的模式比較能夠提升閱聽品質，這個模式已經慢慢影響到紐約，現在的影響層面仍然不夠廣，不過是一個好的開始。

我們可以看到，或許以後公共頻道會是網路提供民眾一個媒體接近權以及言論發表權，最重要的一個管道。

傳播科技使得影像製作成本愈來愈低，從Betacam到DV Cam，到手機iPhone錄影，製作成本及品質技術愈來愈精良。慈濟培訓人文志工，是全臺灣訓練最多非專業的傳播人員，目前已經培訓了五千位人文志工，培訓師資包括專業的、非專業的講師。志工自己買錄影設備、腳架、燈光、非線性剪接設備等，從十五到二十萬之間，就能購齊所有的設備。專業技術愈來愈便宜，每一個人都可以擁有自己的製作設備。當製作設備愈來愈便宜，當網路已經普遍，傳統的接收者便已經是傳輸者。於是新聞權的三個要件：接近新聞的來源、製作新聞的工具、傳播新聞的管道，這三個都具足了，你就是一個媒體！

熱衷新聞自由的人士所寄望的傳播工具就是網路。而網路是否真如專家預期，能給予一般民眾公平的、公開的新聞權？

首先，在網路的世界裡幾乎完全沒有進入障礙，每個人都可以自由地發表言論，並且快速地傳遞。隨著網路的到來，新聞記者可能成為一個歷史名詞。因為人們將不再需要一個傳統的守門人幫我們過濾、傳遞訊息，因為我們自己就是記者、我們自己就擁有媒體。

網路科技顛覆傳統新聞

1994年當美國副總統高爾舉行歷史上第一次網路記者招待會，會中讓民眾能夠自由發問，這個事件已經粉碎了新聞機構所享有的專屬採訪權。民眾無須仰賴記者幫他向副總統提問題，他們有機會可以經由網路自己問。特別在網路寬頻的時代，不難想像政府的記者會可以用網路視訊的方式召開，記者會現場將不再架設令人討厭的麥克風，也看不到現場有記者發問，一切的問答將在網路上進行，記者可以在辦公室裡直接錄下記者會的現場，透過視訊網路的設備，記者直接在自己的辦公室裡發問，對政府官員提出各種尖銳的問題。

因此，新聞部記者將無可避免地被大量裁撤，新聞機構將不需要像現在的有線電視新聞網一樣，聘用大批的記者雄兵去採訪新聞，直接從網路上就可以接收許多機構的訊息，在網路上進行採訪。如此看來，那些重質不重量的新聞雄兵將面臨裁員及失業的命運。新聞機構只要聘僱一批有高度新聞感以及高度影像創意的資深傳播人，就能取代許多專門遞麥克風的記者雄兵。

另外，既然是寬頻，許多有網路視訊設備的個人，也會有機會詢問政府官員各項攸關自己的公共政策，或在網路上質問某位官員的私人品德。這些民眾一樣可以利用電腦下載這些視訊，並在電腦上重新剪接，再經由網路傳輸出去，每一個人都可以是記者、都可以是媒體。未來的數位化攝影機和剪接機將愈來愈小、愈來愈便宜，數位化的攝影機甚至小到可以放在口袋裡或是擺在鏡框裡面，屆時養成電子媒體記者的進入障礙和專業優勢將蕩然無存，每個人都可能成為採訪記者的夢想是可能實現的。訊息的提供者和訊息的接收者的界線將被打破，看新聞的觀眾也可以自己發新聞。

事實上，觀眾可以發布新聞的夢想，早在1998年已經經由美國電視新聞網ABC所實現了。ABC利用既有的新聞資料片，運用數位化的技術，製作一系列互動式影片叫作《The 88 Vote》，這一系列的紀錄片包括黑人民權運動領袖馬丁‧路德的新聞資料及其他歷史新聞片，提供給各高中學校當作瞭解歷史的素材。但精采的還在後面，這套互動式的videodisc《The 88 Vote》，可以讓學生自由地經由laserdisc重新剪接重組，成為自己觀點下的新聞紀錄片。

同樣的概念也被華納公司採用，1998 Warner New Media製作多媒體的互動式影片《Seven Day in August》，這套互動式影片集合了電視新聞記者、電影導演、音效專家，重新組合成讓觀眾可以參與體會發生在1961年柏林冷戰事件的始末。新聞不是用觀看的，它可以經由互動式的影像科技，讓觀眾親身體驗各類精采刺激的真實新聞事件，這是一項完全顛覆傳統新聞守門人的概念。新聞記者不再是新聞事件唯一的目擊者和詮釋者，觀眾可以進入新聞事件感受體會，甚至重新製作出具個人觀點的新聞片，重新透過網路傳播給其他觀眾。訊息的接收者同時也是訊息的參與者、訊息的提供者。

　　事實上，訊息接收者和訊息提供者角色的兼具，已經在電子平面媒體得到實現。美國的網路電子報《Hotwired's》所開闢的專欄叫「Way New Journalism」，讀者只要加入會員便可以免費接收新聞，並且可以自由地在《Hotwired's》上發表新聞及自己的看法。臺灣的《明日報》也採取類似的手法，提供讀者互動式的發表觀點或提供新聞。當接收者本身就是傳遞者的門檻打通之後，新聞記者這個行業的價值和優勢何在呢？

　　住在美國羅徹斯島的Roger Helm是一位運動評論的自由作家，他發展出一套電腦寫作軟體Zybrainics Software, Inc.，這套軟體只要輸入基本的運動成績、相關資料和比賽過程，就可以自動寫出一篇像樣的新聞稿。這套Sport Writer軟體的出現，使得體育記者可能很快就要面臨失業。內布拉斯加州的報紙《Humphrey Democrat》已經買下Sport Writer軟體，並用它來取代體育記者報導經常性的體育競賽。Sport Writer只要用電話線或傳真連上球隊的教練，輸入基本資料，一篇新聞就誕生了。

　　《Humphrey Demarcate》花了一百萬美金買Sport Writer，一個月卻可省下一千五百美金僱用一名運動記者的錢。同樣情況發生在美國麻州一家叫作Computers at Individual的公司，每天從網路上蒐集整理成千的訊息，經電腦軟體重寫或重整，直接傳給三千多個訂戶。這個趨勢不只預示著新聞記者傳統訊息傳遞者角色的式微，也可能告訴我們未來或許根本無須新聞機構。經由寬頻網路，消費者可以直接接近新聞來源而無須第三者媒體的過濾和篩選。而讓一般大眾接近新聞來源的理想，美國白宮早在1994年就已經實現這個可能性。

當科技到達一個程度，資訊的接收者可以直接接觸到訊息的來源，傳統觀眾可以用電腦快速而便利地剪接重組新聞資料畫面，並經由寬頻網路直接傳遞給所有大眾。

閱聽人取得了接通新聞的管道、有了便捷的製作工具，並擁有無遠弗屆的免費傳播通路，這個發展必然導致傳統新聞機構的式微。建立一個新聞機構的進入障礙幾乎等於零，幾乎每一個人都可能是一個新聞機構。這就是「自媒體」的時代。

360度攝影機與多元新聞觀點

另一種挑戰傳統新聞角色的技術已經成熟，那就是360度的攝影機。這種攝影機可以拍到任何角度，所有的影像都無所遁形。例如一個足球場正在舉行比賽，只要鎖定其中一名球員，就可以透過他的眼睛來觀看這場足球賽，看他的腳怎麼踢、看周邊觀眾們的反應等等。每個人選擇的觀點都不一樣，360度的攝影機提供各種角度，完整呈現球賽。一位熱衷球賽的球迷，就可以先到娛樂體育節目電視網（Entertainment and Sports Programs Network, ESPN）下載畫面，再用自己的觀點搭配從360度攝影機下載的畫面，重新剪輯，登錄到網路上，並不一定要親自到現場才可以報導。

360度的攝影器材已經上市，只不過還沒有那麼普遍化。一旦上市普遍化，記者便不再有特權。一般大眾只要看過各種角度的錄影後，重新按照自己的觀點剪接一部紀錄片，再上網登錄播出，自己也是記者，根本不用理會鏡頭要怎麼動，要高角度、還是低角度。360度攝影機提供一個多元、多向的影像及視覺呈現的觀點，更多豐富的變化，更多個人不同的觀點。到時候，新聞就不再是客觀的，而是完全主觀。如果那樣的社會真的到來，想必大多數人都還不知道怎麼去處理。

過去，社會上大多數民眾不知道有電視，訊息透過報紙傳遞可能要好幾天，現在則是馬上就可收到訊息；早期只有單向傳輸電視的時候，民眾不知道

今天有什麼新聞，固定時間一到，打開電視收看，才知道今天發生了哪些新聞。在未來，民眾想要什麼時候收看新聞，就什麼時候收看，只是目前還推廣得還不夠，但這種時代總是會到來。往後媒體節目不再會有存檔，上傳衛星後，接收站直接從衛星下載。民眾要看哪個影片，只需設定觀看時間，就可直接下載衛星訊號收看；如果民眾對內容有意見，還可以按照自己的觀點重剪，再上傳回去。

接收者變成傳遞者，徹底打破接收者和傳遞者各自獨立的局面，這將是現今社會中最大的言論自由的機會與隱憂。

新聞愈來愈個人化，公共頻道、網路、APP、Facebook等社會媒體，都同時給予個人更多的言論自由和更大的發言權，並打破接收者與傳遞者的藩籬。給予個人更多空間的同時，也給社會造成更多的混亂，更多的分歧，更多的破碎，這引發的另一個危機就是共識性愈來愈少。當然，也有可能造成新的集團壟斷，控制管道的人就控制誰可以講、誰不能講。政府相關的政策法令在目前是看不到，不過網路時代的來臨，傳統的記者能否繼續存在將是一大課題。

新聞愈來愈個人化，給予個人更多的發言空間，但也同時造成更多的分歧、更多的破碎，共識性愈來愈少，這是當前社會公共輿論的大危機。

社群媒體的言論規範

在地表上有九分之一的人在臉書上溝通；每個月全球使用臉書的時間超過七千億分鐘；超過兩億五千萬人透過行動電話或行動傳輸工具使用臉書；地球上的人類每個月在臉書上分享的內容超過三百億個項目；三十萬個使用者協助翻譯臉書的內容達到七十多種語言。[1]作為全球最大的社群媒體之一的臉書，

---

[1] Susan J. Drucker and Gary Gumpert, "*Regulating Social Media*", Peter Lang Publishing, Inc., New York, 2013, p.2.

其影響力遠遠大於任何一種傳統的大眾媒體。與傳統媒體不同的是，社群媒體提供私人溝通的平臺，亦同時是公眾溝通的工具。私人言論領域與公眾言論領域的傳統區隔正式告終。

2001年，當美國紐約世貿雙子星大樓發生不幸的911攻擊事件，大型媒體機構的網站被閱聽者的大量需求擠爆。閱聽者開始透過網站、電郵，自己尋找或發出相關的關於恐怖攻擊的訊息。大量關於世貿大樓及逃生的照片、故事，透過網路、郵件分享，形塑人人都是新聞記者的新時代（Do it Yourself Journalism）。[2]在之後美伊戰爭，美國有17%上網的民眾透過網路作為他們主要的訊息來源，這個比例遠遠高過911恐怖攻擊的訊息流動，當時是3%的上網民眾從網路上獲知訊息。

從這兩個事件可以總結，網路作為新聞媒體的傳播平臺已然建立。在倡導新聞與言論自由的理想分子眼中，「參與式傳播的時代」透過網路終於真正得到實踐。「參與式傳播」倡議從底層發聲，讓民眾能夠參與公共議題之討論，而不是新聞菁英單向式的傳導訊息與意見。網路時代的傳播性質是雙向的、多向的、非菁英主義傳播形式。

美國早在1990年就有部分報紙嘗試以雙向的互動，倡議「市民新聞」（Civic Journalism）作為他們編輯的政策。一些被選定的閱聽者，可以將他們對公共議題與大選的意見傳遞給編輯群，編輯群會將他們的觀點放進新聞版面中。1994年至2001年間，美國約有一千五百多家報紙採行相當程度的市民新聞概念，來增加編輯群與社群的互動。

然而，網路時代徹底顛覆了單向傳播的新聞編輯，人們可以透過網路自由傳輸所獲得的訊息。部落格是網路時代最初的參與式新聞的形式之一。透過部落格，人們可以將他們所要發表的意見，傳遞給不特定的大眾。大眾也可以透過不同的部落格獲取他們所需的各種公共訊息。社群媒體的時代正式來臨。

---

2 Shayne Bowman and Chris Willis, Edited by J.D. Lasica, *"We Media"*, The Media Center, American Press Institute, 2003, p.8.

公共領域與私人領域的合流

一個世紀以前的美國，郵寄的明信片都是政府公部門在印製，當時各個國家都不允許私人機構或私人印製明信片。在歐洲的德國及奧地利，早於19世紀中葉，明信片已經逐漸掀起風潮。到了20世紀初，民眾對於明信片瘋狂地著迷（Social Crazy），明信片是近代概念下最早的「社會媒體」。但是將近一個世紀的時間，明信片只有官方能夠印製。美國直到1989年5月19日國會才通過《私人明信片郵寄法》，允許私人公司印製各種精美的明信片。[3]

明信片是私人的通訊方式，但它裡面所承載的訊息是半公開的，因為沒有信封對內容進行封閉。郵遞者、郵局辦事員、或者其他家人、辦公室的同事都看得到你所寄出的明信片內容。社會媒體的本質就是私人通訊與公眾通訊兩者兼具，所以，有些傳播學者就認為，明信片是原初的社會媒體。不過，原初的社會媒體是掌握在政府手中，直到後來一個世紀才允許私人製造。這個議題隱含的法律性質，我們稍後再討論。

如今的社會媒體，如臉書、推特、微信、微博等，都是由私人機構所建立的傳播平臺。社群媒體的出現，使得公共領域與私人領域之間的界限逐漸模糊。任何一個臉書的貼文，一經轉貼，很可能即刻變成類公共議題，觸及萬人、甚至數十萬人。在中國大陸，一個微博貼文甚至可觸及上千萬人。社會媒體造成的公共性關注，可能比起大眾媒體更為廣泛。尤其當社群媒體的貼文得到大眾媒體的關注，一個小眾的議題立刻變成大眾熱烈討論的公共議題，私人與公共議題的界限甚至不復存在。

不只是臉書、推特或微博，甚至是私人通信的Line、APP、Wechat，一旦被轉貼，便已經是公共領域的一部分；甚至以上所述的私人通訊工具，都附設有公眾、分眾所需要的傳播平臺。臉書的粉絲頁、Line的公眾平臺、微信的分享，都是「類公眾媒體」，或已經充分具備公眾媒體的特色。人人都是媒體的

---

[3] Susan J. Drucker and Gary Gumpert, "*Regulating Social Media*", Peter Lang Publishing, Inc., New York, 2013, p.61.

時代已經到來。在中國大陸，甚至有名人的微博觸及兩千萬人，比起任何一個大眾媒體的單一訊息影響力更爲巨大。

自媒體時代的來臨，所造成大眾媒體的式微與革新，成爲人類傳播史上一項革命性的運動。究竟，自媒體所代表的是意謂著大眾媒體的消失？還是私人言論領域的消失？社會媒體賦予個人絕對的自由之同時，是否取消了原本大眾媒體所維持的社會秩序？自媒體，意謂著大眾的消失？大眾的消失，是否也意謂著社會的消失？社會的消失，意味著部落的崛起？

公衆與群衆的言論性質

公衆（Public）指的是特定時空下，具備共同價值、共同語言與共同目標的一群人；群衆（Mass）則是指不特定的一群人突然間聚在一起，可能因爲某一事件或某一議題而短暫相遇，此相遇非長久的聚合；社會（Society）指的是一群因爲信仰、科學、文化、國籍或其他因素而組織起來的生活共同體。在網路的時代，社群媒體的溝通模式具備這三者的特質。

社會的概念具備群衆和公衆兩項特質。一個社會如果只有不特定的群衆，那一定是一個混亂不堪的社會。相反地，如果社會中只有公衆而沒有群衆，那一定是一個低度流動的社會，不是階級嚴明、壁壘分明的僵化制度。評估一個社會的優劣，可以從公衆與群衆的比例來加以評估，一個以公衆或分衆爲主體的社會，其穩定性高。一個群衆的比例高於公衆的比例，這社會不是在變革，就是在革命，或是在暴動。本文並不是探討社會中公衆與群衆的比例爲何，才是典型優良的社會，而是以公衆與群衆的特質，探討公共言論的型態及影響。

就公衆或大衆而言，社會媒體的溝通可以是在特定的組織、社群、分衆或大衆中進行；在許多情況下，它也是在群衆中進行。

當不特定的許多個體加入某一項議題之討論，可能是不同的國籍、文化、宗教、社會的人，不特定地號召在一起討論，甚至行動。這時的群衆可以是

集體智慧的，也可以是盲目的、無目標的、可被操縱的，其言論的結果無法預期，甚至造成極大的殺傷力。尤其不特定的群眾言論，夾雜著許多錯誤、扭曲、造假的訊息。如同有人在戲院裡造謠說失火了，在無法辨別真假的情況下，大家紛紛走告，不同的人提出逃生的方法，造成人踩人的情況自然會發生。社群媒體的群眾性質是不可預測的，是具傷害性的。具建設性的情況並不是沒有發生，但是更多的訊息，不必然產生更正確的意見與行為。如果我們不准人們在市中心廣場或戲院造謠，我們也不應該在社群媒體中製造假訊息、惡意扭曲、不當攻擊的言論，而不作任何形式的約束。

正如美國荷姆斯大法官著名的「立即和明白的危險原則」，言論自由不應造成立即與明白的危險。那就是為什麼我們不能在廣場上對大批的群眾造謠說：「失火了！」或大聲喊叫說：「殺人了！」而造成群眾恐慌，因而發生人踩人的不幸事件。這也是為什麼臺灣發生過，透過社群媒體號召大家包圍捷運，或包圍某機關是違法的一樣。因為在社群造謠或鼓動群眾，就如同在廣場上對不特定的群眾發起一件能引起意外傷害的言論一樣，它是可以被禁止或加以規範的。

在廣場的群眾中，誰造謠說失火了，是可以被辨認的，只要該人員沒有蒙起臉來，因此，造謠者被辨識並處罰的機會是極大的。但在社群媒體中，造謠者、惡意攻訐者、傳遞假訊息者，通常是匿名為之，因此身分難以辨認，行為難以預防，真假難以識別。其所引起對公眾信譽的傷害更甚，其言論的惡意亦更大。如果我們不會接受有人定期到廣場中蒙面散布不實謠言、煽惑群眾，製造立即和明白的危險，或傷及其他特定個人的聲譽，或任意宣說情色、粗暴不雅的言論，我們就不應該讓社群媒體的發言者任意的造謠，惡意的攻擊，因為它比起廣場的惡意言論影響更為巨大。

社群媒體的誠信與透明

社群媒體上發布的訊息，其交換頻率更為快速，傳遞範圍也更為廣泛，它

使得一切的公共與私人事務都更趨向透明化。但是弔詭的是，社群媒體的使用者經常是匿名在發表言論，恰恰好與透明化背道而馳。

如果社群媒體真正成為人類未來重要的人際關係網絡，以及社會公平正義的傳遞工具，公開真實姓名以發表言論是重要的道德基礎。我們必須知道是誰在此發言、是誰在做指控，知道所指控或所發布訊息之真偽，社會的有效溝通才能真正建立，真理的探討才真正有意義。如果公共輿論場域充滿了虛假、偽造、惡意的言語與訊息，社會的溝通如何建立？不只無法建立，社會的道德將更為淪喪，真理被一些科技精明或惡意的人士所操縱。歐威爾的《一九八四》一書中所指監控社會的獨裁老大哥，很可能就真的出現在當今高科技充分發展的社會中。

社群媒體期待出現透明化的社會，是反監控、反操縱、反獨裁、反虛偽，但匿名發言的風氣正好與這個理想和期待背道而馳。社群媒體中的發言，充斥著虛假訊息與惡意攻訐之現象若不加以規範，透明化所代表公平正義的理想社會便絕不可能實現。

換言之，為了實踐社會正義的透明與公平，我們必須適當地規範社群媒體的言論表達形式，在透明化的前提下，要求對於他人進行攻擊的言論，必須具名，並且必須提出相當程度的根據，一如我們要求大眾媒體的記者也是以同樣的標準。新聞記者必須查證事實才能報導，新聞記者不能基於個人惡意或利益進行公眾議題之報導與評論。但是社群媒體容許個人基於自身的利益與意念來發言，讓原本在私領域的言論，直接進入公領域。

在公共輿論領域的範疇，私人的意念與利益必須受到相當程度的道德與法律的規範約束。我們知道，隱私只有當事人願意在隱私的範疇中才被保護，一旦當事人在非隱私場所進行所謂隱私的行為，隱私權已經不存在。當今社群媒體卻是將人們在隱密處所說的話，被動地被他人或自己主動地直接帶進公共輿論領域。人們在隱私處自己的「為所欲為」與「為所欲言」的法律基礎已經不存在；人們在隱私的場域的言論是不受規範的，但是一旦轉入公共輿論的領域，他們必須受到不同層面的法律規範。

從心理學的角度觀察，人在匿名的情況下，比較會顯現出野蠻與粗暴的面

向，因此，人類社會要建構一個Online的人群關係，仍然必須建構在一個互信尊重的基礎上。沒有「互信」與「尊重」，就沒有透明化的可能性。

透明的關鍵是眞實，眞實才能建立互信。如果說社群媒體有助於社會群體之充分溝通，去除威權之控制，以及實踐言論平權的理想，這理想必須建基於眞實。匿名發表之評論，或匿名所爲之攻擊，只有在揭露自身的身分之前提下才能成立，否則只是助長扭曲、隱匿、虛假，絕對無法建構出一個奠基於「眞實理想溝通情境」之社群。因此，社群媒體應該考慮以眞名登錄，或有發表具攻擊性言詞之際，必須揭露其眞實姓名。

社群之匿名發言與新聞之保護消息來源

或以爲，一旦揭露眞實姓名，恐怕會被當權者、權威者打壓或秋後算帳。就像記者不揭露新聞來源，是爲了保護消息來源不被打壓、脅迫，甚至是維護其身體、生命之保障。然而，記者保護消息來源是確切求證過的訊息，並非是空穴來風，或刻意捏造，或基於惡意所發表之評論。記者保護消息來源，但報導的記者自己具名，報社或電視臺給予背書，這是負責任的表現。

相反地，社群媒體充斥者大量的造假訊息和極具惡意的評論，訊息接收者無法確認其訊息的眞僞，被攻擊者如何回應假訊息？被攻擊者如果只是純粹地否認假訊息，在公共輿論場域中，仍會引起相當的爭議、懷疑，甚至形象之損害。假訊息不管怎麼釐清，表面看起來都還是讓人十分值得懷疑。這是假訊息眞正之傷害。

提供匿名者任意攻擊他人的社群媒體平臺，是採取中性的立場，不管臉書或推特，他們都不會幫匿名攻擊者的言論背書或負責，所以，社群媒體的匿名攻擊與「記者保護消息來源」有本質上的不同。

社群媒體是電話公司或是大眾媒體？

社群媒體包括臉書與推特所行使的，其實是電話公司的定位，亦即共同承載（Commomn Carrier）。電話公司不管使用者怎麼說、說什麼，它都不會介入，因為那些對話都是在私領域之中，是隱私。

電話公司與大眾媒體有何不同？

電話公司不會過濾使用者的談話，電視的每一句話都經過適度地考慮與審視；電話是雙向的溝通，廣電媒體是單向溝通；電話是人人可以使用來發言的，廣電是由特殊人員如記者、主持人、演員等機構允許者才能夠發言，並不是人人都能使用其管道對話。

社會媒體有電話公司的性質，它具備隱私和雙向溝通的特質。但社群媒體又具備大眾廣電媒體的特質，具公共性、公開性及公眾影響性。

在社群媒體上交談，不是如人們在電話中交談一樣不具擴散的作用。社群的對話隨時可以成為公共性，它具備大眾媒體的影響力，但是我們卻以電話公司的方式在規範它。

在管理上，社群媒體如同電話公司一樣，完全不管在平臺上的發言者所發表的言論是如何，即使我們已經知道這些平臺上的言論，已具備大眾媒體的擴散性及影響性，但是政府對待社群媒體卻如同對待電話公司一樣，不要求他們去適度地建立公開發言之倫理及準則。

社群媒體的私人交談，當然享有隱私的保護。但是一旦私下言論被轉貼而成為公共性，它就不再是私人談話的性質，不應享受私領域的保護。在兩個人的通話中，人們可以任意發表攻擊他人之言論，或大膽的說一些不雅之言論，那是在兩人的私密之間；但是一旦前述這些言詞被轉載，被轉貼進公共領域，或自己主動發表在公共領域，其任意攻訐、謠言、造假、謊言就必須視同公眾媒體般被檢驗、被規範。

當下的錯誤竟是讓社群媒體享受電話公司的私密，享受Email的私密，但是一旦它反轉顯露出自身的公眾性，我們卻仍然把它當作私人電話談話或私人Email一樣來保護，因而縱容其任意製造假訊息、肆意攻擊，或說出極為不雅

或猥褻的言詞。

　　避免這兩者的極端，一方面保護訊息提供者，一方面確認訊息的真實性，社群平臺如臉書、推特、微博等必須設立登錄者之真實姓名，並必須給予合理的隱私與個人權利之保護。一旦受害者（受毀謗、受公然侮辱）提出檢舉，或進行司法訴訟，社群媒體平臺依法應該揭露發言者的真實姓名。

　　考慮言論自由與新聞自由之前提，政府不應掌握這些登錄名單，而是由社群平臺提出規範的方法，包括實名登錄及避免假訊息、無根據之攻擊的合理規範。

　　社群媒體並非電話系統，電話系統具備一定的私人與隱密性，這些私密的談話不必揭露給公眾。然而，如前所述，社群媒體具備公眾性質，所以不屬於純私人的通訊特質，反倒是具備公眾媒體之特徵。公眾媒體之特徵必須訊息來源之真實，才能夠露出。公眾媒體之意見評論與訊息報導不能有真實的惡意（Actual Malice）。真實惡意在媒體毀謗的訴訟中具備關鍵性的作用。媒體報導雖然以新聞價值為依準，它必須善盡訊息查證，並且不能是出於真實的惡意。社群媒體躲在私人通訊的法律架構底下，行使公眾媒體的功能，但是卻不具備公共媒體應該有之道德及法律規範。

公與私之間思索新的規範法理

　　社群媒體橫跨私人通訊與公眾媒體的特徵，是新時代傳播科技發展必然的社會溝通之樣貌。社群媒體應該區分「私人通訊場域」與「公眾輿論場域」的規範標準。當一位社群媒體的使用者將私人通訊之訊息轉貼到公眾平臺，公眾指的是三人以上的群組，他便已經在行使公眾媒體的性質，就應該遵守公眾媒體的規範及守則。

　　其規範標準及守則應由社群媒體的經營者自己訂定，以避免政府干預言論自由與新聞自由。

　　這項要求社群媒體的經營者訂定私人通訊守則與公眾媒體守則之法源基

礎，可以沿用美國在1996年訂定的《電腦通訊端正法》（Computer Decency Act of Telecommunication Act），該法案對於電視及網路的暴力、色情等內容進行規範與設立標準之必要。然而其標準並非由政府訂定，而是由業界自行設立分級制度。這項彈性規範政策既給予業者憲法言論自由的保障，同時也讓電視及網路業者履行公共利益的必要職責。

美國國家通訊委員會從2000年開始，規定電視及電腦網際網路的暴力及色情內容，制定「V-Chip」暴力晶片的裝設，任何電腦具備電視螢幕功能，以及十三吋以上電視機都必須加裝「V-Chip」。觀眾可以在遙控器上的目錄，選擇暴力等級的鎖定或開放。遙控器上有「V Chip, Parental Control」等選項，以讓觀眾自行決定讓自家的孩子收看何種等級之暴力或情色相關的內容。[4]

這個暴力與情色分級，等同於電影分級制度，是由業者公會自行決定分級，以避免政府直接干涉言論的自由接收與表達。

由業者及協會決定，同樣的標準應用在社群媒體，言論發表的規範標準與真實姓名之登錄方式由業者、閱聽者自行決定參與。

從這個法理出發，無論社群媒體在全世界如何地無遠弗屆，各國政府仍應依其國情，要求社群媒體的經營者訂定符合該國文化風情、善良風俗、道德秩序的規範與原則。這種要求以不侵犯言論自由、私人通訊為前提，而是以維護公共利益與公眾輿論秩序為基礎。社群媒體具備公眾媒體的性質，履行公共利益與維護公共領域理性化是其必要的職責。

大眾媒體與自媒體的匯合

新聞媒體的發展，從18世紀開始的政黨新聞蓬勃發展，美國開國元勳富蘭克林創辦的《賓州公報》（*Pennsylvania Gazette*），為政黨新聞時代的標竿。

4　FCC Federal Communication Commission, *The V-Chip: Option to Restrict your Children Watch on TV,* Date latest updated:10月25日2016年。

政黨新聞到了19世紀中葉之後，因爲資本文明的興起而逐漸式微，代表人物爲美國的普立茲、赫茲等，樹立商業機制與獨立言論的新聞風格。當時的黃色小子新聞（Yellow Journalism），正是商業與批判融合於一爐的新聞報業風潮。

到了20世紀初，一次大戰前夕，氾濫的商業競爭出現了扒糞式的新聞風格。臺灣現在的新聞界很像那個時代的美國，這種具個人主義色彩的新聞風格，專門調查機構之弊案，它一方面影響了個人主義的新聞採訪風格，亦即記者沒有朋友，只有眞相；另一方面，扒糞式的新聞風格造成社會的互不信任，以及相當程度的動盪。到了二次大戰爆發之後，扒糞式的新聞風格式微，取而代之的是市民主義的新聞理念，強調記者爲市民、公民喉舌。著名的新聞評論員愛德華·默若、華特特·克朗凱，都是這個時期出線的新聞明星。

伴隨著市民新聞理念的趨向，另一波更巨大的趨勢，影響新聞走向的力量是財團新聞（Corporate Journalism）的興起。CBS的愛德華·默若最具影響力的新聞節目《See It Now》，敵不過益智遊戲節目《危險邊緣》（Jeopardy）。愛德華·默若的節目被取消，他升爲副總裁，但旋即辭職去拍攝紀錄片《豐收的恥辱》，該紀錄片報導當時富裕的美國社會中，一般基層農民的生活卻十分艱苦。嚴肅的紀錄片不受電視臺經營者的青睞，電視的娛樂化逐漸成爲主流，新聞內容相當程度地以驚悚與色羶腥爲主流，新聞娛樂、資訊娛樂成爲流行趨向。

另一方面，經濟體制的自然壟斷法，使得大吃小的兼併在報業中發生。美國各大都會一區多家報紙逐漸變成一區一家，這在全世界的新聞發展中幾乎都是如此。報紙與電視開放Call In或讀者投書，成爲人民參與新聞的稀薄管道。

有線電視的誕生如前所述，提供給公眾一個可以自由發聲的頻道，但是這個公共頻道不具備表達普羅公眾的應有效果。直到網路的出現，一種人人可以進入、人人可以接收、人人可以發聲的言論平臺終於出現。

「自媒體」成爲網路時代最迷人的名稱與標誌。人人都是媒體，但是並非人人都是受過良好新聞媒體專業訓練的發言者。新聞專業訓練，從表達形

式、表達倫理、事實查證，以及確知評論與報導真實不同，這些都不是自媒體的個人所曾有過的訓練與素養；加上沒有機構的節制，言論的氾濫、虛假、扭曲、以訛傳訛或惡意中傷，層出不窮。

大眾媒體面對自媒體的挑戰與回應

大眾媒體面臨「自媒體」巨大的挑戰，來自兩方面，一個是大眾媒體經常在自媒體或社群媒體的平臺裡，尋找具新聞價值的素材。但是這些自媒體及社群媒體的素材很多是不實的、片面的、有目的性的、具攻擊之惡意；大眾媒體的新聞記者在財團媒體的壓力下，基於收視率和成本考慮，輕率地將自媒體與社群媒體之不實訊息大肆報導，這種風潮已經形成，其所造成公眾輿論的不公與混亂之情事不勝枚舉。這種大眾媒體以自媒體、社群媒體馬首是瞻的作風，導致大眾媒體的信譽與影響力急速下滑。

自媒體與社群媒體對大眾新聞媒體另一方面的挑戰是因為傳播技術的便宜、便利。手機就可以拍，直接上傳，比任何大眾媒體的記者在新聞現場更快速、更有效、更多元。大眾媒體等候訊息來源再進行採訪，早就慢了好多拍。自媒體與社群媒體成為主要新聞來源的趨勢愈來愈明顯。

因此，大眾媒體的網路化、多元化、互動化，成為他們變革的主要目標。雖然如此，所謂的主流大眾媒體仍擋不住龐大的、來自四面八方的自媒體，隨時隨地能發布重要訊息，自媒體幾乎以氾濫似的訊息淹沒了主流的大眾媒體。

大眾媒體含報紙、電視以及他們衍生經營的網站等，都必須對自媒體與社群媒體提出應對之道。

從報導者到交談者

面對雙向式的、多向式的社群媒體與自媒體蓬勃發展的挑戰，CNN從新聞記者報導的角色，轉化為交談者的角色（From Journalist to Conversationalist）。CNN的Belief Blog在Aurora事件發生之後，提出一個討論的話題為：「Where was God in Aurora？」（悲劇發生時，上帝在哪裡？）[5]與其單向的報導事件，CNN透過推特等社群媒體提出這個疑問，讓閱聽者自己發聲、討論。不到幾小時，幾萬個閱聽者在社群媒體發表意見，包括無信仰者也針對這個問題熱烈討論。CNN的製作人Gilgoff說，他在這種開放式的對話中，看到閱聽者參與新聞，一個真實的全球教堂（De Facto Global Church）已經誕生。[6]

在Gilgoff眼中，「上帝在哪裡？」的提問，不只能藉著閱聽者的智慧深化新聞內容，經由多面向對話，也讓事件發生的啟發能一直持續下去，更同時體現了互動新聞模式的價值。讓閱聽者直接參與新聞，而不是接收新聞，這項對話式的新聞處理，讓記者更能開闊自己的視野，進而真正締造一個理性、對等、雙向的公共輿論平臺。這是大眾媒體充分運用社群媒體與自媒體的特質並成功結合的方式之一。

閱聽者反向傳遞訊息

應對方法之二就是開闢自媒體匯流的管道。BBC設立UGH（Users Generated Hub）。這種Crowdsourcing的機制，在2003年發生南亞海嘯時，BBC接獲超過五萬封的Emails，他們多數是海嘯的目擊者及受難者，他們寄來訊息報平安，或詢問家人的狀況，述說事件發生的經過，訊息包括大量的照片與影

5　Aurora，亦即2012年6月，於佛羅里達州的Aurora小鎮發生大規模的殺人事件。Belief Bolg, CNN, 06.24.2012.

6　Jake Batsell, *Engaged Journalism*, Columbia University Press, 2015, pp. 43-44.

片。

　　BBC的UGH讓閱聽者自己發訊息給大眾媒體的成功經驗，在2005年倫敦恐怖攻擊事件發生之際，運用成效更為顯著。BBC由於開闢閱聽者傳遞訊息的網站平臺，他們指定一個小組的成員，專門接收倫敦市民與事件目擊者發出的照片、影片及各種相關的資訊。BBC在7月倫敦爆炸恐攻事件中，經由UGH平臺，編輯們從社群媒體及自媒體的訊息管道，總共收到兩萬五千封Emails、一千張照片及影片，以及三千條訊息。[7]

　　社群媒體與自媒體透過UGH給予BBC強大及快速的新聞來源，這是BBC成功報導事件最關鍵的因素。

　　除了成立UGH快速蒐集自媒體及社群媒體的訊息，BBC撥出大量的經費訓練記者們如何使用社群媒體。訓練的範圍包括如何運用社群媒體蒐集訊息、過濾訊息、辨別訊息真偽，最重要的是必須把社群媒體的訊息轉化成BBC的編輯原則及風格。後者是最重要、也是最困難的工作。

　　如何將社群媒體的大量訊息，轉化成自身媒體的編輯原則，以維護自身的新聞信譽，是BBC在培訓記者中所特別強調的。[8]這避免了記者在引用社群媒體的過程中，喪失新聞記者應有的審慎、誠信、求證及評估報導帶來的影響。社群媒體與自媒體的不準確性與個人化的性質，不應過度強調，甚或支配了大眾媒體在公眾輿論的討論中，所必須保持的審議特質及其所代表的社會之公平、客觀。

7　Valerie Belair-Gagnon, Social Media at BBC News, Routledge, Taylor & Francis Group, 2015, p.16.

8　Valerie Belair-Gagnon, Social Media at BBC News, Routledge, Taylor & Francis Group, 2015, p.99.

社群媒體訊息引用之查證

　　如同BBC訓練自家記者必須知道如何處理、過濾自媒體及社體媒體的訊息，大眾新聞媒體在採用自媒體訊息的過程中，對於匿名者發表的訊息，包括指控的訊息或其他具公眾興趣的事件，都需一一小心求證。

　　臺灣記者經常從社群媒體找訊息，即便這些訊息是匿名者所提供，甚至帶有極大的指控性，記者仍然以懷疑的方式採用，並報導該訊息。記者似乎認為，只要我的表述是懷疑的、有問號的，就不違反新聞倫理，就不構成毀謗。

　　或是拿著匿名的社群媒體具指控性的訊息，去質問被指控的一方，要求被指控者回答。只要被指控者一回答，即便被指控者否認，也成為新聞。記者頂多在結語時說，整個事件是羅生門就可以交代了。記者對於無法確信的訊息不能擅自報導，是新聞倫理很重要的法則。一項無法確認的指控，是不應該播出去或寫出去的，甚至查證不是事實，也不能報導出去。

　　但是臺灣的記者喜歡將查證不屬實的訊息報導出去，報導內容中說明該指控不實，已經算很客氣了。一般都是處理得模模糊糊，讓閱聽者看起來彷彿真有其事。這即是BBC的編輯臺所關注的，不能讓社群媒體中任意的、個人的、情緒的、無根據的言論所牽引，而喪失新聞記者應有的道德和倫理底線。

　　臺灣的情況不是記者不知道這項新聞價值與倫理，只是便宜行事，截稿壓力在，播出壓力在，趕快做完了事。加上編輯臺並不做這項新聞倫理與原則之強調，使得臺灣的大眾媒體成為有心人透過社群媒體放話、攻訐、鬥爭的最佳工具。

社群媒體自己建立言論規範與秩序

　　新聞記者的價值如果如此淪喪，接下來就是社會道德失序與混亂。臺灣的政治每況愈下，社會人心浮動，文化中原本穩定的信任與道德基礎不斷地鬆動，這都與大眾媒體新聞價值之喪失有很大的關係。

　　大眾媒體應該要自我提醒，對於在社群媒體平臺匿名攻擊與散布不實消息的言論，必須小心使用或不予使用，否則最後被埋葬的是大眾媒體整體的信譽。

　　而政府對於社群媒體匿名攻擊與偽造訊息的現象應該儘早提出政策，不是自己制定社群媒體的言論規範，而是要求社群媒體平臺的經營者自己提出合理的規範，以促進整體社會的公共利益，並保障公民言論發表與訊息接收的品質，這是建立誠信與良善社會必要的基石。

Chapter
16

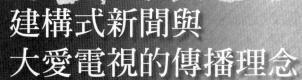

建構式新聞與
大愛電視的傳播理念

Constructive Journalism and the Perspectives of
Daai TV Station

新聞媒體的報導宗旨應該是「要報真，也要導正」。

——證嚴上人，慈濟功德會創辦人

隨著社會愈加多元，媒體愈加開放，進入到21世紀的傳媒環境，需要的似乎是一種視野更為宏大的新聞理念。從媒體促進公共利益角度言之，更具創造性與建設性的媒體理念是建構式的新聞學。其根本理念上，所有的思想、報導都是為了建構一個更為理想的社會。

過去多數媒體總企圖追求自由主義式的公正客觀，讓所有的意見得到發言空間，各抒己見，媒體本身則不作評論、不賦予意見、不作任何所謂主觀的涉入與看法的表達。媒體躲避報導所可能導致之任何社會後果，一味強調中立客觀。如前所述，絕對的公正客觀並不可能，媒體作為社會公益的守護者，應該有其看法、有觀點，並且認真思索這些觀點如何才是對社會具有正面意義，對全體社會創造最大的公益。

所以，**媒體一切的報導不只是傳達有用的訊息、或提供發言的空間、或提出問題解決的管道，它更要協助去創造一個更好的社會。要做到這一點，記者首先必須放棄生冷的價值中立的角色，亦即旁觀而不涉入。**

災難新聞與記者報導

在嘉義阿里山小火車翻覆現場，大愛電視臺記者看到一位受難者家屬，她一面放下麥克風、一面搭著家屬的肩膀給予慰問和關懷。

在臺中七三水災時，慈濟大愛臺記者前往現場採訪，在到達仁愛部落災區時，一邊協助慰問金發放、一邊進行採訪。記者帶著慈濟的慰問金進去，慰問災民、發放、採訪，而後離開。[1]記者在採訪的過程中有愛，要關懷、要膚慰被報導的對象，因此，你不會生冷地問一位在空難之後即將搭乘飛機的乘客

1　何日生，七三水災報導，大愛電視臺，2004年7月4日。

說：「你知道這架飛機的機齡幾年嗎？你會不會怕？」這種恐嚇式的問法；或是家中發生了凶殺案，你還去問對方：「現在打算怎麼辦？」

如果記者心中有愛，就不會用這種魯莽的心態去割裂事件本身。在西方理性主義的影響下，總讓我們無法避免在瞭解一件事情的過程中去破壞它。要瞭解花，要先切開它；要瞭解青蛙，就得進行解剖；分析的同時，便已經肢解所分析的對象。新聞報導亦是如此，記者的涉入經常導致對事件或對象的破壞、撕裂、甚至羞辱。

若我們能換成另一種角度、另一種心理意向，當我們要瞭解花時，我們灌溉它，讓它成長，在成長中觀察它。同樣地，在新聞報導時，不是以理性主義絕對冷靜疏離的方式，而是以一種愛社會、愛受訪者的心情來採訪他。當記者赤裸裸地呈現報導對象的缺陷時，只會毀了這個人，同時毀了這個社會。

在馬航事件中，大愛臺記者跟著慈濟志工在北京關懷陪伴受害者家屬；許多慈濟真善美人文志工，在現場一方面安慰陪伴深受創傷的心靈，一方面記錄他們的心聲。採訪可以是一種療癒；療癒為先，採訪為後。記者能以同理心來看待受傷的災民及家屬，才能夠獲得災民的信任，也才能夠膚慰他們的心。

2011年日本311大地震，日本NHK主播青山祐子因為報導日本大地震而無限期延後婚禮，她展現出一個新聞記者對災難的悲心，這種同理的悲心，是當代新聞記者最重要的靈魂。青山祐子在播報地震新聞之際，曾多次碰到強烈餘震，她仍沉穩地向社會大眾說明災情。

這種堅毅、沉穩與同理之情，如同當年美國的主播華特·克朗凱在播報美國總統甘迺迪遇刺身亡的重大新聞之際，其神情哀傷，其口氣哽咽，但其強忍、堅毅、沉穩的氣度，穩住了千千萬萬美國人的心。這氣度陪伴著當時震驚哀痛的美國，走過最傷感與絕望的一刻。新聞記者與主播的工作和責任就是如此重大。

當社會發生緊急危難時，人們第一時間不是跑去教堂禱告，也不是跑到廟裡求平安，而是立刻打開電視機，觀看新聞報導災難的過程、災難的影響與發生之原委。在整體社會最哀傷、最緊急、最歡樂的時刻，人們第一個看到的是新聞主播、是新聞記者，而不是宗教師或任何其他人。因此，作為一個新聞主

播與記者，當社會有急難，我們要陪伴他們度過；當社會有哀痛，我們要膚慰他們；當社會有困惑，我們要給予解答；當社會有衝突，我們要尋求其化解之道。這是新聞主播與新聞記者的天職。

無怪乎美國最受歡迎的新聞節目《60分鐘》的老牌主持人麥克‧華萊士會說：「我們主播，就是社會的心理治療師。」（We are social therapies.）新聞主播，就是社會的心理治療師。

曾幾何時，我們新聞主播與新聞記者忘記自己的天職，而成為社會的亂源，成為人人懼怕的一種專業。記者所到之處，盡是瘡疤、盡是絕望、盡是衝突、盡是似是而非的困惑。這是新聞價值的最終沉淪？抑或是商業主導新聞的後果？臺灣的新聞記者在面對莫拉克風災的過程中，批判政府救災緩慢之際，也把社會大眾第一時間的動員與愛心，隱沒在鏡頭的末處。在重建過程中，盡是披露衝突對立的局面，而把希望的能量與快速重建的努力拋諸腦後。我們把這種以負面、以衝突作為新聞取材的趨向，稱之為自由與正義。但真正社會主體的善、愛與美，卻流失殆盡。

其實記者有著很強的力量，只要你能夠同理受訪者，而不是生冷的批判，便可以讓一個人看到他的問題，更瞭解自己，讓好的人覺得榮耀，錯的人知道不好。這不是做不到，而是要有強烈的人文情懷。

臺灣的媒體如何能做到「建構式新聞」所強調的同理心，給予弱者支持，陪他們度過哀傷，呈現社會的整體真實，給予社會諸多問題可行的解決之道，並協助創造一個更美好的社會？

這一如慈濟的創辦人證嚴上人曾經語重心長地對多位臺灣資深的媒體主管說，媒體的責任是必須「報真導善，報真導正」，作為社會整體面貌的喉舌，作為良善社會的貢獻者與建構者，但這理想與目標似乎仍有頗長的路途要走。

以善報真才是美

由於媒體太過於強調「真」，把一個人的面貌全都呈現出來，也就沒有了善，因為我們沒有去保護別人的隱私與尊嚴。當我們過度求真，其實已經不真了，因其自信、尊嚴已被摧毀。自信與尊嚴本來是每個人所具足的，如今不在了，如何說是真呢？如果是真，就要看到全然的他，包含其真實之尊嚴與其生命可能性的轉化成分，而非斷然將其剝奪。不善就醜、就不美，所以，真、善、美是協調一致的。怎樣保護一個人以及社會整體的尊嚴，維護一個人的人格與自信，不要像解剖學家在觀察的過程中將之摧毀殆盡？其實只有關懷的心、願意援助的心，才能做到這一點。有了善，才會美，也才會真，而這個真也才有了價值。

因此，對緋聞、醜聞、弊案不該窮追猛打，而是更多地關注在這些現象在個人生命經歷與社會共生結構中的成因為何？是什麼樣的情境讓這樣的人迷失了自己？

這樣的理解並不是在替某個個人脫罪，他一樣要面對與承擔法律上的責任刑罰，只是在這樣的探究中，讓更多的大眾深思如何避免這樣的錯誤再度發生，同時提供一個正確的典範，告訴大眾，一個犯錯的人如何有尋找出路的可能。

唯有建構式的新聞才能真正促進社會公益，它不是各方並陳、不做評斷、避免涉入的自由主義，也不是一定要朝向某個方向的保守主義做法，而是真正提出一種可遵循的生命態度。在建構式的新聞理念中，連惡人我們都給予關愛，透過愛的理解，找出病因，並且提出建設性的出路。我們不再是以一種軌道式的道德主義去譴責犯罪，強制他一定要符合這一道德正軌，否則就是十惡不赦的罪人。如果我們對他的嫌惡超過我們對他的理解，或是存心看熱鬧、看好戲，這就不是一個促進公共利益的媒體所應有的適當作為。

建構式的新聞傳播是環繞在愛的前提下，以同理心為其價值核心，它是關懷的、維護的、給予的、成全的，是願意理解的心、願意找出問題根源的心，而不是建立在批判、分析、撕裂、挖掘之上。它會是良善社會之建構，所

必然遵循的一種傳播新價值。

大愛電視體現「建構式新聞」的理想

　　大愛電視臺為非批判性質的電視頻道，以報真導正之建構式傳播理念實現美善社會為努力的目標。大愛新聞不報導負面、爭議及驚悚的新聞內容。

　　商業新聞媒體傾向報導負面，不報導正面事件；報導例外，不呈現社會整體現象；傾向批判、解構，而不是肯定與建構。

　　大愛電視臺的新聞觀是報真導善，在社會問題出現時給予解決之道，在災難中給予關懷與愛，在人們迷惑時給予正確方向與觀點。這是建構式新聞的理念與實踐。

　　證嚴上人的「報真導正、報真導善」的傳播觀點，是期望新聞在引導人們知道真實現實狀況後，能提供善與美的實踐方向與理念典範。

　　當一件社會的弊病發生，媒體不是去報導挖掘該項錯誤誰該負責，而是探討其發生之原因。媒體更應報導同一類事件善的典範，在負面新聞中也能看到善的典範，才能給社會一條正向的出路。致力於建構式新聞的媒體，不只是旁觀者，不是冷眼的、批判的、尖銳的，而是有愛的、是成就的、是愛護的、是珍惜的、是給予的。

　　媒體應該重建社會的信心，人與人的信心，人民對政府、對機制的信心，因為只有信心，才會讓社會變得更好，而要能重拾信心，就要彰顯對的典範。建構式的媒體在知道錯誤的同時，應該進一步尋找值得學習的典範，並且對那個犯錯的人要存有一定的憐憫與關懷。

　　「建構式新聞」是同理的、關懷的、溝通的，最後也是正向的；它嘗試在問題的揭示中找出對的典範，對個人出路的揭示，亦是對社會整體出路的揭示。肯定一個更好的人，即建構一個更好的社會。

　　一如證嚴上人提及慈濟人文傳播的使命時所言：

憶及大愛臺初創時期，迥異於一般電視臺的節目製播方向，亦曾遭質疑，是否會因低收視而無以為繼？大愛臺始終以清流自許，至今仍屹立於強調感官刺激的媒體洪流之中。

媒體教育大眾，並非對負面的社會新聞抱持逃避的心態而不予報導，應有選擇性，在報導社會案件之「苦」況時，應說明引致其發生之「集」因，以提高大眾警覺，思索除「滅」之方，以引導大眾步上正確之「道」。無論是平面或立體之新聞媒體，皆應將人間善事披露報導，否則觀眾所見皆是一片黑暗，不見清淨與光潔之面。「隱惡揚善」，不必刻意去強調人性惡的一面，因為善、惡皆有果，重要的是去探討其中原因，得知滅苦之法。[2]

傳播界應該協助個人去理解自己，同時改造自己，批判的同時也協助社會找到一個良好的典範。例如報導曾經犯過錯的人，但如今他已改過遷善，走出一條新的人生道路，並且告訴大眾其為何與如何悔改。正向的典範能被報導，才是營造一個良善社會的開端。

慈濟大愛臺新聞編輯方針

證嚴上人對慈濟人文志業的理想，主張新聞媒體應該要擴大正面，要從事人文者自身成為典範，再引導他人邁向典範。證嚴上人強調媒體就是要引導社會向上、向善。隨著社會愈加多元，媒體愈加開放，傳媒環境需要的似乎是一種視野更為宏大的新聞理念，更具創造性與建設性的媒體，以維護公共利益，這即是建構式的新聞學。其根本理念是，所有的思想、報導都是為了建構一個更為理想的社會。

2　釋證嚴，慈濟宗門思想總綱，靜思人文。

證嚴上人說：「慈濟大愛要爲人類寫歷史，爲人間留美善。」[3]

慈濟大愛電視自從1999年開播以來，即標榜不做負面新聞、不批判、不做色羶腥的新聞，而是要進一步地爲「淨化人心作活水、爲聞聲救苦作耳目、爲祥和社會作砥柱、爲癲狂慌亂作正念」。[4]

2005年慈濟傳播人文志業中心在臺北關渡園區的大樓正式落成，慈濟人文志業執行長，同時也是資深的媒體報人王端正先生，在開幕時就說：「我們常說典型在夙昔，今日的典範在哪裡？」王端正先生在提出大愛電視的編輯方針時表示，大愛新聞的編輯政策與方針：談民主自由要談慈悲智慧，媒體像一把刀劍，傷人就很難救回，當報導某家企業週轉有問題，債主找上門後，企業就更無力起死回生。

不談衝突對立，要談安定祥和；不談隱私八卦，要談責任公益，爲每則新聞可能產生的後果和影響負責任。不談血腥暴力，要談關懷感恩。沒有一個人的成功只是靠一個人，每個登峰造極的人都有許許多多他值得感恩的人。

淨化人心的新聞：四大志業爲經、大愛感恩爲緯；
喜悅人心的新聞：四無量心爲經、美善溫馨爲緯；
安定人心的新聞：樂觀希望爲經、寬容揚善爲緯；
祥和人心的新聞：尊重生命爲經、肯定人心爲緯。[5]

王端正先生強調，大愛臺的記者們要「抑惡揚善、非隱惡揚善，人性本善，慈善工作才可以做。人性本善是愛，人性本惡是恨。立足臺灣的新聞：生態環保爲經、人文教化爲緯。放眼國際的新聞：眾生平等爲經、慈悲爲懷爲緯。」

3　釋證嚴，《衲履足跡》，2013年8月3日。

4　王端正，慈濟大愛電視臺開播典禮，1999。

5　王端正，大愛電視同仁培訓營，2005年5月27日，大愛主播倪銘均部落格，2005年8月。

大愛電視就是立志要做媒體的清流。或許它不是全方位的新聞臺，它絕少報導政治新聞，原因之一是政治新聞很多的互相攻訐及政治恩怨，很難真正成為清流的新聞內容。大愛電視也很少報導經濟新聞，經濟新聞總是涉及金錢交易、商業糾紛等。大愛電視偏向慈善、健康、環保、科學、生態、災難與救災、人性溫暖面，它強調的是人性的善，希望揚善、導善、淨化社會人心。

　　有人問證嚴上人，如果全天下的電視都像大愛臺一樣，那會怎麼樣？證嚴上人回答說：「我沒有能力讓全天下的電視都像大愛電視臺一樣。」這是否定的肯定。

　　全天下的電視不一定要全部複製大愛電視的內容，大愛電視專注在慈善、救災、健康、環保與宗教議題；新聞當然可以包含更多面向，但不一定由大愛電視全部涵蓋或完成。在當今高度分眾的時代，各電視頻道可以各職所司，然而大愛新聞的精神可以延伸，可以將這種正向理念放諸政治、經濟、社會、文化等新聞頻道。以正面思維，擴大社會的正面能量；以同理心，記錄美善；以善的態度瞭解問題，然後提出解決之道。

　　大愛電視在一個程度上提供社會大眾更瞭解世界的災難，同理環境的變遷，感受災難中的愛心，瞭解社會上有許多善心人為苦難付出，這是一個良善的電視典範。

　　正如美國最傑出的新聞評論員愛德華‧默若所言：「電視是避免人們冷漠、無知與偏狹的最好媒介。電視媒體可以教育、照亮、啟發人們！但也只有我們決心讓它發揮這樣的功能，它才可能達到這個目的。要不然，電視媒體只不過是充滿『電線和光線的盒子』。」[6]

慈濟大愛劇場與善的彰顯

　　證嚴上人創辦慈濟人文志業的理想，是希望透過善的報導、善的故事、善

---

[6]　Edward R. Murrow, *"Wires and Lights in a Box"*, Speech of the RTDNA, October, 15, 1958.

的實踐，最終消弭人心的貪婪，化解社會的紛爭，天下無災無難。

慈濟以善、以愛引導人心，也體現在戲劇《大愛劇場》的製作上。《大愛劇場》是以真實故事引導人心向上，一開始製作人很難想像真實戲劇怎麼會成功，但是慈濟大愛電視臺卻是當今臺灣最成功的戲劇時段之一。

真實戲劇讓觀眾看到許多出生窮困，或過去放蕩為惡，最後在行善中找到生命的價值，或人生得到真正的救贖與悔改。真實戲劇不只影響觀眾，也影響演員。由參與過《大愛劇場》演出的藝人朋友所成立的「藝聯會」，許多演大愛劇場的藝人演員加入志工培訓，參與慈善訪視，改變了他們的人生。過去演完戲有錢有閒，做了很多不正確的娛樂，如今投入慈濟，在演出他人的真實人生改變故事後，也改變了自我的人生。

所以，戲劇、媒體一樣是作為修行的道場，不只是參與者修行的道場，亦是閱聽者修行的道場。傳統的廟宇化身為客廳裡的電視，閱聽者經由大愛電視，慈濟人或閱聽者可以聽聞正法，知曉社會人心之善，啟發自我的愛心與生命的價值。

從成就人格出發的傳播觀

證嚴上人勉勵慈濟人文菩薩行者，「要像玄奘大師一樣求法，要像鑑真和尚一樣傳法。」[7]兩位佛教大師都有堅毅不撓的共通性，才能克服萬難地求法、傳法。證嚴上人以此勉勵慈濟人文菩薩行者。

證嚴上人說：「人格成，文化才成。我們要引導眾生，自己要先做出典範，才能說給別人聽。」[8]因此，慈濟人文真善美志工被期許要更深入地求法、如法，以法來淬煉、深化自己。人文真善美志工同時體現內修外行，內修人格之啟發、對佛法之貫徹、對慈濟精神之體悟。他們也同時投入慈善、醫

7　證嚴上人勉勵筆者的談話，2002年3月。
8　釋證嚴，《衲履足跡》2009年春之卷，靜思人文出版社，2009。

療、環保等志工的工作，以深入體會慈濟各個志業的理念，在記錄時才能更深入其核心。所以，慈濟真善美志工的培育理念強調：

> 人文志工若自己心裡沒有充實，絕對拍不到、問不到、也寫不到。
> 希望人人以法來提升自己，用真善美的心來為慈濟寫歷史，為時代做見證，將具有影響力的美善典範流傳下來。
> 人文專業學習後，先要從內心修，以提升品格，否則心若傲慢，紀錄就不會動人。其次，要維持團隊的和諧，互相讚歎、成就、包容，行六度波羅密。如此依法、如法，紀錄才有人文。再者，深入自我的內心，要先深入別人的內心，「新聞記錄者，是心靈治療師」，給苦難人溫暖的同時，也讓志工更堅定信念。
> 內心的人格愈擴大，紀錄才會愈堅實雋永，而真善美志工走入別人的生命裡，也能夠提升自我的生命，藉由人類互助，留下珍貴的慈濟歷史。[9]

慈濟期許人文志工把每一個人的訪問都當作修行，如證嚴上人所強調，「每一個人都是一部經典，深入人的心，就是深入經藏。」慈濟人文真善美志工透過採訪報導，深入人心、深入經藏，他們定位為「法的記錄者、法的傳遞者及法的受益者」。慈濟人文志業主管曾說：

> 一篇好文章要先感動自己，才能感動別人。
> 文章比人的生命更長久，也許在百年後，我們再投胎為人，看到一篇令人動容的文章，因起悲心感動而加入慈濟，而那一篇文章或許就是過去生自己所寫的文章。[10]

---

9 何日生，慈濟全球資訊網，2010年8月29日。
10 何日生，慈濟全球資訊網，2014年4月27日。

人文眞善美志工就像眾生的一面鏡子，以清淨心記錄人間，不爲人間的煩惱所困惑，超越煩惱。慈濟期待人文眞善美志工在記錄眾生由悲苦轉爲美善的當下，透過鏡頭就像看到一面鏡子，成爲自己的清淨、智慧、到覺悟契機。

　　在慈濟思維裡，新聞傳播扮演社會民風與價值重建非常重要的角色。新聞傳播人自己有疑，對眞理不清楚，對正確的人生方向不肯定，成爲一個價值中立的人，其實是沒有信念與目標的人。結果被商業與權力宰制，眞理成爲最大的輸家。固然眞理是相對的，但是新聞傳播人應該去促進這個價值的對話，而非撕裂它們；去調和價值衝突，而非提供管道，任其無止盡地較量與競爭。

　　因此，證嚴上人期許慈濟人文人要「報眞導正，報眞導善」，即是期望人文人從自身人文做起。品格至上，觀念正確，明辨是非對錯，給予社會人心良善的引導。人文人必須去疑，去疑必須培養愼思明斷、言所當言的勇氣。慈濟人文人的深入法髓，是強調深入苦難處，體解眾生的處境。以人人爲經典，向人人學習，在記錄報導中，向付出的志工菩薩學習，向苦難的眾生學習。從此入門去疑、解惑、成就正道，報導正道，引領社會人心走向正道。

大愛電視臺的定位與使命

公益與公共

公益與宗教

一、大愛臺是非營利電視頻道

　　（Non-Government and Non-Profit TV）

二、大愛臺是公益性質的電視頻道

　　（Public Interest TV）

三、大愛臺是宗教性質的電視頻道

　　（Faith-Based TV）

四、大愛臺是社群分眾電視頻道

　　（Community-Segmented TV）

五、大愛臺為建構式傳播的電視頻道

　　（Actualize the Constructive Communication）

六、大愛臺體現參與式傳播理念

　　（The Application of Participatory Communica-

tion）

慈濟功德會創辦人證嚴上人成立大愛電視臺，是以佛教的精神、從慈善公益的理念出發，創辦一個理念型、獨立的、非政府的、非商業的公益宗教電視臺。

公益與公共

　　公益與宗教為其重要的特徵。有別於一般的公共電視臺屬於政府支持、維護公共利益的電視臺，大愛電視是著眼於特殊議題的公益電視。大愛電視與公共電視最大的不同在於它是非政府支持的頻道。公共電視臺必須履行它的公共性，亦即它所承載設計的內容必須符合政府所認定的公共性。「公共」一詞之於廣電言論，等於、也不等於「全民」。英國、德國、荷蘭、日本、加拿大等的公共電視，在理念上是屬於全民，這不只是就法理上，全民必須繳交電視費給BBC、ZDF、NHK、CBC，這些公共電視更是在節目內容規劃上都涵蓋全民的收視趣向。

　　但是在臺灣、美國這些商業廣電體系內所設立的公共電視，則傾向照顧少數族群的收視趣向，以補足商業電視頻道訴求大眾收視，而忽略了弱勢族群或少數觀眾喜好的內容。美國與臺灣的公共電視不需要全國觀眾直接付費給它，但是政府以全民納稅的錢，支持這些公共電視，也因此，公共電視具備了政府概念底下的公共性。

　　慈濟大愛電視乍看之下很像公共電視，但其實它是理念型的公益頻道，它是從慈濟的宗教理念以及慈善實踐的角度，成立一個關注公益、慈善、淨化人心、社會祥和的理念型電視臺。它照顧的收視趣向，是關注公益、慈善、自然生態、社會良善的全球慈濟社群。

　　因此，大愛電視臺不是公共電視，它是公益、宗教電視臺，訴求全球普遍人們之「生活的清安」、「慈悲心的擴大」、「環境的永續」、以及「世界的和諧」。它具備公益道德與擴大正向的宗教情懷之使命，因此它也是倡議型的電視媒體。

大愛電視不像公共電視必須關注政府對於公共性的框架，而是直接倡導其深信的良善理念。而認同它的理念之觀眾，直接捐款給大愛電視。在法律上，大愛電視臺隸屬於慈濟傳播人文志業基金會，人文基金會就是一個公益法人，可以接受捐款，可以依照其理念運營電視及平面媒體。

公益與宗教

　　慈濟大愛電視臺是全世界少數以向私人、公眾募款為營運的電視臺，這使得它能夠以自身獨特的理念來進行內容之規劃。慈濟為全世界最大的華人公益慈善團體，它涵蓋了慈善、醫療、教育、人文、環保、骨髓捐贈、國際震災、社區服務等社會功能，而這四大志業、八大法印的背後，就是宗教情懷；沒有宗教情懷，就沒有這四大志業、八大法印的發展，以及其獨具的人文精神特質。

　　慈濟人文志業之大愛電視是立基於宗教情懷的電視臺，其節目製作的目的不是希望觀眾都變成佛教徒，而是傳遞佛教的慈悲等觀與利他的普世精神，這使得慈濟的宗教發展具備很寬廣的公益價值，也使得大愛電視的節目與新聞取材上兼顧了公益與宗教。

　　公益以宗教情懷為基礎，將宗教情懷注入公益，以公益彰顯宗教對現世間的價值。慈濟創辦人證嚴上人對宗教的理念是，「宗是宗旨，教是教育；生命的宗旨，生活的教育。」慈濟人文具備世界普世性的論述，大愛臺的觀眾分布在全球，其成員包括華人、非華人；包括佛教徒、天主教徒、基督徒、伊斯蘭教徒、以及無神論者。在面對這麼多元的族群、信仰的收視眾，大愛臺的宗教成分更多是在實踐利他，強化人性的善與愛之正面導向，而非如其他宗教頻道，直接或完全以教義、教理為訴求內容。教義、教理在大愛臺當然是不可或缺的重要成分，但是其教義、教理一方面有其豐富的社會實踐作為基礎，另一方面，證嚴上人或其他傳法者的宗教表述力，具備寬廣的普世性與適應性，這使得大愛臺的宗教論述能適應全球社群之文化與信仰之差異。

大愛臺以清流自我期許，希望清流繞全球，淨化人心，祥和社會，天下無災無難。大愛臺對於災難新聞的報導，比起全世界任何一個頻道都要多，它對於環境健康、人身健康的內容篇幅也極為多樣而豐富。而環保、醫療、慈善、救濟都是普世的公益價值；另外對於教育與人文思想，如服務、利他、孝順、禮節、互愛、平等、淨化自心、文化與宗教的共融和諧，都是當今世界上最被重視與討論的普世議題。正因如此，大愛電視具備強有力的公益性質，由公益的探討與報導，促進世界的互相瞭解，以及擴大正面力量的發展與建構，是大愛電視最高的使命與目標。

　　在理解大愛電視臺的定位與使命的歷程中，有很多人因為公益而偏廢了它作為核心的宗教成分；有人則是以宗教看待，而忽略了它具備的公益之價值與屬性。公益與宗教是大愛電視臺不可或缺的兩個重要價值內涵。

　　慈濟大愛電視的定位，可歸納為六種，六種屬性缺一不可，以任何單一屬性來理解大愛電視臺都不會真確。

一、大愛臺是非營利電視頻道（Non-Government and Non-Profit TV）

　　大愛電視臺為非營利性質的電視頻道，是由大愛之友及慈濟基金會所捐助成立與營運，並由一群廣大的閱聽者，基於共同的信念，支持一種倡導善與愛的價值之電視頻道。大愛臺實質隸屬於慈濟傳播人文志業基金會，是非政府（NGO）、非營利（NPO）。其本質不同於政府支持興辦的公共電視臺。全世界的公共電視臺其興辦背景或有不同，如英國BCC、德國ZDF、日本NHK，都是在1960年代設立電視產業之初，即採用公共電視的型態，由政府經費支持，但不干預新聞內容。

　　臺灣電視體制一直都是學習著美國的電視產業模式，電視產業的興起是以商業電視為主。雖然臺灣以官辦商業，美國則是純私人企業的商業電視模式。因此，美國後來設立的公共電視PBS與臺灣的公共電視PBS，都是在補足商業電視的不足而興辦，以偏向照顧弱勢族群、少數利益、群體收視率不足但

具高度文化、社會、科學價值等內容爲節目製作導向。

　　整體而言，全世界的公共電視都有一共同點，就是它必須極大性地涵蓋社會中的各種公共議題與觀點，而不宜採取單一價值立場爲頻道經營宗旨。這不同於民間興辦的電視臺，其執照擁有者可以採取某種價值立場爲主訴求。如CNN長期傾向保守主義的共和黨，CBS相對比較傾向民主黨，NBC在奇異公司入主後採取支持核能發電的新聞立場，這些特定立場，政府不能干預，觀眾也難以置喙，因爲這是憲法保障的新聞自由。

　　但是政府支持資助的公共電視體系，如果有特定政治或價值立場，就可能被國會糾正或抨擊。如美國國會就經常批評PBS公共電視臺左傾的政治立場。所謂「編輯室公約」是針對公共電視臺體系說的，以此避免公共電視臺某些高層主管的特定價值思維影響其公共電視的定位。

　　相對地，民辦媒體的執照擁有者與編輯臺的觀點維持一致性是應該的。以新聞自由標竿的美國《紐約時報》與《華盛頓時報》爲例，過去半個世紀一些重大的新聞事件包括《紐約時報》著名的「越戰報導」，《華盛頓郵報》著名的「水門事件」，編輯部與報老闆的立場都是一致的。民營媒體的擁有者與新聞部對於編輯方向立場的一致性，是體現新聞自由的重要環節。新聞自由是對政府說的，政府有權發照給媒體，但是不可以干涉媒體經營的自主與新聞自由。

　　大愛電視是一民間法人興辦，屬於非政府、非營利的電視臺，其採取某種特定價值立場的新聞觀是憲法所保障的新聞自由範圍。慈濟大愛電視臺以愛、以善爲導向的新聞觀點與立場，排除某些不符合其價值觀的新聞內容，如爭議、驚悚、色煽腥、負面、黨爭等題材，而以正面、啓發人心之美善爲選材原則，契合世界普世新聞自由的原則。

　　大愛電視是全球大愛之友、以及慈濟基金會捐助成立，它是全球廣大的愛心社群所支持的電視頻道，其目的在於促進社會良善，提倡慈悲平等愛的生命價值。它是全球唯一不靠商品廣告、不靠政府，而是以支持者捐助成立的電視臺。它的新聞編輯立場符合廣大支持者的期待，是它必然的使命與原則。

二、大愛臺是公益性質的電視頻道（Public Interest TV）

大愛電視臺為公益性質的電視頻道，以促進整體社會之善與愛為其根本之核心價值。大愛臺為非政府、由法人興辦的電視頻道，本身是不追逐私人利益的電視媒體，而是以促進整體社會之善與愛為其根本之核心價值。它所得的全部資源，都回歸這個價值地持續倡導，非歸屬任何私人，因此自然是公益頻道。

進而在緊急救難時期，大愛臺在訊息告知、匯聚全球愛心的能量，以及教導觀眾面對災難時應有的警惕與正思維，都扮演非常重要的角色。在平時，大愛臺的節目啟發良善、里仁為美、敬天愛地、利益他人、淨化自心，這種建構人類理想社會的理念實踐，是大愛臺作為公益頻道在全世界的媒體中最為獨特與珍貴之處。

三、大愛臺是宗教性質的電視頻道（Faith-Based TV）

大愛電視臺為具宗教性質的電視頻道（Religious TV），以宣揚佛教慈濟慈悲等觀的生命情懷，期許人心淨化、社會祥和、天下無災。大愛電視臺是慈濟基金會創辦人證嚴上人所倡四大志業中的人文志業之理想的體現，它本身肩負的使命之一是慈濟宗教情懷的傳播與詮釋。

所有自由世界的傳播體系，都是保障宗教言論的權利及其自主性。慈濟作為具備宗教情懷的電視頻道，其自身的宗教言論權是依據憲法保障的宗教自由與言論自由。大愛臺的擁有者慈濟傳播人文志業基金會的董事們，自主性地選擇其宗教的言論方向與範圍，這契合新聞自由的倫理與原則。

甚而，慈濟跨越宗教藩籬的生命觀，有助於化解人類各種宗教之間的隔閡與衝突。任何新聞編輯的時間長度都是有限的，題材的取捨是必須的。大愛電視根植於慈濟的宗教觀點，是理念的必然與現實的必需。

四、大愛臺是社群分眾電視頻道 （Community-Segmented TV）

　　大愛電視臺為具社群分眾性質的電視頻道，是全球無數關心慈濟志業活動與大愛訊息的觀眾，一個最重要的傳播管道。分眾頻道是電視發展的必然，特別是有線電視普及之後，有線電視的財經頻道不會報導娛樂新聞，娛樂頻道不會報導政治新聞，高爾夫頻道不會轉播足球賽……這種分眾、社群的題材之選擇，符合傳播與新聞自由的理念。

　　大愛電視是屬於全球慈濟人及廣大愛心社群的分眾頻道，大愛臺報導傳遞慈濟志業活動與各項愛心訊息，符合其自身頻道屬性。大愛編輯團隊以其觀眾社群為導向的取材與選擇，亦是編輯自主權的體現。

五、大愛臺為建構式傳播的電視頻道 （Actualize the Constructive Communication）

　　大愛電視臺為非批判性質的電視頻道，以報真導正之建構式傳播理（Constructive Communication），實現善美社會為努力的目標。大愛新聞不報導負面、爭議及驚悚的新聞內容。商業新聞媒體傾向報導負面，不報導正面事件；報導例外，不呈現社會整體現象；傾向批判、解構，而不是肯定與建構。大愛電視臺的新聞觀是報真導善。在社會問題出現時，給予解決之道；在災難中，給予關懷與愛；在人們迷惑時，給予正確方向與觀點。這是建構式新聞的理念與實踐。證嚴上人的「報真導正、報真導善」的傳播觀點，是期望新聞在引導人們知道真實現實狀況後，能提供善與美的實踐方向與理念典範。

六、大愛臺體現參與式傳播理念 （The Application of Participatory Communication）

　　慈濟真善美志工投入慈濟人文傳播志業，符合當今參與式傳播（Participatory Communication）的理念。參與式傳播的理念之於公共電視是「公民新聞」，之於CNN是「I Report」，新聞傳播不只是爲閱聽者提供訊息，不只是提供觀看事務的觀點，更要提供社會大眾管道，這是參與式傳播的理念。

　　慈濟真善美人文志工，經過長期專業者的培訓，其寫、拍、攝皆走向專業化。他們是大愛臺的全球新聞訊息蒐集之後盾。庶民參與新聞是全球新聞媒體的趨勢。公共電視的「公民新聞」與CNN的「I Report」，都是庶民提供新聞題材給主流媒體的例證。

　　慈濟人文志工從2003年開始大規模培訓之後，慈濟所記錄的照片數量，在2004年一年中就超過過去三十八年照片數量的總和；每年拍攝的電視影片數量超過一萬兩千支，數量超過大愛電視新聞記者一年產出的數量。這種來自志工的力量，影響所及不只是善的訊息增加，志工們的價值觀也會隨著他們專業的提升，而影響整個慈濟傳播工作的同仁之信念與看法。

附錄
2

公共電視專訪本書作者
談慈濟大愛臺十年耕耘建構式新聞

推薦數位時代的媒體環境大幅改變，新聞機構由單一新聞媒體（News Media），轉型成爲新聞品牌（News Brand），以及公民新聞衍生的多層次新聞（Layered Journalism）架構，使得傳統新聞概念持續受到挑戰。

因應產業變局，《紐約時報》、《華盛頓郵報》等歐美媒體，近年來開始推動建構式新聞（Constructive Journalism，亦譯爲建設性新聞）內容。新聞環境雖持續改變，Kovach and Rosenstil（2001）在《Elements of Journalism》一書中仍強調，新聞仍應符合求眞、求證、客觀中立等原則。

歐美建構式新聞理念，不僅是報導新聞衝突，更是全面審視新聞議題，《紐約時報》更深度挖掘社會議題，持續於2015年和2016年推出解決方案新聞（Solutions Journalism）平臺，透過公民參與和社會對話方式，確保公共利益（Public Interest Responsibility）。

事實上，公視新聞性節目，包括《我們的島》、《獨立特派員》皆長期透過調查性採訪和解釋性報導，發掘問題和提出解決方案，公視公民新聞平臺PeoPo和PNN新聞議題中心，也針對從地方到中央的大小事，藉由參與式對話方式，提供從環境到司法的各類型議題解決方案，過程中已部分涵納歐美的建構式新聞理念。

公視於2016年4月16日舉行「建設性新聞研討會」，在研討會舉辦前夕，岩花館訪問持續推動「建構式新聞」超過十年的慈濟大愛臺，目的在瞭解慈濟大愛臺推動的時空背景，比較與歐美建構式新聞的異同點，以及建構式新聞如何面對媒體環境等議題。

慈濟大愛臺於2004年起推動建構式新聞和解決方案新聞，不但早於歐美新聞媒體，部分理念更符應歐美新聞趨勢。現任慈濟發言人，同時也是慈濟大學傳播學系教授的何日生，在訪談過程中，從愛德華·默若（Edward Murrow）談到《60分鐘》（60 Minutes）的麥克·華萊士（Michael Wallace），也從西方新聞史一路談到臺灣新聞現況，詳細說明西方社會建構式新聞的發展背景。

擁有豐富媒體經驗和大學教育背景的何日生，除了分享入圍國際艾美獎的紀錄片作品《清水之愛：見證骨髓移植發展史》的拍攝過程，也提到在沉重壓

力下，內心充滿無比感動的心得，同時分享了十年來慈濟大愛臺所推動的建構式新聞理念和做法。以下是訪談摘要：

問：歐美建構式新聞是如何開始的？

何日生：西方新聞媒體強調價值中立，這是存在幾個迷思的，首先是強調例外，例如人咬狗才是新聞；其次是懷疑和批判，正如同西方常說的，"If your mother says she loves you. Check it out!"；最後是"Good news is not news, bad news is good news"的負面新聞態度。這樣的結果會讓社會愈來愈負面，看不到希望。

1980年美國南加大聖地牙哥分校教授研究美國報紙頭版頭條新聞指出，凡是大幅報導自殺、墜機、車禍事件，之後三到五天，就會出現同一類型災難的高峰期。可見負面新聞會有社會效應，會令心智耗弱的人走向終結生命，因此，大量報導負面新聞會造成社會喪失信心，不斷批判每一個人，無形中也會造成社會中人與人互信瓦解，但是新聞媒體很習慣這樣的解構新聞。

問：歐美的發展歷程為何？

何日生：我在美國讀大學和研究所時，主修新聞自由，我很清楚美國從17、18世紀建國初期是由政黨辦媒體。事實上，英國在15、16世紀時，也是政府辦報，主要是為了宣傳戰爭成果與貿易。美國獨立戰爭時期也有各式各樣的報紙，那是政黨新聞時代（Party Journalism）。到了1910年，進入商業介入的muckraker扒糞新聞時期，媒體專門批判大財團、大宗教組織，以及揭發名人醜聞，很像今天的臺灣媒體生態。

一次、二次大戰和1930年經濟大蕭條時期，進入Edward Morrow時期，也就是電影《Good night and Good luck》一片中所描述的白色恐怖時代，Edward Morrow勇敢挑戰麥卡錫（McCarthy），他說，"I'm going to attack McCarthy by his own words."他做到了，也終結了白色恐怖，這個時候，新聞不再是政府喉舌，也不是商業喉舌，而是人民的喉舌，我稱之為「市民主義新聞學」。

1970、80年，ABC主播彼得·詹尼斯（Peter Jennings）進行新聞議題

設定，討論稅率、教育、家庭等民生相關議題，所以，新聞從1950年
到1980年，從政府為中心轉變為以市民為中心，不會出現像臺灣這麼
多的政治新聞和Talk Show節目，媒體關心人民的生活，人民需要什
麼，發展出有用的新聞，news it can use, news for use，衍生到Partici-
pating Communication參與式傳播，讓老百姓也能發聲。ABC在1990年
推出Let's listen to the American，透過傾聽美國的聲音，全美各鄉鎮走
透透。

1990年後，歐洲包括挪威、丹麥、法國陸續推出Service Journalism，
新聞服務業的頭條可能是路霸問題、噪音問題等的解決方案。我在臺
視處理四四南村遷村新聞、血友病感染愛滋等獨家議題時，不是為了
打擊政府或是要人下臺，我的目的是要讓弱勢者或受害者的問題能夠
獲得解決。新聞服務業走到後來，一個新的理念即已呼之欲出，就是
新聞記者的能力不是只有報導問題、呈現問題，採取價值中立，也不
是只有批判。我不贊成部分同業所說的「新聞是永遠的反對黨」，新
聞不是只有奉承或批判兩種選擇，還有建構式新聞，也就是建構一個
更好的社會。

問：你如何看待建構式新聞？

何日生：我從2004年開始，在上課當中或是寫作當中，就提出建構式新聞概
念。建構式新聞是基於同理心，我們不再是生冷的對待受訪者，因為
受訪者常常淪為媒體收視和成就感的工具，媒體並不在意受訪者想什
麼。當報導一個人，導致事後因憂鬱症輕生，這也不干我的事，因為
我是忠於事實，我對受訪者是沒有感情的。這點必須要重新省思，因
為證嚴上人教導，應該報導對人有感情、有溫度、有同理心的新聞。

問：慈濟大愛臺的實務做法為何？

何日生：我在2003年回到慈濟，體晤到證嚴上人「報真導正」的理念，希望報
導社會良善的一面。當1999年大愛臺成立時，即已確立不報導任何色
羶腥的負面新聞，也不報導極端的政治爭議性議題，而是著重在環境
議題、健康議題和慈善新聞上，強調隱惡揚善的思維觀。當然有人會
說，這樣的思維太落伍了，不報導，問題要怎麼解決呢？可是我們看

到媒體大量報導問題，問題卻沒有真正獲得解決，這是因為媒體花了很多時間在問題的探討上，卻很少提供答案。

問：你如何看待傳統新聞所強調的中立客觀？

何日生： 新聞不可能是中立的，媒體在選擇新聞素材時已經在進行價值判斷，就已經是不中立了。為什麼這麼多的新聞會選擇這一則報導？選擇什麼角度的報導？找誰受訪？如何下筆？如何剪帶子？用哪個Cut？用哪個Size？都是主觀的選擇，更不用說每個人都各有看待事情的價值觀。沃爾特‧李普曼（Walter Lippmann）曾經說過，"We don't see and define, we should define and see"，也就是我們先有定見再選擇性地看事情，而不是先看了再有定見。因為當科學都無法避免主觀性時，更何況是人文社會科學！

問：所以中立是不存在的？

何日生： 我不贊成媒體應該中立化、去價值化，這是一個假相。當然，我不是說媒體應該對任何事情都口誅筆伐，任意以個人觀點論斷，可是應該要瞭解，我們是會有主觀的涉入，重點是什麼樣的主觀？一是同理心，才能深度地讓閱聽者理解到，為什麼這個人、這件事會在這樣的條件下發生；二是不能只看到問題，也要找到問題的答案。Solutions Journalism就提到，記者的熱情不是只花在大量挖掘問題上，應該以大量的熱情解決問題。記者是有這樣的權利和機會做這件事，因為記者是一個很神聖的工作，比任何人都有機會接觸到社會各層面，因為媒體擁有龐大的能量，能夠理解社會問題在哪裡，只要夠用心，就可以為問題找到出路，要Provide Resolution，這也是建構式新聞很重要的一部分。

問：可以如何同理？

何日生： 媒體不應該認為在新聞報導之後，受訪者所受到的傷害與我無關。事實上，記者應該要為結果負責。當一個扭曲的報導，讓人自殺、讓人身敗名裂，媒體如果都無感，就會讓人感到生冷和撕裂，因此，媒體

在探討問題的人與事時，應將可能的結果放在心裡。這樣的結果將會更具建設性，我將此稱為建構式新聞，這樣的新聞理念源自於證嚴上人，當報導一個苦難人時，記者在訪問時不要傷害到他，要以同理和關懷的方式報導，甚至在報導後能夠療癒他。

問：如何定義療癒？

何日生：回想我在臺視製作《大社會》節目時，除了獲得金鐘獎肯定，受訪者在訪談後都感到非常的開心，哪怕受訪者是一生不幸，哪怕受訪時會落淚，但是受訪者在訪談後都特別的開心，好像被理解了。我就像一個朋友，是不具批判性的採訪，我們的態度和方式是同理的，受訪者在接受訪談後，更加認識自己，這就是一種療癒，也就是CBS《60分鐘》前主持人麥克·華萊士所講的，我們就是一個社會治療師（Social Therapist）。

問：媒體可以如何療癒？

何日生：麥克·華萊士從50歲主持CBS《60分鐘》到89歲，他記得訪問美國前總統甘迺迪的首席保鏢克林·席爾（Clint Hill），甘迺迪遇刺時是他爬上敞蓬車拉出賈桂琳，但是Clint Hill一直為他沒能救出甘迺迪而深感自責，他有17、18年的時間都在酗酒，患有嚴重憂鬱症。

Clint Hill的康復來自Michael Wallace的訪問，我曾看過這部紀錄片。Clint Hill哭著告訴Michael Wallace，"If I can to second earlier, I was able to save John Kennedy." Michael Wallace安慰他說，你已經夠快了，"You have done your best, you have to let it go."當Clint Hill看了這部紀錄片，突然間整個人釋放了，他覺得要原諒自己，他知道自己不可能更快，於是他走出酗酒和憂鬱，逐漸康復。

Michael Wallace在89歲退休時，也就是2007年，賴瑞·金（Larry King）訪問Michael Wallace時說，"Today, there's a special guest to Michael Wallace, just Clint Hill." Clint Hill謝謝Michael Wallace，"I was able to cure my depression, to step out the situation."其實記者是有著很強的力量，只要你能夠同理受訪者，而不是生冷的批判，便可以讓一

個人看到他的問題，更瞭解自己，讓好的人覺得榮耀，錯的人知道不好。這並非做不到，而是要有強烈的人文情懷。

問：建構式新聞並不是解決問題的萬靈丹？

何日生： 林肯大郡倒塌時，我連續三年採訪報導，卻無法解決衍生的民眾權益問題。很多議題看似無效，我們仍必須想辦法讓它產生效果，不是只有抗爭或是走上街頭等方式。我認為可以透過公民參與和對話，從嘗試建立一個理性論述空間開始。

問：慈濟大愛臺的建構式新聞是如何發展的？

何日生： 我是很西方思維的人，我的覺醒是在進入慈濟之後。證嚴上人認為，媒體不是在解構，而是在建構，所以，我將證嚴上人這樣的傳播思維稱為建構式新聞。大愛臺建立時，證嚴上人指出，新聞記者擁有選擇報導何種議題的權力，因此，媒體的功能不應該只是記錄，而是一種典範的選擇及彰顯，它應該表達群體社會良善的典範，唯有如此，才能使媒體照見人心的本善，為社會創造更光明美善的未來。

問：這樣的報導原則是什麼？

何日生： 2003年時，證嚴上人要我和賴睿伶（慈濟基金會人文志業發展處高級專員）進行人文真善美志工的培訓，這是整合影片攝製、文字寫作、照片拍攝的三合一訓練，已經長達13年都是這樣做。我對志工演講時就提到，我們要留下美善，如果這個世界所看到的都是醜陋的，隔一百年後來看今天的臺灣都會是醜陋的。所以報真，要以善的方式才會美，如果真實內容出於惡念，非善報導，傳播內容將會是很醜陋的。

問：是否會有很多新聞因此無法報導？

何日生： 並不是社會上的問題都不報導，例如溫室效應講不講？人心混亂講不講？是非講不講？這些都要講，但是在呈現問題的同時，也要把對的方法提出來，將典範提出來，這是慈濟所環繞的建構式新聞核心，首

先從同理心出發，其次在發掘問題的同時，要為問題提出建設性的答案，三是在心中要存有為報導結果負責的想法。我當年獨家報導漸凍人新聞時就相當的掙扎，因為新聞當事人是受到母親基因遺傳所致，報導出來，母親絕對不會獲得家人的原諒。當時想了很久，在告知公眾的同時，應盡力避免對當事人造成影響，而不是殘酷的讓當事人承擔所有壓力。

問：慈濟大愛臺的建構式新聞和歐美的建構式新聞的差異為何？

何日生： 西方的建構式新聞不談同理心，也不談為結果負責這兩部分，比較聚焦在尋求解決問題的方法上。我們還是比較東方思考，講compassion、講resolution、講responsibility，慈濟強調這三個元素是建構式新聞的關鍵，也很符合證嚴上人和慈濟真善美的精神，我認為新聞應該要彰顯其價值。

問：這樣的建構式新聞核心理念是什麼？

何日生： 近代西方逐漸走向批判思維，辯證探討真理，西方當然也有人不認同，因為批判和分析都是在切割。東方直觀的同理和涵容，是理解中帶有智慧引導，需要很深的人文涵養。我認為我們的新聞中缺乏這樣的教育，我們需要這樣的教育，我們為什麼不能在正面新聞上競爭，而是在負面新聞上競爭？民眾還是看電視新聞能給什麼，如果每一臺給的內容都是建構式新聞，就可以在這樣的平臺上產生良性競爭，這是一個理想。大愛臺是少數清流，核心理念就是讓這個社會更好，讓所有人看大愛新聞覺得很安心、有希望。當大家只看到災難新聞，卻沒有看到愛心，就不會有希望，這是社會很大的缺憾。

問：所以媒體是少了同理？

何日生： 新聞記者需要有更多的智慧，美國最近剛出爐的一篇博士論文，討論Constructive Journalism，從正向角度探討建構式新聞，他認為報導正向，會讓整個社會更正面。他從這個角度出發，和慈濟大愛臺的建構式新聞理念就很相近。臺灣媒體現在所呈現的都是對立面的社會，

有一位前輩告訴我，部分人將20%的錯誤擴大成80%，將80%的美好縮小成20%，這樣就是一個極端。問題不是不能呈現，而是你是否也能理解對方當時的處境，針對事件發生背景是否也能相應提出解決方法。

問：建構式新聞面對的挑戰和因應方式為何？

何日生：我們知道媒體是有成本的，提出解決方法是要投入資源和時間成本的，所以在高度競爭、利潤微薄的環境下，建構式新聞很難達成，所以必須要有因應配套，因為financial resources會決定新聞的內涵。慈濟大愛臺是沒有包袱的，我們的重點是體現價值，建構良善社會，透過人文志工的精神逐漸影響專業傳播人對其專業的省思。慈濟大愛臺因為是靠捐助donation，任何靠donation的媒體都會有更大的空間行使它的理想，所以可以考慮在媒體體制當中設計不同的financial resources，這必須在國家層次上思考，不要永遠只有commercialize，也不能都是rely on government。

我們可以思考「議題電視」的形態，是不是有電視臺可以環保為主、以健康為主，financial resources是來自supporter和membership，如果有五百萬人支持，這些人是不會流失的。大愛臺會是一個很好的model，但不是唯一的model，Wikipedia也是一個好的模式，我認為需要多一點這樣的媒體，才能真正留住新聞價值。

問：是不是能夠談一談你的建構式新聞經驗？

何日生：我很喜歡新聞工作和接受挑戰，我加入慈濟大愛臺製作了《清水之愛：見證骨髓移植發展史》紀錄片，因此入圍國際艾美獎，這部紀錄片中沒有一個是負面的，只有滿滿的愛。拍這部片子讓我非常的感動，製作團隊跑遍全世界，訪問各國醫生和志工，拍攝協助白血病患的過程，也訪問了發明骨髓移植的諾貝爾獎得主，看到的都是愛，很感人。這種經歷不是一般記者有的，製作過程中必須研讀各項醫學資料，對我來說，這是專業上的極大挑戰，但情感上卻是極大的感動。2003年我回到慈濟全心投入，證嚴上人常常要我擔任對外發言，要我

不能說負面的話，要記錄這個時代好的典範，留下這個時代的美善，這不就是建構嗎！我們是要花時間去建構，而不是解構。慈濟的理念是面對惡，不是打擊惡，是擴大善，面對貧，不是打擊富，是擴大愛。Positive Enforcement正面擴大的想法很重要，如此才能建構一個好的氛圍和人際。

問：面對媒體競爭，建構式新聞的推動是否不容易？

何日生：還是要努力，不要放棄希望。從一個製作人做起，從一個記者做起，不要要求立刻改變整個體制，因為美國新聞界的批判精神也是逐漸建立起來的，水門事件（Water Gate）作為重要典範，挑戰政府的同時，不但令政府威信喪失，也使整個新聞界逐漸走向負面觀點監視政府，這是有利有弊。Walter Cronkite當年的越戰新聞報導指越戰已經陷入僵局，使得詹森總統不再尋求連任；也不要忘了Michael Wallace的報導，治癒了Clint Hill的憂鬱症，這就是建構，必須逐步推動。

問：如何在大學教育中傳遞建構式新聞概念？

何日生：在課程上，我會介紹西方自由主義為背景的新聞教育，導向建構式新聞看法。當然一個人的力量還是有限，還是要有更多的學校、更多人開這樣的一堂課。很高興這十三年來我們培養了五、六千位的人文真善美志工，以及慈濟大愛臺的製作人，都在體現建構式新聞，透過各界的關注，或許能一點一滴的導引新聞繼續往前。回顧整個西方新聞發展史，從政黨新聞、扒糞式新聞，過渡到市民主義新聞、參與式新聞、新聞服務業，一直到現在的建構式新聞，也是一步步走過來的，還是可以抱持信心。

何國華 公共電視台資深研究員
撰於公共電視岩花館
專訪時間於2016年2月

參考文獻

一、中文部分

1. 釋證嚴，《衲履足跡》，2013年8月3日，大愛電視臺。
2. 釋證嚴，《衲履足跡》2009年春之卷，靜思人文出版社，2009。
3. 王端正，大愛電視同仁培訓營，2005年5月27日，大愛主播倪銘均部落格，2005年8月。
4. 卡爾‧巴伯，《開放社會及其敵人》，桂冠圖書公司，1984。
5. 李子堅，《紐約時報風格》，聯經出版社，1998年9月，pp.297-299。
6. 芥川龍之介，《羅生門》，金溟若譯，志文出版社，1969。
7. 哈伯馬斯，《公共領域的結構轉型》，聯經出版社，2005。
8. 林子儀，《言論自由與新聞自由》，月旦出版公司，1994，p. 81。
9. 何日生，《大社會》，臺灣電視公司，1999。
10. 何日生，《公平報導宣言》，臺灣電視公司，1999。
11. 何日生，《李連競選廣告》，中國時報時論廣場，1995。
12. 何日生，《新聞鏡週刊》，2000年5月。
13. 何日生，《調查報告》，超級電視臺，1997。
14. 何日生，《熱線新聞網》，臺灣電視公司，1998。
15. 何日生《新聞風報》，臺灣電視公司，1999。
16. 何日生，《慈濟全球資訊網》，2010年8月29日。
17. 何日生，《慈濟全球資訊網》，2014年4月27日。
18. 叔本華，《意志與表象的世界》，志文出版社，2005。
19. 馬丁‧李，諾曼‧蘇羅蒙，《不可靠的新聞來源》，正中書局，1995。
20. 海森堡，《物理與哲學》，仰哲出版社，1983。
21. 楊政俊、謝介裕、陳慧貞，《自由時報》社會版，2007年12月15日。
22. 聖經《箴言》24:1，24:9。
23. 聯合報，《周人蔘弊案》，1995年，1996年。

24. 薩依德，《知識分子論》，麥田出版社，2004。

二、英文部分

1. Anderson, John, *Dan Rather v. George W. Bush: 'Truth' comes out*, Fortune,Oct 16, 2015.

2. A.J. Liebling, *The Press* 32, 1975.

3. Bob Woodward and Carl Berinstein *"All the President's Men"*, Touchtone Book, 1974.

4. Briggs and Burke (1993). *A Social History of the Media*, Blackwell Publishing, 2003.

5. Bennett, Stephen Earl, *Videomalaise Revisited: Reconsidering the Relation Between the Public's View of the Media and the Trust in Government,* Harvard International Journal of Press / Politic, 1999.

6. Benton Foundation, *The Public Interest Standard in Television Broadcasting*, 2017.

7. CNN World Report, 2002.9.12.

8. Cronkite, Walter A.(1996). *A Reporter's Life.* Ballantine Books, 1997.

9. David Halberstam，《媒介與權勢》（*The Power that Be*），趙心樹、沈佩璐譯，遠流出版社，1995，p.821。

10. Dan Rather, *When the World Tremble, 60 Minutes,* CBS 1993.

11. Daniel C. Hallin & Polo Mancini，《比較媒介體制》（*Comparing Media Systems*），中國人民出版社，2012年4月，p.80。

12. Eide, Martin & Knight, Graham, *Private and Public Service,* European Journal 1999.

13. Edward Murrow, *A Report on Senator Josephy MacCarthy, See it Now,* CBS, 1954.3.9.

14. Edward Murrow, *Harvest of Shame,* CBS, 1960.

15. Elizabeth Jensen, *If Walter Cronkite Said It Was a Story; It Was*, NPR, July 20, 2009.

16. Frank Esser, *Tabloidization of News, A Comparative Analysis of Anglo-American and German Press,* Journalism European Journal of Communication 14(3), 1999, p.312.

17. FCC Federal Communication Commission, *The V-Chip: Option to Restrict Your Children Watch on TV*, Date latest updated: 2016.10.25.

18. Head Sterling, "*Broadcasting in America*", Hopughton Mifflin Company, 1990.

19. Hendric Smith，《權力遊戲》（*The Power Game*），時報出版社，p.252。

20. Heidegger, Martin(1948). *The Concept of Time.* Oxford, Blackwell, 1992.

21. Habermas Jürgen(1998). *Between Facts and Norms.* MIT Press, May, 1996.

22. John E. Nowak, Ronald D. Rotunda, *Constitution Law.* West Publishing Co., 1991, p. 958, 959, 960.

23. John Stuart Mill, *On Liberty*, Yale University Press, 2003.

24. John E. Nowak & Ronald D. Rotunda, "*Constitution Law, Red Lion v. FCC, 1986 US Supreme Court*", West Publishing Co., 1991, p. 979.

25. Jake Batsell, *Engaged Journalism.* Columbia University Press, 2015, p. 43,44.

26. Jonathan Weinberg, "*Broadcasting and Speech*", *California Law Review,* Vol. 81, No. 5(Oct., 1993), p. 1101.Published by: California Law Review Inc., p.1144.

27. Kimball, Penn(1994). Downsizing the News, Woodrow Wilson Center, 1994.

28. 洛杉磯時報（L.A. Times），2003年10月2日至10日。

29. `Lippmann, Walter, *Public Opinion, Free Press, 1965.

30. Levy Leonard(1985). *Emergency of Free Press.* Oxford University Press, 1985.

31. Leon Bakker, Annette Beautrais and Maree Inder, Edited by Ken McMaster & Leon Bakker "*Will they do it again? Assessing and managing risk—Chapter3: Risk Assessment of Suicidal Behaviours in Young People* ", HMA Books, 2006.

32. Michael Moore, *Bowling for Columbine*, Documentary Feature Film, 2002.

33. Michael Robinson, *Public Affairs Television and the Growth of Political Malaise: The Case of "The Selling of the Pentagon" The American Political Sci-*

ence Review, Vol. 70, No. 2 (Jun., 1976), pp. 409-432.

34. Meiklejohn, Alexander, *Free speech and it's relationship to self-government*, p.91.

35. Nicholas Lemann, *The Transcript of Pulitzer Centennial Lecture*. Columbia University, 2004.9.28.

36. Nowak E. John & Rotunda D. Roland, *Constitutional Law*. West Publishing Company, 1991, p.1106.

37. Oliver Wendell Holmes, *Forhwerk v. U.S.* 9249 U.S. 204, 1919.

38. Owen, Bruce & Wildman, Steven (1992). *Video Economics*. Harvard University Press, 1992.

39. Phillips, D. P. (1974). *The Influence of Suggestion on Suicide: Substantive and Theoretical Implications of the Werther Effect*. Am. Sociological Rev., 39: 340-54.BS.

40. Pippa Norris. Harvard University, *A Virtuous Circle, Political Communications in Postindustrial Societies*. Cambridge University, 2000,

41. Phillips, D. P. (1974). *The Influence of Suggestion on Suicide: Substantive and Theoretical Implications of the Werther Effect*. Sociological Rev., 39: 340-54.

42. Phillips, D. P. (1974). *The Influence of Suggestion on Suicide: Substantive and Theoretical Implications of the Werther Effect*. Am. Sociological Rev., 39: 340-54.BS

43. Pippa Norris. Harvard University, *A Virtuous Circle, Political Communications in Postindustrial Societies*. Cambridge University, 2000.

44. Phillips, D. P. (1974). *The Influence of Suggestion on Suicide: Substantive and Theoretical Implications of the Werther Effect*. Sociological Rev., 39: 340-54.

45. Popper, Carl, "*The Open Society and Its Enemy,*" Routlage, 1966.

46. Pete Winn (October 22, 2008). "*Democratic Senator Tells Conservative Radio Station He'd Reimpose Fairness Doctrine--on Them*". *CNS News*. Archived from the original on October 26, 2008. Retrieved October 28, 2008.

47. Robert J. Wagman, *The First Amendment Book*. Pharos Books, 1991, p. 39.

48. Rodney A. Smolla, *Free Speech in an Open Society*. Vintage Book, 1991, p.23.

49. Robert Kenndy, *"Thirteen Days—A Memoir of Cuban Missles Crisis"*, W. W. Norton, 2011.

50. 羅伯特‧麥克切斯尼（Robert W. McChensey），富媒體窮民主（*Rich Media Poor Democracy*），新華出版社，2003。

51. Rey-Sheng Her, *"Reinstate the Fairness Doctrine"*, Essay of the Annenberg School for Communication at USC, 1994.

52. Sloan, David & James G. Stovall (1989). *The Media in America*. Publishing Horizons Inc., 1989.

53. Smith, Adam, *The Wealth of Nation*,1776, Harriman House, 2007.

54. Susan J. Drucker & Gary Gumpert, *"Regulating Social Media"*, Peter Lang Publishing, Inc., New York, 2013, p.61.

55. Shayne Bowman & Chris Willis, Edited by J.D. Lasica, *"We Media"*, The Media Center, American Press Institute, 2003, p.8.

56. Susan J. Drucker & Gary Gumpert, *"Regulating Social Media"*, Peter Lang Publishing, Inc., New York, 2013, p.61.

57. Shayne Bowman & Chris Willis, Edited by J.D. Lasica, *"We Media"*, The Media Center, American Press Institute, 2003, p.8.

58. Thomas Patterson, *"Out of Order"*, Vintge Book, Aug. 1994.

59. Tracy Westen, *Lectures of Annenberg School for Communication*. 1994.

60. Trinity Methodis Church, *South, v. Federal Radio Commission* (Lyon, Intervener). Court of Appeals of the District of Columbia. Argued May 3 and 4, 1932. Decided November 28, 1932. Rehearing Denied December 2, 1932.

61. *USA Today*, Ashe Report, 2002.

62. U.S. Supreme Court, *Brandenburg v. Ohio,* 395 U.S. 444 (1969), No. 492, Argued February 27, 1969, Decided June 9, 1969.

63. U.S. Supreme Court, *Sheppard v. Maxwell*, 384 U.S. 333 (1966).

64. U.S. Supreme Court, *Branzburg v. Hayes*, 408 U.S. 665 (1972) No. 70-85 Argued February 23, 1972, Decided June 29.

65. US. The Supreme Court Decision: *New York Times v. U.S.*(403 U.S. 713).

66. US. The Communication Act, 1934. *The Fairness Doctrine and Personal Attact Rules.*

67. Valerie Belair-Gagnon, *Social Media at BBC News*. Routledge, Taylor & Francis Group, 2015, p.99.

68. Wayne Overback, *Major Principles of Media Law.* Harcourt Brace Jovanovich College Publishers, 1992, p.210.

69. Wm. David Sloan, James G. Stovall, James D. Startt, *The Media in America.* Publishing Horizons Inc., 1989.

70. White, Shirley A. (1994). *Participatory Communication.* Sage, 1994.

71. Wayne Overbeck & Rick Pullen, *Major Principles od Media Law*. Holt, Rinehart and Winston, Inc., 1991, p. 299.

72. Walter Cronkite, *A Reporter's Life.* Ballantine Books, 1996.

73. Walter Lippmann, "Public Opinion", Free Press, 1965, p.54.

國家圖書館出版品預行編目資料

建構式新聞／何日生著. ──初版. ──臺北
市：五南, 2017.09
　面；　公分
ISBN 978-957-11-9311-3（平裝）

1.新聞政策　2.新聞自由　3.新聞自律

891　　　　　　　　　106012722

1ZFL

建構式新聞

作　　者 ─ 何日生（49.7）

發 行 人 ─ 楊榮川

總 經 理 ─ 楊士清

副總編輯 ─ 陳念祖

責任編輯 ─ 劉芸蓁　李敏華

封面設計 ─ 宋岱淳　姚孝慈

出 版 者 ─ 五南圖書出版股份有限公司

地　　址：106台北市大安區和平東路二段339號4樓

電　　話：(02)2705-5066　　傳　　真：(02)2706-6100

網　　址：http://www.wunan.com.tw

電子郵件：wunan@wunan.com.tw

劃撥帳號：01068953

戶　　名：五南圖書出版股份有限公司

法律顧問　林勝安律師事務所　林勝安律師

出版日期　2017年 9 月初版一刷
　　　　　2017年11月初版二刷

定　　價　新臺幣480元